UN

J'ai fait deux choses le jour de mes soixante-quinze ans : je suis allé sur la tombe de ma femme, puis je me suis engagé.

Me rendre sur la tombe de Kathy fut le moins éprouvant. Elle est enterrée au cimetière de Harris Creek, à moins de deux kilomètres de la rue où je vis et où nous avons élevé notre famille. Lui obtenir une sépulture dans le cimetière avait été plus difficile qu'il n'aurait sans doute dû l'être. Ni l'un ni l'autre n'avions pensé avoir besoin d'un enterrement ; aussi ni l'un ni l'autre n'avions pris de dispositions. Il est un rien mortifiant, pour employer un mot assez juste, d'être obligé de se quereller avec un conservateur de cimetière sous prétexte que votre femme n'a pas réservé d'emplacement. Finalement, mon fils Charlie – il est maire, Charlie – fendit quelques crânes et obtint la concession. Être le père du maire a ses avantages.

La tombe, donc. Simple et ordinaire, avec une petite plaque au lieu d'une grande pierre tombale. Kathy repose à côté de Sandra Cain dont, par contraste, la pierre tombale imposante est en granit noir poli, avec la photo de lycée de Sandy et, gravée, une citation larmoyante de Keats sur la mort de la jeunesse et de la beauté. C'est Sandy tout craché, ça. Kathy aurait été amusée de savoir que Sandra était rangée à côté d'elle avec sa grande pierre tombale ostentatoire.

Toute sa vie, Sandy avait entretenu une cocasse compétition passive-agressive avec elle. Si Kathy venait à la vente locale de gâteaux avec une tarte, Sandy en apportait trois et fulminait, sans guère de finesse, si la tarte de Kathy se vendait la première. Kathy tâchait de résoudre le problème en achetant par prévention une tarte de Sandy. Il est difficile de dire si cette tactique améliorait ou empirait les choses du point de vue de Sandy.

Je présume que la pierre tombale de Sandy pourrait être considérée comme le point final de l'affaire, une ultime démonstration à laquelle il était impossible de riposter pour la bonne raison que Kathy était déjà morte. D'un autre côté, je n'ai pas le souvenir que quelqu'un soit allé au cimetière sur la tombe de Sandy. Trois mois après son décès, Steve Cain vendit la maison et déménagea en Arizona, un sourire aussi large que l'Interstate 10 vissé sur la figure. Peu de temps après, il m'envoya une carte postale. Il s'était mis à la colle avec une femme de là-bas qui avait été une star du porno cinquante ans plus tôt. Après avoir reçu cette nouvelle, je me sentis souillé pendant une semaine. Les enfants et petits-enfants de Sandy demeurent dans la ville voisine, mais, vu la fréquence de leurs visites, ils pourraient tout aussi bien vivre en Arizona. Il n'y a sans doute que moi qui ai lu depuis les funérailles la citation de Keats sur cette tombe, chaque fois que je passe devant pour gagner celle de ma femme.

La plaque de Kathy porte son nom (Katherine Rebecca Perry), ses dates et les mots : ÉPOUSE ET MÈRE BIEN-AIMÉE. Je lis et relis sans cesse ces mots chaque fois que je vais au cimetière. C'est plus fort que moi. Ce sont quatre mots qui résument une vie de façon aussi inadéquate que parfaite. Ils ne vous apprennent rien sur elle, ni sur sa façon d'affronter le quotidien ou de travailler, ni sur ses centres d'intérêt, ni où

LE VIEIL HOMME ET LA GUERRE

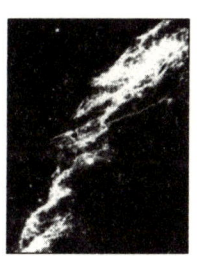

LA DENTELLE DU CYGNE
COLLECTION CODIRIGÉE PAR ALAIN KATTNIG

John Scalzi

LE VIEIL HOMME ET LA GUERRE

TRADUIT DE L'ANGLAIS PAR BERNADETTE EMERICH

L'ATALANTE
Nantes

Illustration de couverture : Didier Florentz

ISBN 978-2-84172-356-0

Librairie L'Atalante, 11 & 15, rue des Vieilles-Douves, 44000 Nantes

À Regan Avery, mon remarquable premier lecteur, et, comme toujours, à Kristine et Athena.

PREMIÈRE PARTIE

elle aimait partir en voyage. Vous ne saurez jamais quelle était sa couleur favorite, ni comment elle aimait se coiffer, ni pour qui elle votait, ni quel était son sens de l'humour. Vous ne saurez rien, excepté qu'elle était aimée. Et elle l'était. Elle aurait estimé que c'était suffisant.

Je déteste venir ici. Je déteste que la femme à qui j'ai été marié quarante-deux ans soit morte un certain samedi matin dans la cuisine. L'instant d'avant, elle préparait une pâte à gaufres et me narrait la querelle du conseil d'administration de la bibliothèque ; l'instant d'après, elle était par terre, se trémoussant sous l'effet de l'attaque qui lui dévastait le cerveau. Je déteste que ses dernières paroles furent : « Mais où ai-je donc rangé la vanille ? »

Je déteste être devenu l'un de ces vieux qui vont au cimetière pour retrouver la compagnie de leur femme morte. Quand j'étais (beaucoup) plus jeune, il m'arrivait de demander à Kathy à quoi cela pouvait servir. Un tas de viande et d'os pourrissants qui était une personne n'en est plus une. Ce n'est qu'un tas de viande et d'os pourrissants. La personne est partie… au paradis, en enfer, ailleurs ou nulle part. Visiter un quartier de bœuf revient au même. Quand on vieillit, on se rend compte que c'est toujours le cas. On n'y prête plus attention. C'est tout ce qui vous reste.

Autant je déteste le cimetière, autant je suis reconnaissant qu'il existe. Ma femme me manque. Il est plus facile de penser à elle au cimetière, où elle n'a jamais été autrement que morte, que partout ailleurs où elle était en vie.

Je ne restai pas longtemps. Comme d'habitude. Juste assez pour ressentir l'espèce de coup de poignard toujours aussi violent au bout de presque huit ans, coup de poignard qui servait aussi à me rappeler que j'avais mieux à faire que de rester planté dans un cimetière comme un pauvre vieux sot.

Dès que je le ressentis, je tournai les talons et repartis sans daigner jeter un regard à la ronde. C'était la dernière fois que je viendrais au cimetière et sur la tombe de ma femme, mais je ne voulais pas consacrer trop d'efforts à essayer de m'en souvenir. Comme je l'ai dit, c'est un endroit où elle n'a jamais été autrement que morte. Me rappeler cela n'a guère d'importance.

Maintenant que j'y pense, m'engager dans l'armée ne fut pas éprouvant non plus.

Ma ville est trop petite pour disposer de son propre bureau de recrutement. Je dus me rendre en voiture à Greenville, le chef-lieu du comté, pour m'engager. Le bureau de recrutement avait une petite devanture dans un centre commercial quelconque. Il était coincé entre un magasin de spiritueux avec licence officielle et un salon de tatouage. Selon l'ordre dans lequel on entrait dans chacun d'eux, on risquait de s'éveiller le lendemain matin avec un sérieux problème.

L'intérieur du bureau était encore moins attrayant, aussi impensable que ce fût. Il consistait en une table avec un ordinateur et une imprimante, un humain derrière la table, deux chaises devant et six autres chaises alignées le long du mur. Sur une petite table devant ces chaises étaient posés des prospectus concernant le recrutement et quelques vieux exemplaires de *Time* et de *Newsweek*. Bien sûr, Kathy et moi étions venus ici dix ans auparavant. Je subodorais que rien n'avait été retiré, encore moins changé, y compris les magazines. L'humain avait l'air nouveau. Du moins, je ne me rappelais pas que le précédent recruteur eût autant de cheveux ni de poitrine.

La recruteuse était occupée à taper quelque chose sur son ordinateur et elle ne daigna pas en lever les yeux à mon arrivée.

— Je suis à vous dans un instant, marmonna-t-elle en guise de réponse plus ou moins pavlovienne à l'ouverture de la porte.

— Prenez votre temps. Je sais qu'il y a foule.

Cette tentative d'humour vaguement sarcastique se heurta à un silence indifférent, ce qui n'est guère étonnant par les temps qui courent. J'étais content de constater que je n'avais pas perdu ma forme. Je m'assis devant le bureau et attendis que la recruteuse eût terminé ce qu'elle faisait.

— Vous arrivez ou vous partez ? demanda-t-elle sans me regarder.

— Pardon ?

— Vous arrivez ou vous partez ? répéta-t-elle. Vous arrivez pour signer votre intention d'engagement ou vous partez pour commencer votre service ?

— Ah ! Je pars, s'il vous plaît.

Cette réponse me valut enfin un regard d'entre ses yeux réduits à une fente derrière une paire de lunettes plutôt sévères.

— Vous êtes John Perry.

— C'est moi. Comment le savez-vous ?

Elle regarda de nouveau son ordinateur.

— La plupart de ceux qui veulent s'engager viennent le jour de leur anniversaire, même s'ils disposent encore de trente jours pour s'engager officiellement. Aujourd'hui, nous n'avons que trois anniversaires. Mary Valory a déjà appelé pour prévenir qu'elle ne part pas. Et, de toute évidence, vous n'êtes pas Cynthia Smith.

— Je suis ravi de vous l'entendre dire.

— Et puisque vous ne venez pas pour une signature initiale, continua-t-elle en ignorant cette nouvelle pointe d'humour, la logique veut que vous soyez John Perry.

— Je pourrais n'être qu'un vieil homme solitaire qui erre en quête de conversation, fis-je remarquer.

— On n'a guère de ces gens-là par ici. Les gamins d'à côté avec leurs tatouages de démons les effrayent. (Finalement, elle repoussa son clavier et m'accorda toute son attention.) Bien… Vos papiers, s'il vous plaît.

— Mais vous savez déjà qui je suis, lui rappelai-je.

— Pour confirmation.

Aucune ombre de sourire n'accompagnait ces mots. Avoir affaire tous les jours à de vieux croûtons bavards avait probablement fini par l'user.

Je lui tendis mon permis de conduire, mon acte de naissance et ma carte d'identité nationale. Elle les prit, sortit de son bureau un boîtier, le connecta à l'ordinateur et le poussa vers moi. Je plaçai la paume de ma main dessus et attendis la fin du scannage. Elle reprit le boîtier et posa ma carte d'identité sur le côté pour voir si elle concordait avec les données de l'empreinte palmaire.

— Vous êtes John Perry, déclara-t-elle enfin.

— Donc, retour à la case départ !

Elle m'ignora de nouveau.

— Il y a dix ans, pendant votre session d'orientation concernant votre intention d'engagement, vous avez reçu des informations au sujet des Forces de défense coloniale, ainsi que sur les devoirs et obligations que vous seriez tenu d'assumer en rejoignant les FDC, énonça-t-elle sur un ton de voix révélant qu'elle débitait ce laïus au moins une fois par jour, tous les jours depuis ses débuts dans la profession. De surcroît, pendant la période intérimaire, vous avez reçu des documents récapitulatifs afin de vous rappeler quels sont les devoirs et obligations que vous seriez tenu d'assumer.

» Jusqu'ici, avez-vous besoin d'informations supplémentaires ou d'une récapitulation, ou bien déclarez-vous que vous comprenez parfaitement les devoirs et obligations que vous allez devoir assumer ? Sachez que demander des récapitulatifs ou décider à ce stade de ne pas intégrer les FDC n'entraîne aucune pénalité.

Je n'avais pas oublié la session d'orientation. La première partie consistait en une bande de citoyens âgés assis sur des chaises pliantes dans le centre communal de Greenville, en train de manger des donuts et de boire du café tout en écoutant un drone apparatchik des FDC retracer l'histoire des colonies humaines. Puis il avait distribué des brochures sur la vie du service dans les FDC, qui a priori ressemblait à la vie dans toutes les armées. Au cours de la session questions-réponses, nous avions découvert qu'en fait il n'appartenait pas aux FDC. Il avait simplement été engagé pour les présenter dans la vallée de Miami.

La deuxième partie se résumait à un bref examen médical. Un médecin m'avait fait une prise de sang, gratté l'intérieur de la joue pour déloger quelques cellules et fait un scanner cérébral. Apparemment, j'avais réussis l'examen. La brochure distribuée lors de cette session m'avait été envoyée ensuite une fois par an par courriel. Au bout de deux ans, je la jetais dans la corbeille. Je ne l'avais pas lue depuis.

— Je comprends, répondis-je.

Elle opina du chef, sortit de son bureau une feuille de papier et un stylo et me les tendit. La feuille de papier comportait plusieurs paragraphes, chacun suivi d'un espace blanc pour y apposer une signature. Je reconnus le formulaire. J'en avais signé un tout à fait semblable dix ans plus tôt pour indiquer que je comprenais dans quoi j'allais mettre les pieds dix ans plus tard.

— Je vais vous lire chacun des paragraphes suivants. À la fin de chaque paragraphe, si vous comprenez et acceptez ce qui vous a été lu, s'il vous plaît, signez et datez sur la ligne qui suit immédiatement. Si vous avez des questions, s'il vous plaît, posez-les à la fin de la lecture de chaque paragraphe. Si par la suite vous ne comprenez pas ou n'acceptez pas ce qui vous a été lu et expliqué, ne signez pas. Avez-vous compris ?

— J'ai compris.

— Parfait… Paragraphe un : « Je, soussigné, reconnais et comprends que je me porte volontaire en toute liberté, de mon plein gré et sans coercition pour m'engager dans les Forces de défense coloniale pour un temps minimum de service de deux ans. En outre, je comprends que le temps de service peut être prolongé unilatéralement par les Forces de défense coloniale jusqu'à huit années supplémentaires en période de guerre et de contrainte. »

Cette clause de prolongation d'un total de dix ans ne m'était pas nouvelle – j'avais lu une ou deux fois l'information qu'on m'avait envoyée –, quoique je me demandais combien de gens passaient sur ce détail et, parmi ceux qui s'y arrêtaient, combien pensaient réellement qu'ils allaient être coincés dans l'armée pendant dix ans. Mon intuition à ce sujet était que les FDC ne demanderaient pas dix ans si elles n'estimaient pas avoir besoin des volontaires. À cause des lois de Quarantaine, nous n'entendions guère parler des guerres coloniales. Mais ce qui parvenait jusqu'à nous suffisait pour savoir que là-bas, dans l'univers, la paix ne régnait pas en ce moment.

Je signai.

— Paragraphe deux : « Je comprends qu'en m'engageant volontairement dans les Forces de défense coloniale j'accepte de porter des armes et de les utiliser contre les ennemis de l'Union coloniale, y compris éventuellement les autres forces humaines. Je ne puis durant le temps de mon service refuser de porter et d'utiliser des armes selon les ordres ni faire valoir des objections religieuses ou morales dans le but d'éviter de prendre part au combat. »

Combien de gens s'engagent-ils volontairement dans une armée et revendiquent-ils ensuite le statut d'objecteur de conscience ? Je signai.

— Paragraphe trois : « Je comprends et accepte d'exécuter fidèlement et avec toute la diligence voulue les ordres et les directives donnés par mes officiers supérieurs, conformément au Code uniforme de conduite des Forces de défense coloniale. »

Je signai.

— Paragraphe quatre : « Je comprends qu'en m'engageant volontairement dans les Forces de défense coloniale je consens à me soumettre à tout régime ou procédure médicale, chirurgicale et thérapeutique jugés nécessaires par les Forces de défense coloniale pour améliorer l'aptitude au combat. »

Nous y étions : voilà pourquoi nombre de croulants de soixante-quinze ans et moi-même nous engagions tous les ans.

J'avais dit une fois à mon grand-père que, lorsque j'aurais son âge, on aurait trouvé le moyen de prolonger considérablement l'espérance de vie. Il avait éclaté de rire et avoué qu'il avait supposé cela, lui aussi, et qu'était-il devenu ? Un vieil homme, rien de plus. Et moi aussi. Le problème avec l'âge n'est pas que les choses se déglinguent l'une après l'autre, mais toutes en même temps, sans arrêt.

Vieillir est inéluctable. Les thérapies géniques, les organes de remplacement et la chirurgie esthétique sont de bons moyens de lutter contre l'âge. Mais il vous rattrape de toute façon. Changez vos poumons et votre cœur pétera une valve. Changez de cœur et votre foie enflera jusqu'à la taille d'une baignoire de même gonflable. Changez de foie et une attaque cérébrale vous cisaillera. C'est l'atout de l'âge. On ne sait toujours pas remplacer le cerveau.

L'espérance de vie avait augmenté il y a peu jusque vers quatre-vingt-dix ans ; ce plafond n'avait pas été dépassé. Nous avions grignoté pratiquement vingt ans de plus que les « trois vingtaines et une dizaine », puis Dieu, semble-t-il, serra le frein. On peut vivre plus longtemps et on vit plus longtemps, mais on n'en vit pas moins ces années comme des vieillards. Pas grand-chose ne change en ce domaine.

Regardez-vous : à vingt-cinq, trente-cinq, quarante-cinq ou même cinquante-cinq ans, vous pouvez encore avoir le sentiment d'être capable de déplacer des montagnes. Mais à soixante-cinq ans, lorsque votre corps contemple la route menant à l'imminente ruine physique, ces mystérieux « régimes et procédures médicales, chirurgicales et thérapeutiques » commencent de paraître intéressants. Puis vous avez soixante-quinze ans, vos amis sont morts et vous avez remplacé au moins un de vos organes majeurs ; vous devez aller pisser quatre fois par nuit et vous ne pouvez pas gravir une volée de marches sans être un peu essoufflé... Et pourtant, on vous dit que vous êtes en très bonne forme pour votre âge.

Échanger cela pour une décennie de vie alerte dans une zone de combat vous semble alors une excellente affaire. Surtout parce que, si vous ne le faites pas, dans une décennie, vous aurez quatre-vingt-cinq ans et, alors, la seule différence entre vous et un raisin sec sera que, si vous vous retrouvez tous les deux ridés et sans prostate, le raisin, lui, n'en a jamais eu.

Mais comment les FDC réussissent-elles à inverser le cours du vieillissement ? Personne ici ne le sait. Les savants de la Terre ne peuvent expliquer comment elles procèdent et sont incapables de reproduire leur succès, et ce n'est pas faute d'avoir essayé. Les FDC n'opèrent pas sur la planète, on ne peut donc interroger de vétéran. Quelles que soient les thérapies appliquées par les FDC, elles sont pratiquées hors du système solaire, dans les secteurs relevant de l'autorité des FDC, loin des limites des gouvernements nationaux et mondiaux. Donc aucune aide de l'Oncle Sam ni de quiconque.

De temps à autre, une législation, un président ou un dictateur décide d'interdire le recrutement des FDC jusqu'à ce qu'elles révèlent leur secret. Les FDC ne discutent jamais. Elles plient bagage et s'en vont. Alors tous les vieux de soixante-quinze ans dans ce pays prennent de longues vacances internationales dont ils ne reviennent jamais. Les FDC ne fournissent aucune explication, aucun argument, aucun indice. Si vous voulez découvrir leur procédé de rajeunissement, vous devez vous engager.

Je signai.

— Paragraphe cinq : « Je comprends qu'en m'engageant volontairement dans les Forces de défense coloniale je mets un terme à ma citoyenneté dans mon entité politique nationale, en l'occurrence les États-Unis d'Amérique, ainsi qu'à ma franchise résidentielle qui m'autorise à résider sur la planète Terre. Je comprends que ma citoyenneté sera subséquemment transférée à l'Union coloniale, et plus spécifiquement aux Forces de défense coloniale. En outre, je reconnais et comprends qu'en mettant un terme à ma citoyenneté locale et à ma franchise résidentielle planétaire il m'est interdit de retourner par la suite sur Terre, et qu'à la fin de mon service dans les Forces de défense coloniale je serai replacé dans la colonie que l'Union coloniale et/ou les Forces de défense coloniale m'auront attribuée. »

Soit, dit autrement : on ne peut pas rentrer au pays. Cette clause fait partie des lois de Quarantaine imposées par l'Union coloniale et les FDC, officiellement du moins, pour protéger la Terre de nouveaux désastres xénobiologiques comme le grippage. Les gens approuvaient ces lois à l'époque. Il est curieux de voir une planète devenir insulaire quand un tiers de sa population masculine perd définitivement sa fertilité en l'espace d'une année. Maintenant les hommes sont moins favorables à ces lois, ils en ont marre de la Terre et désirent voir le reste de l'univers. Ils ont oublié le grand-oncle Walt sans enfant. Seulement, l'UC et les FDC sont les seules à posséder des vaisseaux spatiaux à propulsion de saut qui permettent le voyage interstellaire. Voilà où nous en sommes.

(Cet avantage rend l'accord de coloniser là où l'UC vous dit de coloniser quelque peu discutable. Puisqu'ils sont les seuls à posséder ces vaisseaux, vous allez de toute façon là où ils vous emmènent. Ils ne vont tout de même pas vous laisser piloter l'astronef.)

Un effet collatéral des lois de Quarantaine et de la propulsion de saut est de rendre les communications entre la Terre et les colonies (et entre les colonies elles-mêmes) absolument impossibles. L'unique façon d'obtenir une réponse opportune d'une colonie est de confier le message à un vaisseau à propulsion de saut. Les FDC transporteront avec mauvaise grâce les messages et les données pour les gouvernements planétaires, mais le citoyen de base n'a aucune chance. On pourrait installer une antenne radio et attendre que des signaux de communication émis par les colonies la balayent, mais Alpha, la colonie la plus proche de la Terre, se trouve à quatre-vingt-trois années-lumière. Cette distance rend les bavardages animés entre planètes difficiles.

Je ne l'ai jamais demandé, mais j'imagine que c'est ce paragraphe qui incite la majorité des volontaires à faire marche arrière. Vouloir redevenir jeune est une chose, mais tourner le dos à tout ce qu'on a jamais connu, à tous ceux qu'on a jamais connus ou aimés et à toutes les expériences jamais vécues en l'espace de sept décennies et demie en est une autre. C'est un sacré truc de dire adieu à toute sa vie.

Je signai.

— Paragraphe six... Dernier paragraphe, annonça la recruteuse. « Je reconnais et comprends que, dans les soixante-douze heures suivant la signature finale de ce document, ou dès mon transport hors de Terre par les Forces de défense coloniale, quel que soit le premier à advenir, je serai considéré par la loi comme décédé dans toutes les entités politiques compétentes, en l'occurrence l'État d'Ohio et les États-Unis d'Amérique. Tous mes avoirs seront distribués conformément à la loi. Je reconnais et comprends, si je n'ai pas encore pris de dispositions concernant la distribution de mes avoirs, qu'à ma demande les Forces de défense coloniale me fourniront un conseil juridique et financier pour le faire dans les soixante-douze heures. »

Je signai. Il me restait soixante-douze heures à vivre. Façon de parler.

— Que se passe-t-il si je ne quitte pas la planète dans les soixante-douze heures ? demandai-je en tendant le document à la recruteuse.

— Rien, dit-elle en récupérant la feuille. Sauf que, puisque vous êtes légalement mort, vos biens seront partagés selon votre volonté, vos assurances vie et de santé annulées ou remboursées à vos héritiers, et, étant légalement mort, vous ne bénéficierez plus de la protection de la loi en aucun domaine, de la diffamation au meurtre.

— Donc quelqu'un pourrait me tuer sans répercussion légale ?

— Ma foi, non. Si quelqu'un vous assassinait alors que vous êtes légalement mort, je crois qu'ici, en Ohio, il serait traduit en justice pour « nuisance à un cadavre ».

— Fascinant.

— Cependant, poursuivit-elle de son ton monotone de plus en plus énervant, les choses ne vont pas en général aussi loin. À tout moment d'ici à la fin des soixante-douze heures, vous pouvez simplement changer d'avis quant à votre engagement. Il suffit de m'appeler. Si je suis absente, un répondeur prendra votre nom. Sitôt que nous aurons vérifié que c'est bel et bien vous qui requérez l'annulation de l'engagement, vous serez libéré de toute autre obligation. N'oubliez pas que cette annulation vous exclut définitivement de tout futur engagement. C'est une fois ou rien.

— Pigé… Faut-il que je prête serment ?

— Absolument pas. Il suffit que je télécharge ce formulaire et vous donne votre billet. (Elle se tourna devant son ordinateur, tapa pendant quelques minutes puis enclencha la touche ENTRÉE.) L'ordinateur est en train de préparer votre billet. Il y en a pour une minute.

— Bien. Est-ce que je peux vous poser une question ?

— Je suis mariée, répondit-elle.

— Ce n'était pas ce que j'avais l'intention de vous demander. On vous demande réellement en mariage ?

— Tout le temps. C'est horripilant.

— J'en suis désolé. (Elle hocha la tête.) Ce que je voulais vous demander, c'est si vous avez déjà rencontré un membre des FDC.

— À part les recrues, vous voulez dire ? (J'acquiesçai.) Non. Les FDC ont une société ici qui s'occupe du recrutement, mais aucun d'entre nous n'appartient aux FDC. Même pas le P-DG, à mon avis. Nous recevons tous nos matériaux et informations du personnel de l'ambassade de l'Union coloniale et non pas directement des FDC. Je ne pense pas qu'elles viennent sur Terre.

— Ça vous ennuie de travailler pour une organisation que vous n'avez jamais rencontrée ?

— Non. Le travail est agréable et la paye étonnamment élevée, si on considère le peu de frais engagés dans la décoration. De toute façon, vous allez rejoindre une organisation que vous n'avez jamais rencontrée. Ça vous ennuie ?

— Non, admis-je. Je suis vieux, ma femme est morte et je n'ai plus guère de raisons de traîner mes guêtres par ici. Allez-vous vous engager quand le moment sera venu ?

Elle haussa les épaules.

— Vieillir m'est égal.

— Je disais ça aussi quand j'étais jeune. C'est le fait d'être maintenant vieux que je ne supporte pas.

Son imprimante émit un léger bourdonnement et éjecta une sorte de carte de travail. Elle la prit et me la tendit.

— Voici votre billet. Il vous identifie comme John Perry, recrue des FDC. Ne le perdez pas. Votre navette part juste devant ce bureau dans trois jours pour vous conduire à l'aéroport de Dayton. Elle décolle à 8 h 30. Nous vous conseillons d'arriver en avance. Comme bagage, vous n'êtes autorisé qu'à un seul sac de voyage. Aussi, s'il vous plaît, choisissez avec soin les objets que vous souhaitez emporter.

» De Dayton, vous prendrez le vol de onze heures pour Chicago, puis le delta de deux heures de l'après-midi pour Nairobi. La traversée dure neuf heures, donc vous arriverez aux alentours de minuit, heure locale. Vous rencontrerez un représentant des FDC, et vous aurez le choix de prendre la tige de haricot de deux heures du matin pour la station coloniale ou bien de vous reposer un peu et de prendre celle de neuf heures du matin. À partir de là, vous serez entre les mains des FDC.

J'acceptai le billet.

— Qu'est-ce que je fais si l'un de ces vols est en retard ou retardé ?

— Il n'y a jamais eu de retard pour aucun de ces vols depuis cinq ans que je travaille ici.

— Waouh ! Je parie que les trains des FDC arrivent aussi à l'heure.

Elle me dévisagea d'un air inexpressif.

— Vous savez, j'ai essayé de plaisanter avec vous depuis que je suis entré ici.

— Je sais. Je suis navrée. Mon sens de l'humour m'a été chirurgicalement retiré quand j'étais enfant.

— Oh !

— C'était une plaisanterie, dit-elle en se levant et me tendant la main.

— Oh !

Je me levai aussi et la lui serrai.

— Félicitations, recrue. Bonne chance à vous là-bas, dans les étoiles. Je le dis sincèrement, précisa-t-elle.

— Merci. J'apprécie.

Elle opina du chef, se rassit et posa les yeux sur son ordinateur. J'étais congédié.

En sortant, j'avisai une vieille femme qui traversait le parc de stationnement en direction du bureau de recrutement. Je m'approchai d'elle.

— Cynthia Smith ? demandai-je.

— Oui. Comment savez-vous mon nom ?

— Je voulais juste vous souhaiter bon anniversaire. (Je pointai le doigt vers le ciel.) Peut-être que je vous reverrai là-haut.

Elle sourit à l'instant où elle comprit. Finalement, j'avais réussi à faire sourire quelqu'un ce jour-là. La vie s'annonçait sous un jour meilleur.

DEUX

Nous nous arrachâmes de Nairobi, qui tomba sous nos pieds comme une pierre. Nous filâmes de côté comme dans un ascenseur rapide (ce qu'est exactement une tige de haricot, bien entendu) et observâmes la Terre qui commençait de s'esquiver.

— On dirait des fourmis vu d'ici ! caqueta Léon Deak qui se tenait à côté de moi. Des fourmis noires.

J'éprouvais le violent désir de briser une fenêtre et de balancer Léon dans le vide. Hélas, il n'y avait aucune fenêtre à briser. La « fenêtre » de la tige de haricot était coulée dans les mêmes matériaux composites imitant le diamant que le reste de la plateforme, qui avait été rendue transparente afin que les voyageurs admirent le panorama. La plateforme était étanche, ce qui serait fort commode dans quelques minutes seulement, lorsque nous aurions gagné assez d'altitude : briser une fenêtre déclencherait alors une décompression explosive, une hypoxie et la mort.

Ainsi Léon n'aurait pas la surprise d'opérer un retour soudain et parfaitement inattendu dans les bras de la Terre. Par malchance, il s'était attaché à moi à Chicago, comme une grosse tique gorgée de bière. J'étais stupéfait que quelqu'un dont le sang était à l'évidence composé pour moitié de graisse de porc ait pu atteindre l'âge de soixante-quinze ans.

J'avais passé une partie du vol pour Nairobi à l'écouter péter et exposer d'un ton de mauvais augure sa théorie de la composition raciale des colonies. Les pets restaient la partie la plus agréable de ce monologue. Jamais je ne fus aussi empressé d'acheter des oreillettes pour profiter des divertissements en vol.

J'avais espéré me débarrasser de lui en optant pour la première tige de haricot. Il avait l'air du type qui aurait besoin de repos après avoir lâché des gaz toute la journée. Pas de bol. L'idée de passer encore six heures en compagnie de Léon et de ses pets était plus que je ne pouvais supporter. Si la tige de haricot avait eu des fenêtres et que je n'avais pu balancer Léon, j'aurais peut-être sauté moi-même. Au lieu de cela, je pris l'initiative de me défaire de lui sous le seul prétexte à même de le tenir à distance, à savoir que je devais me soulager. Léon grommela son autorisation. Je m'éloignai dans le sens inverse des aiguilles d'une montre en direction des salles de repos, dans l'intention de voir si je ne pouvais pas dénicher une place où Léon ne me trouverait pas.

Ça n'allait pas être facile. La plateforme de la tige avait la forme d'un donut d'une trentaine de mètres de diamètre. Le « trou » du donut, par lequel elle glissait le long de la tige, mesurait environ six mètres de large. Le diamètre du câble était à l'évidence un rien inférieur. Cinq mètres cinquante peut-être, ce qui, si on y réfléchissait, paraissait très fin pour un câble de plusieurs centaines de kilomètres de long. Le restant de l'espace était occupé par des alcôves et des divans confortables où les voyageurs pouvaient s'asseoir et bavarder, ainsi que par de petites aires où assister aux divertissements, jouer ou se restaurer. Et, bien sûr, il y avait beaucoup de fenêtres panoramiques pour observer la Terre, vers le bas, ou la station coloniale, vers le haut.

Dans l'ensemble, la plateforme donnait l'impression d'être le vestibule d'un hôtel bon marché, soudain lancé vers l'orbite géostationnaire. L'unique problème était que son design ouvert rendait difficile de s'y cacher. De surcroît, ce vol ne faisait pas le plein ; il n'y avait pas assez d'autres passagers pour disparaître au milieu d'eux. Je décidai finalement de prendre une boisson à un kiosque, près du centre de la plateforme, plus ou moins en direction opposée à la place de Léon. La perspective visuelle étant ce qu'elle est, c'était là où j'avais le plus de chance de l'éviter le plus longtemps.

Quitter physiquement la Terre avait été agaçant à cause de la présence exécrable de Léon, mais la quitter affectivement avait été étonnamment facile. J'avais décidé un an avant mon départ que, oui, j'allais m'engager dans les FDC ; à partir de ce moment, ce départ s'était réduit à prendre mes dispositions et faire mes adieux. Lorsque Kathy et moi avions décidé à l'origine de nous engager, une décennie auparavant, nous avions mis la maison au nom de notre fils Charlie ainsi que du nôtre, afin qu'il en prenne possession sans tracasserie administrative. Kathy et moi ne possédions rien d'autre de valeur, juste le bric-à-brac qu'on accumule au cours d'une vie. La plupart des objets réellement beaux avaient été répartis entre les amis et la famille la dernière année. Charlie s'occuperait du reste plus tard.

Quitter mes connaissances n'avait pas été si pénible que ça. Les gens avaient réagi à la nouvelle avec divers degrés de surprise et de tristesse, puisque tout le monde sait qu'une fois engagé dans les Forces de défense coloniale on ne revient pas. Mais ce n'est pas tout à fait la même chose que mourir. Ils savent que quelque part, tout là-bas, vous êtes encore en vie. Et, que diable, peut-être un jour vous rejoindront-ils. Cela ressemble un peu à ce que, dans mon imagination, les gens ressentaient il y a des centaines d'années lorsque l'une de leurs connaissances empruntait un chariot et partait vers l'Ouest. Ils pleuraient, ils la regrettaient puis retournaient vaquer à leurs occupations.

En tout cas, j'avais annoncé une année avant de partir que je m'en allais. Ça laisse beaucoup de temps pour dire ce que vous avez à dire, régler vos affaires et faire la paix avec autrui. Au cours de cette année, j'avais tenu plusieurs réunions avec de vieux amis, la famille et remué les cendres et les vieilles blessures pour la dernière fois. À peu près chaque fois, tout s'était bien terminé. À deux reprises, j'avais demandé pardon pour des choses que je ne regrettais pas particulièrement, et une fois je m'étais retrouvé au lit avec une femme, ce qui en d'autres circonstances ne se serait pas produit. Mais on fait ce qu'on doit faire pour donner aux autres le sentiment d'une conclusion. Ainsi, ils se sentent mieux et ça ne vous aura pas coûté grand-chose. Je préférais m'excuser pour ce qui n'avait guère d'importance à mes yeux et laisser un ami sur Terre qui me souhaite bonne chance plutôt que de me montrer obstiné et en faire un ennemi qui priera pour qu'un alien me dévore le cerveau. Appelons ça l'assurance karmique.

Charlie avait été mon principal souci. Comme nombre de pères et de fils, nous avions eu nos travers. Je n'avais pas été le plus attentif des pères et il n'avait pas été le fils le mieux structuré, errant encore dans la vie la trentaine bien passée. Lorsqu'il avait découvert que Kathy et moi avions l'intention de nous engager, il avait explosé de fureur. Il nous avait rappelé que nous avions protesté contre la guerre subcontinentale. Il nous avait rappelé que nous lui avions toujours enseigné que la violence n'était pas la réponse. Il nous avait rappelé que nous l'avions une fois privé de sorties pendant tout un mois pour être allé tirer des cartons sur la proposition de Bill Young, initiative que nous avions trouvée tous deux un peu curieuse de la part de cet homme de trente-cinq ans.

Le décès de Kathy avait mis fin à presque toutes nos batailles parce que aussi bien lui que moi avions réalisé que l'objet de nos disputes n'avait tout simplement pas d'importance. J'étais veuf, lui célibataire, et, pendant un temps, lui et moi fûmes l'un pour l'autre tout ce qui nous restait. Quelque temps plus tard, il avait connu et épousé Lisa, et, l'année suivante, il était devenu père et avait été réélu maire au cours d'une même nuit très mouvementée. Charlie s'était épanoui tardivement, mais quelle réussite ! Lui et moi avions eu nos réunions au cours desquelles je m'étais excusé (sincèrement) pour certaines choses et lui avais dit tout aussi sincèrement combien j'étais fier de l'homme qu'il était devenu. Puis nous nous étions assis sur la véranda avec nos bières, j'avais regardé mon petit-fils Adam frapper une balle avec une batte dans la cour de devant et nous avions parlé de choses anodines pendant un agréable long moment. Lors des adieux, nous nous étions séparés dans l'harmonie et avec amour, ce qu'on désire entre père et fils.

Je m'attardais près du kiosque en sirotant mon Coca et en pensant à Charlie et à sa famille, quand j'entendis la voix de Léon grommeler, suivie d'une autre voix, basse, cinglante et féminine en réponse. Malgré moi, je lorgnai derrière le kiosque. Léon avait apparemment réussi à coincer une pauvre femme à qui il assénait sans aucun doute une théorie idiote que son pédoncule cérébral équivalent à celui d'un bœuf était en train de promulguer. Mon sens de la chevalerie l'emporta à cet instant sur mon désir de me cacher et je les rejoignis pour intervenir.

— Ce que je vous *dis,* était en train de raconter Léon, c'est qu'il n'est pas tout à fait juste que vous et moi et tous les Américains devions attendre d'être de vieilles noix pour avoir *notre* chance de partir, alors que tous ces petits Indiens sont envoyés sur des mondes flambant neufs aussi vite qu'ils se *reproduisent.* Et ils se reproduisent comme des lapins. Ce n'est pas *juste.* Ça vous paraît *juste,* à vous ?

— Non, ce n'est pas particulièrement juste, répondit la femme. Mais je suppose qu'ils ne considéraient pas non plus qu'il soit *juste* que nous rayions New Delhi et Bombay de la face de la planète.

— C'est exactement où je voulais en venir ! s'exclama Léon. Nous avons *atomisé* les enturbannés ! Nous avons *gagné* la guerre ! La victoire devrait *compter* pour quelque chose, nom d'un chien ! Et regardez ce qui se passe maintenant. Eux, ils ont perdu la guerre mais ils ont obtenu le droit d'aller coloniser l'univers, et *nous,* le seul moyen dont nous disposons pour avoir le droit de partir est de nous engager à les protéger ! Excusez-moi de dire ça, mais la Bible n'affirme-t-elle pas que « les doux auront la terre en héritage » ? Moi, je dis que perdre une foutue guerre vous rend sacrément *doux.*

— Je ne pense pas que ce verset signifie ce que tu penses, Léon, déclarai-je en m'approchant d'eux.

— John ! Ça, c'est un homme qui sait de quoi je parle, dit Léon en m'accueillant par un sourire.

La femme se tourna vers moi.

— Vous connaissez ce monsieur ? me demanda-t-elle avec une inflexion dans la voix sous-entendant que, si c'était le cas, il y avait manifestement quelque chose qui clochait chez moi.

— Nous nous sommes rencontrés sur le vol de Nairobi, précisai-je en levant doucement un sourcil pour indiquer qu'il n'était pas mon compagnon préféré. Je suis John Perry.

— Jesse Gonzales.

— Enchanté. (Puis, à l'adresse de Léon :) Léon, ta citation est fausse. Ce verset se trouve dans le Sermon sur la montagne et il dit : « Bienheureux les doux, car ils auront la terre en héritage. » Hériter de la terre est considéré comme une récompense et non pas un châtiment.

Léon cligna des paupières puis renifla.

— N'empêche que nous les avons bien *vaincus*. Nous avons botté leurs petits culs marron. C'est *nous* qui devrions coloniser l'univers, pas eux.

J'ouvris la bouche pour rétorquer mais Jesse me devança.

— « Bienheureux ceux qui sont persécutés pour la justice, car le royaume des cieux leur appartient », dit-elle à l'adresse de Léon tout en me coulant un regard en coin.

Léon nous fixa bouche bée.

— Vous n'êtes pas *sérieux*, déclara-t-il au bout d'une minute. Il n'y a rien dans la *Bible* qui dit que *nous* devons rester coincés sur Terre tandis qu'une bande de *moricauds* qui ne croient même pas en Jésus, merci du peu, occupe la Galaxie. Et elle ne dit certainement pas que nous devons *protéger* ces petits salopards pendant qu'ils s'y implantent. J'avais un fils dans cette guerre. Un Hindou de merde a tiré sur une de ses couilles ! Ses *couilles* ! Ils ont *mérité* ce qu'ils ont eu, ces fils de pute. Ne me demandez pas d'être *heureux* de devoir sauver maintenant leurs culs repentants là-haut, dans les colonies.

Jesse me lança un clin d'œil.

— Aimeriez-vous citer la prochaine ?

— Si ça ne vous dérange pas.

— Pas du tout.

— « Mais je vous dis à vous qui m'écoutez : aimez vos

ennemis, faites du bien à ceux qui vous haïssent, bénissez ceux qui vous maudissent, priez pour ceux qui vous calomnient, et vous serez les fils du Très-Haut, car par sa grâce le soleil se lève sur le mal comme sur le bien, et la pluie tombe sur le juste comme sur l'impie. »

Léon vira au rouge écrevisse.

— Vous êtes tous les deux mabouls, déclara-t-il en s'éloignant d'un pas rageur aussi vite que ses kilos le lui permettaient.

— Merci, Jésus, dis-je. Et, cette fois, je le pense vraiment.

— Vous connaissez bien la Bible, dites donc, observa Jesse. Vous étiez pasteur dans votre vie passée ?

— Non. Mais j'ai vécu dans une ville de deux mille habitants et quinze églises. Ça aide à parler la langue. Et il n'est pas nécessaire d'être croyant pour apprécier le Sermon sur la montagne. Et vous ?

— Le catéchisme de l'école catholique. J'ai gagné un ruban pour mémorisation en quatrième. C'est stupéfiant ce que votre cerveau peut retenir en soixante ans, même si je suis aujourd'hui infichue de me souvenir où je gare ma voiture quand je vais faire les courses.

— Eh bien, en tout cas, permettez-moi de m'excuser pour Léon. Je le connais à peine, mais assez pour savoir que c'est un fieffé imbécile.

— « Ne jugez pas et vous ne serez pas jugé », récita-t-elle en haussant les épaules. De toute façon, il dit ce que beaucoup pensent. Je trouve que c'est stupide et faux, mais ça ne signifie pas que je ne le comprends pas. J'aurais préféré trouver un autre moyen de découvrir les colonies que d'attendre toute une vie et d'être obligée de m'engager dans l'armée. Si j'avais pu être colon quand j'étais plus jeune, je n'aurais pas hésité.

— Donc vous ne vous engagez pas pour mener une vie d'aventure militaire.

— Bien sûr que non! rétorqua-t-elle, un rien méprisante. Vous, vous vous êtes engagé parce que vous éprouvez le vif désir de partir au combat?

— Non.

Elle acquiesça.

— Moi non plus. Comme la majorité d'entre nous. Votre ami Léon ne s'est certainement pas engagé pour être dans l'armée : il ne supporte pas les gens que nous protégerons. On s'engage parce qu'on n'est pas prêt à mourir et qu'on ne veut pas devenir vieux. On s'engage parce que la vie sur Terre n'est plus intéressante passé un certain âge. Ou encore pour voir un monde nouveau avant de mourir. C'est pour cette raison que je me suis engagée, vous savez. Ni pour combattre ni pour recouvrer ma jeunesse. Je veux savoir ce que c'est qu'être *ailleurs*.

Elle se tourna pour regarder par la fenêtre.

— Bien sûr, c'est comique de m'entendre dire ça. Savez-vous que, jusqu'à hier, je n'étais jamais sortie de l'État du Texas?

— N'en ayez pas honte, dis-je. Le Texas est un grand État.

Elle sourit.

— Merci. Je n'en ai pas vraiment honte. Mais c'est drôle. Petite fille, je dévorais tous les romans du « Jeune Colon », je regardais les films et je rêvais d'élever un troupeau arcturien et de lutter contre les méchants vers de terre de la colonie Gamma Prime. Puis j'ai grandi et pris conscience que les colons venaient des Indes, du Kazakhstan et de Norvège, des pays qui ne pouvaient plus nourrir leur population, et que le fait d'être née en Amérique m'interdirait de partir. Et aussi qu'il n'existait pas de troupeau arcturien ni de vers de terre ! J'ai été très déçue d'apprendre ça quand j'ai eu douze ans.

Elle haussa encore une fois les épaules.

— J'ai grandi à San Antonio, suis « partie » en fac à l'université du Texas et j'ai trouvé un boulot de retour à San Antonio. J'ai fini par me marier et nous passions nos vacances sur la côte du Golfe. Pour notre trentième anniversaire, mon mari et moi avions prévu de voyager en Italie, mais nous n'y sommes jamais allés.

— Que s'est-il passé ?

Elle éclata de rire.

— Sa secrétaire, voilà ce qui s'est passé. Eux, ils ont fini par aller en Italie pour leur lune de miel. Je suis restée à la maison. D'un autre côté, ils sont morts empoisonnés en mangeant des fruits de mer à Venise. Ce n'est donc pas plus mal que je n'y sois jamais allée. Mais, après ça, l'envie de voyager m'a démangée. Je savais que je m'engagerais dès que je le pourrais, je l'ai fait et me voici. Même si maintenant je regrette de ne pas avoir voyagé davantage. J'ai pris le delta Dallas-Nairobi. C'était amusant. J'aurais aimé le faire plus d'une fois dans ma vie. Sans parler de *ça*... (elle désigna par la fenêtre les câbles de la tige de haricot) que jamais je n'aurais pensé vouloir prendre un jour. Je veux dire, qu'est-ce qui maintient ce câble à la verticale ?

— La foi. Vous croyez qu'il ne tombera pas et il ne tombera pas. Tâchez de ne pas trop y penser, sinon nous serons tous dans le pétrin.

— Ce que je crois, dit Jesse, c'est que j'ai envie de me mettre quelque chose sous la dent. Ça vous dit de vous joindre à moi ?

— La foi! s'exclama Harry Wilson en éclatant de rire. Eh bien, peut-être est-ce la foi qui maintient ce câble. Parce qu'une chose est sûre de sûre, ce n'est pas la physique fondamentale.

Harry Wilson nous avait rejoints, Jesse et moi, dans l'alcôve où nous mangions.

— Vous deux, vous avez l'air de vous connaître, ce qui est un avantage sur tous ceux qui sont ici, avait-il déclaré en s'approchant.

Nous l'avions invité à partager notre table et il avait accepté avec plaisir. Il avait enseigné la physique durant vingt ans dans un lycée de Bloomington, Indiana, et la tige de haricot l'intriguait depuis que nous étions montés dedans.

— Que voulez-vous dire par « la physique ne le maintient pas » ? demanda Jesse. Croyez-moi, ce n'est pas du tout ce que j'ai envie d'entendre maintenant.

Harry sourit.

— Désolé. Permettez-moi de le reformuler. La physique joue certainement un rôle dans le maintien de cette tige de haricot à la verticale. Mais la physique impliquée n'est pas celle du jardin d'enfants. Il y a beaucoup de choses ici qui entrent en jeu et qui n'ont aucun sens à la surface.

— Je sens venir le cours de physique, fis-je remarquer.

— J'ai enseigné la physique à des ados pendant des années, dit Harry en sortant un petit calepin et un stylo. Ce ne sera pas douloureux, faites-moi confiance. Bon... Regardez. (Harry commença par dessiner un cercle au bas de la page.) Ceci est la Terre. Et cela... (il dessina un cercle plus petit au milieu de la page) la station coloniale. Elle se trouve en orbite géosynchrone, ce qui signifie qu'elle reste au même endroit par rapport à la rotation de la Terre. Elle se trouve toujours au-dessus de Nairobi. Vous me suivez jusque-là ?

Nous acquiesçâmes.

— Bien. Maintenant, le principe qui sous-tend la tige de haricot est qu'on relie la station coloniale à la Terre par l'intermédiaire d'une « tige » – un ensemble de câbles comme ceux que vous apercevez par la fenêtre – et un ensemble de plateformes d'ascenseur comme celle sur laquelle vous vous trouvez, qui peuvent faire le voyage dans les deux sens. (Harry dessina une ligne correspondant au câble et un petit carré pour la plateforme.) L'idée ici est que les ascenseurs qui avancent le long de ces câbles n'ont pas besoin d'atteindre la vitesse d'échappement pour arriver sur l'orbite, comme pour la charge utile d'une fusée. C'est un avantage pour nous, car ça nous évite de gagner la station coloniale en ayant l'impression qu'un éléphant a posé son pied sur notre poitrine. Assez simple.

» Le hic, c'est que cette tige de haricot ne se conforme pas aux principes de la physique élémentaire d'une tige classique Terre-espace. D'abord… (Harry dessina une deuxième ligne partant au-dessus de la station coloniale jusqu'en bas de la page) la station coloniale ne devrait pas se trouver au *bout* de la tige de haricot. Pour des raisons liées à l'équilibre de la masse et à la dynamique orbitale, il devrait y avoir une longueur de câble supplémentaire de plusieurs dizaines de milliers de kilomètres au-delà de la station coloniale. Sans ce contrepoids, toute tige de haricot serait intrinsèquement instable et dangereuse.

— Et vous prétendez que celle-là ne l'est pas, dis-je.

— Non seulement elle n'est pas instable, mais c'est probablement le moyen de transport le plus sûr qui ait jamais été inventé. La tige de haricot fonctionne en permanence depuis plus d'un siècle. Il ne s'est jamais produit d'accident dû à l'instabilité ou à une défaillance des matériaux, défaillance qui résulterait de l'instabilité. Il y a eu cette fameuse tige qui a explosé voilà quarante ans, mais c'était un sabotage sans rapport avec sa structure physique. La tige de haricot elle-même est d'une stabilité admirable et l'a été depuis sa construction. Seulement, selon la physique élémentaire, elle ne devrait pas l'être.

— Alors qu'est-ce qui la maintient à la verticale ? demanda Jesse.

Harry sourit de nouveau.

— Eh bien, c'est là toute la question.

— Autrement dit, vous ne le savez pas.

— Je ne le sais pas, admit-il. Mais cela en soi ne devrait pas être un motif d'inquiétude puisque je suis – ou j'étais – un simple professeur de physique de lycée. Toutefois, d'après ce que je sais, personne d'autre non plus n'a le moindre indice valable sur son mode de fonctionnement. Sur Terre, j'entends. Évidemment, l'Union coloniale le sait.

— Mais comment c'est possible ? demandai-je. Elle est ici depuis un siècle, pour l'amour de Dieu. Personne ne s'est donné la peine de découvrir comment elle fonctionne réellement ?

— Je n'ai pas dit ça. Bien sûr qu'on a essayé. Ce n'est pas comme si elle avait été tenue secrète depuis son existence. Lorsque la tige de haricot a été construite, aussi bien les gouvernements que la presse ont exigé de savoir comment elle fonctionnait. L'UC répondait en substance « trouvez-le » et rien de plus. Dans les cercles de la physique, les savants se sont penchés en vain sur la question. On appelle ça le « problème de la tige de haricot ».

— Ce n'est pas un nom très original, dis-je.

— Ma foi, les physiciens réservent leur imagination pour d'autres domaines, pouffa Harry. Le problème, c'est que la solution n'a pas été trouvée, principalement pour deux raisons. Primo, c'est incroyablement compliqué. Je vous ai cité les problèmes de la masse, mais il y a d'autres données comme la longueur du câble, les oscillations de la tige provoquées par les tempêtes et autres phénomènes atmosphériques, et même la question de la façon dont les câbles sont censés s'effiler. Tous ces problèmes sont extrêmement difficiles à résoudre dans le monde réel ; quant à les résoudre tous en même temps, c'est carrément impossible.

— Et la seconde raison ? demanda Jesse.

— La seconde raison est qu'il n'y a pas de raison d'en construire une. Même si nous avions découvert comment construire l'un de ces dispositifs, nous ne pourrions pas nous permettre de le faire. (Harry se renversa sur son siège.) Juste avant de devenir professeur, j'ai bossé pour le département de génie civil de la General Electric. Nous travaillions à l'époque sur la ligne de chemin de fer subatlantique, et l'un de mes boulots consistait à potasser les vieux projets et les propositions de projets pour déterminer si l'une de ces technologies ou réalisations pouvait s'appliquer au projet subatlantique. Une sorte de vœu pieu pour réduire à tout prix les coûts.

— La General Electric a fait faillite à cause de ce projet, non ? demandai-je.

— Maintenant vous savez pourquoi elle voulait diminuer les coûts. Et pourquoi je suis devenu professeur. Juste après la banqueroute, la General Electric n'avait plus les moyens de verser mon salaire, ni à aucun de ses employés. Bref, j'ai étudié de vieux projets et rapports et suis tombé sur des documents top secret dont l'un concernait la tige de haricot. La firme avait été engagée par le gouvernement américain pour effectuer une étude de faisabilité en tierce partie sur la construction d'une tige dans l'hémisphère occidental. Ils voulaient creuser un trou dans l'Amazone de la taille du Delaware et la planter droit sur l'équateur.

» La General Electric leur a dit d'oublier le projet. L'étude établissait que, même en supposant des progrès technologiques majeurs – dont la plupart n'ont toujours pas vu le jour et les autres n'approchent pas la technologie utilisée pour cette tige de haricot –, le budget serait trois fois supérieur au produit national brut annuel de l'économie des États-Unis. Il n'était pas question que le projet fasse couler le budget, ce qui bien entendu se serait produit. Ça, c'était il y a vingt ans, et le rapport sur lequel je suis tombé datait alors d'une décennie. Mais ça m'étonnerait que les coûts aient beaucoup baissé depuis. Donc pas de nouvelles tiges de haricot : il existe des moyens plus économiques d'envoyer les individus et les matériaux en orbite. Beaucoup plus économiques.

Harry se pencha de nouveau en avant.

— Ce qui nous amène à deux questions tombant sous le sens : comment l'Union coloniale a-t-elle réussi à créer cette monstruosité technologique et pourquoi s'en est-elle donné la peine ?

— Eh bien, il est évident que l'Union coloniale est plus avancée technologiquement que nous sur Terre, dit Jesse.

— C'est évident, acquiesça Harry. Mais pourquoi ? Les colons sont des humains, somme toute. Non seulement cela, mais, comme les colonies recrutent uniquement parmi les pays pauvres souffrant de problèmes de surpopulation, les colons sont dans l'ensemble d'un faible niveau scolaire. Dès qu'ils ont leurs nouveaux foyers, on doit supposer qu'ils passent davantage de temps à s'efforcer de rester en vie qu'à élaborer des procédés inédits pour construire des tiges de haricot. Et la technologie principale qui permet la colonisation interstellaire est la propulsion de saut, qui a été développée ici, sur Terre, et qui n'a connu aucune amélioration majeure depuis plus d'un siècle. Compte tenu de ce fait, il n'y a aucune raison que les colons soient plus avancés technologiquement que nous.

Soudain, quelque chose fit tilt dans ma tête.

— À moins qu'ils ne nous trompent, avançai-je.

— Précisément, sourit Harry. C'est ce que je pense également.

Le regard de Jesse se posa sur moi puis sur lui.

— Je ne vous suis pas, tous les deux.

— Ils nous trompent. Regardez, sur Terre, nous vivons en vase clos. Nous n'apprenons que de nous-mêmes. Nous faisons tout le temps des découvertes et affinons la technologie, mais lentement, car nous effectuons tout le travail nous-mêmes. Mais là-haut…

— Là-haut, les humains rencontrent d'autres espèces intelligentes, enchaîna Harry. Certaines ont presque certainement une technologie plus avancée que la nôtre. Soit nous en négocions l'acquisition, soit nous inversons la mécanique et découvrons comment elle fonctionne. Il est beaucoup plus simple de déterminer comment quelque chose fonctionne quand on a des matériaux sur lesquels travailler que de le déterminer tout seul à partir de rien.

— Voilà pourquoi ils nous trompent, dis-je. L'UC déchiffre les notes de quelqu'un d'autre.

— Et pourquoi l'Union coloniale ne partage-t-elle pas ses découvertes avec nous ? demanda Jesse. Pour quelle raison tout garder pour elle ?

— Peut-être pense-t-elle que ce que nous ignorons ne peut nous faire du mal, suggérai-je.

— Ou bien c'est pour une raison totalement différente, dit Harry en désignant la fenêtre au-delà de laquelle défilaient les câbles de la tige de haricot. Ce haricot n'est pas ici parce que c'est le moyen de transport le plus pratique pour la station coloniale. Il est ici parce que c'est le moyen le plus *difficile*. Et le plus onéreux, le plus technologiquement complexe et le plus politiquement intimidant. Sa présence est un rappel permanent que l'UC se tient à des années-lumière en avance sur tout ce que les humains sont capables de faire sur Terre.

— Moi, je ne l'ai jamais trouvée intimidante, observa Jesse. Je n'y ai jamais vraiment beaucoup pensé.

— Le message ne vous est pas destiné, dit Harry. Si vous étiez présidente des États-Unis, toutefois, vous auriez un point de vue différent. Somme toute, l'UC nous retient tous ici, sur Terre. Il n'y a aucun voyage dans l'espace, excepté ceux que l'UC autorise par le biais de la colonisation et de l'engagement dans l'armée. Les leaders politiques sont toujours sous pression pour outrepasser l'UC et envoyer leur population dans les étoiles. Mais la tige de haricot est un rappel constant. Elle proclame : « Tant que vous serez incapables d'en construire une, ne songez même pas à nous défier. » Et cette tige est l'unique technologie que l'UC a décidé de nous montrer. Pensez à tout ce qu'ils ont *refusé* de nous faire connaître. Je peux vous garantir que le président des États-Unis y songe. Et que ça l'oblige, lui et tous les autres leaders de la planète, à se tenir à carreau.

— Rien de tout ça ne m'incite à voir l'Union coloniale sous un jour amical, dit Jesse.

— Elle n'est pas forcément menaçante, fit remarquer Harry. Il se peut que l'UC s'efforce de protéger la Terre. L'univers est grand. Peut-être ne sommes-nous pas dans le meilleur voisinage.

— Harry, vous avez toujours été aussi paranoïaque, demandai-je, ou c'est venu insidieusement avec l'âge ?

— D'après vous, comment ai-je atteint soixante-quinze ans ? demanda-t-il avec un grand sourire. De toute façon, que l'UC soit technologiquement beaucoup plus avancée ne me pose pas de problème. J'y trouverai mon avantage. (Il leva un bras.) Regardez cette chose. C'est flasque et vieux, et pas en très bon état. Les Forces de défense coloniale vont, je ne sais comment, prendre ce bras – ainsi que le reste de ma personne – et lui redonner instantanément une forme de combat. Et vous savez comment ?

— Aucune idée, dis-je.

Jesse fit signe que non.

— Moi non plus, ajouta Harry en laissant retomber son bras sur la table dans un *ploc*. Je ne sais pas du tout comment ils le feront fonctionner. Mieux encore, je n'arrive même pas à *imaginer* comment ils s'y prendront. Si nous partons de l'hypothèse que nous avons été maintenus dans un état d'enfance technologique par l'UC, vouloir me l'expliquer serait comme tenter d'expliquer la plateforme de la tige de haricot à quelqu'un qui n'a jamais vu de mode de transport plus complexe qu'un chariot tiré par un cheval. Mais il est évident qu'ils y arrivent. Sinon pourquoi recruter des vieux de soixante-quinze ans ? L'univers ne sera pas conquis par des légions du quatrième âge. Soit dit sans vous offenser, s'empressa-t-il d'ajouter.

— Il n'y a pas de mal, dit Jesse en souriant.

— Chère madame, cher monsieur, reprit Harry en nous regardant tous les deux, nous pensons peut-être avoir une idée de ce dans quoi nous allons mettre les pieds, mais, à mon avis, nous n'avons même pas le premier indice. Cette tige de haricot est là pour nous le dire. Elle est plus complexe et plus étrange que nous ne pouvons l'imaginer... Et ce n'est que la première partie du périple. Ce qui arrivera ensuite sera encore bien plus complexe et plus étrange. Préparez-vous du mieux possible.

— Comme c'est mélodramatique, fit Jesse d'un ton sec. Je ne sais pas comment me préparer après pareille déclaration.

— Moi si, dis-je en me précipitant pour sortir de l'alcôve. Je vais me soulager. Si l'univers est plus complexe et plus étrange que je ne peux l'imaginer, il vaut mieux le découvrir la vessie vide.

— C'est parlé comme un vrai boy-scout, applaudit Harry.

— Un boy-scout n'aurait pas envie de pisser autant que moi.

— Bien sûr que si, répliqua Harry. Donnez-lui soixante ans.

TROIS

— Vous deux, je ne sais pas, nous disait Jesse, à Harry et moi, mais jusqu'à présent ça ne ressemble pas à l'idée que je me faisais de l'armée.

— Ce n'est pas si mal, répondis-je. Tiens, prends un autre donut.

— Je n'ai pas besoin d'un autre donut, répondit-elle en le prenant tout de même. Ce dont j'ai besoin, c'est dormir.

Je la comprenais. J'étais parti de chez moi depuis plus de dix-huit heures et j'avais passé presque tout ce temps-là à voyager. J'aurais bien piqué un roupillon. Au lieu de quoi, j'étais assis dans l'immense mess d'un croiseur interstellaire, à boire du café et manger des donuts en compagnie d'un millier d'autres recrues qui attendaient qu'on vienne leur dire ce qu'elles étaient censées faire ensuite. Cela, du moins, ressemblait beaucoup à ce que j'attendais de l'armée.

Le rush et l'attente avaient commencé dès l'arrivée. Sitôt descendus de la plateforme de la tige de haricot, nous fûmes accueillis par deux apparatchiks de l'Union coloniale. Ils nous informèrent que nous étions les dernières recrues attendues pour un vaisseau qui partait bientôt ; aurions-nous l'obligeance de les suivre illico afin qu'aucun retard ne soit pris ? Puis l'un se posta devant nous, l'autre derrière, et ils cornaquèrent de façon assez insultante ce troupeau de citoyens seniors à travers toute la station jusqu'à notre vaisseau, le *Henry Hudson*, des FDC.

Jesse et Harry étaient à l'évidence aussi déçus que moi par cette précipitation. La station coloniale était immense, plus d'un mille de diamètre (mille huit cents mètres, en fait ; au bout de soixante-quinze ans, me disais-je, j'allais enfin devoir m'accoutumer au système métrique), et constituait l'unique port de transit pour les recrues et les colons. Être conduits comme des bestiaux sans même pouvoir s'arrêter et observer la station équivalait à se faire tirer de force, à cinq ans, d'un magasin de jouets en période de Noël par un parent surmené. J'avais envie de me laisser tomber par terre et de piquer une colère jusqu'à obtenir gain de cause. Malheureusement, j'étais trop âgé (ou, inversement, pas assez) pour m'en sortir avec ce genre de comportement.

Ce que je vis pendant cette marche accélérée était un amuse-gueule cruel. Comme nos apparatchiks nous houspillaient et nous poussaient en avant, nous passâmes devant un immense hall d'attente bondé, présumais-je, de Pakistanais et d'Indiens musulmans. La plupart attendaient avec patience de gagner l'entrée des navettes qui les amèneraient sur l'un des immenses vaisseaux de transport colonial que l'on voyait au loin derrière la fenêtre. D'autres discutaillaient avec des responsables de l'UC de choses et d'autres, avec un fort accent, consolaient des enfants qui s'ennuyaient de toute évidence, ou fouillaient dans leurs effets pour y dénicher quelque chose à grignoter. Dans un coin, un groupe d'hommes s'était agenouillé sur une section moquettée du hall et priait. Je me demandai fugacement comment ils avaient déterminé où se trouvait La Mecque à trente-cinq mille huit cents kilomètres d'altitude. Puis on nous poussa en avant et je les perdis de vue.

Jesse me tira par la manche et désigna notre droite. Dans un petit mess, j'entrevis une créature bleue à tentacules, qui sirotait un vermouth. Je prévins Harry. Il fut si intrigué qu'il revint sur ses pas pour l'observer, à la grande consternation de l'apparatchik qui fermait la marche et qui le repoussa dans le troupeau avec un air furax. Harry, lui, souriait comme un imbécile.

— Un Gehaar, déclara-t-il. Il mangeait une oreille de buffle quand je l'ai regardé. Dégoûtant.

Après quoi, il pouffa de rire. Les Gehaars étaient les premiers extraterrestres intelligents découverts du temps où l'Union coloniale n'avait pas imposé son monopole sur le voyage spatial. Des gens plutôt sympathiques, mais qui mangent en injectant de l'acide dans leur nourriture avec les minuscules tentacules de leur tête et qui ensuite engloutissent avec bruit l'espèce de bouillie qui en résulte dans un orifice. De vrais cochons.

Harry s'en moquait. Il avait repéré son premier alien vivant.

Notre randonnée atteignait son terme alors que nous approchions d'un hall d'attente portant les mots HENRY HUDSON/RECRUES DES FDC étincelant sur un panneau qui annonçait les départs. Notre groupe s'installa avec soulagement sur des sièges tandis que nos apparatchiks allaient discuter avec d'autres coloniaux qui attendaient près de la porte de la navette. Harry, qui manifestait une tendance prononcée à la curiosité, s'approcha de la fenêtre du hall pour contempler notre vaisseau. Jesse et moi nous relevâmes avec lassitude et le suivîmes. Un petit écran près de la fenêtre nous aida à le repérer au milieu des autres.

Le *Henry Hudson* n'était pas amarré devant la porte, bien sûr. Il est difficile de faire tourner délicatement un vaisseau interstellaire de cent mille tonnes métriques en tandem avec une station spatiale pivotante. Comme tous les transports coloniaux, il restait à une distance raisonnable tandis que l'équipement, les passagers et l'équipage circulaient dans les deux sens par des navettes et des barges plus maniables. L'*Hudson* planait à quelques kilomètres au-dessus de la station. Il n'avait pas le design massif, à la laideur fonctionnelle, de la roue à rayons caractéristique des transports coloniaux, mais une forme plus plate, plus aérodynamique, et surtout pas la forme d'un cylindre ni d'une roue. J'en fis la remarque à Harry, qui acquiesça.

— Gravité artificielle à temps complet, dit-il. Et stable sur un large champ. Très impressionnant.

— Je pensais que nous étions en gravité artificielle lors de l'ascension, intervint Jesse.

— Nous l'étions, confirma Harry. Les générateurs de gravité de la plateforme de la tige augmentaient leur énergie à mesure que nous nous élevions.

— Alors qu'y a-t-il de si différent avec un vaisseau spatial qui utilise la gravité artificielle ? demanda-t-elle.

— C'est simplement extrêmement difficile, répondit Harry. Il faut une énorme quantité d'énergie pour créer un champ gravitationnel et la quantité d'énergie qu'il faut injecter augmente exponentiellement avec le rayon du champ. Ils ont probablement contourné la difficulté en créant de multiples et plus petits champs au lieu d'un seul plus grand. Mais, même ainsi, créer les champs dans notre plateforme de la tige de haricot consomme davantage d'énergie qu'il n'en faut pour éclairer ta ville pendant un mois.

— Ça, je n'en sais rien. Je viens de San Antonio.

— Bien. Sa ville à lui, alors, rectifia Harry en pointant le pouce sur moi. Le problème, c'est que ça représente un gaspillage formidable d'énergie, et, dans la plupart des situations où la gravité artificielle est indispensable, il est plus simple et beaucoup moins onéreux de créer une roue, de la faire tourner et de maintenir ainsi les gens et les objets dans la jante intérieure. Une fois qu'on l'a fait tourner, il suffit d'ajouter une énergie minimale dans le système pour compenser la friction. Contrairement à la création d'un champ de gravité artificiel qui nécessite une alimentation constante et conséquente en énergie.

Il désigna le *Henry Hudson*.

— Regardez, il y a une navette à côté de l'*Hudson*. En la prenant comme échelle, je pense que l'*Hudson* mesure deux cent cinquante mètres de long sur soixante et un mètres de large et environ quarante-six mètres de profondeur. Créer un unique champ de gravité artificielle autour de ce bébé ferait sérieusement baisser les lumières de San Antonio. Soit ils ont une source d'énergie à même de maintenir la gravité et de continuer d'alimenter les autres systèmes du vaisseau, comme la propulsion et le maintien des conditions nécessaires à la vie, soit ils ont découvert un moyen nouveau, à faible consommation d'énergie, de créer la gravité.

— C'est probablement cher, dis-je en désignant un transport colonial sur la droite du *Henry Hudson*. Regardez ce vaisseau-là. C'est une roue. Et la station coloniale tourne aussi.

— Les colonies réservent leur meilleure technologie à l'armée, avança Jesse. Et ce vaisseau va servir à transporter de nouvelles recrues. Harry, je crois que tu as raison. Nous ignorons complètement dans quoi nous allons mettre les pieds.

Harry sourit de toutes ses dents et se retourna vers le *Henry Hudson* qui décrivait paresseusement des cercles sur lui-même tandis que la station coloniale effectuait sa rotation.

— Ça me fait plaisir quand les autres se rangent à mon avis.

Nos apparatchiks nous cornaquaient de nouveau et nous alignaient pour monter à bord de la navette. Devant le sas, nous présentâmes nos cartes d'identité au responsable de l'UC qui ajoutait notre nom sur une liste tandis qu'un homologue nous donnait un assistant personnel de données.

— Merci d'avoir été sur Terre, voici un beau cadeau d'adieu, lui dis-je.

Il n'eut pas l'air de comprendre.

Les navettes ne disposaient pas de gravité artificielle. Nos apparatchiks nous sanglèrent dans un harnais et avertirent qu'en aucune circonstance nous ne devions le déboucler. Pour s'assurer que les plus claustrophobes n'essaieraient pas de se libérer, les systèmes de verrouillage des harnais ne seraient pas sous notre contrôle pendant le vol. Cela résolvait le problème. Ils distribuèrent aussi des filets en plastique à tous ceux qui avaient des cheveux longs. En chute libre, apparemment, les cheveux longs volent dans tous les sens.

Si l'un de nous souffrait de nausée, nous dit-on, il devait utiliser le sac hygiénique glissé dans la poche latérale de son siège. Nos apparatchiks insistèrent sur l'importance de ne pas attendre la dernière seconde pour se servir de ces sacs. En apesanteur, le vomi se met à flotter et déclenche la colère des autres passagers, rendant le coupable très impopulaire le restant de la traversée, voire le restant de sa carrière militaire. Cette déclaration fut suivie d'un bruit de froissement comme plusieurs d'entre nous se préparaient. La femme assise à mon côté serrait avec force son sac hygiénique. Je me préparai mentalement au pire.

Il n'y eut pas de vomi, grâce au ciel, et le transport jusqu'au *Henry Hudson* se déroula en douceur. Après le signal initial – « Merde, j'tombe » – que mon cerveau m'envoya lorsque la gravité disparut, on eût presque dit une traversée en mer sur de longs et doux rouleaux. Nous rejoignîmes le vaisseau en cinq minutes environ. Il y eut une ou deux minutes de négociation d'arrimage pendant que la porte de la soute du vaisseau s'ouvrait en s'irisant, laissait passer la navette et se refermait. Puis suivirent plusieurs minutes d'attente tandis que l'air était réinjecté dans la soute. Enfin, un léger picotement et la soudaine réapparition du poids. La gravité artificielle avait été brusquement établie.

Le sas de la navette s'ouvrit et un nouvel apparatchik apparut.

— Bienvenue sur le *Henry Hudson* des FDC. S'il vous plaît, détachez-vous, prenez vos effets et suivez la piste lumineuse qui mène hors de la soute. L'air sera pompé de nouveau hors de cette soute dans sept minutes précises afin de lancer cette navette et de permettre à une autre de s'amarrer. Alors, s'il vous plaît, soyez rapides.

Nous fûmes tous étonnamment rapides.

Ensuite, on nous conduisit dans l'immense mess du *Henry Hudson*, où nous fûmes invités à boire du café, à manger des donuts et à nous détendre. Un responsable allait venir nous donner des explications. Pendant que nous mangions, la salle se remplissait d'autres recrues, sans doute arrivées avant nous à bord. Au bout d'une heure, nous étions des centaines. Jamais je n'avais vu autant de gens réunis au même endroit en même temps. Harry non plus.

— On dirait un mercredi matin au plus grand Denny's du monde, dit-il en se resservant du café.

À l'instant où ma vessie me signalait que j'avais dépassé ma dose de café, un personnage à l'air distingué, arborant le bleu diplomatique colonial, entra dans la salle et se dirigea vers l'avant. Le niveau sonore se mit à diminuer. On voyait que les recrues étaient soulagées qu'enfin quelqu'un vienne leur dire ce que diable il se passait.

Le nouveau venu attendit quelques instants que le silence se fît.

— Bienvenue, déclara-t-il.

Tous sursautèrent. Il devait avoir un micro corporel, car sa voix jaillissait des haut-parleurs encastrés dans le mur.

— Je suis Sam Campbell, auxiliaire de l'Union coloniale pour les Forces de défense coloniale. Même si théoriquement je ne suis pas membre des FDC, elles m'ont chargé d'assurer votre orientation en leur nom. Donc, pendant les quelques jours qui vont suivre, considérez-moi comme votre officier supérieur. Je sais que beaucoup d'entre vous viennent d'arriver par la dernière navette et sont désireux de prendre un peu de repos. Les autres se trouvent sur le vaisseau depuis une journée et sont tout aussi désireux de savoir ce qui va se passer. Par égard pour les deux groupes, je serai bref.

» Dans une heure environ, le *Henry Hudson* des FDC va se détacher de son orbite et se préparer pour son premier saut dans le système de Phénix, où nous ferons une brève escale pour charger des vivres supplémentaires avant de nous diriger vers Bêta Pyxis III, où nous commencerons votre entraînement. Ne vous inquiétez pas, je n'attends pas que tout cela ait un sens pour vous maintenant. Ce que vous devez savoir, c'est qu'arriver à notre point de saut initial prendra un peu plus de deux jours et que, pendant ce temps-là, vous allez passer une série d'évaluations mentales et physiques entre les mains de mon personnel. Votre programme est en train de se télécharger en ce moment dans votre APD. S'il vous plaît, consultez-le à votre convenance. Votre APD peut aussi vous conduire partout où vous avez besoin d'aller. Donc ne craignez pas de vous perdre. Ceux qui viennent d'arriver sur le *Henry Hudson* obtiendront également par leur APD l'emplacement de la cabine qui leur a été assignée.

» Excepté de trouver votre chemin jusqu'à votre cabine, on n'attend rien de vous ce soir. Beaucoup ont effectué un long voyage et nous souhaitons que vous soyez frais et dispos pour les évaluations de demain. C'est justement le bon moment de vous régler sur le temps du vaisseau, qui correspond au temps colonial standard universel. Il est maintenant... (il consulta sa montre) 2138 colonial. Votre APD est réglé sur cette heure-là. Votre journée commence demain par le mess du petit-déjeuner de 0600 à 0730, suivi par une évaluation et une amélioration physique. Le mess du petit-déjeuner n'est pas obligatoire – votre programme militaire n'a toujours pas commencé –, mais vous aurez demain une longue journée. Je vous conseille donc d'y venir.

» Si vous avez d'autres questions, votre APD peut se connecter au système d'information du *Henry Hudson* et se servir de l'interface IA pour vous assister. Il vous suffit d'utiliser votre stylet pour écrire une question ou de parler dans le microphone de votre APD. Vous trouverez également des membres de l'Union coloniale sur tous les ponts cabines ; s'il vous plaît, n'hésitez pas à les interroger pour assistance. En s'appuyant sur vos informations personnelles, notre équipe médicale connaît déjà tous vos problèmes ou vos besoins et elle a peut-être déjà pris rendez-vous pour vous voir dès ce soir dans vos cabines. Consultez votre APD. Vous avez aussi le droit de vous rendre dans le poste des malades à votre convenance. Cette salle du mess restera ouverte toute la nuit, mais, dès demain, les heures ouvrables normales seront respectées. Consultez encore une fois votre APD pour connaître les menus et les horaires. Enfin, dès demain, vous porterez tous la tenue de recrue des FDC. Elles sont en ce moment distribuées dans vos cabines.

Campbell marqua une pause et nous gratifia tous d'un regard qu'il estimait, à mon avis, lourd de sens.

— Au nom de l'Union coloniale et des Forces de défense coloniale, je vous accueille comme nouveaux citoyens et nos défenseurs les plus récents. Que Dieu vous bénisse tous et vous garde en vie dans les épreuves à venir.

» Au fait, si vous souhaitez observer le départ du vaisseau de son orbite, nous diffuserons la vidéo dans notre salle de cinéma du pont d'observation. Cette salle est très vaste et peut accueillir toutes les recrues, alors ne craignez pas de manquer de siège. Le *Henry Hudson* est d'une vélocité remarquable, et, dès demain matin, au petit-déjeuner, la Terre ne sera plus qu'un tout petit disque ; au souper, un point brillant dans le ciel. Ce sera probablement votre dernière occasion de voir ce qu'était votre monde natal. Si cela signifie quelque chose pour vous, je vous suggère d'assister au spectacle.

— Alors, ton nouveau compagnon de cabine ? me demanda Harry en prenant le siège à côté du mien dans la salle de cinéma du pont d'observation.

— Franchement, je n'ai aucune envie d'en parler.

J'avais utilisé mon APD pour trouver mon chemin jusqu'à ma cabine où j'avais découvert mon compagnon déjà en train de ranger ses affaires : Léon Deak. Il m'avait jeté un coup d'œil en déclarant : « Tiens, tiens, le fana de la Bible. » Puis il m'avait ignoré ostensiblement, une gageure dans une pièce de trois mètres sur trois. Léon s'était déjà approprié la couchette du bas (la préférable pour des genoux de soixante-quinze ans). J'avais jeté mon sac de voyage sur celle du haut, pris mon APD, et j'étais allé chercher Jesse qui se trouvait sur le même pont. Sa compagne de cabine, une charmante dame du nom de Maggie, avait tiré sa révérence pour aller regarder le départ du *Henry Hudson*. Quand j'avais raconté à Jesse qui était mon colocataire, elle avait éclaté de rire.

Elle riait encore lorsqu'elle narra l'histoire à Harry, qui me tapota l'épaule avec sympathie.

— Ne t'en fais pas trop. Ça ne durera que jusqu'à l'arrivée sur Bêta Pyxis.

— Où que ça se perche, grommelai-je. Et ton compagnon de cabine ?

— Je ne peux rien te dire. Il dormait déjà quand je suis arrivé. Il a pris la couchette du bas lui aussi, le salaud.

— Ma compagne de cabine est tout bonnement adorable, dit Jesse. Elle m'a offert un biscuit maison quand j'ai fait sa connaissance. Elle a dit que sa petite-fille les avait préparés comme cadeau d'adieu.

— À moi, elle ne m'a pas offert de biscuit.

— Eh bien, elle n'est pas obligée de vivre avec toi.

— Et ce biscuit, était-il bon ? demanda Harry.

— On aurait dit un caillou d'avoine. Mais là n'est pas le principal. Le principal, c'est que j'ai la meilleure compagne de cabine de nous tous. Je suis privilégiée… Regardez, voici la Terre.

Elle désigna le gigantesque écran vidéo qui s'allumait. La Terre, étonnamment fidèle, planait au milieu. Celui qui avait conçu cet écran avait fait un boulot du tonnerre.

— J'aurais aimé avoir un écran comme celui-là dans mon salon, fit remarquer Harry. J'aurais eu les matchs du Super Bowl les plus populaires de mon pâté de maisons.

— Mais regarde donc, dis-je. C'est le seul endroit où nous avons vécu toute notre vie. Tous ceux que nous avons jamais connus et aimés se trouvaient là-bas. Et maintenant nous le quittons. Ça ne te fait pas un petit quelque chose ?

— Ça m'excite, dit Jesse. Et ça me rend triste. Mais pas trop triste.

— Absolument pas trop triste, dit Harry. Il ne restait plus rien à faire là-bas, à part vieillir et mourir.

— Tu peux encore mourir, tu sais, fis-je observer. Tu t'engages dans l'armée.

— Ouais, mais je ne mourrai pas *vieux*. Je vais obtenir une seconde chance de mourir jeune et de laisser un beau cadavre. Ça compense pour ne pas en avoir profité la première fois.

— Te voici bien romantique, dit Jesse, pince-sans-rire.

— Assurément.

— Regardez, fis-je, nous avons commencé de nous écarter.

Les haut-parleurs de la salle de cinéma diffusèrent la conversation entre le *Henry Hudson* et la station coloniale tandis qu'ils négociaient les conditions de départ du vaisseau. Puis retentit un sourd bourdonnement et la plus légère des vibrations, que nous avons à peine sentie à travers nos sièges.

— Les moteurs, commenta Harry.

Jesse et moi acquiesçâmes.

Puis la Terre commença lentement de rétrécir sur l'écran vidéo, encore énorme et encore d'un blanc et bleu brillant, mais, inexorablement, elle occupait une portion de plus en plus petite de l'écran. Nous la regardâmes en silence se ratatiner, toutes les centaines de recrues venues la voir. Je jetai un coup d'œil à Harry qui, malgré sa fanfaronnade antérieure, était silencieux et pensif. Je vis une larme rouler sur la joue de Jesse.

— Hé! dis-je en lui prenant la main. Pas trop triste, n'oublie pas.

Elle me sourit et me serra la main.

— Non, répondit-elle d'une voix enrouée. Pas trop triste. Mais tout de même. Tout de même.

Nous sommes encore restés un certain temps à observer tout ce que nous avions jamais connu s'éclipser peu à peu de l'écran.

J'avais réglé mon APD pour qu'il me réveille à 0600, ce qu'il fit en diffusant une douce musique par ses petits haut-parleurs et en augmentant progressivement le volume jusqu'à ce que je rouvre les yeux. J'éteignis la musique, descendis sans bruit de ma couchette et cherchai une serviette dans le placard en allumant sa petite lampe pour y voir clair. Dans ce placard étaient accrochées ma tenue de recrue et celle de Léon : deux paires chacun de sweats bleu ciel et de joggings, deux tee-shirts bleu ciel, deux paires de pantalons bleus de style chinois, retenus par un cordon, deux paires de chaussettes blanches et de slips et des tennis bleues. Apparemment, nous n'aurions pas besoin de tenue officielle jusqu'à Bêta Pyxis. Je passai un pantalon de jogging et un tee-shirt, pris l'une des serviettes également suspendues dans l'armoire et trottinai le long de la coursive en quête d'une douche.

À mon retour, les lumières étaient toutes allumées, mais Léon restait allongé sur sa couchette. Les lumières avaient dû s'enclencher automatiquement. Je mis un sweat par-dessus mon tee-shirt, ajoutai des chaussettes et les tennis à l'ensemble. J'étais prêt à faire du jogging ou toute autre activité prévue ce jour-là. Maintenant, le petit-déjeuner. En partant, je donnai une bourrade à Léon. C'était un emmerdeur, mais même les emmerdeurs n'ont peut-être pas envie de dormir à l'heure du petit-déjeuner. Je lui demandai s'il voulait le prendre.

— Quoi ? fit-il d'un ton groggy. Non. Fiche-moi la paix.

— Tu es sûr, Léon ? Tu sais ce qu'ils ont dit à propos du petit-déjeuner et tout. Viens. Tu auras besoin d'énergie.

— Ma mère est morte il y a trente ans, grogna Léon, et, à ce que je sais, elle ne s'est pas réincarnée en toi. Donc fous-moi le camp d'ici et laisse-moi roupiller.

C'était agréable de constater que Léon ne s'était pas adouci à mon endroit.

— Bien... Je reviens après le petit-déjeuner.

Il grommela et roula sur le dos. Je partis.

Le petit-déjeuner était stupéfiant, et je le dis alors que j'ai eu une femme capable de préparer un repas qui aurait conduit Gandhi à renoncer à un jeûne. Je pris deux gaufres belges dorées, croustillantes et légères, saupoudrées de sucre glace et arrosées d'un sirop qui avait le goût de l'authentique sirop d'érable du Vermont (si vous pensez ne pas pouvoir reconnaître le sirop d'érable du Vermont, c'est que vous n'en avez jamais goûté), avec une cuillerée de beurre laitier qui fondait artistiquement dans le creux des carrés de la gaufre. Ajoutez des œufs au plat vraiment archiplats, quatre tranches de bacon caramélisées, du jus d'orange d'un fruit qui n'avait pas dû s'apercevoir qu'on le pressait et un pot de café qui semblait tout frais sorti du percolateur.

J'avais l'impression d'être mort et monté au paradis. Comme j'étais officiellement décédé sur Terre et que je voyageais à travers le système solaire dans un vaisseau spatial, je n'étais pas très loin de la vérité.

— Oh là là ! s'exclama l'individu à côté duquel je m'étais assis en posant mon plateau surchargé. Regardez-moi la quantité de graisses sur ce plateau. Tu veux te payer un infarctus ? Je suis médecin, je sais de quoi je parle.

— Hum ! fis-je en désignant le sien. On dirait bien que c'est une omelette de quatre œufs que tu manges. Avec cinq cents grammes chacun de lard et de cheddar.

— « Faites ce que je dis et pas ce que je fais. » C'était mon credo quand j'étais praticien. Si davantage de patients m'avaient écouté au lieu de suivre mon mauvais exemple, ils seraient en vie à l'heure qu'il est. Une leçon pour nous tous... Thomas Jane, à propos.

— John Perry, dis-je en lui serrant la main.

— Enchanté de te connaître. Même si cela m'attriste car, si tu manges tout ça, tu seras mort d'une attaque cardiaque dans moins d'une heure.

— Ne l'écoute pas, John, dit la femme assise en face de nous, dont l'assiette était barbouillée de miettes de crêpe et de saucisse. Tom ne cherche qu'à te convaincre de lui donner un peu de ton assiette pour s'éviter de refaire la queue. C'est comme ça que j'ai perdu la moitié de ma saucisse.

— Cette remarque est aussi déplacée qu'exacte, s'indigna Thomas. Je convoite sa gaufre belge, je le reconnais. Je ne le nie pas. Mais si le sacrifice de mes artères sauve sa vie, alors ça vaut le coup. Considérez ce geste comme l'équivalent culinaire de ramasser une grenade pour le salut d'un camarade.

— La plupart des grenades ne sont pas enrobées de sirop, observa-t-elle.

— Peut-être le devraient-elles. On assisterait à beaucoup plus d'actes altruistes.

— Tiens, dis-je en coupant ma gaufre en deux. Jette-toi là-dessus.

— Je m'élancerai tête la première, promit Thomas.

— Nous sommes tous soulagés de te l'entendre dire.

La femme en face de nous se présenta sous le nom de Susan Reardon, domiciliée dernièrement à Bellevue, Washington.

— Que penses-tu de notre petite aventure spatiale jusqu'à maintenant ? me demanda-t-elle.

— Si j'avais su que la cuisine était aussi bonne, je me serais débrouillé pour m'engager il y a des années. Comment deviner que l'ordinaire de l'armée serait de cette qualité ?

— À mon avis, nous ne sommes pas encore tout à fait dans l'armée, intervint Thomas entre deux bouchées de gaufre. Je crois qu'il s'agit d'une sorte de salle d'attente des Forces de défense coloniale. La pitance de la véritable armée sera beaucoup moins abondante. Et puis ça m'étonnerait qu'on traîne en tennis comme aujourd'hui.

— Tu penses qu'ils nous habituent en douceur, alors, dis-je.

— Oui. Vois-tu, il y a un millier d'étrangers sur ce vaisseau, tous sans foyer, ni famille, ni profession. C'est un sacré choc mental. Le moins qu'ils puissent faire est de nous offrir un fabuleux repas pour nous le faire oublier.

— John !

Harry m'avait repéré en faisant la queue. Je lui fis signe de me rejoindre. Lui et un autre type s'approchèrent, un plateau dans les mains.

— Voici mon compagnon de cabine, Alan Rosenthal, dit-il en guise de présentations.

— Autrefois connu comme la Belle au bois dormant, ajoutai-je.

— La moitié environ de cette description est exacte, dit Alan. Je suis en fait d'une beauté ravageuse.

J'ai présenté Harry et Alan à Susan et Thomas.

— Tss-tss, fit Thomas en examinant leurs plateaux. Encore deux attaques cardiaques qui menacent.

— Harry, mieux vaut balancer tout de suite deux tranches de bacon à Tom, dis-je, sinon nous n'entendrons jamais la fin.

— Sous-entendre qu'on peut m'acheter à coups de victuailles ne me plaît pas du tout.

— Ce n'était pas sous-entendu, intervint Susan, mais clairement énoncé.

— Je sais que tu as tiré un mauvais numéro de loterie pour ton compagnon de cabine, me dit Harry en tendant deux tranches de bacon à Thomas, qui les accepta d'un air solennel, mais le mien s'est révélé super. Alan que voici est un théoricien de la physique. Malin comme un furet.

— Et d'une beauté ravageuse, fit Susan en écho.

— Merci de rappeler ce détail, dit Alan.

— Voici une table d'adultes assez intelligents, conclut Harry. Alors, d'après vous, qu'est-ce qui nous attend aujourd'hui ?

— J'ai un examen médical prévu pour 0800, dis-je. Tous, je crois.

— Exact, acquiesça Harry. Mais je vous demande votre opinion sur ce qui nous attend. Pensez-vous que voici venu le jour où débuteront nos thérapies de rajeunissement ? Aujourd'hui, est-ce le jour où nous commencerons de cesser d'être vieux ?

— Nous ignorons si nous cesserons d'être vieux, dit Thomas. Nous le supposons tous parce que nous pensons que les soldats sont jeunes. Mais réfléchissez. Aucun d'entre nous n'a vu un soldat colonial. Nous avançons des hypothèses peut-être fausses.

— Quelle serait la valeur d'un vieux soldat ? demanda Alan. S'ils m'envoient sur un champ de bataille tel que je suis, je ne sais pas à quoi je servirai. J'ai le dos foutu. Rien que marcher hier de la plateforme de la tige de haricot jusqu'au sas de la navette m'a éreinté. Impossible de m'imaginer en train de franchir quarante kilomètres à pied avec un sac à dos et une arme à feu.

— Bien sûr, je pense que nous allons devoir subir quelques réparations, reprit Thomas. Mais ce n'est pas la même chose que d'être « rajeuni ». Je suis médecin et je connais un peu la question. On peut à tout âge améliorer le fonctionnement du corps humain et lui donner un rendement accru, mais chaque âge a une capacité limite. À soixante-quinze ans, le corps est de façon intrinsèque moins rapide, moins souple et moins aisément réparable que plus jeune. Je suis encore capable de faire des choses stupéfiantes, bien sûr. Je ne veux pas me vanter, mais sachez que, sur Terre, j'effectuais régulièrement des courses de dix kilomètres. J'en ai couru une il y a moins d'un mois. Et j'ai fait un meilleur temps qu'à cinquante-cinq ans.

— Donc peut-être serons-nous toujours vieux, mais en très, très bonne santé, conclut Harry.

— C'est exactement ce que je disais, fit Thomas.

— Eh bien, arrête de dire ça. Tu me bousilles le moral.

— Je la bouclerai si tu me donnes ta coupe de fruits.

— Même si on nous change en vieux de soixante-quinze ans à rendement accru, selon ton expression, dit Susan, on restera quand même des vieux. Dans cinq ans, nous ne serons que des vieux de quatre-vingts ans à rendement accru. Il y a un plafond à notre utilité en tant que soldats.

Thomas haussa les épaules.

— Notre service dure deux ans. Peut-être n'ont-ils besoin de nous garder en état de fonctionnement que ce temps-là. La différence entre soixante-quinze et soixante-dix-sept n'est pas aussi grande qu'entre soixante-quinze et quatre-vingts. Ou même entre soixante-dix-sept et quatre-vingts. Des centaines de milliers d'entre nous s'engagent tous les ans. Au bout de deux ans, ils nous échangent contre une fournée de recrues « fraîches ».

— Ils peuvent nous garder jusqu'à dix ans, rappelai-je. C'était marqué dans leur beau formulaire. Ce qui semble prouver qu'ils ont la technologie permettant de nous maintenir en état de fonctionnement pour ce laps de temps.

— Et ils ont nos ADN sur fichier, ajouta Harry. Peut-être ont-ils cloné des morceaux de rechange ou un truc comme ça.

— Exact, admit Thomas. Mais transplanter un seul organe, os, muscle et nerf d'un corps cloné sur le nôtre représente beaucoup de travail. Et ils devront quand même se contenter de nos cerveaux, qui ne peuvent pas être transplantés.

Thomas jeta un regard circulaire et s'aperçut finalement qu'il déprimait toute la tablée.

— Je n'affirme pas que nous ne redeviendrons pas jeunes. Le peu que nous avons vu sur ce vaisseau me convainc que l'Union coloniale possède une technologie bien supérieure à celle que nous avons jamais eue chez nous. Mais, en tant que médecin, j'ai du mal à saisir comment ils inverseront le processus du vieillissement aussi considérablement que nous le pensons tous.

— L'entropie est une vacherie, dit Alan. Nous avons des théories permettant de surmonter celle-là.

— En tout cas, il y a une preuve qui suggère qu'ils nous amélioreront de toute façon, affirmai-je.

— Dis-moi vite, insista Harry. La théorie de Tom sur la plus vieille armée de la Galaxie me coupe l'appétit.

— C'est simple. S'ils étaient incapables de réparer nos organismes, ils ne nous donneraient pas un régime aussi chargé de graisses, qui risque de tuer la majorité d'entre nous d'ici un mois.

— Tout à fait exact, approuva Susan. Tu marques un grand point, là, John. Je me sens déjà mieux.

— Merci, dis-je. Et, fort de cette preuve, je fais tellement confiance à la capacité des Forces de défense coloniale de soigner tous mes maux que je retourne me servir.

— Prends-moi des crêpes pendant que tu y es, demanda Thomas.

— Hé, Léon, dis-je en secouant son corps flasque. Lève-toi. Ce n'est plus l'heure de roupiller. Tu as un rendez-vous à huit heures.

Léon gisait sur son lit comme une masse. Je levai les yeux au ciel, soupirai et me penchai pour le secouer un peu plus fort. Je remarquai alors que ses lèvres étaient bleues.

Oh, merde, pensai-je en le secouant de plus belle. Rien. Je le saisis par le buste et le tirai de sa couchette pour l'étendre par terre. C'était comme déplacer un poids mort.

Je pris mon APD et demandai une aide médicale. Puis je me mis à genoux au-dessus de lui, lui soufflai dans la bouche, effectuai un massage cardiaque jusqu'à ce que deux infirmiers coloniaux arrivent et m'écartent de lui.

À ce moment-là, une petite foule s'était réunie devant la porte ouverte. J'avisai Jesse et la rejoignis pour la faire entrer.

Quand elle vit Léon par terre, elle plaqua la main sur sa bouche. Je la serrai aussitôt dans mes bras.

— Comment va-t-il ? demandai-je à l'un des coloniaux qui consultait son APD.

— Il est mort. Il est mort depuis une heure environ. On dirait une attaque cardiaque. (Il reposa son APD, se leva et baissa les yeux sur Léon.) Pauvre bougre. Aller aussi loin pour voir son palpitant tomber en panne.

— Un volontaire de dernière minute pour les Brigades fantômes, fit l'autre colonial.

Je le fusillai du regard. Plaisanter en un moment pareil était de fort mauvais goût.

QUATRE

— OK, voyons ça, dit le médecin en jetant un coup d'œil à son APD assez volumineux lorsque j'entrai dans son bureau. Vous êtes John Perry, exact ?

— Exact.

— Docteur Russell. (Il me regarda enfin.) On dirait que votre chien vient de mourir.

— Mon compagnon de cabine, à vrai dire.

— Ah oui, dit-il en consultant de nouveau son APD. Léon Deak. Je devais m'occuper de lui juste après vous. Mauvais timing. Eh bien, rayons ça de l'agenda.

Il tapota l'écran de l'APD pendant quelques secondes puis eut un sourire pincé. Les manières du Dr Russell avec les patients laissaient quelque peu à désirer.

— Maintenant, déclara-t-il en reportant son attention sur moi, permettez que nous vous examinions.

Le bureau comprenait le Dr Russell, moi, un fauteuil pour le médecin, une petite table et deux sarcophages. Ceux-ci présentaient les contours du corps humain, et chacun avait une porte transparente incurvée qui se refermait comme un toit. À leur sommet était installé un bras articulé, avec une sorte de gros bol fixé à son extrémité. Le « bol » paraissait juste assez large pour coiffer une tête humaine. Ce dispositif me rendait, pour être franc, un brin nerveux.

— S'il vous plaît, allez-y et mettez-vous à l'aise, puis nous commencerons, dit le médecin en ouvrant la porte de la crèche à côté de moi.

— Est-ce qu'il faut que je retire tout ?

D'après mes souvenirs, un examen médical se déroulait à même le corps.

— Non. Mais si ça vous rend plus à l'aise, retirez tout.

— Est-ce que les gens se déshabillent quand ce n'est pas nécessaire ?

— Absolument. Si on leur a dit depuis toujours de faire une chose de telle ou telle façon, l'habitude est dure à perdre.

Je gardai mes sapes. Je posai mon APD sur la table, rejoignis la crèche, me tournai, me penchai en arrière et glissai à l'intérieur.

— Attendez une seconde que je règle la crèche, dit le médecin en tapotant son APD.

Je sentis la dépression de forme humaine se modifier et s'adapter à mes dimensions.

— Ça donne la chair de poule, observai-je.

Le Dr Russell sourit.

— Vous allez maintenant sentir de légères vibrations.

C'était exact. La crèche bourdonnait doucement sous moi.

— Dites-moi, ceux qui m'ont précédé dans la salle d'attente, où sont-ils ensuite allés ?

— Par cette porte-là. (Il agita la main derrière lui sans lever les yeux de son APD.) C'est la salle de récupération.

— La salle de *récupération* ?

— Ne vous inquiétez pas. Je vous ai présenté l'examen sous un jour pire qu'il ne l'est. En fait, je ne procède qu'à votre scanner.

Il tapota de nouveau son APD et les vibrations cessèrent.

— Qu'est-ce que je fais maintenant ?

— La médecine moderne est merveilleuse, n'est-ce pas ? (Il me montra l'écran de l'APD qui était en train de télécharger un résumé de mon scanner.) Vous n'avez même pas besoin de faire « aaaaaah ».

— D'accord, mais le scanner, il est détaillé ?

— Assez détaillé. Monsieur Perry, quand avez-vous passé votre dernier examen médical ?

— Il y a six mois environ.

— Quel était le diagnostic de votre médecin ?

— Il a dit que j'étais en bonne forme, excepté ma tension un peu supérieure à la normale. Pourquoi ?

— Eh bien, dans l'ensemble, il avait raison. N'empêche qu'il n'a pas remarqué le cancer des testicules.

— Pardon ?

Le Dr Russell orienta de nouveau l'écran de l'APD vers moi. Cette fois était affichée une représentation en fausses couleurs de mes organes génitaux. C'était la première fois que je voyais mes bijoux de famille se balancer sous mon nez.

— Ici, dit-il en désignant un point sombre sur mon testicule gauche. C'est le nodule. Un sacré vorace. C'est un cancer, aucun doute.

Je jetai un regard noir au toubib.

— Vous savez, docteur Russell, la plupart des médecins auraient trouvé une façon plus délicate d'annoncer cette nouvelle.

— Je suis désolé, monsieur Perry. Je ne voudrais pas avoir l'air indifférent. Mais ce n'est vraiment pas un problème. Même sur Terre, ce type de cancer se soigne facilement, surtout à un stade précoce, comme c'est le cas ici. Au pire, vous perdriez votre testicule, mais ce n'est pas un handicap majeur.

— Sauf si vous en êtes le propriétaire, grommelai-je.

— C'est davantage un problème psychologique. En tout cas, pour le moment, je ne veux pas que vous vous en inquiétiez. Dans deux jours, vous subirez une révision médicale complète et nous nous occuperons alors de votre testicule. D'ici là, il ne devrait y avoir aucun problème. Le cancer est encore localisé. Il ne s'est pas étendu aux poumons ni aux ganglions lymphatiques. Vous êtes en bonne santé.

— Vais-je devoir abandonner ma couille ?

Le Dr Russell sourit.

— Pour l'instant, vous pouvez la garder. Si vous devez l'abandonner, je pense que ce sera le cadet de vos soucis. Maintenant, à part le cancer, qui n'est pas vraiment problématique comme je vous l'ai dit, vous avez la meilleure forme qu'un homme de votre âge puisse espérer. C'est une bonne nouvelle. Nous n'avons rien d'autre à vous faire pour le moment.

— Que feriez-vous si vous aviez trouvé quelque chose de réellement grave ? Je veux dire si le cancer était en phase terminale ?

— « Terminale » est un terme très imprécis, monsieur Perry. À long terme, nous atteindrons tous la phase terminale. Pour cet examen, notre objectif est de stabiliser toutes les recrues en danger imminent, afin de nous assurer qu'elles tiendront encore le coup dans les quelques jours qui suivent. Le cas de votre infortuné compagnon de cabine, monsieur Deak, n'est pas exceptionnel. Nous avons beaucoup de recrues qui arrivent jusque-là pour mourir avant leur évaluation. Ce n'est bon pour personne.

Le Dr Russell consulta son APD.

— Maintenant, dans le cas de monsieur Deak, qui est décédé d'une attaque cardiaque, ce que nous aurions sans doute dû faire, c'est réduire l'accumulation de la plaque d'athérome sur ses artères et lui fournir un composé renforçant les parois artérielles pour prévenir toute rupture. C'est notre traitement le plus commun. La majorité des artères de soixante-quinze ans peuvent tirer profit d'une stimulation. Dans votre cas, si vous aviez eu un cancer à un stade avancé, nous aurions taillé les tumeurs de façon à ce qu'elles ne présentent plus de menace imminente pour vos fonctions vitales et étayé les régions affectées afin de nous assurer que vous n'ayez pas de problèmes dans les jours à venir.

— Pourquoi ne pas le soigner ? Si vous pouvez « étayer » une région affectée, tout porte à croire que vous avez les moyens de la rafistoler complètement si vous le voulez.

— En effet, mais ce n'est pas nécessaire. Vous allez subir une révision plus approfondie dans deux jours. Ce qu'il nous faut, c'est vous avoir en état de marche.

— Et que signifie une « révision approfondie » ?

— Cela signifie qu'une fois la révision effectuée vous vous demanderez pourquoi vous vous êtes inquiété d'un nodule cancérigène sur votre testicule. C'est une promesse… Il nous reste encore une chose à faire. Avancez votre tête, s'il vous plaît.

J'obtempérai. Le Dr Russell plaça le bol redouté sur ma tête.

— Pendant les deux prochains jours, il est important pour nous d'obtenir une bonne image de votre activité cérébrale, expliqua-t-il en reculant. À cette fin, je vais implanter une batterie de senseurs dans votre crâne.

Tout en disant cela, il avait tapoté l'écran de son APD, un geste dont j'avais appris à me méfier. Il y eut un léger bruit de succion quand le bol adhéra à mon crâne.

— Comment faites-vous ça ? demandai-je.

— Eh bien, maintenant, vous sentez probablement un léger picotement sur votre crâne et le long de votre nuque. (C'était exact.) Ce sont les injecteurs qui se placent d'eux-mêmes. Les senseurs proprement dits sont très petits, mais il y en a beaucoup. Vingt mille, plus ou moins. Ne vous inquiétez pas, ils sont autostérilisants.

— Ça va faire mal ?

— Pas tant que ça.

Il tapa sur son écran APD. Vingt mille microsenseurs s'enfoncèrent dans mon crâne comme quatre haches le fracassant simultanément.

— *Bon Dieu !* (Je pris ma tête à deux mains, me cognant contre la porte de la crèche sans le faire exprès.) Espèce de salaud ! hurlai-je. Vous aviez dit que ça ne ferait pas mal.

— J'ai dit « pas tant que ça », rappela le Dr Russell.

— Pas tant que quoi ? Que d'avoir un éléphant qui marche sur votre tête ?

— Pas tant que lorsque les senseurs se connecteront les uns aux autres. La bonne nouvelle, c'est que, sitôt connectés, la douleur cessera. Maintenant, ne bougez plus, cela ne prendra qu'une minute.

Il tapota de nouveau son écran. Quatre-vingt mille aiguilles transpercèrent mon crâne dans toutes les directions. Jamais de ma vie je n'eus aussi envie de tabasser un médecin.

— Je ne sais pas, disait Harry. Je pense que c'est une observation intéressante.

Sur ce, il se frotta la tête qui, comme toutes les nôtres, était d'un gris poussiéreux à l'endroit où vingt mille senseurs sous-cutanés étaient implantés pour mesurer notre activité cérébrale.

L'équipe du petit-déjeuner s'était retrouvée pour le déjeuner, cette fois avec aussi Jesse et sa compagne de cabine Maggie. Harry avait déclaré que nous formions dorénavant un clan officiel, l'avait étiqueté « les Vieux Cons » et nous avait demandé de nous lancer dans une bonne bagarre avec la table voisine. Nous avions voté contre, surtout grâce à Thomas, qui avait fait remarquer que nous ne pourrions manger la manne jetée et que ce repas était encore meilleur que le petit-déjeuner, aussi incroyable que ce fût.

— Et ce déjeuner tombe à point, dit Thomas. Après les petites injections cérébrales de ce matin, j'étais presque trop écœuré pour pouvoir manger.

— J'ai du mal à le croire, observa Susan.

— Remarque, j'ai dit « presque ». Mais tu sais quoi ? J'aurais aimé disposer d'une de ces crèches dans mon cabinet sur Terre. Elle aurait réduit la durée de mes consultations de quatre-vingts pour cent. Davantage de temps pour jouer au golf.

— Ton dévouement pour tes patients était admirable, commenta Jesse.

— Je t'en fiche, rétorqua Thomas. Je jouais au golf avec presque tous mes patients. Ils auraient tous voulu jouer. Et, quoiqu'il m'en coûte de le dire, cette machine a aidé mon médecin à faire un diagnostic bien meilleur que je n'aurais jamais pu en espérer. Ce truc est le rêve du diagnosticien. Il a repéré une tumeur microscopique sur mon pancréas. Impossible de la détecter au pays tant qu'elle n'aurait pas été beaucoup plus grosse ou qu'un patient n'ait commencé à manifester des symptômes. Quelqu'un d'autre a-t-il eu une surprise ?

— Cancer des poumons, dit Harry. De petites taches.

— Kystes ovariens, ajouta Jesse.

Maggie renchérit.

— Arthrite rhumatoïde naissante, dit Alan.

— Cancer du testicule, annonçai-je.

Tous les hommes autour de la table sourcillèrent.

— Ouille, fit Thomas.

— On m'a dit que je vivrai.

— Oui, mais tu vas marcher penché, intervint Susan.

— Suffit avec ça !

— Ce que je ne comprends pas, dit Jesse, c'est pourquoi ils ne règlent pas les problèmes. Mon médecin m'a montré un kyste de la taille d'une boule de chewing-gum mais m'a dit de ne pas m'en inquiéter. Je n'aurai jamais assez de cran pour ne pas m'inquiéter de ce truc.

— Thomas, tu es en principe médecin, dit Susan en tapotant ses sourcils grisonnants. À quoi servent ces petites saloperies ? Pourquoi ne pas simplement nous faire passer un scanner cérébral ?

— Si je devais le deviner, ce qui est le cas puisque je n'ai pas le moindre indice, je dirais qu'ils veulent observer notre cerveau en activité pendant notre formation. Mais ils ne peuvent l'observer en nous laissant attachés à la machine. Alors, à la place, ils nous l'ont attachée dessus.

— Merci pour cette explication lumineuse que j'avais déjà trouvée par moi-même, ironisa Susan. Ce que je demande, c'est le but de cette mesure.

— Je l'ignore, répondit Thomas. Peut-être qu'après tout ils nous préparent à recevoir un nouveau cerveau. Ou bien ils ont un moyen quelconque d'ajouter de nouveaux matériaux cérébraux, et ils ont besoin de connaître les zones de nos cerveaux qu'il faut stimuler. J'espère seulement qu'ils n'auront pas besoin d'implanter une nouvelle collection de ces maudits senseurs. La douleur a failli me tuer dès la première.

— À propos, intervint Alan en se tournant vers moi, j'ai appris que tu avais perdu ton compagnon de cabine. Ça va ?

— Très bien. C'est un peu déprimant, n'empêche. Mon médecin a dit que, si Léon avait réussi à tenir le coup jusqu'à son rendez-vous de ce matin, il lui aurait probablement évité la mort. En lui administrant un réducteur de plaque ou autre. Je regrette de ne pas l'avoir obligé à se lever pour le petit-déjeuner. Il aurait pu, qui sait ? tenir debout jusqu'à son rendez-vous.

— Ne t'en veux pas, dit Thomas. Tu ne pouvais pas le savoir. On meurt tous, un jour.

— D'accord, mais pas quelques jours avant de passer une « révision approfondie », pour reprendre l'expression du toubib.

Harry apporta son grain de sel :

— Sans vouloir être trop grossier à ce sujet...

— Tu sais très bien que ça sera moche, le coupa Susan.

— ... quand j'étais en fac, continua Harry en lui jetant un morceau de pain, si ton compagnon de chambre mourait, tu étais exempté de passer les examens finals du semestre. Vous savez, à cause du traumatisme.

— Et, curieusement, ton compagnon de chambre en était automatiquement exempté aussi, ajouta Susan. Pour les mêmes raisons.

— Je n'y ai jamais pensé sous cet angle-là, dit Harry. En tout cas, tu crois qu'ils vont t'exempter des évaluations prévues pour aujourd'hui ?

— Ça m'étonnerait, dis-je. Même s'ils me le proposent, je refuserai. Que faire d'autre ? Rester assis toute la journée à me tourner les pouces dans ma cabine ? Pour déprimer, bonjour. Quelqu'un y est décédé, je te rappelle.

— Tu pourrais changer de cabine, dit Jesse. Peut-être que le compagnon de quelqu'un d'autre est mort aussi.

— C'est une idée morbide. De toute façon, je ne veux pas déménager. Naturellement, je regrette que Léon soit mort. Mais, à présent, j'ai une cabine pour moi tout seul.

— On dirait bien que le processus de guérison a commencé, observa Alan.

— J'essaye simplement de surmonter mon chagrin.

— Tu ne parles pas beaucoup, dit Susan à Maggie de but en blanc.

— Non.

— Hé, qu'avez-vous ensuite à votre programme ? demanda Jesse.

Chacun voulut prendre son APD puis s'arrêta, saisi de culpabilité.

— Rappelons-nous comme cet instant était vraiment potache.

— Eh bien, ma foi, dit Harry en sortant tout de même son APD, nous avons déjà formé un clan pour le déjeuner. Autant aller jusqu'au bout.

Le hasard voulut que Harry et moi ayons notre première session d'évaluation ensemble. On nous conduisit dans une salle de conférence où étaient disposées des chaises avec des bureaux.

— Sacrée connerie ! ronchonna Harry en s'asseyant. On est *vraiment* retournés au lycée.

Ce jugement se confirma lorsque notre coloniale entra dans la salle.

— Nous allons maintenant tester vos aptitudes linguistiques et mathématiques de base, déclara la surveillante.

Votre premier test est en train de se télécharger dans vos APD. C'est un test à choix multiples. S'il vous plaît, répondez à autant de questions que possible en trente minutes. Si vous finissez avant les trente minutes, s'il vous plaît, restez tranquillement assis ou bien vérifiez vos réponses. S'il vous plaît, ne collaborez pas avec les autres recrues. S'il vous plaît, commencez maintenant.

Je consultai mon APD. Une question d'analogie verbale y était inscrite.

— Vous plaisantez, ma parole, dis-je.

De petits rires fusèrent dans la salle.

Harry leva la main.

— M'dame ? Quelle note il me faut pour entrer à Harvard ?

— Celle-là, je l'ai déjà entendue, répondit la coloniale. S'il vous plaît, que chacun se concentre et travaille à son test.

— J'ai attendu soixante ans pour améliorer mes notes en maths, dit Harry. Voyons comment je m'en tire maintenant.

Notre seconde évaluation fut encore pire.

— S'il vous plaît, suivez le carré blanc. Servez-vous uniquement de vos yeux et ne bougez pas la tête.

La coloniale baissa les lumières dans la salle. Soixante paires d'yeux se fixèrent sur un carré blanc affiché sur le mur. Lentement il se mit à se déplacer.

— Je n'arrive pas à croire que je suis parti dans l'espace pour ça, lâcha Harry.

— Peut-être que les choses vont se corser, dis-je. Avec un peu de chance, nous aurons bientôt un deuxième carré blanc à regarder.

Un deuxième carré blanc apparut sur le mur.

— Toi, t'es déjà venu ici, hein ?

Par la suite, Harry et moi fûmes séparés et j'effectuai plusieurs tests tout seul.

Dans la première salle, il y avait un colonial et une pile de cubes.

— S'il vous plaît, construisez une maison avec ces cubes, dit le colonial.

— Uniquement si on me donne une autre canette de jus de fruit.

— Je vais voir ce que je peux faire, promit-il.

Je construisis une maison à partir des cubes puis entrai dans la salle suivante où le surveillant me tendit une feuille de papier et un stylo.

— En partant du milieu du labyrinthe, tâchez d'atteindre le bord extérieur.

— Jésus ! Un rat bourré de drogues y arriverait.

— Espérons-le, dit le colonial. Voyons tout de même si vous y arrivez.

J'y arrivai. Dans l'autre salle, le colonial voulut que je récite les chiffres et l'alphabet. J'avais appris à arrêter de me poser des questions et à faire simplement ce qu'ils me demandaient.

Un peu plus tard dans l'après-midi, je me mis en rogne.

— J'ai lu votre fichier, disait le colonial, un jeune homme si maigre qu'un vent fort l'aurait emporté comme un cerf-volant.

— Oui.

— Il est inscrit que vous étiez marié.

— Je l'étais.

— Est-ce que ça vous plaisait ? D'être marié ?

— Bien sûr. C'est mieux que l'autre option.

Il eut un petit sourire narquois.

— Alors que s'est-il passé ? Le divorce ? Trop baisé ailleurs à une époque ?

Quelles que fussent les exécrables capacités humoristiques de ce type, elles s'envolaient à vue d'œil.

— Elle est morte.

— Ah ouais ? Comment ça ?

— Elle a eu une attaque cérébrale.

— Moi, une attaque cérébrale, ça me botterait. Boum, le cerveau réduit en compote en un clin d'œil. Heureusement qu'elle n'a pas survécu. Elle serait devenue un gros légume grabataire, vous savez. Vous auriez été obligé de la nourrir avec une paille ou à la petite cuillère.

Il fit des bruits de déglutition. Je ne dis pas un mot. Une partie de mon cerveau calculait à quelle vitesse je pouvais lui sauter dessus pour lui tordre le cou, mais l'autre me maintenait assis sans bouger, en proie au choc et à une fureur aveugle. J'étais tout bonnement incapable d'en croire mes oreilles.

Au fin fond de mon cerveau, quelqu'un me conseillait de me remettre sans tarder à respirer, sinon j'allais vers la syncope.

L'APD du colonial bipa tout à coup.

— Bien, dit-il en s'empressant de se lever. Nous avons terminé. Monsieur Perry, permettez-moi de m'excuser pour mes commentaires au sujet du décès de votre femme. Mon boulot consiste à déclencher le plus vite possible chez la recrue une réaction de fureur. Nos modèles psychologiques révélaient que vous alliez réagir surtout par la négative aux commentaires comme ceux que je vous ai sortis. S'il vous plaît, comprenez qu'à un niveau personnel jamais je n'aurais fait ce genre de remarques au sujet de feue votre épouse.

Je dévisageai le type en clignant des paupières pendant plusieurs secondes de façon idiote.

— C'est quoi, cette connerie de test dégueulasse ?

— J'admets que c'est un test extrêmement désagréable et, encore une fois, je m'excuse. Je fais ce boulot comme on me l'a ordonné, rien de plus.

— Seigneur ! Savez-vous seulement que j'étais vraiment à deux doigts de vous tordre le cou ?

— Oui, je le sais, répondit le colonial d'une voix calme, contrôlée, révélant que c'était la vérité. Mon APD, qui suivait votre état mental, a bipé juste avant que vous ne soyez sur le point de bondir. Mais même s'il ne m'avait pas prévenu, je l'aurais su. Je fais ça tout le temps. Je sais à quoi m'attendre.

J'essayais toujours de me calmer.

— Vous faites passer ce test à toutes les recrues ? Comment est-ce possible que vous soyez encore vivant ?

— Je comprends cette question. En fait, on m'a choisi pour cette évaluation à cause de ma petite carrure, qui donne à la recrue l'impression qu'il ou elle pourra me réduire en bouillie. Je fais un excellent « petit crétin », vous savez. Toutefois, je suis capable de maîtriser une recrue s'il le faut. Bien qu'en général ce ne soit pas nécessaire. Comme je l'ai déjà dit, je pratique beaucoup ce test.

— Ce n'est pas terrible comme boulot.

J'avais enfin réussi à recouvrer un état d'esprit rationnel.

— C'est un sale boulot, mais quelqu'un doit le faire. Je le trouve intéressant en ce sens que chaque recrue présente un point sensible différent qui le ou la fera exploser. Mais vous avez raison. C'est une tâche à stress élevé. Elle n'est vraiment pas pour tout le monde.

— Je parie que vous n'êtes pas très populaire dans les bars.

— En réalité, on me dit tout à fait charmant. Quand je ne mets pas intentionnellement les autres en colère, bien évidemment... Si vous voulez bien prendre la porte de droite, vous commencerez votre prochaine évaluation.

— On ne va tout de même pas encore essayer de me mettre en colère ?

— Vous risquez toujours de vous mettre en colère, mais, en ce cas, ce sera de vous-même. On ne fait passer ce test qu'une seule fois.

Je me dirigeai vers la porte puis m'arrêtai pour déclarer :

— Je sais que vous ne faisiez que votre boulot. Mais je veux quand même que vous sachiez une chose. Ma femme était une personne merveilleuse. Elle mérite mieux que d'avoir été utilisée de cette façon.

— Je le sais, monsieur Perry. Je le sais.

Je franchis la porte.

Dans la salle voisine, une très jolie jeune dame qui se trouvait complètement nue voulait que je lui raconte tout ce que je me rappelais de la fête de mon septième anniversaire.

— Je n'en reviens pas qu'ils nous aient montré ce film juste avant le dîner, disait Jesse.

— Ce n'était pas juste avant le dîner, rectifia Thomas. Le dessin animé de Bugs Bunny est passé juste après. De toute façon, ce n'était pas si mal que ça.

— Peut-être monsieur le doc n'a-t-il pas été complètement dégoûté par un film sur la chirurgie intestinale, mais le restant d'entre nous l'a trouvé très perturbant.

— Est-ce que ça veut dire que tu ne mangeras pas tes côtelettes ? demanda Thomas en désignant son assiette.

— Est-ce que l'un de vous a eu droit à la femme à poil vous interrogeant sur votre enfance ? demandai-je.

— J'ai eu un homme, dit Susan.

— Une femme, dit Harry.

— Un homme, dit Jesse.

— Une femme, dit Thomas.

— Un homme, dit Alan.

Nous le regardâmes tous.

— Ben quoi ? J'suis homo.

— Et pourquoi ? demandai-je. Je veux dire pourquoi une personne nue. Pas pourquoi Alan est homo.

— Merci, fit ce dernier sèchement.

— Ils voulaient provoquer des réactions particulières, c'est tout, répondit Harry. Tous les tests d'aujourd'hui consistaient en des réactions intellectuelles ou émotionnelles primaires, fondement d'émotions et d'aptitudes intellectuelles plus subtiles et complexes. Ils cherchent simplement à déterminer comment nous pensons et réagissons à un niveau primal. Il est évident que la personne nue essayait de tous vous exciter sexuellement.

— Mais pourquoi nous interroger sur notre enfance, voilà ce que je demandais.

Harry haussa les épaules.

— Quel sens a le sexe sans un peu de culpabilité ?

— Ce qui me rend encore furieux, c'est le test où ils ont tout fait pour me rendre furieux, dit Thomas. Je jure que j'ai failli assommer ce type. Il prétendait que les Cubs devaient être rétrogradés en troisième division après être restés deux siècles sans remporter un seul championnat des World Series.

— Ça me paraît normal, observa Susan.

— Ah, toi, ne commence pas, rétorqua Thomas. Bon sang, il y a un truc que je ne supporte pas, c'est qu'on plaisante avec les Cubs.

Si la première journée avait consisté en exploits intellectuels humiliants, la seconde fut celle des exploits physiques humiliants pour tester notre force ou notre manque de force.

— Voici un ballon, me dit le surveillant. Faites-le rebondir.

Je m'exécutai. On me demanda de marcher.

Je marchai le long d'une petite piste olympique. On me demanda de courir sur une courte distance. Je fis un peu de gymnastique rythmique. Je jouai à un jeu vidéo. On me demanda de tirer avec un petit pistolet sur une cible accrochée à un mur. Je nageai. (Ça, j'ai aimé. J'ai toujours aimé nager du moment que ma tête se trouve hors de l'eau). Pendant deux heures, je restai dans une salle de loisirs avec plusieurs dizaines d'autres recrues et on me dit de faire ce qui me plaisait. Je jouai un peu au billard américain. Je fis une partie de ping-pong. Que Dieu me protège, je jouai même au palet.

À aucun moment je ne perdis une goutte de sueur.

— Mais, grands dieux, quelle sorte d'armée est-ce là ? demandai-je aux Vieux Cons au déjeuner.

— Ce n'est pas totalement absurde, dit Harry. Hier, ce sont nos émotions et notre intellect de base qui ont été testés. Aujourd'hui, les mouvements physiques de base. Encore une fois, ils sont intéressés par les fondements de l'activité d'ordre supérieur.

— Je ne savais pas que le ping-pong était révélateur d'une activité physique d'ordre supérieur, avançai-je.

— La coordination main-œil, expliqua Harry. Le timing. La précision.

— Et on ne sait jamais quand on doit renvoyer une grenade, ajouta Alan.

— Précisément, dit Harry. Et puis que voudrais-tu qu'ils nous fassent faire ? Courir un marathon ? Nous abandonnerions tous avant la fin du premier kilomètre.

— Parle pour toi, mollasson, dit Thomas.

— Je me reprends. Notre ami Thomas aurait couru deux kilomètres avant que son cœur n'implose. Si jamais il n'avait pas d'abord été victime d'une crampe due à une nutrition insuffisante.

— Ne sois pas stupide, répliqua Thomas. Tout le monde sait qu'avant une course on doit faire le plein d'énergie en glucides. Voilà pourquoi je vais aller me resservir de fettuccine.

— Thomas, tu ne vas pas courir un marathon, rappela Susan.

— La journée n'est pas finie.

— En fait, dit Jesse, mon agenda est vide. Je n'ai rien de prévu pour le restant de la journée. Et, demain, l'unique rendez-vous inscrit s'intitule « les améliorations physiques définitives », de 0600 à 1200, et une assemblée générale des recrues à 2000, après le dîner.

— Mon programme se termine aussi demain, dis-je. (Un bref regard autour de la table m'apprit que tous les autres n'avaient rien à faire l'après-midi.) Et maintenant ? Qu'allons-nous faire pour nous distraire ?

— On pourrait toujours rejouer au palet, proposa Susan.

— J'ai une meilleure idée, dit Harry. Quelqu'un a un projet pour 1500 ?

Signes de tête négatifs.

— Formidable. Alors retrouvez-moi ici. J'ai une excursion pour les Vieux Cons.

— Avons-nous le droit de venir ici ? demanda Jesse.

— Bien sûr, répondit Harry. Et même si ce n'est pas le cas, que nous feront-ils ? Nous ne sommes pas encore vraiment dans l'armée. Nous ne pouvons pas être officiellement traduits en cour martiale.

— Certes, mais ils peuvent nous jeter par un sas, rétorqua Jesse.

— Ne sois pas idiote. Ce serait gaspiller de l'air d'excellente qualité.

Harry nous avait conduits sur un pont d'observation dans le secteur colonial du vaisseau. Et si on ne nous avait pas explicitement précisé qu'il nous était interdit de venir là, on ne nous avait pas dit non plus qu'on pouvait (ou devrait) y venir. Ainsi plantés sur ce pont déserté, les sept d'entre nous ressemblaient à des enfants faisant l'école buissonnière pour aller au peep-show.

Ce qui, vu sous un certain angle, était exact.

— Pendant nos petits exercices d'aujourd'hui, j'ai fait un brin de causette avec l'un des coloniaux, annonça Harry. Il m'a dit que le *Henry Hudson* allait effectuer son saut aujourd'hui, à 1535. J'imagine qu'aucun d'entre nous ne sait à quoi ressemble un saut. C'est pourquoi je lui ai demandé où il fallait aller pour profiter au mieux du spectacle. Il a répondu ici. Donc nous voici... (Harry consulta son APD) et avec quatre minutes d'avance seulement.

— Désolé, dit Thomas. Je n'avais pas l'intention de retarder tout le monde. Les fettuccine étaient excellentes, mais mon bas-ventre m'a supplié d'attendre.

— Thomas, s'il te plaît, épargne-nous ces détails à l'avenir, déclara Susan. Nous ne te connaissons pas encore assez bien.

— Mais comment voulez-vous me connaître sinon ? objecta Thomas.

Nul ne s'est donné la peine de répondre à cette question.

— Tout le monde sait où nous nous trouvons maintenant ? Dans l'espace, je veux dire, demandai-je après avoir laissé filer quelques instants de silence.

— Nous nous trouvons encore dans le système solaire, dit Alan en désignant le hublot panoramique. On peut s'en rendre compte en observant les constellations. Regardez, là, c'est Orion. Si nous avions franchi une distance importante, la position relative des étoiles dans le ciel aurait changé. Les constellations se seraient étendues ou auraient été totalement méconnaissables.

— Où sommes-nous censés sauter ? demanda Jesse.

— Dans le système de Phénix, répondit Alan. Mais ça ne t'apprendra rien, parce que « Phénix » est le nom de la planète et non pas de l'étoile. Il y a une constellation nommée le « Phénix », et la voici... (il désigna un ensemble d'étoiles) mais la planète Phénix ne se trouve à proximité d'aucune étoile de cette constellation. Si j'ai bonne mémoire, elle appartient en fait à la constellation du Loup, située bien plus au nord... (désignant un autre amas d'étoiles plus sombre) mais nous ne pouvons pas voir l'étoile d'ici.

— Toi, tu connais bien tes constellations, approuva Jesse d'un ton admiratif.

— Merci. Je voulais être astronome quand j'étais jeune, mais les astronomes sont payés des nèfles. Alors je suis devenu chercheur en physique.

— Beaucoup de fric pour trouver de nouvelles particules subatomiques ? demanda Thomas.

— Eh bien, non, admit Alan. Mais j'ai développé une théorie qui a permis à la boîte pour laquelle je travaillais de créer un nouveau procédé de confinement de l'énergie pour les vaisseaux spatiaux. Le plan de participation aux bénéfices de l'entreprise m'a accordé un pour cent pour ma découverte. J'ai reçu plus d'argent que je ne pouvais en dépenser, et, croyez-moi, j'en ai fait, des efforts.

— Ça doit être agréable d'être riche, dit Susan.

— Je n'ai pas eu à me plaindre, reconnut Alan. Bien sûr, je ne suis plus riche. On perd tout son pognon quand on s'engage. Et on perd aussi d'autres choses. Tenez, dans une minute, tout le temps que j'ai consacré à mémoriser les constellations ne sera plus qu'un effort perdu. Là où nous allons, il n'y a ni Orion, ni Petite Ourse, ni Cassiopée. Ça peut paraître absurde, mais il est tout à fait possible que les constellations me manquent davantage que mon fric. On peut toujours gagner du fric. Mais nous ne reviendrons jamais ici. C'est la dernière fois que je verrai ces vieilles amies.

Susan s'approcha d'Alan et lui passa le bras autour des épaules. Harry consulta son APD.

— Le moment approche.

Il entama un compte à rebours et, à « un », nous regardâmes tous par le hublot.

Rien de spectaculaire. L'instant d'avant, nous contemplions un ciel rempli d'étoiles ; l'instant d'après, un autre. Il aurait suffi de cligner des yeux pour louper le saut. Et pourtant on se retrouvait devant un ciel totalement étranger. Nous n'avions peut-être pas la connaissance d'Alan des constellations, mais la plupart d'entre nous savaient repérer Orion et la Grande Ourse à partir de l'alignement des astres. Elles ne se trouvaient nulle part, une absence subtile mais fondamentale. Je jetai un coup d'œil à Alan. Il était raide comme un piquet, sa main glissée dans celle de Susan.

— Nous tournons, annonça Thomas.

Nous observâmes les étoiles, qui se déplaçaient dans le sens inverse des aiguilles d'une montre, tandis que le *Henry Hudson* changeait de trajectoire. Tout à coup, l'énorme bras bleu de la planète Phénix plana au-dessus de nous. Et au-dessus de la planète (ou bien en dessous, selon notre orientation), il y avait une station spatiale si grande, si massive et si affairée que nous ne pouvions que l'admirer de nos yeux exorbités.

Finalement, l'un de nous prit la parole. Maggie, à la surprise générale.

— Mais regardez un peu ça, dit-elle.

On se tourna tous vers elle. Elle était visiblement gênée.

— Je ne suis pas muette. Je ne parle pas beaucoup, c'est tout. Mais *ça*, ça mérite un commentaire.

— C'est vrai, dit Thomas en se retournant vers le hublot. En comparaison, la station coloniale a l'air d'une chiotte.

— Combien de vaisseaux vois-tu ? me demanda Jesse.

— Je n'en sais rien. Des dizaines. Il se pourrait qu'il y en ait des centaines, vu le peu que je sais. J'ignorais même qu'il existait autant de vaisseaux spatiaux.

— Si jamais l'un de nous pense encore que la Terre est le centre de l'humanité, déclara Harry, c'est le moment idéal pour réviser cette théorie.

Nous étions tous debout à contempler par le hublot le nouveau monde.

Mon APD me réveilla en carillonnant à 0545, ce qui était singulier dans la mesure où je l'avais réglé pour qu'il se manifeste à 0600. L'écran clignotait. Il y avait un message intitulé URGENT. Je cliquai dessus.

AVIS

De 0600 à 1200, nous appliquerons le régime d'amélioration physique définitive à toutes les recrues. Pour assurer un traitement rapide, toutes les recrues sont tenues de rester dans leur cabine jusqu'à l'arrivée des responsables coloniaux qui les escorteront à leur session d'amélioration physique. Pour aider au bon déroulement de cette opération, les portes des cabines seront verrouillées à partir de 0600. S'il vous plaît, employez ce délai à régler toute affaire personnelle requérant l'usage des toilettes ou des zones extérieures à votre cabine. Si, après 0600, vous avez besoin d'utiliser les toilettes, contactez le personnel colonial du pont de votre cabine via votre APD.

Vous serez avisé quinze minutes avant votre rendez-vous ; s'il vous plaît, soyez habillé et prêt lorsque les responsables coloniaux arriveront devant votre porte. Le petit-déjeuner ne sera pas servi ; le déjeuner et le souper seront servis aux heures habituelles.

À mon âge, il n'est pas nécessaire de me répéter que je dois faire pipi. Je marchai jusqu'aux toilettes pour me soulager en espérant que mon rendez-vous serait plus tôt que tard, n'ayant aucune envie d'avoir à demander l'autorisation d'aller aux waters. Mon rendez-vous n'était ni tôt ni tard. Mon APD m'alerta à 0900, et à 0915 un coup sec fut frappé à la porte et une voix masculine cria mon nom. J'ouvris la porte, pour trouver deux coloniaux de l'autre côté. Je les suivis du pont jusqu'à la salle d'attente du Dr Russell. Je n'attendis qu'un bref instant avant d'être invité à entrer de nouveau dans la salle d'examen.

— Monsieur Perry, quel plaisir de vous revoir, dit le médecin en tendant la main. (Les coloniaux qui m'accompagnaient sortirent par la porte du fond.) S'il vous plaît, montez dans la crèche.

— La dernière fois que j'ai fait ça, vous m'avez planté des milliers de minuscules morceaux de métal dans le crâne. Pardonnez-moi de ne pas déborder d'enthousiasme à l'idée de remonter dans ce truc.

— Je comprends. Toutefois, aujourd'hui, ce sera indolore. Et nous sommes limités par le temps, alors, s'il vous plaît...

Il désigna la crèche. J'y montai à contrecœur.

— Si je ressens ne serait-ce qu'un picotement, je vais vous cogner, avertis-je.

— Normal, dit le Dr Russell en la refermant.

Je remarquai que, contrairement à la première fois, il vissait la porte à la crèche. Peut-être prenait-il la menace au sérieux. Ça m'était égal.

— Dites-moi, monsieur Perry, que pensez-vous de ces deux derniers jours ?

— Ils ont été déboussolants et agaçants. Si j'avais su que j'allais être traité comme à la maternelle, je ne me serais sans doute pas engagé.

— C'est à peu près ce que toutes les recrues disent. Alors permettez-moi de vous expliquer un peu ce que nous tentions de faire. Nous avons placé la batterie de senseurs pour deux raisons. Primo, comme vous l'avez peut-être compris, nous enregistrions votre activité cérébrale pendant que vous exécutiez diverses fonctions de base et expérimentiez certaines émotions primales. Le cerveau de tous les humains traite l'information et l'expérience plus ou moins de la même manière, mais en même temps chaque personne active des circuits et des processus qui lui sont uniques. C'est un peu

comme la main humaine, qui a cinq doigts mais pour cha-
cune une empreinte digitale différente. Notre objectif était
d'isoler votre « empreinte » mentale. Cela vous semble-t-il
clair ?

J'acquiesçai.

— Bien. Maintenant vous savez pourquoi nous vous
avons fait faire des choses ridicules et stupides pendant deux
jours.

— Comme parler à une femme nue de la fête de mon septième anniversaire ?

— Nous avons obtenu de ce test beaucoup d'informations
fort utiles, dit le Dr Russell.

— Je ne vois pas comment.

— C'est technique, m'affirma le médecin. En tout cas, les
deux derniers jours nous donnent une bonne idée de la
manière selon laquelle votre cerveau utilise les circuits neuraux et traite toutes sortes de stimuli, et cette information,
nous pouvons l'utiliser comme un patron.

Avant que j'aie le temps de demander « un patron de
quoi ? », le Dr Russell poursuivit :

— Secundo, la batterie de senseurs n'enregistre pas seulement ce que fait votre cerveau. Elle transmet également
une représentation en temps réel de votre activité cérébrale.
Ou, pour l'exprimer autrement, elle peut diffuser votre
conscience. Une opération essentielle parce que, contrairement aux processus mentaux spécifiques, il est impossible
d'enregistrer la conscience. Elle doit être vivante pour effectuer le transfert.

— Le transfert.

— Précisément.

— Cela vous ennuie-t-il si je vous demande de quoi diable
vous parlez ?

Le Dr Russell sourit.

— Monsieur Perry, lorsque vous avez signé pour vous engager dans l'armée, vous pensiez que nous vous rendrions votre jeunesse, n'est-ce pas ?

— Oui. Comme tout le monde. On ne peut faire la guerre avec des vieillards, et pourtant ce sont eux que vous recrutez. Vous connaissez donc un procédé permettant de les rajeunir.

— D'après vous, comment faisons-nous ? demanda le Dr Russell.

— Je n'en sais fichtre rien. La thérapie génique. Des parties clonées de remplacement. Vous échangez je ne sais comment les composants usés pour de nouveaux.

— Vous avez à moitié raison. Nous utilisons effectivement la thérapie génique et les remplacements clonés. Mais nous n'« échangeons » rien, à part *vous*.

— Je ne comprends pas.

J'eus soudain très froid, comme si la réalité commençait de s'infiltrer dans mon esprit.

— Votre corps est vieux, monsieur Perry. Il est vieux et ne tiendra plus le coup bien longtemps. Il est inutile de s'escrimer à le sauver ou à l'améliorer. C'est là une chose qui ne s'améliore pas avec l'âge ni même avec des composants remplacés indestructibles. Tout ce qu'un corps humain fait lorsqu'il vieillit est de vieillir. Donc nous allons vous en débarrasser. Nous allons vous en débarrasser totalement. La seule partie de votre personne que nous allons sauver est la seule qui ne s'est pas délabrée : votre esprit, votre conscience, votre identité.

Le Dr Russell gagna la porte du fond par où étaient sortis les coloniaux et frappa. Puis il se tourna vers moi.

— Regardez bien votre corps, monsieur Perry. Parce que vous allez bientôt lui dire adieu. Vous allez partir ailleurs.

— Où ça, docteur Russell ?

Je pouvais à peine réunir assez de salive pour parler.

— Vous allez là, dit-il en ouvrant la porte.

Les coloniaux réapparurent. L'un d'eux poussait un fauteuil roulant avec quelqu'un dedans. Je tendis le cou pour voir. Et je me mis à trembler comme une feuille.

C'était moi.

Cinquante ans auparavant.

CINQ

— Maintenant, je veux que vous vous détendiez, me dit le Dr Russell.

Les coloniaux avaient poussé le plus jeune moi-même jusqu'à l'autre crèche et avaient entrepris de le placer à l'intérieur. Il, ou ça, ou moi, ou que sais-je, n'offrait aucune résistance. Ils auraient tout aussi bien pu manipuler quelqu'un dans le coma. Ou encore un cadavre. J'étais fasciné. Et horrifié. Une toute petite voix dans mon cerveau me soufflait que c'était une bonne idée d'aller aux toilettes avant de venir, sinon j'aurais uriné le long de mes jambes.

— Comment...

Les mots restèrent coincés dans ma gorge. Ma bouche était trop sèche pour parler. Le Dr Russell dit deux mots à l'un des coloniaux, qui sortit et revint avec une petite tasse d'eau. Le médecin me fit boire, sage précaution parce que je ne crois pas que j'aurais été capable de tenir la tasse. Pendant que je buvais, il me fournit des explications.

— « Comment » est en général lié à l'une ou l'autre de deux questions. La première : comment avez-vous fabriqué une version plus jeune de moi ? La réponse est qu'il y a dix ans nous vous avons prélevé un échantillon génétique et nous en sommes servis pour façonner votre nouveau corps.

Il écarta la tasse.

— Un clone, dis-je finalement.

— Non. Pas exactement. L'ADN a été considérablement modifié. Vous pouvez voir la différence la plus criante : la peau de votre nouveau corps.

Je le regardai et m'avisai que, sous le choc, j'avais omis une différence frappante qui sautait aux yeux.

— Il est vert !

— *Vous êtes* vert, rectifia le Dr Russell. Ou le serez dans cinq minutes. C'est là le premier « comment ». Voici le second : « Comment vous allez me faire entrer là-dedans ? » (Il désigna mon fantôme à la peau verte.) Et la réponse est que nous allons transférer votre conscience.

— Comment ça ?

— Nous prenons la représentation de l'activité cérébrale tracée par votre batterie de senseurs et l'envoyons – et vous aussi – là-dedans. Nous avons rassemblé l'information de vos schémas neuraux collectés pendant les deux derniers jours et l'avons utilisée pour préparer votre nouveau cerveau à recevoir votre conscience. Ainsi, lorsque le transfert sera effectué, vous ne serez pas du tout dépaysé. Je vous donne la version simplifiée de la procédure, naturellement. C'est bien plus compliqué. Mais, pour le moment, cela suffira. Maintenant, permettez qu'on vous connecte.

Le Dr Russell s'employa à manœuvrer le bras de la crèche au-dessus de mon crâne. J'écartai la tête et il s'arrêta.

— Monsieur Perry, cette fois, nous n'enfonçons rien dans votre crâne. La capsule injectrice a été remplacée par un amplificateur de signal. Vous n'avez aucune raison de vous inquiéter.

— Désolé, dis-je en remettant ma tête en place.

— Ne vous excusez pas, dit-il en me coiffant de la capsule. Vous réagissez mieux que la majorité des recrues. Le gars qui vous précédait a piaillé comme un porc et il est tombé dans les pommes. Nous avons dû le transférer inconscient. Il va se réveiller jeune et vert, et très, très perturbé. Croyez-moi, vous êtes de la crème.

Je souris et jetai un coup d'œil au corps qui allait d'ici peu être le mien.

— Où est sa capsule ? demandai-je.

— Il n'en a pas besoin, répondit le Dr Russell en commençant à tapoter son APD. Comme je l'ai dit, ce corps a été considérablement modifié.

— Ça ne présage rien de bon, à mon avis.

— Vous aurez une impression différente une fois à l'intérieur. (Le médecin cessa de jouer avec son APD et se retourna vers moi.) Bien, nous sommes prêts. Permettez-moi de vous expliquer ce qui va se passer.

— Je vous en prie.

Il orienta son APD vers moi.

— Quand j'appuierai sur ce bouton (il me montra un bouton sur l'écran), votre batterie de senseurs commencera de transmettre votre activité cérébrale dans l'amplificateur. Sitôt cette activité cérébrale suffisamment cartographiée, je connecterai cette crèche à une banque de données informatiques spécialisées. En même temps, une connexion similaire sera ouverte dans votre nouveau cerveau, là. Quand les connexions seront établies, nous diffuserons votre conscience dans son nouvel environnement. Lorsque l'activité cérébrale s'enclenchera dans ce nouveau cerveau, nous couperons la connexion, et, hop, vous voilà dans votre nouveau corps et son nouveau cerveau. Des questions ?

— Est-ce que cette procédure échoue parfois ?

— Je m'attendais à cette question. La réponse est oui. En de rares occasions, il peut se produire un pépin. Cependant, c'est extrêmement rare. J'effectue cette opération depuis vingt ans – des centaines de transferts – et je n'ai perdu qu'une fois quelqu'un. Une femme a eu une grave attaque cérébrale pendant le processus de transfert. Ses schémas cérébraux sont devenus chaotiques et la conscience ne s'est pas transférée. Tous les autres ont franchi le pas sans accroc.

— Donc, tant que je ne meurs pas, je vivrai.

— Intéressante façon de l'exprimer. Mais, oui, c'est à peu près ça.

— Comment savez-vous que la conscience a été transférée ?

— Nous le saurons par ici (il tapota le côté de son APD) et nous le saurons parce que vous nous le direz. Croyez-moi, lorsque vous aurez effectué le transfert, vous le saurez.

— Comment le savez-vous vous-même ? Vous l'avez fait ? Vous avez été transféré ?

Le Dr Russell sourit.

— Oui, à vrai dire. Deux fois.

— Mais vous n'êtes pas vert.

— C'est à cause du second transfert. On n'est pas obligé de rester vert toute sa vie, expliqua-t-il, comme nostalgique soudain. (Puis il cligna des paupières et consulta de nouveau son APD.) Je crains que nous ne devions en finir avec les questions, monsieur Perry, car j'ai plusieurs recrues à transférer après vous. Êtes-vous prêt à commencer ?

— Bon Dieu, non, je ne suis pas prêt. J'ai une telle trouille que mes boyaux sont sur le point de lâcher.

— Permettez-moi de le reformuler. Êtes-vous prêt à en finir ?

— Oui, Seigneur !

— Alors on y va, conclut le Dr Russell en tapotant l'écran de son APD.

La crèche retentit d'un léger *cling*, comme si un objet se mettait en marche à l'intérieur. Je jetai un coup d'œil au médecin.

— L'amplificateur, précisa-t-il. Cette première étape prendra une minute environ.

Je grommelai en réponse et observai mon nouveau moi. Il était niché dans la crèche, immobile, comme un personnage de cire qu'on aurait barbouillé de vert pendant le moulage. Il ressemblait à ce que j'avais été il y a longtemps ; en mieux, pour être honnête. Je n'avais pas été le jeune homme le plus athlétique de mon quartier. Cette version de moi avait l'air musclée comme un nageur de compétition. Et elle avait une grande tête couverte de cheveux.

Impossible de m'imaginer là-dedans.

— Résolution maximale, annonça le Dr Russell. Ouverture des connexions.

Il tapota son APD. Il y eut une légère secousse, puis, tout à coup, j'eus l'impression qu'il y avait dans mon cerveau une grande salle pleine d'échos.

— Waouh !

— Chambre d'écho ? demanda le médecin. (J'acquiesçai.) C'est la banque informatique. Votre conscience est en train de percevoir le petit décalage temporel entre ici et là. Pas de quoi se faire de la bile… Bien, ouverture de la connexion entre le nouveau corps et la banque informatique.

Un autre léger coup sur l'APD. À l'autre bout de la salle, mon double tout neuf ouvrit les yeux.

— C'est moi qui ai fait ça, observa le Dr Russell.

— Il a des yeux de chat !

— *Vous* avez des yeux de chat. Les deux connexions sont claires et sans friture. Je vais maintenant commencer le transfert. Vous allez vous sentir un peu désorienté.

Un petit coup sur l'APD...

... et je tombai

en *baaaaaaaaaaaaas*

(et j'eus l'impression d'être écrasé à travers un hamac à fines mailles)

et tous les souvenirs de ma vie me sautèrent à la figure comme un immense mur de briques

un flash net de moi-même devant l'autel

observant Kathy qui remonte l'allée

regardant s'empêtrer son pied dans le bas de sa robe

un petit trébuchement

puis elle se rétablit magnifiquement

me sourit comme pour dire

ce n'est pas ça qui va m'arrêter

★ un autre flash de Kathy *où diable j'ai rangé la vanille*, puis le fracas du bol qui tombe sur le carrelage de la cuisine.

(Bon Dieu, Kathy.)

Puis de nouveau je suis moi-même, en train d'observer la salle du Dr Russell, pris de vertige et les yeux fixés sur le visage du médecin en même temps que sur sa nuque, en train de penser « Fichtre, c'est un tour de magie épatant », et j'ai l'impression de formuler cette pensée en stéréo.

Tout à coup, un trait de lumière. Je me trouve à deux endroits en même temps.

Je souris, et qu'est-ce que je vois ? Le vieux moi-même et le nouveau sourire simultanément.

— Je fais mentir les lois de la physique, dis-je au Dr Russell avec deux bouches.

— Vous y êtes arrivé.

Et il tape sur son maudit APD.

Et il ne reste plus à nouveau qu'un seul moi-même.

L'*autre* moi. Je le sais parce que je ne regarde plus le nouveau. Ce que je regarde, c'est l'ancien.

Et lui me regarde comme s'il savait que quelque chose de vraiment étrange venait de se produire.

Puis son regard semble dire « je ne suis plus nécessaire ».

Alors il ferme les yeux.

— Monsieur Perry, dit le Dr Russell.

Il répéta mon nom puis me donna une petite tape sur la joue.

— Oui. Je suis ici. Excusez-moi.

— Quel est votre nom complet, monsieur Perry ?

Je réfléchis une seconde avant de répondre :

— John Nicholas Perry.

— La date de votre anniversaire ?

— Le 10 juin.

— Le nom de votre instituteur du CE 1 ?

Je le fixai.

— Grands dieux, je ne m'en souvenais déjà plus quand j'étais dans mon corps primitif.

Le Dr Russell sourit.

— Bienvenue dans votre nouvelle vie, monsieur Perry. Vous avez réussi haut la main. (Il déverrouilla la porte de la crèche et l'ouvrit.) Sortez de là, s'il vous plaît.

Je plaçai mes mains – mes mains vertes – sur le bord de la crèche et y pris appui pour sortir. J'avançai le pied droit et chancelai un peu. Le Dr Russell s'approcha pour me soutenir.

— Attention, dit-il. Vous avez été un homme plus âgé pendant longtemps. Il va vous falloir un moment pour vous rappeler ce qu'est le quotidien dans un organisme jeune.

— Que voulez-vous dire ?

— Eh bien, d'abord, vous pouvez vous tenir droit.

Il avait raison. J'avais été un rien voûté (les gosses, ça vous mine). Je redressai le dos et fis un autre pas en avant. Puis un autre. Un bon point, je n'avais pas oublié comment marcher. Je me fendis d'un sourire comme un écolier tandis que je traversais la salle.

— Comment vous sentez-vous ? demanda le Dr Russell.

— Je me sens *jeune*, répondis-je sans plus de joie que ça.

— Rien d'étonnant. Ce corps a un âge biologique de vingt ans. Il est en réalité plus jeune, mais nous pouvons accélérer la croissance de nos jours.

J'essayai de sauter et j'eus l'impression de franchir d'un bond la moitié de la distance à la Terre.

— Je ne suis même plus assez âgé pour boire, dis-je.

— À l'intérieur, vous avez toujours soixante-quinze ans.

À cette nouvelle, j'arrêtai mes cabrioles et m'approchai de mon ancien corps qui reposait dans la crèche. Il avait l'air triste et fripé, comme une vieille valise. Je touchai mon vieux visage. Il était chaud et je sentis un souffle. Je reculai brusquement.

— Il est encore vivant !

— Il est en état de mort cérébrale, s'empressa d'expliquer le Dr Russell. Toutes vos fonctions cognitives ont effectué le transfert. Cela fait, j'ai éteint ce cerveau. Il fonctionne en autopilotage – respiration et circulation du sang –, mais rien de plus, et ce n'est que provisoire. Livré à lui-même, il sera mort dans quelques jours.

Je m'en rapprochai de nouveau, prudemment.

— Que va-t-il lui arriver ? m'enquis-je.

— Dans l'immédiat, nous allons le stocker. Monsieur Perry, je suis désolé de vous bousculer, mais il est temps de regagner vos quartiers afin que je puisse continuer mon travail avec les autres recrues. Nous en avons bon nombre à traiter avant midi.

— J'ai des questions au sujet de ce corps.

— Nous avons une brochure. Je la ferai télécharger dans votre APD.

— Ah ! Ça alors, merci.

— Il n'y a pas de quoi, répondit le Dr Russell en désignant de la tête les coloniaux. Ces hommes vont vous escorter jusqu'à vos quartiers. Encore une fois, mes félicitations.

Je rejoignis les coloniaux et nous pivotâmes pour sortir. Puis je m'arrêtai.

— Attendez, dis-je. J'ai oublié quelque chose. (Je m'approchai de nouveau du John Perry toujours dans la crèche. Je regardai le Dr Russell et pointai le doigt sur la porte.) Il faut que je la déverrouille.

Il acquiesça. Je la déverrouillai, l'ouvris et saisis ma main gauche. Un simple anneau était glissé à l'annulaire. Je le retirai et le passai à mon autre annulaire. Puis je pris mon ancien visage entre mes nouvelles mains.

— Merci, me dis-je. Merci pour tout.

Puis je sortis avec les coloniaux.

LE NOUVEAU VOUS-MÊME
Introduction à votre nouveau corps
Pour les recrues des Forces de défense coloniale
Le personnel des Colonial Genetics
Deux siècles de fabrication des meilleurs organismes !

[C'était la manchette à sensation de la brochure qui m'attendait sur mon APD. Il suffit d'imaginer l'illustration qui reproduisait la fameuse étude de Léonard de Vinci du corps humain, à la différence près que l'homme nu était vert. Mais continuons.]

Maintenant, vous avez reçu votre nouveau corps des Forces de défense coloniale. Félicitations ! Vous avez acquis le résultat final de décennies de perfectionnement par les savants et les ingénieurs des Colonial Genetics, optimisé pour répondre aux exigences rigoureuses de l'armée des FDC. Ce document vous fournira une brève introduction sur les caractéristiques et les fonctions essentielles de votre nouveau corps et vous donnera les réponses à quelques-unes des questions les plus fréquentes que les recrues se posent.

PAS SEULEMENT UN NOUVEAU CORPS : UN MEILLEUR CORPS

Vous avez sûrement remarqué la teinte verte de sa peau. Elle n'a pas été choisie pour une raison purement cosmétique. Votre nouvelle peau (KloraDerm™) contient de la chlorophylle pour fournir à votre organisme une source supplémentaire d'énergie et optimiser l'utilisation par votre corps à la fois de l'oxygène et du dioxyde de carbone. Le résultat : vous vous sentirez plus vif, plus longtemps… et mieux apte à exécuter vos devoirs en tant que militaire des FDC. Ce n'est que la première des améliorations. En voici d'autres :

• Votre fluide sanguin a été remplacé par Sangmalin™, un système révolutionnaire qui quadruple la capacité de transport de l'oxygène tout en protégeant votre corps des maladies, des toxines et de la mort consécutive à la perte du fluide sanguin !

• Notre technologie brevetée Œil-de-Chat™ vous gratifie d'une vue qui tout d'abord vous paraîtra incroyable ! Le nombre accru de bâtonnets et de cônes vous procure une résolution de l'image meilleure que celle qu'on peut atteindre avec la majorité des systèmes ayant évolué naturellement, tandis que des amplificateurs de lumière spécialement conçus vous permettent de voir clairement dans des conditions de faible luminosité.

- Notre série Sensextra™ d'amélioration des sens vous permet de toucher, sentir, entendre et goûter comme vous ne l'avez jamais fait, tandis que notre réseau étendu de nerfs et nos connexions optimisées augmentent le champ de perception de vos cinq sens. Vous sentirez la différence dès le premier jour !

- Quelle force désirez-vous ? Avec les technologies Bras d'Acier™ qui stimulent la puissance musculaire naturelle et le temps de réaction, vous serez plus fort et plus rapide que vous ne l'aviez jamais rêvé. Si fort et si rapide, en vérité, que, selon la loi, Colonial Genetics n'a pas le droit de vendre cette technologie sur le marché des consommateurs. C'est un véritable « coup de pouce » pour vous, les recrues !

- Ne plus jamais être déconnecté ! Vous ne perdrez jamais votre ordinateur Amicerveau™ parce qu'il se trouve dans votre cerveau. Notre interface de marque déposée d'assistance modulable travaille *avec* vous de façon à ce que vous puissiez accéder à votre Amicerveau™ comme bon vous semble. Votre Amicerveau™ sert également à coordonner les technologies non organiques dans votre nouveau corps, comme Sangmalin™. Les militaires des FDC ne jurent que par ce stupéfiant dispositif technologique… Et vous aussi, bientôt.

CONSTRUIRE VOTRE NOUVELLE IDENTITÉ PHYSIQUE DANS LES MEILLEURES CONDITIONS

Vous serez sans aucun doute stupéfait par tout ce que votre nouveau corps est capable de faire. Mais est-ce que vous vous êtes demandé comment il était conçu ? Il vous intéressera peut-être de savoir que votre corps est la dernière série d'une gamme d'organismes avancés, améliorés, conçus par Colonial Genetics. Au moyen d'une technologie à marque déposée, nous adaptons à la fois l'information génétique d'autres espèces et les dernières technologies robotiques miniaturisées afin d'améliorer votre nouveau corps. Cela représente un travail difficile, mais vous serez satisfait de nos efforts !

Depuis nos premières améliorations, datant de presque deux siècles, nous avons progressivement ajouté des nouveautés. Pour introduire des changements et des améliorations, nous nous fions d'abord à des techniques de modèles informatiques avancés pour simuler les effets de chaque amélioration proposée sur l'ensemble de l'organisme physique. Les améliorations franchissant avec succès ce processus sont ensuite testées sur des modèles biologiques. Après, et seulement après, elles sont intégrées dans le design corporel final, incorporées à l'ADN de « départ » que vous avez fourni. Soyez assuré que chaque amélioration corporelle est sûre, testée et conçue pour fabriquer le meilleur vous-même !

QUESTIONS FRÉQUEMMENT POSÉES
AU SUJET DE VOTRE NOUVEAU CORPS

1. *Est-ce qu'il porte un nom de marque ?*
Oui ! Votre nouveau corps porte le nom de modèle « Hercule », série Défenseur XII. En réalité, il est identifié comme le modèle 12 CG/CDF, révision 1.2.11. Ce modèle corporel est destiné à l'usage exclusif des Forces de défense coloniale. De plus, chaque corps a son propre numéro de modèle, à des fins de maintenance. Vous pouvez accéder à votre numéro personnel par votre Amicerveau™. Ne vous inquiétez pas, rien ne vous interdit votre nom d'origine dans la vie de tous les jours.

2. *Est-ce que mon nouveau corps vieillit ?*

La série Défenseur est conçue pour fournir aux FDC une performance optimale pendant toute son existence opérationnelle. Dans ce but, des techniques régénératrices avancées sont utilisées à un niveau génétique pour réduire les tendances entropiques naturelles. Grâce à un régime de maintenance de base, votre nouveau corps gardera une condition optimale tant que vous le ferez fonctionner. Vous découvrirez également que blessures et handicaps seront rapidement corrigés. Donc vous serez debout et prêt à courir de nouveau en un rien de temps !

3. *Est-ce que je peux transmettre ces améliorations stupéfiantes à mes enfants ?*

Non. Votre corps et ses systèmes biologiques et technologiques sont brevetés par Colonial Genetics et ne peuvent être transmis sans autorisation. Par ailleurs, en raison de l'étendue des améliorations de la série Défenseur, son ADN n'est plus compatible avec des humains non modifiés et les tests de labo révèlent que l'accouplement des Défenseurs crée dans tous les cas des incompatibilités létales pour l'embryon. De plus, les FDC ont déterminé que la capacité de transmettre l'information génétique n'est pas essentielle à la mission de ses militaires. Par conséquent, chaque modèle Défenseur est stérile, bien que les autres fonctions annexes demeurent intactes.

4. *Les implications théologiques de ce nouveau corps me préoccupent. Que dois-je faire ?*

Si ni Colonial Genetics ni les FDC n'adoptent de position officielle sur les ramifications théologiques et psychologiques du transfert de la conscience d'un corps à l'autre, nous comprenons qu'un grand nombre de recrues puissent avoir des questions ou des inquiétudes. Chaque transport de recrues arrive accompagné d'un représentant du clergé des principales religions de la Terre et d'un effectif supplémentaire de psychothérapeutes. Nous vous encourageons à aller les consulter pour discuter avec eux de vos questions.

5. Combien de temps vais-je rester dans mon nouveau corps ?
Les organismes de la série Défenseur sont conçus pour l'usage des FDC. Tant que vous resterez dans les FDC, vous serez en mesure d'utiliser et d'apprécier les avancées technologiques et biologiques de ce nouveau corps. Lorsque vous quitterez les FDC, il vous sera fourni un autre corps humain intact reposant sur votre ADN original.

De la part de tout le personnel de Colonial Genetics, félicitations pour votre nouveau corps ! Nous savons qu'il vous servira efficacement pendant votre service dans les Forces de défense coloniale. Merci de vous être engagé à défendre les colonies… Et profitez… de votre nouveau corps.

Je reposai mon APD et gagnai le lavabo de ma cabine pour observer mon nouveau visage dans le miroir.

Il était impossible de ne pas remarquer les yeux. J'avais auparavant les yeux marron – couleur de terre –, mais avec d'intéressants points d'or. Kathy me disait avoir lu que les points de couleur dans l'iris n'étaient rien d'autre que des tissus graisseux additifs. Donc j'avais des yeux pleins de graisse.

Si ces yeux-là étaient pleins de graisse, ceux-ci étaient alors carrément obèses. Ils étaient dorés de la pupille jusqu'au bord de l'iris, où ils s'assombrissaient dans le vert. Le tour de l'iris était d'un émeraude profond. Des traits de cette couleur fusaient vers les pupilles en forme d'amande, réduites à une fente verticale par la lumière qui tombait d'au-dessus du miroir. J'éteignis cette lampe puis l'éclairage général. L'unique clarté dans la pièce venait d'une petite led sur l'APD. Mes anciens yeux n'auraient jamais rien vu avec cette diode.

Les nouveaux ne mirent qu'un bref instant à accommoder. La pièce était indéniablement sombre, mais je distinguais clairement tous les objets. Je me retournai devant le miroir. Mes yeux étaient dilatés comme ceux de quelqu'un qui a absorbé une overdose de belladone. Je rallumai la lumière du lavabo et observai mes pupilles, qui se contractaient à une vitesse impressionnante.

J'ôtai mes vêtements et, pour la première fois, découvris réellement mon nouveau corps. Ma première impression quant à ma musculature avait été la bonne. Faute de meilleur terme, j'étais pour ainsi dire réellement étoffé. Je fis courir une main sur ma poitrine et mon estomac plat comme une planche à laver. Je n'avais jamais eu cette stature athlétique de ma vie. J'ignorais comment on avait réussi à me donner cette silhouette. Et je me demandai combien de temps il me faudrait pour redevenir ce corps flasque qui avait été le mien quand j'avais eu vraiment vingt ans. Puis je me demandai, vu la quantité de tripatouillages effectués sur mon ADN, s'il était même possible qu'il redevienne flasque. J'espérais que non. Le nouveau bonhomme me plaisait.

Oh ! J'étais sans poils des cils jusqu'en bas.

Et quand je dis sans poils, c'est sans un seul poil. Bras, jambes, dos (non pas qu'il ait jamais été poilu), parties intimes, tout était imberbe. Je frottai mon menton pour voir s'il piquait un peu. Lisse comme le derrière d'un bébé. Ou mon derrière, maintenant. Je regardai mon sexe. Franchement, sans poils, il avait l'air un peu tristounet. Ma tête était entièrement garnie de cheveux, mais d'un brun quelconque. Un détail qui n'avait guère changé depuis mon incarnation précédente.

Je plaçai une main devant mon visage pour étudier la couleur de ma peau. Un vert clair mais pas criard, ce qui était une bonne chose. Je ne pense pas que j'aurais supporté d'être vert chartreuse. Ma peau présentait la même teinte partout, quoique mes tétons et le bout de mon pénis fussent légèrement plus foncés. A priori, j'offrais en substance le même jeu de contraste qu'avant, mais dans une couleur différente. Toutefois, je remarquai que mes veines étaient plus visibles et grisâtres. J'en conclus que la couleur de Sangmalin™ (peu importait ce que c'était) n'était pas le rouge sang. Je me rhabillai.

Mon APD bipa. Je le pris. Un message m'attendait.

Vous avez à présent accès à votre système informatique Amicerveau™, annonçait-il. Auriez-vous l'obligeance de l'activer maintenant ?

Il y avait sur l'écran des boutons pour OUI et NON. Je choisis OUI.

Soudain, une voix profonde, riche et apaisante surgit de nulle part. Je faillis sauter hors de ma nouvelle peau verte.

— Bonjour ! Vous êtes interfacé avec votre ordinateur interne Amicerveau au moyen de l'interface de marque déposée d'assistance modulable ! Ne vous alarmez pas ! Grâce à l'intégration d'Amicerveau, la voix que vous entendez en ce moment est directement générée dans les centres auditifs de votre cerveau.

C'est le pompon, pensai-je. *Il y a une deuxième voix dans ma tête maintenant.*

— Après cette brève session de présentation, vous pouvez éteindre cette voix à tout moment. Nous commencerons par quelques-unes des options que vous pouvez choisir en répondant par « oui » ou « non ». Votre Amicerveau aimerait maintenant vous entendre dire « oui » et « non » quand il vous le demandera afin qu'il apprenne à reconnaître cette réponse. Quand vous serez prêt, s'il vous plaît, prononcez le mot « oui ». Vous pouvez le dire à n'importe quel moment.

La voix se tut. J'hésitai, pris d'un léger vertige.

— S'il vous plaît, dites « oui » maintenant, répéta la voix.

— Oui ! dis-je, un brin nerveux.

— Merci d'avoir dit « oui ». Maintenant, s'il vous plaît, dites « non ».

— Non.

Pendant un moment, je me demandai si Amicerveau™ pensait que j'avais dit « non » à sa requête, s'était vexé et allait frire mon cerveau dans son jus.

— Merci d'avoir dit « non », fit la voix, finalement un tant soit peu prosaïque. À mesure que nous progresserons ensemble, vous apprendrez que vous n'aurez pas besoin de verbaliser ces ordres pour qu'Amicerveau les exécute. Toutefois, à court terme, vous souhaiterez probablement rester en mode verbal le temps d'apprendre à communiquer avec aisance avec votre Amicerveau. Dès lors, vous aurez le choix entre continuer en audio et basculer sur une interface texte. Préférez-vous basculer à présent sur une interface texte ?

— Mon Dieu, oui.

Nous continuerons maintenant avec une interface texte, annonçait une ligne qui flottait droit dans mon champ de vision. Le texte offrait un parfait contraste avec le fond que je regardais. Je bougeai la tête, le texte resta pile au centre ; le contraste changea pour le garder en permanence parfaitement lisible. Renversant.

Il est recommandé, pendant votre session initiale de texte, que vous restiez assis afin d'éviter de vous blesser, écrivit Amicerveau. S'il vous plaît, asseyez-vous.

Je m'assis.

Pendant vos sessions initiales avec Amicerveau™, vous découvrirez qu'il est plus facile de communiquer en verbalisant. Pour l'aider à réagir au mieux à vos questions, vous allez maintenant enseigner à votre Amicerveau™ à comprendre votre voix lorsqu'elle parle. S'il vous plaît, prononcez les phonèmes suivants à mesure que vous les lirez.

Une liste de phonèmes défila dans mon champ de vision. Je les lus de droite à gauche. Amicerveau me fit ensuite prononcer un certain nombre de phrases courtes.

Merci. Votre Amicerveau™ sera désormais capable d'enregistrer vos ordres à partir du son de votre voix. Souhaitez-vous personnaliser votre Amicerveau™ dès maintenant ?

— Oui.

S'il vous plaît, prononcez le nom que vous aimeriez lui donner.

— Fumier, répondis-je.

Vous avez sélectionné « Fumier », écrivit Amicerveau qui, à son crédit, l'avait orthographié correctement. Sachez que de nombreuses recrues ont choisi ce nom pour leur Amicerveau™. Souhaitez-vous choisir un autre nom ?

— Non.

J'étais fier qu'autant de mes compagnons éprouvent ce sentiment envers leur Amicerveau.

Votre Amicerveau™ est désormais Fumier, inscrivit-il. Vous pourrez changer ce nom à l'avenir si vous le désirez. Choisissez maintenant une phrase d'accès pour activer Fumier. Si Fumier est toujours en fonctionnement, il ne répondra aux ordres qu'après avoir été activé. S'il vous plaît, choisissez une phrase courte. Fumier suggère « activez Fumier », mais vous êtes libre de décider d'une autre phrase. S'il vous plaît, prononcez maintenant une phrase d'activation.

— Hé, Fumier.

Vous avez choisi « hé, Fumier ». S'il vous plaît, répétez-le pour confirmation.

J'obtempérai. Puis il me demanda de choisir une phrase de désactivation. Je choisis (bien entendu) « Dégage, Fumier ».

Aimeriez-vous que Fumier se réfère à lui-même à la première personne ?

— Absolument.

C'est moi, Fumier.

— Bien sûr, pardi !

J'attends vos ordres ou vos requêtes.

— Es-tu intelligent ?

Je suis équipé d'un processeur naturel de langage et d'autres fonctions afin de comprendre les questions et les commentaires et de donner des réponses qui souvent prennent l'apparence de l'intelligence, surtout lorsqu'elles sont connectées à des réseaux informatiques plus étendus. Les systèmes Amicerveau™, toutefois, ne possèdent pas une intelligence innée. Par exemple, ceci est une réponse automatisée. Cette question est souvent posée.

— Comment est-ce que tu me comprends ?

À ce stade, je réagis à votre voix, écrivit Fumier. Pendant que vous parlez, je surveille votre cerveau et apprends comment il s'active lorsque vous désirez communiquer avec moi. Avec le temps, je serai capable de vous comprendre sans que vous ayez besoin de parler. Et, avec le temps, vous pourrez également apprendre à m'utiliser sans indice conscient auditif ou visuel.

— Qu'est-ce que tu sais faire ?

Je possède toute une gamme d'aptitudes. Aimeriez-vous voir une liste formatée ?

— S'il te plaît.

Une liste interminable apparut sous mes yeux.

Pour consulter une liste de sous-catégories, s'il vous plaît, sélectionnez une catégorie principale et dites « déroulez [catégorie] ». Pour lancer un ordre, dites « ouvrir [catégorie] ».

Je lus la liste. Apparemment, il y avait fort peu de choses que Fumier ne savait pas faire. Il savait envoyer des messages aux autres recrues. Il savait télécharger des rapports. Il savait jouer de la musique ou à des jeux vidéo. Il savait jouer à toutes sortes de jeux. Il savait appeler n'importe quel document d'un système. Il pouvait stocker une quantité ahurissante de données. Il pouvait effectuer des calculs complexes. Il pouvait diagnostiquer des maladies physiques et suggérer un traitement. Il pouvait créer un réseau local entre un groupe sélectionné d'utilisateurs d'Amicerveau. Il pouvait donner des traductions instantanées d'une centaine de langues humaines et non humaines. Il pouvait même fournir un champ d'information visuel sur tout autre utilisateur d'Amicerveau. J'ouvris cette option. Je me reconnus à peine. Je ne pensais pas reconnaître l'un des autres Vieux Cons. Dans l'ensemble, il était très utile d'avoir un truc pareil intégré dans son cerveau.

J'entendis à ma porte un bruit de verrou. Je levai les yeux.

— Hé, Fumier. Quelle heure est-il ?

Il est à présent 1200, écrivit Fumier.

J'avais passé presque quatre-vingt-dix minutes à faire joujou. Basta ! J'étais disposé à voir des personnes en chair et en os.

— Dégage, Fumier.

Au revoir, écrivit-il. Le texte disparut dès que je l'ai eu lu.

On frappa à la porte. J'allai ouvrir. J'étais persuadé que c'était Harry et me demandai à quoi il ressemblait.

Il ressemblait à une brunette hypercanon avec une peau olive (verte) sombre et de longues, longues jambes.

— Tu n'es pas Harry, dis-je avec un à-propos de débile profond.

La brunette me regarda puis me détailla de la tête aux pieds.

— John ?

Je la fixai sans comprendre pendant une seconde et retrouvai son nom tout d'un coup, juste avant que son identité ne flotte comme un fantôme devant mes yeux.

— Jesse.

Elle acquiesça. Je la dévisageai. J'ouvris la bouche pour dire quelque chose. Elle ne m'en laissa pas le temps. Elle prit ma tête entre ses mains et m'embrassa avec une telle fougue que je culbutai en arrière. Elle réussit à fermer la porte d'un coup de pied alors que nous tombions par terre. J'étais impressionné.

J'avais oublié comme il est facile pour un homme jeune d'avoir une érection.

SIX

J'avais également oublié combien de fois un homme jeune peut renouveler une érection.

— Ne le prends pas mal, disait Jesse, allongée sur moi après la troisième (!) fois. Mais je ne suis pas tant que ça attirée par toi.

— Merci, mon Dieu. Si tu l'étais, je serais réduit à un ectoplasme.

— Ne le prends pas mal. J'ai de l'affection pour toi. Même avant... (elle fit un geste, tâchant de trouver le moyen de décrire une transplantation corporelle totale de jouvence) le changement, tu étais intelligent et sympa et drôle. Un bon ami.

— Hum... Tu sais, Jesse, en général, le baratin du « soyons amis » vise à *exclure* le sexe.

— Je ne veux pas que tu te fasses des illusions à cause de ce qui vient de se passer, c'est tout.

— Je trouvais magique d'être transporté dans un corps de vingt ans et d'en tirer tant d'excitation qu'il est impératif de forniquer comme un sauvage avec la première femme qu'on voit.

Jesse me regarda un instant puis éclata de rire.

— Oui! C'est exactement ça. Même si, dans mon cas, tu étais la deuxième personne. J'ai une compagne de cabine, tu sais.

— Ah oui ? À propos, comment Maggie s'en est tirée ?

— Oh, grands dieux. En comparaison, je ressemble à une baleine échouée, John.

Je caressai ses hanches.

— Une baleine échouée rudement belle, Jesse.

— Je sais.

Soudain, elle se redressa, me chevauchant. Elle leva les bras et les croisa derrière la tête, pointant ses seins déjà merveilleusement fermes et pleins. Je sentis l'intérieur de ses cuisses irradier de la chaleur alors qu'elle les fermait autour de ma taille. Même si je n'avais pas d'érection sur le moment, il allait en venir une bientôt.

— Je veux dire, regarde-moi, déclara-t-elle sans nécessité puisque je ne l'avais pas quittée des yeux depuis l'instant où elle s'était assise. Je suis d'une beauté fabuleuse. Je ne dis pas ça par vanité. Mais je n'ai jamais été aussi belle de ma vie. Loin s'en faut.

— Je trouve ça difficile à croire.

Elle saisit ses seins et pointa les tétons vers mon visage.

— Vise-moi ça, dit-elle en faisant tressauter celui de gauche. Dans la vie réelle, celui-là était d'une taille plus petite que celui-ci et il était quand même trop grand. J'ai toujours eu mal au dos depuis la puberté. Et je crois que mes seins n'ont été aussi fermes que pendant une semaine, quand j'avais treize ans. *Peut-être.*

Elle se pencha, me prit les mains et les posa sur son ventre plat et parfait.

— Jamais non plus je n'ai eu le ventre comme ça. J'ai toujours eu une rondeur ici, même avant d'avoir fait des bébés.

Après deux enfants, eh bien, disons que, si j'en avais voulu un troisième, mon ventre aurait tourné au duplex.

Je glissai mes mains dans son dos et lui empoignai le cul.

— Et ça ?

— Un imposant chargement, fit-elle en riant. J'étais grosse, mon ami.

— Être grosse n'est pas un crime. Kathy avait des rondeurs. Ça me plaisait beaucoup.

— Mes kilos ne me posaient pas de problème. Il est stupide de faire des complexes à cause de son corps. D'un autre côté, je ne le vendrais pas maintenant pour un empire. (Elle laissa courir ses mains sur elle de façon provocante.) Je suis hyper sexy !

Sur ces mots, elle pouffa de rire et renversa la tête. Je l'accompagnai de bon cœur. Puis elle se pencha et scruta mon visage.

— Je trouve ces yeux de chat incroyablement fascinants. Je me demande s'ils ont vraiment utilisé l'ADN du chat pour les fabriquer. Tu sais, greffer de l'ADN de chat sur le nôtre. Ça ne me déplairait pas d'être à moitié chatte.

— À mon avis, ce n'est pas de l'ADN de chat. Nous ne possédons aucun autre attribut de cet animal.

Jesse se redressa.

— Par exemple ?

— Eh bien, dis-je en avançant avec nonchalance les mains vers ses seins, primo, les mâles ont des barbillons sur le pénis. Tu les aurais remarqués si j'en avais.

— Ça ne prouve rien, dit-elle en projetant brusquement son buste en avant et ses fesses en arrière pour se retrouver allongée sur moi. (Elle sourit d'un air égrillard.) Et si on ne l'avait pas fait assez fort pour qu'ils sortent ?

— Je sens un défi.

— Et moi, je sens également quelque chose, ajouta-t-elle en se trémoussant.

— À quoi tu penses ? me demanda Jesse plus tard.

— À Kathy. Et à toutes les fois où nous étions allongés côte à côte comme nous maintenant.

— Tu veux dire sur le tapis ? sourit Jesse.

Je lui donnai une légère tape sur la tête.

— Non, pas sur le tapis. Allongés, c'est tout, après l'amour, en train de bavarder et de savourer le fait d'être ensemble. Nous étions ainsi la première fois que nous avons parlé de nous engager.

— Pourquoi tu as abordé ce sujet ?

— Ce n'est pas moi, c'est Kathy. Nous fêtions mon soixantième anniversaire et vieillir me déprimait. Alors elle a suggéré de nous engager quand le moment serait venu. J'ai été quelque peu surpris. Nous avions toujours été anti-militaristes. Nous avions protesté contre la guerre subcontinentale, tu sais, à une époque où ce n'était guère populaire de le faire.

— Beaucoup de gens ont protesté contre cette guerre.

— Oui, mais nous avions activement protesté. On était même devenus un sujet de plaisanterie en ville.

— Alors quels arguments t'a-t-elle donnés pour vous engager dans l'armée coloniale ?

— Qu'elle n'était pas contre la guerre ni l'armée en général, mais juste contre cette guerre-là et notre armée. Que les gens ont le droit de se défendre et que, là-bas, l'univers était probablement ignoble. Et elle a dit aussi qu'à part ces nobles raisons nous redeviendrions assez jeunes pour faire à nouveau des étincelles.

— Mais vous n'auriez pas pu vous engager ensemble. Sauf si vous étiez du même âge.

— Elle avait un an de moins que moi. Et je le lui ai fait remarquer. Je lui ai dit que, si je m'engageais dans l'armée, je serais officiellement décédé, que nous ne serions plus mariés et que nous n'aurions aucune certitude de nous revoir.

— Et qu'est-ce qu'elle a dit ?

— Que c'étaient des détails sans importance. Elle me retrouverait et m'entraînerait devant l'autel comme elle l'avait déjà fait. Et elle l'aurait fait, tu sais. Elle pouvait se changer en tigresse quand elle voulait.

Jesse se releva sur un coude pour me regarder.

— John, je suis désolée qu'elle ne soit pas ici, avec toi.

Je souris.

— Ce n'est rien. Ma femme me manque de temps en temps, voilà tout.

— Je comprends. Mon mari me manque aussi.

Je lui jetai un coup d'œil.

— Je croyais qu'il t'avait laissée tomber pour une femme plus jeune puis qu'il était mort d'une intoxication alimentaire.

— C'est vrai. Et il a mérité de vomir tripes et boyaux. Ce n'est pas *l'homme* qui me manque en réalité. Ce qui me manque, c'est un mari. C'est agréable d'avoir un compagnon attitré. C'est agréable d'être mariée.

— C'est agréable d'être marié, en effet.

Jesse se nicha contre moi et étendit un bras sur ma poitrine.

— Mais ça aussi, c'est agréable. Il y avait longtemps que je ne l'avais pas fait.

— Te coucher par terre ?

À son tour, elle me donna une tape sur la tête.

— Non. Eh bien... oui, d'ailleurs. Mais, plus précisément, être allongée après l'amour. Ou faire l'amour, en l'occurrence. Tu n'as certainement pas envie de savoir depuis quand ça ne m'était pas arrivé.

— Bien sûr que si.

— Salaud... Huit ans.

— Rien d'étonnant que tu m'aies sauté dessus à l'instant où tu m'as vu.

— Tu as raison. Et tu étais très bien placé, de plus.

— Avoir la bonne place, c'est essentiel, c'est ce que ma mère me répétait.

— Tu avais une drôle de mère. Yo, sale garce, quelle heure est-il ?

— Quoi ?

— Je parle à la voix dans ma tête.

— Joli nom que tu lui as trouvé.

— Et le tien ?

— Fumier.

Jesse approuva du chef.

— Pas mal... Eh bien, la sale garce m'annonce qu'il est juste un peu plus de 1600. Nous avons deux heures avant le souper. Tu sais ce que ça signifie ?

— J'hésite. Je crois que quatre fois est ma limite, même jeune et suramélioré.

— Ne te fais pas de mouron. Ça signifie que nous avons juste le temps de faire une sieste.

— Il faut que je prenne la couverture ?

— Ne sois pas idiot. Ce n'est pas parce que j'ai fait l'amour sur le tapis que je veux dormir dessus. Tu as une couchette de libre. Je vais m'y installer.

— Donc il va falloir que je fasse la sieste tout seul ?

— Je te récompenserai. Rappelle-le-moi quand je me réveillerai.

Je le fis. Elle le fit.

— Bon Dieu, disait Thomas tout en s'asseyant à la table avec un plateau si chargé de victuailles que c'était un miracle qu'il arrive à le tenir. Il n'y a pas de mots pour décrire notre beauté.

Il avait raison. Les Vieux Cons s'étaient bonifiés d'une façon spectaculaire. Thomas, Harry et Alan auraient tous pu se prétendre mannequins. Des quatre, j'étais sans conteste le vilain petit canard, et pourtant j'étais… eh bien, j'étais *beau*. Quant aux femmes, Jesse était stupéfiante, Susan encore plus, et Maggie avait franchement l'air d'une déesse. Cela faisait mal de la regarder.

Cela faisait mal de tous nous dévisager. Mal dans son sens positif, vertigineux. Nous passâmes quelques minutes à nous contempler les uns les autres. Et il n'y avait pas que nous. Promenant un regard dans la salle, je ne pus trouver personne de laid. C'était agréablement troublant.

— C'est impossible, me déclara soudain Harry. J'ai observé la salle, moi aussi. Il est impensable que tous ceux qui se trouvent dans ce mess soient aussi beaux que lorsqu'ils avaient vingt ans.

— Parle pour toi, Harry, dit Thomas. En fait, je crois même que je suis un tantinet moins séduisant que du temps de ma verte jeunesse.

— Maintenant tu as en prime la couleur de ta verte jeunesse, fit remarquer Harry. Et même si nous exemptons Thomas le Dubitatif…

— Je vais courir jusqu'à un miroir en pleurant, dit celui-ci.

— Il est impossible que nous soyons tous dans le même panier. Je vous garantis que je n'étais pas aussi beau à vingt ans. J'avais la figure couverte d'acné. Et la calvitie naissante.

— Arrêtez, trancha Susan. Ça m'excite.

— Et moi, j'essaye de manger, renchérit Thomas.

— Maintenant, je peux en rire parce que je suis devenu comme ça, poursuivit Harry en se passant la main dessus comme pour présenter le modèle de l'année. Mais le nouveau bonhomme n'a guère de ressemblance avec l'ancien, je vous le garantis.

— On dirait que ça t'ennuie, dit Alan.

— Un peu, en effet, admit Harry. Je vais faire avec. Mais quand on m'offre un cheval, je lui regarde les dents. Pourquoi sommes-nous aussi beaux ?

— Des gènes de beauté, dit Alan.

— Bien sûr, fit Harry. Mais de qui ? Les nôtres ? Ou de quelque chose qu'ils ont extrait d'un labo quelque part ?

— Nous sommes tous en excellente forme maintenant, intervint Jesse. Je disais justement à John que cet organisme se trouve dans une forme bien meilleure que mon vrai corps ne l'a jamais été.

Maggie prit la parole tout à trac.

— Moi aussi, je parle comme ça. Je dis « mon vrai corps » quand je parle de l'ancien, comme si le nouveau n'était pas encore vraiment réel pour moi.

— C'est vrai, petite sœur, dit Susan. Tu n'as pas encore osé faire pipi avec. Je le sais.

— Et ça, de la bouche de la femme qui est venue me critiquer pour avoir parlé de mon intimité, observa Thomas.

— Mon point de vue, parce que j'en ai un, déclara Jesse, est que, s'ils ont tonifié notre corps, ils ont aussi pris le temps de tonifier le restant de notre personne.

— D'accord, dit Harry. Mais ça ne nous explique toujours pas pourquoi ils l'ont fait.

— Pour qu'on se lie d'amitié, intervint Maggie.

Tous les regards se portèrent sur elle.

— Tiens, tiens, regardez qui sort de sa coquille.

— Pince-moi, Susan, dit Maggie. (Susan sourit.) Écoutez, que nous soyons enclins à apprécier les gens que nous trouvons attirants fait partie de la psychologie humaine élémentaire. De surcroît, nous sommes tous dans cette salle, même les Vieux Cons, des étrangers les uns pour les autres, sans guère de liens, voire aucun, qui nous permettent de nous rapprocher en peu de temps. Nous rendre tous beaux aux yeux de chacun est une façon de promouvoir des liens affectifs, ou ça le sera dès que nous aurons commencé notre entraînement.

— Je ne vois pas comment ça renforce l'armée si on passe notre temps au combat à se faire de l'œil, dit Thomas.

— Il ne s'agit pas de ça, rectifia Maggie. L'attirance sexuelle n'est ici qu'un paramètre secondaire. Il s'agit d'instiller rapidement confiance et dévouement. D'instinct, les gens font confiance à ceux qu'ils trouvent attirants et ils sont prêts à les aider, indépendamment du désir sexuel. C'est pourquoi les présentateurs du JT sont toujours attirants. C'est pourquoi les élèves attirants n'ont pas autant d'efforts à faire à l'école.

— Mais aujourd'hui nous sommes tous attirants, dis-je. Au pays de l'attirance extrême, ceux qui ne sont que charmants risquent d'avoir des problèmes.

— Et même encore maintenant, certains d'entre nous sont mieux que les autres, renchérit Thomas. Chaque fois que je regarde Maggie, j'ai l'impression qu'on me coupe l'oxygène. Soit dit sans t'offenser, Maggie.

— Y a pas de mal. Le principal n'est pas ce que nous sommes à présent, de toute façon. C'est à quoi nous ressemblions avant. À court terme, c'est cette différence frappante qui nous servira de base de réflexion. À cet égard, ils n'attendent d'ailleurs qu'un avantage à court terme.

— Alors, comme ça, tu ne te sens pas privé d'oxygène quand tu me regardes, lança Susan à Thomas.

— Ce n'était pas une insulte, tant s'en faut.

— Je m'en souviendrai quand je t'étranglerai. Du manque d'oxygène.

— Arrêtez de flirter tous les deux, dit Alan en reportant son attention sur Maggie. Je crois que tu as raison au sujet de l'attirance, mais je crois aussi que tu as oublié la seule personne envers qui nous sommes censés ressentir la plus grande attirance : nous-mêmes. Pour le meilleur et pour le pire, ces corps dans lesquels nous sommes nous sont encore étrangers. Entre ma couleur verte et la présence d'un ordinateur nommé Grosse Merde dans ma tête... (Il se tut et nous regarda.) Comment avez-vous appelé vos Amicerveaux ?

— Fumier, dis-je.

— Sale garce, dit Jesse.

— Crétin, dit Thomas.

— Tête de nœud, dit Harry.

— Satan, dit Maggie.

— Chéri, dit Susan. Apparemment, je suis la seule qui aime bien son Amicerveau.

— Plus probablement tu étais la seule à ne pas te sentir troublée par l'arrivée soudaine d'une voix dans ton crâne, avança Alan. Mais voici mon point de vue. Rajeunir brusquement et subir des changements physiques radicaux exerce une grande pression sur la psyché. Même si nous sommes heureux d'être redevenus jeunes – et je sais que je le suis –, nous restons éloignés de notre nouvelle identité. Nous rendre beaux à nos propres yeux est un moyen de nous aider à nous y installer.

— Nous avons affaire à des gens sacrément habiles, déclara Harry sur un ton tranchant de mauvais augure.

— Allez, Harry, souris donc, dit Jesse en lui décochant un petit coup de coude. Tu es la seule personne à ma connaissance qui transformerait la jeunesse et la séduction en une obscure conspiration.

— Parce que tu me trouves séduisant ?

— Tu es magnifique, mon cœur, dit-elle en battant exagérément des cils.

Harry se fendit d'un sourire béat.

— C'est la première fois en ce siècle que quelqu'un me dit ça. OK, je suis vendu.

Le militaire qui se tenait sur l'estrade de la salle de cinéma pleine de recrues était un vétéran qui avait connu la guerre. Nos Amicerveaux nous avaient informés qu'il appartenait aux Forces de défense coloniale depuis quatorze ans et avait participé à plusieurs batailles dont les noms n'évoquaient rien pour nous maintenant mais prendraient de la valeur plus tard. Cet homme était allé sur des planètes nouvelles, il avait rencontré de nouvelles espèces et les avait exterminées à vue. On lui aurait donné vingt-trois ans tout au plus.

— Bonsoir, recrues, commença-t-il sitôt que nous fûmes tous assis. Je suis le lieutenant-colonel Bryan Higgee et, jusqu'à la fin de la traversée, je serai votre officier commandant. Sur le plan pratique, cela ne signifie pas grand-chose car, d'ici notre arrivée sur Bêta Pyxis III, dans une semaine, vous n'aurez qu'un seul ordre à respecter. Toutefois, il n'est pas inutile de vous rappeler qu'à partir d'aujourd'hui vous êtes soumis aux règles et règlements des Forces de défense coloniale. Vous avez désormais vos nouvelles enveloppes charnelles et avec elles viendront de nouvelles responsabilités.

» Vous vous posez sans doute des questions au sujet de ces nouveaux corps : ce qu'ils peuvent faire, quelles tensions ils peuvent endurer et comment vous pouvez les utiliser dans l'armée des FDC. À toutes ces questions vous obtiendrez les réponses quand vous commencerez votre entraînement sur Bêta Pyxis III. Pour l'heure, notre principal objectif est simplement que vous vous sentiez à l'aise dans vos nouvelles peaux.

» En conséquence, pour le restant de votre voyage, l'ordre est le suivant : amusez-vous.

Cette déclaration déclencha un murmure et quelques rires épars dans les rangs. L'idée que s'amuser était un ordre heurtait de façon cocasse l'intuition. Le lieutenant-colonel afficha un sourire sans joie.

— Je comprends que cela semble un ordre paradoxal. Quoi qu'il en soit, vous amuser sera pour vous le meilleur moyen de vous habituer à vos nouvelles capacités. Dès le début de votre entraînement, il sera exigé de vous une performance maximale. Il n'y aura pas de « rattrapage ». Pas le temps pour ça. L'univers est dangereux. Votre entraînement sera bref et difficile. Nous ne pouvons pas nous permettre que vous soyez mal à l'aise dans votre corps.

» Recrues, considérez la semaine prochaine comme un pont entre votre ancienne et votre nouvelle vie. Pendant cette période, que vous trouverez en fin de compte bien trop brève, servez-vous de ces nouveaux corps, conçus à un usage militaire, pour savourer les plaisirs que vous savouriez en tant que civils. Vous découvrirez que le *Henry Hudson* dispose de tous les loisirs et activités que vous aimiez sur Terre. Utilisez-les. Profitez-en. Habituez-vous à vivre avec vos corps tout neufs. Découvrez leurs potentialités et cherchez à connaître leurs limites.

» Mesdames et messieurs, nous nous rencontrerons encore une fois pour un dernier briefing avant que commence votre entraînement. D'ici là, amusez-vous. Je n'exagère pas en vous le disant : si la vie dans les Forces de défense coloniale a ses récompenses, c'est peut-être la dernière fois que vous aurez l'occasion de jouir avec une totale insouciance de vos nouveaux corps. Je vous conseille d'en profiter avec sagesse. Je vous conseille de vous amuser. C'est tout. Je vous donne congé.

Nous avons tous été pris de folie.

À commencer, bien sûr, par le sexe. Tout le monde baisait avec tout le monde dans plus d'endroits du vaisseau qu'il n'est sensé de parler. Au bout du premier jour, où il devint évident que chaque recoin plus ou moins retiré allait servir de décor à une partie endiablée de jambes en l'air, il était devenu courtois de se déplacer en faisant beaucoup de bruit pour alerter le couple de votre arrivée. À un moment donné au cours du deuxième jour, il devint de notoriété publique que je disposais d'une cabine pour moi tout seul. Je fus assiégé de demandes d'accès que je refusai sommairement. Je n'avais jamais géré de maison de tolérance, et ce n'était pas maintenant que j'allais commencer. Les seuls qui baiseraient dans ma cabine, ce seraient mes invitées et moi.

Il n'y en eut qu'une. Et ce n'était pas Jesse. C'était Maggie qui, en fait, avait eu un faible pour moi même du temps où j'avais des rides. Après notre briefing avec Higgee, elle me tendit une sorte d'embuscade devant ma porte, me faisant me demander s'il s'agissait d'une manœuvre standard chez les femmes ménopausées. En tout cas, elle était très drôle et, en privé du moins, pas du tout effacée. Il est apparu qu'elle avait été professeur à l'université d'Oberlin. Elle avait enseigné la philosophie des religions orientales et avait publié six livres à ce sujet. Le genre de détails ordinaires que d'aucuns révèlent volontiers.

Les autres Vieux Cons ne batifolaient pas non plus au petit bonheur la chance. Jesse s'acoquina avec Harry après notre aventure initiale, tandis qu'Alan, Tom et Susan mettaient au point un arrangement avec Tom au milieu. C'était une bonne chose que Tom ait un solide appétit; il avait besoin de toutes ses forces.

L'acharnement avec lequel les recrues se livraient au sexe paraît sans doute invraisemblable vu de l'extérieur. Mais il était parfaitement logique dans notre position (horizontale, dessus ou dessous). Prenons un groupe de gens rationnés en rapports sexuels, faute de partenaires ou à cause d'une santé et d'une libido déclinantes, fourrons-les dans un corps jeune et flambant neuf, séduisant et hautement fonctionnel, et projetons-les dans l'espace loin de tout ce qu'ils ont connu et de tous ceux qu'ils ont aimés. L'association de ces trois éléments est une recette aphrodisiaque infaillible. Nous faisions l'amour parce que nous en étions capables et que cela valait mieux que la solitude.

Bien sûr, nous ne faisions pas que ça. Réduire ces corps somptueux à des machines de sexe aurait été comme de chanter sur une seule note. On nous avait prétendu neufs et améliorés, et nous découvrîmes que c'était vrai de diverses manières, simples et surprenantes. Harry et moi dûmes annuler une partie de ping-pong lorsqu'il devint évident qu'aucun des deux ne gagnerait. Non pas parce que nous étions tous les deux incompétents mais parce que nos réflexes et notre coordination œil-main rendaient presque impossible de marquer un point. Nous nous renvoyâmes la balle pendant une demi-heure et nous aurions continué si elle ne s'était pas cassée à force d'être frappée à une vitesse aussi vertigineuse. C'était ridicule. C'était merveilleux.

Les autres recrues découvrirent la même chose à leur façon. Le troisième jour, je me trouvais parmi une petite foule qui regardait deux recrues livrer le combat d'arts martiaux le plus palpitant qui fût au monde. Ils exécutaient des mouvements qui auraient été tout bonnement impossibles avec une souplesse humaine normale et une gravité standard. Plaquant son pied, l'un des adversaires fit valser l'autre à travers la moitié de la salle. Au lieu de se disloquer, comme cela aurait été mon cas, j'en suis certain, le type exécuta un saut périlleux arrière, se redressa et s'élança pour reprendre le combat. On aurait dit un effet spécial de cinéma. Dans un sens, c'en était un.

À l'issue de la rencontre, les deux adversaires respirèrent profondément et s'inclinèrent l'un devant l'autre. Puis ils tombèrent dans les bras l'un de l'autre, riant et sanglotant en même temps de façon hystérique. C'est une chose étrange, merveilleuse et pourtant troublante d'être aussi bon dans un domaine que vous l'avez toujours désiré, et de se retrouver soudain encore meilleur.

Certains allèrent trop loin, bien entendu. Je vis personnellement une recrue sauter d'un haut tremplin ; elle devait se croire capable de voler ou tout au moins d'atterrir sans se blesser. À ce qu'on m'a dit, elle s'est fracturé une jambe, un bras, la mâchoire et le crâne. Cependant, elle était encore en vie après le saut, phénomène probablement impossible sur Terre. Mais, plus impressionnant encore, elle était de nouveau sur pied deux jours plus tard, ce qui témoigne davantage en faveur de la technologie médicale coloniale que des pouvoirs de récupération de cette idiote. J'espère qu'on lui a conseillé de ne pas recommencer un exploit aussi stupide à l'avenir.

Lorsque les recrues ne jouaient pas avec leur corps, elles jouaient avec leur esprit ou leur Amicerveau, ce qui revenait presque au même. Tandis que je me promenais dans le vaisseau, il m'arrivait fréquemment de croiser des recrues assises, les yeux clos, branlant lentement du chef. Elles écoutaient de la musique ou bien regardaient un film ou quelque chose de similaire, une œuvre téléchargée dans leur cerveau à leur seul usage. Je l'avais moi-même fait. En cherchant le système du vaisseau, j'étais tombé sur une compilation de tous les dessins animés de Looney Tunes, aussi bien pendant la période classique de la Warner qu'une fois les personnages tombés dans le domaine public. Je passai toute une nuit à regarder Vil Coyote se faire tabasser et réduire en miettes. Je finis par arrêter lorsque Maggie me demanda de choisir entre elle et Bip Bip. Je la choisis, elle. Après tout, je pouvais voir Bip Bip quand je le voulais. J'avais téléchargé tous les cartoons dans Fumier.

Tisser des liens d'amitié était une occupation à laquelle je consacrais beaucoup de temps. Tous les Vieux Cons savaient que notre clan n'était au mieux que temporaire ; nous étions sept personnes réunies par le hasard dans une situation sans espoir de permanence. Mais nous sommes devenus amis, et amis proches avec ça, au cours de la brève période que nous avons passée ensemble. Il n'est pas exagéré de dire que je devins aussi proche de Thomas, Susan, Alan, Harry, Jesse et

Maggie que de tous ceux qui avaient fait partie de la dernière moitié de ma vie « normale ». Nous formions une bande, une famille, jusqu'aux flèches et chamailleries insignifiantes. Nous donnions aux autres quelqu'un de qui prendre soin, ce dont nous avions besoin dans un univers qui ignorait notre existence ou s'en moquait.

Nous créâmes des liens solides. Et cela avant même d'être biologiquement poussés à le faire par les savants des colonies. Et, tandis que le *Henry Hudson* s'approchait de notre destination finale, je savais que ces amis allaient me manquer.

— Dans cette salle, il y a en ce moment mille vingt-deux recrues, déclarait le lieutenant-colonel Higgee. Dans deux ans exactement, quatre cents d'entre vous seront morts.

Higgee se tenait de nouveau sur l'estrade de la salle de cinéma. Cette fois, on avait ajouté un arrière-fond : Bêta Pyxis III planait derrière lui, marbre énorme veiné de bleu, de blanc, de vert et de brun. Nous l'ignorions, focalisés que nous étions sur le lieutenant-colonel Higgee. Ses statistiques avaient attiré notre attention, un exploit vu l'heure (0600) et le fait que la plupart d'entre nous chancelaient encore après l'ultime nuit de liberté que nous étions censés connaître.

— Au cours de la troisième année, poursuivit-il, cent de plus mourront. Encore cent cinquante, la quatrième et la cinquième. Au bout de dix ans – car, oui, recrues, vous serez requis presque à coup sûr de servir dix années pleines –, sept cent cinquante d'entre vous auront été tués sur le champ de bataille. Les trois quarts auront disparu. Telles sont les statistiques de survie. Non pas uniquement celles des dix ou vingt dernières années, mais des plus de deux cents ans d'activité des Forces de défense coloniale.

Il y eut un silence de mort.

— Je sais ce que vous pensez car je l'ai pensé lorsque j'étais à votre place. Vous pensez : mais, bon sang, qu'est-ce que je fous ici ? Ce type est en train de m'annoncer que je serai mort dans dix ans ! Mais n'oubliez pas que, chez vous, vous seriez aussi très probablement morts dans dix ans, frêles et vieux, mourant d'une mort inutile. Vous risquez de mourir dans les Forces de défense coloniale. Vous *allez* sans doute mourir dans les Forces de défense coloniale. Mais votre mort ne sera pas inutile. Vous serez morts pour la survie de l'humanité dans l'univers.

L'image sur l'écran de Higgee fut remplacée par un champ étoilé en trois dimensions.

— Permettez-moi de vous expliquer notre position. (Plusieurs dizaines d'étoiles se mirent à étinceler d'un vert vif, réparties au hasard à travers le champ.) Voici les systèmes colonisés par les humains... où ils ont pris pied dans la Galaxie. Et voilà où l'on sait qu'existent des espèces aliens à la technologie et aux conditions de survie comparables.

Cette fois, des centaines d'étoiles s'embrasèrent, rougeâtres. Les points humains de lumière étaient encerclés. On entendit des hoquets dans la salle de cinéma.

— L'humanité a deux problèmes, poursuivait le lieutenant-colonel Higgee. Le premier, la course à la colonisation avec d'autres espèces intelligentes, douées de sensibilité et similaires. La colonisation est la clé de notre survie. C'est aussi simple que ça. Nous devons coloniser, sinon la route nous sera barrée et nous serons étouffés par les autres espèces. Cette compétition est féroce. L'humanité a peu d'alliés parmi les extraterrestres. Très peu d'ailleurs se trouvent des alliés, situation qui existait bien avant que l'humanité ne s'aventure parmi les étoiles.

» Quelles que soient vos idées sur la possibilité de relations diplomatiques à long terme, la réalité est que, sur le terrain, nous sommes engagés dans une compétition sans merci. Il nous est impossible d'arrêter notre expansion et d'espérer que nous finirons par trouver une solution pacifique permettant la colonisation par toutes les espèces. Agir ainsi serait condamner l'humanité. Donc nous nous battons pour coloniser.

» Notre deuxième problème est que, lorsque nous découvrons des planètes propices à la colonisation, elles sont souvent déjà habitées par une vie intelligente. Chaque fois que c'est possible, nous cohabitons avec la population autochtone et œuvrons à instaurer l'harmonie. Malheureusement, la plupart du temps, nous ne sommes pas les bienvenus. Quand cela se produit, c'est regrettable, mais les besoins de l'humanité sont et doivent être notre priorité. C'est pourquoi les forces de défense civile sont devenues une force d'invasion.

Bêta Pyxis III réapparut sur l'écran.

— Dans un univers parfait, nous n'aurions pas besoin des Forces de défense coloniale. Mais cet univers n'a rien de parfait. En conséquence, les FDC ont trois mandats. Le premier, protéger les colonies humaines existantes et les protéger de toute attaque et invasion. Le second, localiser de nouvelles planètes propices à la colonisation, les défendre contre la prédation, la colonisation et l'invasion par des espèces concurrentes. Le troisième, préparer les planètes à populations indigènes à la colonisation humaine.

» En tant que soldats des Forces de défense coloniale, il vous sera demandé d'appliquer ces trois mandats. Ce n'est pas un travail facile, ce n'est pas un travail propre sous maints aspects. Mais il doit être exécuté. La survie de l'humanité l'exige... et nous l'exigerons de vous.

» Les trois quarts d'entre vous seront morts d'ici dix ans. Malgré les améliorations physiques des soldats, les progrès de l'armement et de la technologie, c'est là une constante. Mais, dans votre sillage, vous laisserez un univers où vos enfants, leurs enfants et tous les enfants de l'humanité pourront grandir et prospérer. C'est un prix élevé, mais qu'il vaut la peine de payer.

» Certains d'entre vous se demandent sans doute ce qu'ils vont obtenir personnellement de leur service. Ce que vous obtiendrez à l'issue de votre engagement, c'est une autre nouvelle vie. Vous serez à même de coloniser et de vous lancer dans un nouveau départ sur un nouveau monde. Les Forces de défense coloniale répondront à vos exigences et vous fourniront tout ce dont vous aurez besoin. Nous ne pouvons pas vous promettre que vous réussirez dans cette nouvelle existence : cela dépend de vous. Mais vous aurez un excellent départ et vous recevrez la gratitude de vos camarades colons pour le service militaire consacré à leur défense, à eux et leur famille.

» Ou encore vous pourrez faire comme moi et vous rengager. Vous seriez surpris du nombre de ceux qui prennent cette décision.

Bêta Pyxis III se mit à clignoter puis disparut, laissant Higgee comme unique centre d'attention.

— J'espère que vous avez tous suivi mon conseil et que vous vous êtes amusés pendant cette dernière semaine. Votre travail commence dès maintenant. Dans une heure, vous serez évacués du *Henry Hudson* pour commencer votre formation. Il y a ici plusieurs bases d'entraînement ; votre affectation a été transmise à vos Amicerveaux. Vous pouvez retourner dans vos cabines pour empaqueter vos effets personnels. Ne vous encombrez pas de vos vêtements. On vous en fournira à la base. Votre Amicerveau vous informera du lieu de rassemblement pour le transport.

» Bonne chance, recrues. Que Dieu vous protège. Servez l'humanité avec honneur et fierté.

Sur ce, le lieutenant-colonel Higgee nous fit le salut militaire. Je ne savais pas quoi faire. Ni aucun de nous.

— Vous avez reçu vos ordres, ajouta-t-il. Rompez.

Nous sept sommes restés debout autour des sièges sur lesquels nous venions d'être assis.

— Ils ne nous laissent vraiment pas beaucoup de temps pour les adieux, dit Jesse.

— Consultez vos ordinateurs, proposa Harry. Peut-être plusieurs d'entre nous sont-ils assignés à la même base.

Nous obtempérâmes. Harry et Susan étaient envoyés sur la base Alpha. Jesse, sur Bêta. Maggie et Thomas, sur Gamma. Alan et moi, sur Delta.

— Ils séparent les Vieux Cons, fit remarquer Thomas.

— Ne sois pas tristounet, dit Susan. Tu savais bien que ça arriverait.

— J'ai le droit d'être tristounet quand j'en ai envie. Je ne connais personne d'autre. Même toi, tu vas me manquer, vieux sac.

— Nous oublions une chose, intervint Harry. Nous ne serons plus ensemble, mais nous pourrons rester en contact. Nous avons nos Amicerveaux. Il nous suffit d'ouvrir une boîte de réception pour chacun de nous. Le club des Vieux Cons.

— Ici, ça marche, dit Jesse. Mais quand nous serons en active, je ne sais pas. Il se pourrait qu'on se retrouve dispersés à travers toute la Galaxie.

— Les vaisseaux continuent de communiquer entre eux par l'intermédiaire de Phénix, précisa Alan. Chaque bâtiment possède des drones de saut qui vont sur Phénix prendre les ordres et communiquer le statut du vaisseau. Ils transportent des messages, aussi. Nos nouvelles mettront un certain temps à nous parvenir, mais elles nous parviendront.

— C'est comme d'envoyer des messages dans des bouteilles, dit Maggie. Des bouteilles avec une puissance de feu supérieure.

— Faisons ça, approuva Harry. Soyons notre propre petite famille. Veillons les uns sur les autres, où que nous nous retrouvions.

— Maintenant, c'est toi qui deviens tristounet, laissa tomber Susan.

— Je sais que, toi, tu ne me manqueras pas, Susan, dit Harry. Je t'emmène avec moi. Ce sont tous les autres qui vont me manquer.

— Un pacte, alors, proposai-je. Nous resterons les Vieux Cons quoi qu'il arrive. Regarde, l'univers.

Je tendis une main. L'un après l'autre, chacun des Vieux Cons posa sa main sur la mienne.

— Seigneur ! soupira Susan en ajoutant la sienne à la pile. Maintenant c'est moi qui suis tristounette.

— Ça te passera, dit Alan.

Susan lui donna une légère tape de son autre main.

Nous restâmes ainsi le plus longtemps possible.

DEUXIÈME PARTIE

UN

Sur une plaine lointaine de Bêta Pyxis III, Bêta Pyxis, le soleil local, entamait son périple vers l'est dans le ciel ; la composition de l'atmosphère donnait à ce ciel une teinte aquatique, plus verte que celle de la Terre mais encore nominalement bleue. Sur la plaine ondulée, l'herbe ondoyait, pourpre et orange, dans la brise matinale ; on apercevait des animaux pareils à des oiseaux, avec deux paires d'ailes, qui jouaient dans le ciel, testant les courants et les remous en des piqués et des plongeons intrépides et chaotiques. C'était notre première matinée sur un nouveau monde, le premier sur lequel mes anciens compagnons de voyage et moi avions jamais posé le pied. C'était beau. S'il n'y avait pas eu un grand adjudant en colère qui beuglait dans nos oreilles, c'eût été presque parfait.

Hélas, il y en avait un.

— Seigneur du bâton d'Esquimau, déclarait l'adjudant Antonio Ruiz après avoir fusillé du regard les soixante membres de sa compagnie de recrues, se tenant (nous l'espérions) plus ou moins au garde-à-vous sur le tarmac du port de navettes de la base Delta. Il est clair que nous venons de perdre la bataille pour ce foutu univers. Dès que je vous regarde, le mot « bouffon » saute dans mon putain de crâne. Si vous êtes les meilleurs que la Terre ait à offrir, il est temps de vous pencher pour qu'on vous plante un tentacule dans le cul.

Cette remarque déclencha un petit rire involontaire parmi plusieurs recrues. L'adjudant Antonio Ruiz aurait pu sortir droit d'une centrale de casting. Il était le portrait tout craché d'un instructeur : immense, coléreux et le juron coloré dès la mise en train. Aucun doute que, dans les prochaines secondes, il allait venir coller son nez sur la figure d'une des recrues amusées, brailler des obscénités et lui imposer cent pompes. C'est ce qu'on apprend en regardant pendant soixante-quinze ans des films de guerre.

— Ha, ha, ha, s'exclama l'adjudant Antonio Ruiz en s'intéressant de nouveau à nous. Ne vous imaginez pas que je ne sais pas ce que vous pensez, bande de cons. Je sais que mon petit numéro vous amuse. Quel régal ! Je suis comme tous les instructeurs que vous avez vus à la télé ! Seulement, je ne suis pas un pitre !

Les rires amusés s'étaient arrêtés. La dernière phrase n'était pas dans le script.

— Vous ne pigez que dalle. Vous avez l'impression que je parle ainsi parce que c'est dans le rôle des instructeurs. Vous avez l'impression qu'au bout de quelques semaines de formation ma façade brutale mais juste commencera de tomber, que je vous témoignerai un soupçon de sympathie pour vos performances et qu'à la fin de votre entraînement vous aurez gagné mon respect réticent. Vous avez l'impression que je penserai affectueusement à vous lorsque vous partirez assurer la sécurité de l'univers pour l'humanité, forts de la certitude que j'ai fait de vous de meilleurs combattants et combattantes. Vos *impressions*, mesdames et messieurs, sont parfaitement et irrévocablement débiles.

L'adjudant Antonio Ruiz s'avança et arpenta les rangs.

— Vos impressions sont débiles parce que, contrairement à vous, je suis allé dans l'univers. J'ai vu ce contre quoi nous luttons. Bordel, j'ai vu des hommes et des femmes que je connaissais personnellement transformés en quartiers de viande fumante encore capables de hurler. Lors de ma première mission, mon officier commandant a été converti en un foutu buffet alien. J'ai vu ces raclures le saisir, le plaquer au sol, couper en morceaux ses organes internes, se les distribuer et les engloutir… puis redisparaître sous terre avant que l'un de nous ait eu le temps de lever son foutu petit doigt.

Un petit rire étouffé quelque part derrière moi. L'adjudant se tut et pencha la tête.

— Oh ! L'un d'entre vous pense que je *plaisante*. Il y a toujours parmi vous un sale connard qui réagit comme ça. C'est pourquoi je réserve toujours *ceci* aux recrues. Activez !

Soudain, un écran vidéo apparut devant chacun de nous. J'eus une seconde de désorientation avant de comprendre que Ruiz avait je ne sais comment activé à distance mon Amicerveau, le basculant sur un circuit vidéo. La vidéo était filmée par une petite caméra fixée sur un casque. Plusieurs soldats accroupis dans un trou de *sniper* discutaient de leurs plans de déplacement du lendemain. Puis l'un d'eux se tut et frappa le sol du plat de la main. Il leva les yeux d'un air terrifié et hurla « Dedans ! » un quart de seconde avant que la terre n'explose sous lui.

Ce qui se passa ensuite fut si rapide que même le mouvement instinctif, paniqué du propriétaire de la caméra ne fut pas assez vif pour tout louper. Ce n'était pas agréable. Dans le monde réel, quelqu'un vomissait, de concert avec le propriétaire de la caméra. Dieu soit loué, la vidéo s'éteignit juste après cette scène.

— Je ne suis plus un pitre, hein ? fit l'adjudant Antonio Ruiz d'un ton moqueur. Je ne suis plus l'heureux instructeur stéréotypé à la con, hein ? Vous n'êtes plus dans une armée d'opérette, hein ? Bienvenue dans l'univers de merde ! Car l'univers est un séjour de merde, mes amis. Et je ne vous parle pas dans ces termes histoire de vous sortir une petite rengaine amusante d'instructeur. L'homme débité en morceaux et coupé en dés était le meilleur combattant que j'ai eu le privilège de connaître. Aucun de nous n'est son égal. Et pourtant vous avez vu ce qui lui est arrivé. Pensez à ce qui vous arrivera à vous. Je vous parle ainsi parce que je crois sincèrement, du fond du cœur, que, si vous êtes le meilleur que l'humanité peut produire, nous sommes dans un magnifique merdier. Est-ce que vous me croyez ?

Plusieurs réussirent à bredouiller un « oui, adjudant » ou quelque chose d'approchant. Les autres repassaient encore l'éviscération dans leur tête sans l'aide d'Amicerveau.

— Adjudant ? Adjudant ? Je suis votre instructeur, têtes de nœud. Je travaille pour gagner ma vie. Vous répondez « oui, mon adjudant », quand vous devez répondre par l'affirmative et « non, mon adjudant », lorsque votre réponse est négative. Compris ?

— Oui, mon adjudant ! répondîmes-nous.

— Mieux que ça ! Répétez-le !

— Oui, mon adjudant ! hurlâmes-nous.

À en juger par la tonalité de ce dernier beuglement, certains étaient au bord des larmes.

— Pendant les douze prochaines semaines, mon boulot consistera à essayer de faire de vous des soldats, et, par Dieu, je vais le faire ; je vais le faire même si je peux déjà affirmer qu'aucun de vous autres crétins n'est à la hauteur du défi. Je veux que chacun de vous réfléchisse à ce que je suis en train de dire. Vous n'êtes plus dans la vieille armée de la Terre où les instructeurs doivent stimuler les gros, encourager les faibles et éduquer les imbéciles. Vous arrivez tous avec une vie entière d'expérience et un nouveau corps qui est à l'apogée de sa forme physique. Vous pourriez croire que ça facilitera mon boulot. Pas. Du. Tout.

» Chacun de vous a engrangé soixante-quinze ans de mauvaises habitudes et de sentiments personnels sur ce qu'il croit lui revenir de droit; c'est de tout cela que je dois vous purger en trois foutus mois. Et chacun de vous pense que son enveloppe corporelle est une sorte de magnifique nouveau jouet. Je sais ce que vous avez fait la semaine dernière, figurez-vous. Vous avez baisé comme des macaques enragés. Vous savez quoi? Le temps des distractions est terminé. Au cours des douze prochaines semaines, soyez heureux si vous avez le loisir de sauter sous la douche. Votre magnifique nouveau jouet va être mis à rude épreuve, mes jolis. Parce que je dois faire de vous des *soldats*. Et ça sera un boulot à temps complet.

Ruiz recommença de faire les cent pas devant les recrues.

— Je veux qu'une chose soit bien claire. Je n'apprécie ni n'apprécierai jamais aucun de vous. Pourquoi? Parce que je sais que, malgré mon excellent travail et celui de mon équipe, vous nous ferez tous passer inévitablement pour des nuls. Cela me chagrine énormément. Quel que soit mon enseignement, savoir que vous allez inévitablement tomber devant ceux qui se battent contre vous m'empêche de dormir la nuit. Le mieux que je puisse espérer est que, lorsque l'un de vous mourra, il n'entraînera pas toute sa putain de compagnie avec lui. Parfaitement: s'il n'y a que lui de tué, je considérerai ça comme un succès!

» Vous pensez peut-être que ce discours exprime une sorte de haine générale que je vous porte à tous. Permettez-moi de vous assurer que ce n'est pas le cas. Chacun de vous tombera, mais à sa façon à lui, et, par conséquent, je détesterai chacun de vous individuellement. Tenez, même à présent, chacun de vous a des qualités qui me foutent en rogne. Est-ce que vous me croyez ?

— Oui, mon adjudant !

— Connerie ! Certains pensent encore que c'est leur voisin que je vais haïr. (Ruiz pointa brusquement le doigt sur la plaine et le soleil levant.) Servez-vous de vos beaux yeux tout neufs pour vous concentrer sur cette tour de transmission, là-bas. Vous pouvez à peine la distinguer. Elle se trouve à dix kilomètres, mesdames et messieurs. Je vais repérer chez chacun de vous quelque chose qui me rendra furax, et alors vous *courrez* jusqu'à cette putain de tour. Si vous n'êtes pas de retour dans une heure, toute cette compagnie courra de nouveau demain matin. Compris ?

— Oui, mon adjudant.

J'avisai des recrues qui s'efforçaient de faire le calcul mental. Il fallait courir un mille en cinq minutes pour effectuer l'aller-retour en une heure. J'avais le fort pressentiment que nous recommencerions le lendemain.

— Lesquels parmi vous ont été dans l'armée de terre ? demanda Ruiz. Avancez-vous.

Deux recrues s'avancèrent.

— Nom de Dieu ! Il n'y a rien que je déteste plus dans tout ce foutu univers qu'un vétéran. Il faut consacrer davantage de temps et d'effort avec vous autres crétins pour vous faire désapprendre toutes les conneries apprises au pays. Tout ce que vous aviez à faire, bande de fumiers, c'était de combattre des humains ! Et, même ça, vous le faisiez comme des manches ! Eh oui, on l'a vue, votre espèce de guerre sub-continentale. Merde ! Cinq foutues années pour vaincre un ennemi qui ne possédait pratiquement pas d'armes à feu, et il vous a fallu tricher pour gagner. Les têtes nucléaires sont pour les minettes, bordel. Les *minettes*. Si les FDC se battaient aussi mal que les forces US, vous savez où en serait l'humanité aujourd'hui ? Sur un astéroïde en train de racler des algues sur les parois des tunnels. Et lesquels parmi vous, bande de gnoufs, étaient dans l'infanterie de marine ?

Deux recrues s'avancèrent.

— Vous autres raclures êtes les pires, déclara Ruiz en s'approchant d'eux nez à nez. Bande de salauds bouffis d'orgueil, vous avez tué davantage de soldats des FDC que les espèces aliens, en intervenant à la façon des marines au lieu d'intervenir comme la situation l'imposait. Vous portiez sûrement le tatouage *Semper fi*★, hein ? Hein ?

— Oui, mon adjudant, répondirent-ils à l'unisson.

— Vous avez foutrement de la veine que ces tatouages soient restés sur votre ancien corps, parce que je *jure* que je vous les aurais arrachés moi-même. Je vous le garantis. À la différence de votre précieux corps de marines de merde ou de n'importe quel corps d'armée là-bas, sur le plancher des vaches, ici, en haut, l'instructeur est Dieu. Je peux transformer vos précieux intestins en pâté en croûte, et tout ce qui m'arrivera, c'est qu'on me demandera de prendre une autre recrue pour nettoyer la saleté. (Ruiz recula pour fusiller du regard toutes les recrues vétérans.) Mesdames et messieurs, voici la véritable armée. Vous n'êtes plus dans l'armée de terre, de l'air, ni la marine, ni les fusiliers marins. Vous êtes des nôtres. Et chaque fois que vous l'oublierez, je serai là pour marcher sur votre putain de tête. Maintenant, courez !

Ils détalèrent.

★ « Toujours fidèle. » Devise du corps des marines US (N.d.T.).

— Qui est homosexuel ?

Quatre recrues s'avancèrent, y compris Alan qui se trouvait à mon côté. J'ai vu ses sourcils se lever comme il s'avançait. Ruiz poursuivit :

— Quelques-uns des plus grands soldats de l'histoire étaient homosexuels. Alexandre le Grand, Richard Cœur de Lion. Les Spartiates avaient une compagnie spéciale constituée de couples homos, partant du principe qu'un homme se battrait plus durement pour protéger son amant qu'un simple collègue soldat. Certains des meilleurs combattants que j'aie connus personnellement étaient pédés. De sacrés bons soldats, tous.

» Mais je vais vous expliquer ce qui me rend furieux chez vous : vous choisissez le pire des moments pour faire vos foutues déclarations. À trois reprises, je me suis battu au côté d'un homo quand les choses ont tourné au vinaigre, et à chaque fois ce con a choisi ce moment précis pour m'avouer qu'il m'avait toujours aimé. C'est inapproprié, bon sang ! Un alien essaye de m'arracher ma putain de cervelle et, mon compagnon de section, qu'est-ce qu'il fait ? Il veut me parler d'amour ! Comme si je n'étais pas déjà assez occupé. Rendez un putain de service à vos compagnons de section. Vous bandez, arrangez ça en perme et pas quand une créature cherche à arracher votre putain de cœur. Maintenant, courez !

Ils filèrent.

— Qui appartient à une minorité ? (Dix recrues s'avancèrent.) Connerie. Regardez autour de vous, bande de couillons. Ici, là-haut, tout le monde est vert. Il n'y a pas de minorités. Vous souhaitez appartenir à une minorité de merde ? Parfait. Il y a vingt milliards d'humains dans l'univers. Il y a quatre trillions d'individus d'autres espèces intelligentes et ils veulent tous vous transformer en hachis. Et je vous parle uniquement de celles que nous connaissons ! Le premier de vous qui se plaint d'appartenir à une minorité recevra mon pied vert de Latino droit dans son cul braillard. Rompez !

Ils foncèrent vers la plaine.

Et ça a continué comme ça. Ruiz avait des reproches spécifiques envers les chrétiens, les juifs, les musulmans, les athées, les fonctionnaires, les médecins, les avocats, les enseignants, les cols bleus, les propriétaires d'animaux de compagnie, les possesseurs d'armes, les pratiquants d'arts martiaux, les passionnés de catch et, curieusement (à la fois parce que ça l'agaçait et que quelqu'un dans la compagnie entrait dans la catégorie), les danseurs de claquettes. Par groupes, par paires ou seules, les recrues sortaient du rang dans l'obligation de courir.

Finalement, je me rendis compte que Ruiz me regardait droit dans les yeux. Je restai au garde-à-vous.

— Que je sois damné ! dit l'adjudant. Il reste une tête de nœud.

— Oui, mon adjudant ! hurlai-je à pleins poumons.

— J'ai un peu de mal à croire que tu n'entres dans aucune des catégories que j'ai conspuées. Je te soupçonne d'essayer d'éviter un agréable jogging matinal.

— Non, mon adjudant ! beuglai-je.

— Je refuse tout bonnement d'admettre qu'il n'y a rien chez toi que je méprise. D'où viens-tu ?

— Ohio, mon adjudant !

Ruiz grimaça. Rien, là. L'Ohio, inoffensif, me donnait finalement un avantage.

— Comment gagnais-tu ta vie, recrue ?

— Travailleur indépendant, mon adjudant.

— Qu'est-ce que tu faisais ?

— Écrivain, mon adjudant.

Le sourire sauvage de Ruiz revint. À l'évidence, il avait une dent contre ceux qui travaillaient avec les mots.

— J'ai un compte à régler avec les romanciers. Dis-moi, tu écrivais des romans, hein ?

— Non, mon adjudant.

— Nom d'un chien ! Tu écrivais quoi, alors ?

— Des publicités, mon adjudant.

— Des publicités ! De quelle sorte de saloperies tu faisais la publicité ?

— Mon travail le plus célèbre concernait Willie Wheelie, mon adjudant !

Willie Wheelie avait été la mascotte de Nirvana Tires qui fabriquait des pneus pour véhicules spéciaux. J'avais développé l'idée de base et son slogan ; les graphistes de l'entreprise s'en étaient inspirés. L'arrivée de Willie Wheelie avait coïncidé avec le nouvel essor des deux-roues ; la mode avait duré plusieurs années et Willie avait rapporté un gros pactole à Nirvana, à la fois comme mascotte publicitaire et licence de production de jouets en peluche, tee-shirts, lunettes de soleil et ainsi de suite. On avait prévu un spectacle pour enfants mais le projet n'a pas abouti. C'était un truc idiot, mais, d'un autre côté, le succès de Willie m'avait permis de ne jamais manquer de clients. Bref, une réussite. Jusqu'à maintenant.

Ruiz me fonça droit dessus et mugit :

— C'est *toi* le cerveau derrière Willie Wheelie, recrue ?

— Oui, mon adjudant !

Il y avait un plaisir pervers à hurler au visage de quelqu'un qui se trouvait à quelques millimètres du mien.

Ruiz resta planté devant moi pendant un moment à scruter mon visage, me défiant de sourciller. Il alla jusqu'à montrer les dents. Puis il recula et se mit à déboutonner sa chemise. Je restais au garde-à-vous mais, tout à coup, j'eus peur, très peur. Il retira brusquement sa chemise, tourna son épaule droite vers moi et avança de nouveau.

— Recrue, dis-moi ce que tu vois sur mon épaule !

Je regardai et pensai : *Putain, c'est pas vrai.*

— C'est un tatouage de Willie Wheelie, mon adjudant.

— Exact, nom de Dieu ! dit-il d'un ton tranchant. Je vais te raconter une histoire, recrue. Sur Terre, j'étais marié à une femme mauvaise, vicieuse. Un véritable crotale. Son emprise sur moi était si forte que, même marié, c'était comme une mort à petit feu et que je me sentais encore suicidaire lorsqu'elle a demandé le divorce. Quand j'étais au plus bas, je me suis retrouvé devant un arrêt de bus, songeant à me jeter devant le premier bus qui arriverait. Puis j'ai levé les yeux et vu une publicité de Willie Wheelie. Et tu sais ce qu'elle disait ?

— « Parfois, il suffit de prendre la route », mon adjudant. Rédiger ce slogan ne m'avait pas demandé plus de quinze secondes. Quel monde !

— Précisément. Et pendant que je regardais la pub, j'ai eu ce qu'on pourrait appeler un moment d'illumination. J'ai su que ce dont j'avais besoin, c'était simplement de prendre la foutue route. J'ai divorcé de cette mauvaise limace de femme, chanté une action de grâces, empaqueté mes effets dans un sac de selle et me suis cassé. Depuis ce jour béni, Willie Wheelie est mon avatar, le symbole de mon désir de liberté et d'expression personnelles. Il m'a sauvé la vie, recrue, et je lui en suis à jamais reconnaissant.

— De rien, mon adjudant ! criai-je.

— Recrue, je suis honoré d'avoir la chance de faire ta connaissance. De plus, tu es la première recrue, depuis que j'exerce mes fonctions, pour laquelle je n'ai pas trouvé de motif immédiat de mépris. Tu ne peux pas savoir à quel point ça me trouble et ça me fiche les boules. Toutefois, je me réjouis à la perspective presque certaine – sans doute dans quelques heures – que tu feras quelque chose qui me mettra en rogne. D'ailleurs, pour m'en assurer, je t'assigne le rôle de chef de compagnie. C'est un putain de boulot ingrat qui n'a pas ses bons côtés, car tu devras mener ces recrues au cul triste deux fois plus durement que moi parce que, chaque fois qu'ils feront une connerie, tu en supporteras aussi le blâme. Ils te détesteront, ils te mépriseront, ils comploteront ta chute et je serai là pour te donner une ration supplémentaire de merde lorsqu'ils y arriveront. Que penses-tu de ça, recrue ? Parle sans contrainte !

Je braillai :

— Je crois que je suis complètement foutu, mon adjudant !

— Ça, c'est vrai. Mais tu es foutu depuis le moment où tu as débarqué dans ma compagnie. Maintenant, va courir. Impossible que le chef ne coure pas avec sa compagnie. Fonce !

— Je ne sais pas si je dois te féliciter ou bien avoir la trouille de toi, me disait Alan tandis que nous nous dirigions vers le mess pour prendre le petit-déjeuner.

— Les deux, pourquoi pas ? Même s'il est sans doute plus logique que tu aies la trouille. Je l'ai, moi, la trouille... Ah, les voilà.

Je désignai un groupe de cinq recrues, trois hommes, deux femmes, qui se pressaient à l'avant de la salle.

Plus tôt dans la matinée, tandis que je me dirigeais vers la tour de communication, mon Amicerveau avait failli me faire heurter un arbre en affichant un message texte droit dans mon champ de vision. J'avais réussi à l'esquiver, m'éraflant une épaule, et j'avais demandé à Fumier de basculer sur la navigation vocale avant que je me fasse tuer. Il s'était exécuté et avait repris le message à son début.

— *La nomination de John Perry comme chef de la 63ᵉ compagnie de formation par l'adjudant Antonio Ruiz a été enregistrée. Félicitations pour votre promotion. Vous avez dorénavant accès aux fichiers personnels et aux informations d'Amicerveau concernant les recrues appartenant à la 63ᵉ compagnie de formation. Sachez que cette information n'est destinée qu'à un usage officiel. Y accéder pour un usage non militaire entraînerait l'annulation immédiate de votre fonction de chef de compagnie et vous seriez traduit en cour martiale à la discrétion du commandant de la base.*

— Ça, c'est la meilleure, dis-je en sautant par-dessus un petit ravin.

— *Vous devez présenter à l'adjudant Ruiz votre sélection des chefs de section à la fin de la période du petit-déjeuner de votre compagnie,* poursuivait Fumier. *Aimeriez-vous consulter les fichiers de votre compagnie pour vous aider à effectuer votre sélection ?*

En effet. Fumier m'avait débité à toute allure les détails sur chaque recrue pendant que je courais. Arrivé à la tour de com, j'avais réduit la liste à vingt candidats. De retour près de la base, j'avais réparti toute la compagnie entre les cinq nouveaux chefs de section et envoyé à chacun d'eux un message leur demandant de me rencontrer au mess. Cet Amicerveau commençait bel et bien à devenir pratique.

J'avais également remarqué que j'avais réussi à regagner la base en cinquante-cinq minutes et que je n'avais croisé aucune autre recrue sur le chemin du retour. J'avais consulté

Fumier et appris que le plus lent parmi les recrues (l'un des anciens marines, curieusement) avait terminé en cinquante-huit minutes trente secondes. Nous n'aurions pas à courir de nouveau jusqu'à la tour de com le lendemain, ou du moins pas à cause de notre lenteur. Toutefois, je ne mettais pas en doute la capacité de l'adjudant Ruiz à trouver un autre prétexte. J'espérais seulement que ce ne serait pas moi qui le lui fournirais.

Les cinq recrues me virent arriver avec Alan et se mirent plus ou moins au garde-à-vous. Trois d'entre elles me saluèrent aussitôt, imitées par les deux autres d'un air un rien penaud. Je répondis à leur salut et souris.

— Ne vous faites pas de bile, dis-je aux deux lambinards. C'est nouveau pour moi aussi. Venez, on va faire la queue et discuter en mangeant.

— Tu veux que je m'éclipse ? demanda Alan pendant que nous attendions. Tu as certainement beaucoup de choses à discuter avec ces gars.

— Non. Je préfère que tu sois là. Je veux ton opinion sur eux. J'ai également une nouvelle pour toi : tu seras mon second dans notre section. Et comme j'ai toute une compagnie à materner, tu auras de fait la charge de la section. J'espère que ça ne te dérange pas.

— Je m'en sortirai, répondit Alan en souriant. Merci de m'avoir mis dans ta section.

— Quel intérêt d'être chef si on ne peut pas se permettre un peu de favoritisme inconséquent, dis-moi ? De plus, quand je tomberai, tu seras là pour amortir ma chute.

— Compte sur moi. Ton airbag de carrière militaire, c'est moi.

Le mess était bondé, mais tous les sept avons réussi à réquisitionner une table.

— Présentations, fis-je. Que chacun décline son nom. Je suis John Perry et, pour le moment du moins, votre chef de compagnie. Voici le second de ma section, Alan Rosenthal.

— Angela Merchant, dit la femme en face de moi. De Trenton, New Jersey.

— Terry Duncan, fit son voisin. Missoula, Montana.

— Mark Jackson. Saint Louis.

— Sarah O'Connell. Boston.

— Martin Garabedian. Sunny Fresno, Californie.

— Eh bien, quelle diversité géographique nous formons! (Remarque qui me valut un petit rire, ce qui était un bon point.) Je serai bref car, si je m'étends, il deviendra évident que je n'ai pas la première idée de ce je fais en réalité. En gros, vous avez été choisis parce qu'il y a quelque chose dans votre histoire qui suggère que vous serez capables d'assumer la charge de chef de section. J'ai choisi Angela parce qu'elle était P-DG. Terry dirigeait un ranch. Mark était colonel dans l'armée et, malgré tout mon respect pour l'adjudant Ruiz, je pense que c'est en réalité un avantage.

— C'est agréable à entendre, dit Mark.

— Martin était membre du conseil municipal de Fresno. Et Sarah a été jardinière d'enfants pendant trente ans, ce qui en fait automatiquement la plus qualifiée de nous tous.

Autre rire. Ciel, je buvais du petit lait!

— Je vais être franc. Je n'ai pas l'intention de vous mettre la pression. L'adjudant Ruiz assure ce boulot, et je ne serais qu'une pâle imitation. Ce n'est pas mon style. J'ignore encore quel sera mon style de commandement, mais je veux que vous fassiez le nécessaire pour être supérieurs à vos recrues et leur faire franchir les trois prochains mois avec succès. Je n'accorde pas d'importance au fait d'être chef de compagnie, mais j'en accorde beaucoup à garantir que chaque

recrue de cette compagnie acquière les capacités et la formation dont elle aura besoin pour survivre là-bas. Le petit film
maison de Ruiz a retenu mon attention et j'espère qu'il a
attiré la vôtre.

— Seigneur, impossible de l'oublier ! s'exclama Terry. Ils
ont dépecé ce pauvre bougre comme un bœuf.

— J'aurais préféré qu'ils nous montrent ça avant de nous
engager, dit Angela. J'aurais peut-être décidé de rester vieille.

— C'est ça la guerre, fit Mark.

— Faisons tout notre possible pour nous assurer que nos
gars passeront au travers de ce genre de situation. Bien... J'ai
divisé la compagnie en six sections de dix. Je dirige la section
A ; Angela, tu as la B ; Terry, la C ; Mark, la D ; Sarah, la E, et
Martin, la F. Je vous ai accordé l'autorisation d'étudier les
fichiers de vos recrues avec votre Amicerveau. Choisissez
votre second et transmettez-moi les données au déjeuner,
aujourd'hui. Entre nous soit dit, maintenez la discipline et
l'entraînement en douceur. De mon point de vue, l'unique
raison de vous avoir sélectionnés, mes amis, est qu'ainsi je
n'aurai rien à faire.

— Sauf diriger ta section, rappela Martin.

— C'est là où j'interviens, dit Alan.

— Rencontrons-nous tous les jours au déjeuner. Nous
prendrons les autres repas avec nos sections. S'il y a quelque
chose qui requiert mon attention, bien sûr, contactez-moi
immédiatement. Mais j'attends *vraiment* que vous tentiez de
résoudre par vous-même autant de problèmes que possible.
Comme je l'ai dit, je n'ai pas l'intention de vous mettre la
pression, mais, pour le meilleur et pour le pire, je suis votre
chef de compagnie, donc ce que je dis a force de loi. Si
j'estime que vous n'êtes pas à la hauteur, je vous le ferai
d'abord savoir et ensuite, si ça ne donne pas de résultat, je

vous remplacerai. Ça n'a rien de personnel, c'est pour m'assurer que nous recevrons tous la formation nécessaire pour survivre là-bas. Vous êtes d'accord avec ça ?

Signes d'assentiment général.

— Parfait, dis-je en levant mon gobelet. Portons un toast à la 63ᵉ compagnie de formation. Que nous restions en un seul morceau jusqu'au bout !

Nous trinquâmes, puis mangeâmes et bavardâmes. L'avenir s'annonçait sous un bon jour, pensai-je.

Il ne fallut pas longtemps pour que je change d'opinion.

DEUX

La journée sur Bêta Pyxis est de vingt-deux heures, treize minutes et vingt-quatre secondes. Nous eûmes deux de ces heures pour dormir.

Je découvris cet agréable règlement dès notre première nuit, lorsque Fumier déclencha une sirène stridente qui m'arracha si vite du sommeil que je tombai de ma couchette, celle du dessus, évidemment. Après avoir vérifié que mon nez n'était pas cassé, je lus le texte qui planait dans mon crâne.

Chef de compagnie Perry, ceci est pour vous informer que vous avez (suivait un chiffre qui était, à cette seconde, une minute quarante-huit secondes en compte à rebours) avant que l'adjudant Ruiz et ses assistants n'entrent dans votre caserne. Il vous est demandé que votre compagnie soit réveillée et au garde-à-vous à leur arrivée. Toute recrue qui ne sera pas au garde-à-vous fera l'objet d'une mesure disciplinaire qui sera signalée sur votre dossier.

Je transmis immédiatement le message à mes chefs de section via la liste de diffusion que j'avais créée la veille, envoyai un signal d'alerte générale aux Amicerveaux de la compagnie et allumai les lumières de la caserne.

Il y eut quelques secondes amusantes quand chaque recrue se réveilla en sursaut à un tintamarre qu'elle seule était à même d'entendre. Presque tous bondirent du lit, profondément désorientés. Les chefs de section et moi-même empoignâmes ceux qui dormaient encore et les jetâmes à terre. Une minute plus tard, nous avions tout le monde debout et au garde-à-vous, et les secondes de rabe furent consacrées à convaincre plusieurs lambinards que ce n'était plus le moment de pisser ni de s'habiller ni rien, mais de rester figés et de ne pas mettre Ruiz en colère lorsqu'il franchirait la porte.

Non pas que cela eût servi à grand-chose.

— Nom d'un chien, s'écria Ruiz. Perry !

— Oui, mon adjudant.

— Bon sang, mais qu'est-ce que t'as foutu pendant tes deux minutes d'avertissement ? Une branlette ? Ta compagnie n'est pas prête ! Ils ne sont pas habillés pour l'exercice. Ton excuse ?

— Mon adjudant, le message indiquait que la compagnie était requise de se retrouver au garde-à-vous lorsque votre staff et vous arriveriez. Il ne précisait pas l'obligation d'être habillé.

— Seigneur, Perry ! Tu n'as pas supposé qu'être habillé faisait partie du garde-à-vous ?

— Je n'oserais pas présumer de supposer, mon adjudant.

— Présumer de supposer ? Tu fais le malin, Perry ?

— Non, mon adjudant.

— Eh bien, présume de faire sortir ta compagnie sur le terrain de parade, Perry. Tu as quarante-cinq secondes. Fonce !

— Section !

Je hurlai et courus en même temps, priant le ciel que ma section m'emboîte le pas. Lorsque je franchis la porte, j'entendis Angela brailler à la section B de la suivre. Je l'avais

bien choisie. Nous arrivâmes sur le terrain de parade, ma
section formant une rangée directement derrière moi. Angela
aligna la sienne sur ma droite, avec celle de Terry et les autres
lui succédant. Le dernier homme de la section F rejoignit les
rangs à quarante-quatre secondes. Stupéfiant. Sur le terrain
de parade, les autres compagnies de recrues s'alignaient,
toutes aussi peu vêtues que la 63e. Je me sentis un bref instant
soulagé.

Ruiz arpenta le terrain pendant un moment, ses deux
assistants sur les talons.

— Perry ! Quelle heure est-il ?

J'accédai à mon Amicerveau.

— Euh, 0100 heure locale, mon adjudant.

— Remarquable, Perry. Et, dis-moi, à quelle heure les
lumières ont été éteintes ?

— 2100, mon adjudant.

— Exact ! Certains d'entre vous se demandent peut-être
pourquoi nous vous imposons de vous lever et de courir au
bout de deux heures de sommeil. Sommes-nous cruels ?
Sadiques ? Cherchons-nous à vous briser ? Oui. Mais ce n'est
pas pour cela que nous vous avons réveillés. La raison est
simplement la suivante : vous n'avez pas besoin de davantage
de sommeil. Ces jolis nouveaux organismes n'ont pas besoin
de plus de deux heures de sommeil. Vous dormiez huit
heures par habitude. C'est terminé, mesdames et messieurs.
Autant de sommeil est une perte de *mon* temps. Donc deux
heures vous suffiront dorénavant et, deux heures, c'est tout
ce que vous obtiendrez.

» Bon… Qui peut me dire pourquoi je vous ai fait courir
hier ces vingt bornes en une heure ?

Une recrue leva la main.

— Oui, Thompson ?

Soit il avait mémorisé les noms de toutes les recrues de la compagnie, soit son Amicerveau était ouvert et lui fournissait l'information. Je n'aurais pas parié là-dessus.

— Mon adjudant, vous nous avez fait courir parce que vous détestez chacun de nous pour une raison individuelle !

— Excellente réponse, Thompson. Toutefois, tu n'as qu'en partie raison. Je vous ai fait courir vingt bornes en une heure parce que vous en étiez *capables*. Même le plus lent d'entre vous a terminé la course deux minutes avant le temps imparti. Ça signifie que, sans entraînement, sans même un chouïa de véritable effort, chacun des fils de pute que vous êtes est capable de se mesurer avec les athlètes qui remportent les médailles d'or olympiques sur Terre.

» Et savez-vous pourquoi ? Le savez-vous ? C'est parce que... plus aucun de vous n'est un humain. Vous êtes *mieux*. Vous ne le savez pas encore. Merde, vous avez passé une semaine à rebondir d'un mur à l'autre du vaisseau spatial comme de petits jouets gonflables et vous ne comprenez sans doute toujours pas de quoi vous êtes faits. Eh bien, mesdames et messieurs, ça va changer. La première semaine d'entraînement consistera à vous en convaincre. Et vous serez convaincus. Vous n'aurez pas le choix.

Après quoi, nous courûmes vingt-cinq kilomètres en sous-vêtements.

Vingt-cinq bornes. Des sprints de cent mètres en sept secondes. Des sauts en hauteur de plus de deux mètres. Des sauts par-dessus des trous dans le sol de dix mètres. Des levers de poids libres de cent kilos. Des centaines et des centaines d'abdos, de pompes et de tractions à la barre. Comme Ruiz l'avait dit, le plus dur n'était pas d'effectuer ces exercices. Le plus dur était de croire qu'on y arriverait. Des recrues tombaient et échouaient à toutes les étapes par ce qu'il faut bien appeler du manque de courage. Ruiz et ses assistants leur tombaient sur le paletot et, à force de menaces, les obligeaient à poursuivre (puis m'imposaient encore des pompes parce que mes chefs de section ou moi ne les avions pas assez effrayés).

Chaque recrue – *chaque* recrue – avait ses moments de doute. Le mien survint le quatrième jour, lorsque la 63ᵉ compagnie se déploya autour de la piscine de la base en tenant un sac de sable de vingt-cinq kilos dans les mains.

— Quel est le point faible du corps humain ? demanda Ruiz en faisant le tour de la compagnie. Ce n'est ni le cœur, ni le cerveau, ni les pieds, ni rien de ce que vous pensez. Je vais vous le dire. C'est le sang, et, ça, c'est une mauvaise nouvelle parce que votre sang circule partout dans votre corps. Il transporte l'oxygène, mais il transporte aussi les maladies. Quand vous êtes blessé, le sang coagule, mais souvent pas assez vite pour vous empêcher de mourir d'une hémorragie. Lorsque les choses en arrivent à ce point, tout le monde meurt en réalité de manque d'oxygène... faute de ce foutu sang qui s'est répandu par terre où il ne vous apporte plus rien du tout de bon.

» Les Forces de défense coloniale, dans leur divine sagesse, se sont débarrassées du sang humain et l'ont remplacé par Sangmalin. Sangmalin est constitué de milliards de nano-robots qui remplissent toutes les fonctions du sang mais en mieux. Il n'est pas organique et donc pas vulnérable aux menaces biologiques. Il s'adresse à votre Amicerveau pour coaguler en millisecondes : vous pouvez perdre une foutue jambe, vous ne saignerez pas. Plus important encore pour vous désormais, chaque « globule » de Sangmalin a une capacité de transport d'oxygène quatre fois supérieure à celle des globules rouges naturels.

Ruiz fit une pause.

— Chacun de vous va tout de suite en faire l'expérience, car vous allez sauter dans la piscine avec vos sacs de sable. Vous allez couler au fond. Et vous n'y resterez pas moins de six minutes. Six minutes, c'est assez pour tuer le bonhomme moyen, mais chacun de vous restera ce temps-là et sans perdre une seule cellule cérébrale. Pour vous inciter à rester au fond, le premier d'entre vous qui remontera écopera de la corvée de latrines pendant une semaine. Et si cette recrue remonte avant les six minutes, eh bien, disons simplement que chacun de vous connaîtra une relation personnelle et intime avec un trou de merde quelque part dans la base. Pigé ? Alors sautez !

On sauta et, comme promis, on coula à pic dans cette piscine de trois mètres de profondeur. Je paniquai immédiatement. Gamin, j'étais tombé dans une piscine couverte en déchirant la bâche et j'avais passé plus d'une minute de terreur à essayer de remonter à la surface. Cela n'avait pas duré assez longtemps pour que je commence à me noyer, mais assez pour me donner une aversion profonde pour toute immersion. Au bout de trente secondes, j'avais déjà l'impression d'avoir besoin d'une grande goulée d'air frais. Impossible de tenir une minute, et six encore moins.

Je sentis un tiraillement. Je me tournai un peu violemment et vis Alan qui s'était approché de moi. À travers l'eau trouble, je remarquai qu'il se tapait la tête puis désignait la mienne. À cette seconde, Fumier m'avertit qu'il demandait une liaison. J'acceptai en subvocalisant. Je perçus un simulacre dénué d'émotion de la voix d'Alan dans ma tête.

Ça ne va pas ? (Alan.)

Phobie. (Moi.)

Ne panique pas. Oublie que tu es sous l'eau. (Alan.)

Impossible, bordel. (Moi.)

Alors fais semblant. (Alan.) *Contrôle tes sections pour voir si d'autres ont des problèmes et aide-les...*

Le calme surnaturel de la voix simulée d'Alan me secourut. J'ouvris la liaison de mes chefs de section pour effectuer un contrôle et leur donnai l'ordre de faire de même avec leur section. Chacun d'entre eux avait une ou deux recrues au bord de la panique et s'efforçait de les calmer. À côté de moi, je voyais Alan faire le compte de notre section.

Trois minutes. Puis quatre. Dans le groupe de Martin, quelqu'un commença de se débattre, se projetant d'avant en arrière comme le sac de sable dans ses mains agissait à la manière d'une ancre. Martin lâcha son sac et nagea jusqu'à la recrue, il l'empoigna brutalement par l'épaule puis l'obligea à fixer son attention sur son visage. J'écoutai l'Amicerveau de Martin et entendis : *Concentre-toi sur mes yeux.* Ce conseil fut efficace. L'autre cessa de se débattre et se relaxa peu à peu.

Cinq minutes. Il était clair, alimentation accrue en oxygène ou pas, que tout le monde commençait d'être oppressé. Les recrues passaient d'un pied sur l'autre, sautillaient sur place ou agitaient leur sac de sable. Dans un coin, une femme se cognait la tête dessus. D'un côté, je faillis en rire. De l'autre, je faillis en faire autant.

Cinq minutes quarante-trois secondes.

L'un de ceux de la section de Mark lâcha son sac et remonta vers la surface. Mark lâcha le sien, s'élança en silence, attrapant la recrue par la cheville et se servant de son propre poids pour la ramener au fond. Je croyais que le second de Mark allait venir à son aide ; mais une brève consultation d'Amicerveau m'apprit que cette recrue était son second.

Six minutes. Quarante recrues lâchèrent leur sac et jaillirent à la surface. Mark libéra la cheville de son second, puis le poussa par en dessous pour s'assurer qu'il remonte le premier et écope de la corvée de latrines qu'il avait failli faire subir à toute sa compagnie. J'allais lâcher mon sac quand je vis Alan faire signe que non.

Chef de compagnie. (Message d'Alan.) *Tu devrais persévérer. Va te faire foutre.*

Désolé, pas mon genre. (Sa réponse.)

Je tins sept minutes et trente et une secondes avant de refaire surface, persuadé que mes poumons allaient exploser. Mais j'avais surmonté mon moment de doute. J'étais convaincu. J'étais plus qu'un humain.

Au cours de la deuxième semaine, on nous présenta notre arme.

— Voici le modèle standard du fusil d'infanterie MF-35 des FDC, déclarait Ruiz en tenant le sien tandis que les nôtres restaient où ils avaient été posés, toujours dans leur étui protecteur, dans la poussière du terrain de parade, à nos pieds. « MF » signifie « multifonctionnel ». Selon vos besoins, il peut créer et tirer à la volée six projectiles différents ou rayons. Cela inclut les balles de fusil et plusieurs variétés d'explosifs et non-explosifs, en tir semi-automatique ou automatique : grenades à bas rendement, roquettes guidées à bas rendement, liquide inflammable à haute pression et rayons micro-ondes. L'emploi de munitions nanorobotisées à haute densité permet d'atteindre cette performance. (Ruiz brandit un bloc brillant et sombre qui semblait être en métal ; un bloc similaire était placé à côté du fusil à mes pieds.) Ces munitions s'auto-assemblent juste avant le tir. Le résultat est une arme présentant une flexibilité maximale pour un minimum de formation, avantage que vous autres, tristes tas de viande ambulants, allez certainement apprécier.

» Ceux parmi vous qui ont une expérience militaire se souviendront d'avoir été fréquemment requis de monter et démonter leur arme. Vous n'aurez pas à le faire avec votre MF-35. Le MF-35 est une pièce extrêmement complexe de mécanique. Donc pas question que vous la bousilliez ! Elle possède un système d'autodiagnostic et des capacités de réparation incorporées. Elle peut également se connecter à votre Amicerveau pour vous alerter d'un problème, s'il y en a un, mais il n'y en aura pas car, depuis trente ans qu'on s'en sert, aucun MF-35 n'a connu de dysfonctionnement. Et cela parce que, contrairement à vos savants militaires de merde sur Terre, nous, nous savons fabriquer une arme qui fonctionne ! Votre boulot consiste à ne pas la déglinguer ; votre boulot consiste à *tirer* avec votre arme. Faites-lui confiance, elle est presque certainement plus intelligente que vous. Ne l'oubliez pas et vous resterez en vie.

» Vous allez activer momentanément votre MF-35 en le sortant de son étui protecteur et en accédant à votre Amicerveau. Cela fait, votre arme sera réellement la vôtre. Tant que vous serez sur cette base, vous ne pourrez tirer avec votre MF-35 qu'après avoir reçu l'autorisation de votre chef de compagnie ou de vos chefs de section, qui, à leur tour, doivent recevoir l'autorisation de leur instructeur. En situation de combat réel, seuls les soldats des FDC dotés d'Amicerveaux FDC seront capables de tirer avec votre MF-35.

Du moment que vous ne mettez pas en colère vos compagnons de section, vous n'aurez jamais à redouter que votre arme soit utilisée contre vous.

» À partir de maintenant, vous emporterez votre MF-35 partout où vous irez. Vous le prendrez quand vous irez chier. Vous le prendrez quand vous vous doucherez : ne craignez pas qu'il se mouille, il recrache tout ce qu'il considère comme un corps étranger. Vous le prendrez pendant les repas. Vous dormirez avec. Si, par hasard, vous trouvez le temps de baiser, votre MF-35 sera au premier rang du spectacle.

» Vous allez apprendre à vous servir de cette arme. Elle vous sauvera la vie. Les marines US sont des crétins finis, mais la seule chose qu'ils ont faite de bien, c'est leur credo du fusil des marines : « Voici mon fusil. Il y en a bien d'autres comme lui mais, celui-ci, c'est le mien. Je dois le maîtriser comme je maîtrise ma vie. Mon fusil sans moi ne sert à rien. Je dois tirer droit, plus droit que l'ennemi qui cherche à me tuer. Il faut que je le tue avant qu'il ne me tue. Et c'est ce que je ferai. » Mesdames et messieurs, prenez ce credo à cœur. C'est votre fusil. Prenez-le et activez-le.

Je m'agenouillai et retirai le fusil de son enveloppe en plastique. Malgré tous les détails donnés par Ruiz au sujet de cette arme, elle n'avait pas l'air très impressionnante. Elle était lourde mais pas difficile à manier, bien équilibrée et d'une dimension facilitant sa manipulation. Sur le côté du fût, un autocollant annonçait :

POUR ACTIVER AVEC AMICERVEAU : INITIALISEZ AMICERVEAU ET DITES « ACTIVEZ MF-35, NUMÉRO DE SÉRIE ASD-324-DDD-4E3CI ».

— Hé, Fumier, dis-je, active MF-35, numéro de série ASD-324-DDD-4E3CI.

MF-35 ASD-324-DDD-4E3C1 est maintenant activé pour la recrue FDC John Perry, répondit Fumier. S'il vous plaît, chargez les munitions. Un petit schéma apparut dans l'angle de mon champ de vision, me montrant comment charger mon fusil. Je me penchai pour ramasser le bloc rectangulaire de munitions et... faillis perdre l'équilibre en voulant le soulever. Il était incroyablement lourd. Ruiz ne plaisantait pas en parlant de « haute densité ». Je l'insérai dans le fusil comme indiqué. Au même moment, le schéma montrant comment charger mon fusil disparut, aussitôt remplacé par une notice :

OPTIONS DE TIR DISPONIBLES
NOTE : L'EMPLOI D'UNE CATÉGORIE DE PROJECTILES DIMINUE LA
DISPONIBILITÉ DES AUTRES CATÉGORIES.
TIRS DE FUSIL : 200.
TIRS PAR SALVES : 80.
TIRS DE GRENADES : 40.
TIRS DE MISSILES : 35.
TIRS GROUPÉS : 10 MINUTES.
MICRO-ONDES : 10 MINUTES.
TIRS DE FUSIL ACTUELLEMENT SÉLECTIONNÉS.

— Sélectionne tirs par salves.

Tirs par salves sélectionnés, répondit Fumier. S'il vous plaît, sélectionnez la cible. Instantanément, tous les membres de la compagnie virent apparaître une incrustation verte correspondant aux cibles. Regarder l'une d'elles directement la faisait surbriller. *Qu'est-ce que ça peut foutre ?* pensai-je en sélectionnant une cible, une recrue de la section de Martin, un certain Toshima.

Cible sélectionnée, confirma Fumier. Vous pouvez tirer, annuler ou sélectionner une deuxième cible.

— Youpi !

J'annulai la cible et contemplai mon MF-35. Je me tournai vers Alan qui, à côté de moi, tenait son fusil.

— J'ai peur de cette arme, dis-je.

— Sans blague ! J'ai failli t'exploser avec une grenade il y a deux secondes.

Ma réponse à cet aveu choquant fut coupée par Ruiz qui, tout à coup, fonça comme une torpille devant une recrue de l'autre côté de la compagnie.

— Recrue, qu'est-ce que tu viens de dire ?

Tout le monde se tut et se tourna pour voir qui avait déclenché le courroux de l'instructeur.

Il s'agissait de Sam McCain. Au cours d'une de nos réunions du déjeuner, je me souvenais que Sarah O'Connell l'avait décrit comme une grande gueule à la petite cervelle. Il avait été dans la vente presque toute sa vie, ce qui n'avait rien d'étonnant. Même avec Ruiz planant à un millimètre de son nez, McCain dégageait de la suffisance. Une suffisance un tantinet surprise, mais de la suffisance tout de même. Il était clair qu'il ignorait ce qui avait mis Ruiz en pétard, mais n'importe, il avait l'air certain de pouvoir se tirer d'affaire sans une égratignure.

— J'admirais mon arme, mon adjudant, répondit McCain en brandissant son fusil. Et je disais à la recrue Flores que j'avais un peu pitié des pauvres bougres contre lesquels nous allions nous battre…

La fin du commentaire se perdit dans le vent quand Ruiz lui arracha le fusil des mains. Le retournant d'un geste suprêmement détendu, il frappa McCain, ébahi, à la tempe du côté plat de la crosse. McCain s'effondra comme une chiffe ; Ruiz allongea avec calme une jambe et appuya sa botte sur la gorge du type étendu. Puis il retourna le fusil. La recrue regardait, horrifiée, la gueule de son MF-35.

— On ne fait plus l'arrogant maintenant, hein, petite merde? Imagine que je sois ton ennemi. As-tu un peu pitié de moi, à présent? Je viens de te désarmer en moins de temps qu'il ne te faut pour respirer, ducon. Là-bas, ces « pauvres bougres » sont plus rapides que tu ne peux l'imaginer. Ils vont tartiner ton foutu foie sur des crackers et le manger pendant que tu seras encore en train d'essayer de les tenir en joue. Alors n'éprouve jamais « un peu de pitié » pour ces pauvres bougres. Ils n'ont que faire de ta pitié. Tu vas t'en souvenir, recrue?

— Oui, mon adjudant! répondit McCain d'une voix étranglée par la botte.

Il était sur le point de sangloter.

— Vérifions ça! dit Ruiz en lui posant la gueule du canon entre les deux yeux avant de presser la détente avec un *clic* sec.

Tous les membres de la compagnie tressaillirent; McCain urina sur lui.

— Imbécile! lança Ruiz sitôt que McCain eut réalisé qu'il n'était pas mort. Tu n'as pas écouté. Le MF-35 ne peut être utilisé que par son propriétaire lorsqu'il est sur la base. Le propriétaire, c'est toi, crétin.

Il se redressa, jeta avec mépris le fusil à McCain puis se tourna face à la compagnie.

— Vous autres êtes encore plus stupides que je ne le pensais…

» Maintenant, écoutez-moi : il n'y a jamais eu une armée dans toute l'histoire de l'espèce humaine qui soit partie à la guerre équipée avec plus que le *strict nécessaire* pour vaincre l'ennemi. La guerre est onéreuse. Elle coûte de l'argent, elle coûte des vies et aucune civilisation ne dispose des deux en quantité illimitée. Donc, au combat, vous économisez. Vous

vous équipez et utilisez autant que nécessaire, jamais davantage.

Il nous fixa d'un air sinistre.

— Est-ce que c'est entré dans vos petites têtes ? Est-ce que chacun de vous a compris ce que je me tue à vous expliquer ? Vous n'avez pas ces magnifiques nouveaux corps et ces jolies nouvelles armes parce que nous avons voulu vous donner un avantage injuste. Vous les avez reçus parce qu'ils sont le minimum absolu qui vous permettra de vous battre et de survivre là-bas. Nous ne *voulions* pas vous les donner, bande d'abrutis, mais, si nous ne l'avions pas fait, l'espèce humaine serait déjà ex-ter-mi-née.

» Vous comprenez maintenant ? Avez-vous enfin une idée de ce contre quoi nous luttons ? Hein ?

La formation ne se réduisait pas à des exercices en plein air et à apprendre à tuer pour l'humanité. Parfois, nous avions des cours.

— Pendant votre entraînement physique, vous avez appris à surmonter vos a priori et vos inhibitions concernant les capacités de votre nouveau corps, disait le lieutenant Oglethorpe dans une salle de conférence remplie par les compagnies de formation 60 à 63. Maintenant, nous devons faire la même chose avec votre esprit. Il est temps d'éliminer un certain nombre d'idées reçues et de préjugés dont vous n'avez même pas tous conscience.

Le lieutenant appuya sur un bouton de l'estrade où il se tenait. Derrière lui, deux écrans s'allumèrent en scintillant. Sur celui à gauche des recrues jaillit un être cauchemardesque : noir et noueux, muni de plusieurs pinces de homard plantées de façon pornographique dans un orifice si humide qu'on en sentait presque la puanteur. Au-dessus de l'amas informe du tronc pointaient trois appendices ou antennes. Une matière ocre en dégoulinait. H. P. Lovecraft se serait enfui en hurlant.

Sur l'écran de droite, il y avait une créature évoquant vaguement un daim avec des mains ingénieuses, presque humaines, et un visage interrogateur qui semblait parler de paix et de sagesse. Si on ne pouvait domestiquer cet énergumène, on pouvait au moins apprendre de lui quelque chose sur la nature de l'univers.

Le lieutenant Oglethorpe saisit une baguette et l'agita en direction du cauchemar.

— Ce spécimen appartient à l'espèce des Bathungas. Les Bathungas sont un peuple profondément pacifique. Ils ont une culture qui remonte à des centaines de milliers d'années et manifestent une compréhension des mathématiques qui, en comparaison, réduit les nôtres à une vague addition. Ils vivent dans les océans, filtrent le plancton et coexistent avec enthousiasme avec les humains sur plusieurs mondes. Ce sont de braves lascars, et celui-ci... (il tapa l'écran) est exceptionnellement beau pour son espèce.

Il donna un coup sur le deuxième écran à l'amical homme-daim.

— Ce petit enculé est un Salong. Notre première rencontre officielle avec les Salongs s'est produite après que nous avons dépisté une colonie clandestine d'humains. La colonisation indépendante est interdite, et la raison apparaît clairement avec cet exemple. Les colons avaient atterri sur une planète qui était également une cible de colonisation pour les Salongs. Bientôt, les Salongs décidèrent que les humains étaient bons à manger. C'est pourquoi ils les ont assaillis puis ont ouvert un élevage de viande humaine. Tous les mâles adultes humains ont été tués, sauf une poignée, et les survivants furent « traits » pour leur sperme. Les femmes étaient inséminées artificiellement et leurs nouveau-nés prélevés, enfermés dans des enclos et engraissés comme des veaux.

» Cela se passait des années avant notre découverte de cette planète. Alors les troupes FDC ont rasé la colonie salong et grillé leur chef au barbecue au cours d'une petite fête en plein air. Inutile de dire que nous combattons depuis ces salauds de mangeurs de bébés.

» Vous comprenez sans doute où je veux en venir. Supposer que vous savez distinguer les bons des méchants vous fera tuer. Impossible de garder des partis pris anthropomorphiques quand certains des aliens qui nous ressemblent le plus préfèrent les hamburgers humains à la paix.

Plus tard, le lieutenant Oglethorpe nous demanda de trouver quel était l'unique avantage des soldats de la Terre sur ceux des FDC.

— Ce n'est assurément pas le conditionnement physique ni l'armement, puisque nous sommes très en avance dans ces deux domaines. Non, l'avantage des soldats sur Terre est qu'ils connaissent leurs futurs adversaires et, dans une certaine mesure, le déroulement de la bataille : catégories de troupes, d'armes, et l'étendue des objectifs. En conséquence, l'expérience du combat dans une guerre ou un affrontement peut être directement appliquée aux autres, même si les causes de la guerre et les objectifs de la bataille sont entièrement différents.

» Les FDC n'ont pas cet avantage-là. Prenez, par exemple, une bataille récente contre les Efgs. (Oglethorpe tapa sur l'un des écrans pour afficher une sorte de baleine avec d'énormes tentacules latéraux qui se ramifiaient en mains rudimentaires.) Ces individus mesurent plus de quarante mètres de long et possèdent une technologie leur permettant de polymériser l'eau. Nous avons perdu des navires lorsque l'eau s'est transformée autour d'eux en une boue pareille à des sables mouvants qui les a engloutis avec leurs équipages. Comment peut-on transposer l'expérience du combat contre l'un de ces enfoirés à un affrontement, disons, avec les Finwes... (l'autre écran afficha l'image d'un charmeur de serpents) qui sont de petits habitants du désert préférant les attaques biologiques à longue distance ?

» La réponse est simple : c'est impossible. Et pourtant les soldats des FDC se lancent sans arrêt d'une bataille à une autre. C'est l'une des raisons pour lesquelles le taux de mortalité dans les FDC est si élevé. Chaque bataille est nouvelle et chaque situation de combat, dans l'expérience du soldat individuel du moins, est unique. S'il y a une chose à déduire de cette petite conversation, c'est la suivante : vous devez vous débarrasser de toutes vos idées sur la façon de conduire une guerre. Votre formation vous ouvrira les yeux sur quelques-uns des ennemis que vous affronterez là-bas, mais n'oubliez pas qu'en tant que fantassins vous serez souvent le premier point de contact avec de nouvelles espèces hostiles dont les méthodes et les motivations sont inconnues et parfois impossibles à connaître. Vous devez réfléchir vite et ne pas supposer que ce qui a marché une fois marchera encore. C'est là le plus sûr moyen de mourir.

Une recrue demanda à Oglethorpe pourquoi les soldats des FDC devaient défendre les colons et les colonies.

— Vous nous avez enfoncé dans le crâne que nous n'étions plus des humains. Si c'est le cas, pourquoi éprouverions-nous de l'attachement envers les colons ? Ce ne sont que des humains, somme toute. Pourquoi ne pas engendrer des soldats FDC comme prochaine étape de l'évolution humaine et nous donner un avantage ?

— Ne vous croyez pas la première à poser cette question. (Petit rire général.) La réponse sera brève : nous ne le pouvons pas. Tous les bidouillages génétiques et mécaniques que subissent les soldats des FDC les rendent stériles. En raison du matériel génétique commun utilisé dans le patron de chacun de vous, il y a beaucoup trop de gènes récessifs létaux pour permettre à un processus de fertilisation d'aller bien loin. Et il y a trop de matériaux non humains pour permettre des croisements réussis avec des humains normaux. Les soldats des FDC sont un exemple stupéfiant d'ingénierie mais, en tant que chemin dans l'évolution, ils sont une impasse. C'est une des raisons pour ne pas vous sentir supérieurs. Vous êtes capables de courir deux mille mètres en trois minutes, mais vous ne pouvez pas faire d'enfant.

» Dans un sens plus large, toutefois, ce n'est pas nécessaire. La prochaine étape de l'évolution a déjà commencé. Tout comme la Terre, la plupart des colonies sont isolées. Presque tous les gens nés sur une colonie y restent leur vie entière. Les humains s'adaptent également à leurs nouveaux foyers ; une évolution culturelle voit le jour. Certaines des plus anciennes planètes colonisées commencent à montrer une divergence culturelle et linguistique par rapport à leurs cultures et langues d'origine sur Terre. Dans dix mille ans, il se produira aussi une divergence génétique. Avec le temps, il y aura autant d'espèces humaines différentes que de planètes colonisées. La diversité est la clé de la survie.

» Métaphysiquement, vous devriez vous sentir attachés aux colonies parce que, ayant vous-même changé, vous devriez apprécier le potentiel humain à devenir un être qui survivra dans l'univers. Plus directement, vous devez vous préoccuper du sort des colonies parce qu'elles représentent l'avenir de l'homme et que, modifiés ou pas, vous êtes encore plus proches des humains que de toutes les autres espèces intelligentes là-bas.

» Et, enfin, vous devez vous en préoccuper parce que vous êtes assez âgés pour savoir pourquoi. C'est une des raisons pour lesquelles les FDC sélectionnent leurs soldats parmi les personnes âgées, figurez-vous. Ce n'est pas seulement parce que vous êtes à la retraite et un boulet pour l'économie. C'est aussi parce que vous avez vécu assez longtemps pour savoir que la vie ne s'arrête pas à la vôtre. La plupart d'entre vous ont élevé une famille, ils ont des enfants, des petits-enfants et comprennent la valeur d'un engagement qui dépasse son propre objectif égoïste. Même si vous ne devenez jamais des colons, vous reconnaissez pourtant que les colonies humaines sont bonnes pour l'espèce humaine et qu'il vaut la peine de se battre pour elles. Il est difficile d'enfoncer ce concept dans le crâne d'un jeune de dix-neuf ans. Vous, vous le savez par expérience. Et dans cet univers, l'expérience, ça compte.

Nous nous exercions. Nous tirions. Nous apprenions. Nous allions de l'avant. Nous dormions peu.

La sixième semaine, je remplaçai Sarah O'Connell comme chef de section. La section E arrivait toujours à la traîne dans les exercices d'équipe, imposant à ma 63ᵉ compagnie des compétitions supplémentaires entre sections. Chaque fois qu'on remettait un trophée à une autre compagnie, Ruiz grinçait des dents et s'en prenait à moi. Sarah accepta de bonne grâce.

— Malheureusement, ça ne ressemble pas vraiment au travail de jardinière d'enfants, me dit-elle.

Alan prit sa place et remit la section d'aplomb en un rien de temps. La septième semaine, la 63ᵉ arriva juste après la 58ᵉ. Ironie du sort, Sarah, grâce à un superbe tir, remporta la palme.

La huitième semaine, j'arrêtai de parler à mon Ami-cerveau. Fumier m'avait étudié assez longtemps pour connaître mes schémas cérébraux et commencer d'anticiper mes besoins. Ce fut lors d'un exercice de tir simulé en situation réelle de combat que je le remarquai, la première fois : mon MF-35 bascula du tir à balles au tir de missiles guidés, pista la cible, tira et toucha deux cibles à longue distance, puis rebascula sur le lance-flammes juste à temps pour griller un affreux insecte de deux mètres qui avait jailli de rochers proches. Lorsque je m'aperçus que je n'avais vocalisé aucun ordre, je sentis une vibration effrayante me traverser. Quelques jours plus tard, je m'avisai que j'étais agacé chaque fois que je devais demander quelque chose à Fumier. C'est dingue comme l'effrayant devient vite banal.

La neuvième semaine, Alan et Martin Garabedian durent rendre une légère mesure disciplinaire à l'encontre de l'une des recrues de Martin, qui avait décidé qu'il voulait le boulot de chef de section et ne reculerait pas devant un petit sabotage pour l'obtenir. Le type avait été dans sa vie passée une pop-star moyennement célèbre et s'était habitué à obtenir ce qu'il voulait par n'importe quel moyen. Il fut assez rusé pour entraîner quelques compagnons de section dans la conspiration mais, malheureusement pour lui, pas assez malin pour se rendre compte qu'à titre de chef de section Martin avait accès aux notes qu'il transmettait. Martin vint me voir. Je lui suggérai qu'il n'y avait aucune raison d'impliquer Ruiz ni les autres instructeurs dans une affaire que nous pouvions résoudre nous-mêmes aisément.

Si quelqu'un remarqua qu'un aéroglisseur de la base s'était absenté un bref instant sans permission au cours de cette nuit-là, il n'en dit rien. Et si quelqu'un vit une recrue pendue la tête en bas lorsque l'appareil rasait dangereusement les arbres, celle-ci était retenue uniquement par une main sur chaque cheville. Personne ne prétendit avoir entendu les hurlements désespérés de la recrue ni le commentaire critique et guère favorable de l'album le plus célèbre de l'ancienne pop-star par Martin.

L'adjudant Ruiz me fit remarquer au petit-déjeuner le lendemain que j'étais un peu décoiffé. Je répliquai que ce devait être à cause de la course impromptue de trente bornes qu'il nous avait imposée avant le repas.

La onzième semaine, la 63e et plusieurs autres compagnies furent parachutées dans les montagnes au nord de la base. L'objectif était simple : trouver et éliminer toutes les autres compagnies et ramener les survivants à la base, le tout en quatre jours. Pour donner du piment, chaque soldat était équipé d'un dispositif qui enregistrait tous les coups tirés sur lui. Si l'un faisait mouche, il ressentirait une douleur paralysante puis s'effondrerait (et serait retiré par les instructeurs qui suivaient non loin l'affrontement). Je le savais parce que j'avais servi de cobaye à la base quand Ruiz avait voulu montrer un exemple. Je soulignai à ma compagnie qu'aucun d'entre eux n'aurait voulu être à ma place.

La première attaque survint sitôt que nous touchâmes terre. Quatre de mes recrues tombèrent avant que je repère les tireurs et les signale à ma compagnie. Nous en abattîmes deux ; deux autres prirent la fuite. Les attaques sporadiques des heures suivantes révélaient que la plupart des autres compagnies s'étaient divisées en groupes de trois ou quatre qui traquaient les autres sections.

J'eus une autre idée. Nos Amicerveaux nous permettaient de maintenir un contact constant et silencieux avec tous les nôtres, que nous soyons à proximité ou non. Les autres compagnies n'avaient pas compris les implications de ce système, dommage pour elles. Je donnai l'ordre à chaque soldat d'ouvrir une ligne de communication sécurisée d'Amicerveau avec tous ses camarades, puis je les envoyai individuellement faire un relevé du terrain et noter la position des sections ennemies qu'ils repéraient. Ainsi, nous aurions tous une carte toujours plus complète du terrain et des positions de l'ennemi. Même si l'un des nôtres se faisait prendre, l'information fournie aiderait un autre de la compagnie à venger sa mort (ou du moins lui éviterait de se faire tuer lui-même tout de suite). Un soldat pouvait se déplacer rapidement et sans bruit, harceler les sections des autres compagnies et continuer de travailler de concert avec ses camarades lorsque l'opportunité se présentait.

La tactique réussit. Nos recrues tiraient quand c'était possible, se tenaient tranquilles et transmettaient l'information quand cela ne l'était pas, et attaquaient ensemble quand l'occasion se présentait. Le deuxième jour, un dénommé Riley et moi descendîmes deux sections des compagnies adverses ; elles étaient si absorbées à se tirer l'une sur l'autre qu'elles ne remarquèrent pas que Riley et moi les canardions de loin. Il a dégommé deux adversaires, moi trois, et les trois autres se sont apparemment entretués. C'était sensass. Cela fait, on n'échangea pas un mot, on s'éclipsa dans la forêt et on continua de pister l'ennemi et de partager les informations sur le terrain.

Finalement, les autres compagnies découvrirent notre tactique et tentèrent de l'appliquer elles-mêmes, mais, à ce moment-là, la 63ᵉ était encore trop nombreuse et les autres plus assez. Nous les liquidâmes, tuant le dernier ennemi à midi, puis repartîmes au pas de gymnastique vers la base, à quelque quatre-vingts kilomètres. Le dernier d'entre nous revint à 1800. En tout, nous avions perdu dix-neuf camarades, y compris les quatre du début. Mais nous étions responsables d'un peu plus de la moitié du total des pertes des sept autres compagnies, alors que nous avions gardé plus des deux tiers de notre effectif initial. Même l'adjudant Ruiz ne put râler. Lorsque le commandant de la base le récompensa du trophée des Jeux de guerre, il eut même un sourire. Je ne peux imaginer à quel point cet effort dut lui coûter.

— Nous avons une veine de tous les diables, déclara le tout nouveau soldat Alan Rosenthal alors qu'il me rejoignait dans le hall d'embarquement de la navette. Toi et moi, on a été assignés sur le même vaisseau.

En effet. Un bref retour à Phénix sur le vaisseau de troupes *Francis Drake*, puis en perme jusqu'à l'accostage du *Modesto* des FDC. Ensuite nous intégrerions la 2e compagnie, section D, du 233e bataillon d'infanterie. Un bataillon par vaisseau, soit grosso modo un millier de soldats. Facile de se perdre. J'étais heureux d'avoir encore une fois Alan avec moi.

Je lui jetai un coup d'œil et admirai son uniforme colonial bleu flambant neuf, d'autant plus que j'en portais un identique.

— Fichtre, Alan, nous avons belle allure.

— J'ai toujours aimé les hommes en uniforme. Et maintenant que je suis un homme en uniforme, je m'aime encore plus.

— Ah... voici l'adjudant Ruiz.

Ruiz avait repéré que j'attendais de monter à bord de ma navette. Tandis qu'il approchait, je posai par terre le sac marin qui contenait mon uniforme de tous les jours ainsi que le peu d'effets personnels qui me restaient et l'accueillis par un salut militaire impeccable.

— Repos, soldat, dit Ruiz en me rendant mon salut. Sur quel vaisseau tu es affecté ?

— Le *Modesto*, mon adjudant. Le soldat Rosenthal et moi.

— Tu te fous de moi. Le 233e ? Quelle section ?

— D, mon adjudant. Deuxième compagnie.

— Putain, excellent ! Tu auras le plaisir de servir dans la compagnie du lieutenant Arthur Keyes si ce fils de pute n'a pas réussi à se faire grignoter le cul par un alien. Quand tu verras cette andouille, transmets-lui mes compliments, si tu veux bien. Tu peux le lui dire aussi, l'adjudant Antonio Ruiz a déclaré que tu es loin d'être le tas de merde que se sont révélés la plupart de tes camarades recrues.

— Merci, mon adjudant.

— Que cela ne te monte pas à la tête, soldat. Tu es toujours un tas de merde. Mais un tas pas très gros.

— Naturellement, mon adjudant.

— Bien... Et maintenant excuse-moi. Parfois il suffit de prendre la route.

Ruiz nous lança un coup d'œil à tous les deux, offrit un sourire très, très pincé, puis s'éloigna sans jeter un regard en arrière.

— Cet homme me donne une peur bleue, dit Alan.

— J'sais pas. Je l'aime bien, au fond.

— Normal. Il pense que tu n'es pas un si gros tas de merde que ça. C'est un compliment dans ce monde.

— Ne crois pas que je l'ignore. Maintenant, tout ce que j'ai à faire, c'est d'être à la hauteur.

— Tu y arriveras. Après tout, il faut que tu fasses partie des tas de merde.

— C'est réconfortant. Au moins, j'aurai de la compagnie.

Alan sourit. Les portes de la navette s'ouvrirent. Nous prîmes nos sacs et montâmes à l'intérieur.

TROIS

— Je peux tirer, dit Watson en visant par-dessus son rocher. Laissez-moi m'entraîner sur une de ces créatures.

— Non, rétorqua Viveros, notre caporal. Leur bouclier est encore levé. Ce serait un gaspillage de munitions.

— Connerie... Nous sommes ici depuis des heures. Assis d'un côté. Et eux là-bas. Quand leur bouclier sera baissé, qu'est-ce qu'on est censés faire ? S'avancer et commencer de les canarder ? On n'est plus au XIVe siècle, nom d'un chien ! On n'a pas à prendre rendez-vous pour commencer de descendre l'adversaire.

Viveros eut l'air excédée.

— Watson, tu n'es pas payé pour penser. Alors ferme-la et tiens-toi prêt. De toute façon, ça ne sera plus long maintenant. Il ne reste plus qu'un truc dans leur rituel avant que ça commence.

— Ah ouais ? Quoi ?

— Ils vont chanter.

Watson eut un sourire narquois.

— Et ils vont chanter quoi ? Des airs de fête ?

— Non. Notre mort.

Comme à un signal, l'immense bouclier hémisphérique qui enfermait le campement consu se mit à scintiller à la base. Je réglai mon viseur et me concentrai sur les quelques centaines de mètres m'en séparant lorsqu'un seul Consu le traversa. Le bouclier colla à sa carapace massive jusqu'à ce qu'il se fût assez éloigné pour que les filaments électrostatiques réintègrent la structure.

Il était le troisième et dernier Consu qui émergerait du bouclier avant l'affrontement. Le premier était apparu il y avait douze heures ; un petit gradé dont le grognement au timbre plein de défi avait servi à signaler officiellement l'intention des Consus de se battre. Le grade inférieur de l'émissaire avait pour but d'exprimer le peu de considération accordée par les Consus à nos troupes, l'idée étant que, si nous avions été réellement importants, ils auraient envoyé un haut gradé. Aucun d'entre nous ne s'en offensa ; le messager était toujours de rang inférieur quel que fût l'adversaire. De surcroît, à moins d'être extraordinairement sensible aux phéromones consues, ils se ressemblaient tous.

Le deuxième Consu avait émergé du bouclier quelques heures plus tard, il avait mugi comme un troupeau de vaches coincées dans une batteuse, puis explosé, projetant du sang rosâtre, des morceaux d'organes et de carapace sur le bouclier, qui grésillèrent légèrement en retombant en pluie sur le sol.

Les Consus croyaient, semblait-il, que si un soldat isolé était préparé selon les rites, il était possible de persuader son âme d'effectuer une reconnaissance de l'ennemi pendant un laps de temps déterminé avant qu'elle ne migre là où vont les âmes consues. Ou quelque chose de ce genre. C'est un honneur notoire qui n'est pas octroyé à la légère. Ce rite me paraissait un excellent moyen de perdre rapidement ses meilleurs soldats, mais, vu que j'appartenais à l'ennemi, il m'était difficile de voir le revers de la médaille dans la pratique.

Ce troisième Consu appartenait à la plus haute caste. Son rôle se réduisait à nous expliquer les raisons de notre mort et comment nous allions tous périr. Ensuite, nous pourrions marcher au casse-pipe et rendre l'âme. Toute tentative d'accélérer les événements en tirant préventivement sur le bouclier se solderait par un échec. À part le jeter dans un noyau stellaire, il y avait en effet peu de procédés capables d'esquinter un bouclier consu. Tuer un messager ne servirait qu'à leur faire recommencer les rituels d'ouverture, retardant d'autant le combat et le massacre.

De surcroît, les Consus ne se *cachaient* pas derrière le bouclier. Ils devaient simplement accomplir toutes sortes de rituels préalables à la bataille et ils préféraient le faire sans être interrompus par l'intrusion inopinée de balles, de rayons de particules ou d'explosifs. En vérité, les Consus n'aimaient rien tant qu'un bon combat. L'idée de débouler sur une autre planète, de s'y implanter, de défier les indigènes et de les expulser, l'arme au poing, ne les intéressait pas.

Ce qui était le cas ici. Les Consus se moquaient éperdument de coloniser cette planète. Ils avaient réduit en pièces une colonie humaine uniquement pour faire savoir aux FDC qu'ils étaient dans les parages et qu'ils ne refuseraient pas un peu d'action. Ignorer les Consus était exclu, car ils continueraient de tuer les colons jusqu'à ce que quelqu'un se présente pour les affronter officiellement. On ne pouvait jamais savoir non plus ce qu'ils allaient considérer comme un défi officiel. Il fallait continuer de renforcer les troupes jusqu'à ce qu'un messager consu sorte et annonce la bataille.

À part leurs boucliers impressionnants et impénétrables, la technologie de combat des Consus était d'un niveau similaire à celle des FDC. Ce qui n'était pas aussi encourageant que l'on pourrait le penser. En effet, les rapports filtrant des batailles consues avec les autres espèces indiquaient que leur armement et leur technologie étaient toujours plus ou moins du même niveau que ceux de leur adversaire. Cela corroborait l'idée qu'en réalité les Consus ne faisaient pas la guerre mais du sport. Un peu comme un match de foot, avec des colons massacrés en guise de spectateurs.

Frapper les premiers n'était pas une option. Tout leur habitat était protégé par bouclier. L'énergie générant ce bouclier provenait de la compagne naine blanche du soleil consu. Elle avait été entièrement domestiquée à l'aide d'un procédé de capture tel que toute l'énergie qui en émanait alimentait le bouclier. Franchement, on ne déconne pas avec des gens capables de faire ça. Mais les Consus ont un code d'honneur insolite. Éliminez-les d'une planète au cours d'un combat et ils ne reviendront pas. Comme si la bataille était le vaccin, et nous l'antivirus.

Toutes ces informations étaient fournies par notre banque de données de la mission, à laquelle notre officier commandant, le lieutenant Keyes, nous avait donné l'ordre d'accéder avant le combat. Le fait que Watson semblait tout en ignorer signifiait qu'il n'avait pas consulté le rapport. Ce n'était guère surprenant, car, dès l'instant où j'avais rencontré Watson, j'avais compris que c'était un fils de pute trop sûr de lui, dont l'ignorance obstinée le ferait tuer, lui ou ses camarades. Mon problème tenait à ce que j'étais son compagnon de section.

Le Consu déploya ses bras-faux – développés à un moment de leur évolution pour affronter quelque créature extrêmement horrible sur leur monde natal, sans doute – et, en dessous, ses membres antérieurs, plus semblables à des bras, se levèrent au ciel.

— Ça commence, dit Viveros.

— Je pourrais l'exploser facilement, proposa Watson.

— Fais-le et je te flingue, avertit Viveros.

Dans le ciel éclata un bruit semblable au coup de fusil de Dieu en personne, suivi par ce qui évoquait une tronçonneuse sciant un toit. Le Consu chantait. J'accédai à Fumier et lui demandai de me traduire dès le début.

> *Oyez, honorés adversaires,*
> *Nous sommes les instruments de votre mort joyeuse.*
> *À notre façon, nous vous avons bénis.*
> *L'esprit des meilleurs parmi nous a sanctifié notre bataille.*
>
> *Nous vous louerons en avançant au milieu de vous*
> *Et chanterons vos âmes conduites à leur récompense.*
> *Vous n'avez pas eu la fortune de naître parmi le Peuple,*
> *Alors nous vous menons sur le chemin qui conduit à la*
> *   [rédemption.*
>
> *Soyez braves, battez-vous avec ardeur*
> *Afin d'entrer dans notre bercail à l'heure de votre*
> *   [renaissance.*
> *Cette bataille bénie sanctifie le terrain,*
> *Et tous ceux qui meurent et renaissent seront délivrés.*

— Quel boucan! dit Watson en plantant et tournant un doigt dans son oreille.

Je doutais qu'il se fût donné la peine d'obtenir une traduction.

— Par Dieu, ce n'est ni la guerre ni un match de foot, dis-je à Viveros. C'est un baptême.

Le caporal haussa les épaules.

— Les FDC ne le pensent pas. C'est leur façon de commencer un combat. On croit que c'est leur équivalent de l'hymne national. Ce n'est qu'un rituel. Regarde, le bouclier descend.

Elle désigna le bouclier qui maintenant scintillait et faiblissait sur toute sa longueur.

— Il est temps, bordel, dit Watson. J'allais piquer un roupillon.

— Écoutez-moi tous les deux, reprit Viveros. Restez calmes, restez concentrés et restez le cul baissé. Nous avons une bonne position et le lieutenant veut qu'on mitraille ces salauds à mesure qu'ils sortiront. Rien de spectaculaire... Juste leur tirer dans le thorax. C'est là où loge leur cerveau. Un qui tombe, c'est un de moins à liquider pour les autres. Des tirs de fusil uniquement, tout le reste ne fera que nous trahir plus vite. Fini les bavardages, les Amicerveaux uniquement à partir de maintenant. Vous m'avez comprise ?

— On vous a comprise, dis-je.

— Absolument, ajouta Watson.

— Parfait.

Le bouclier disparut finalement. Le terrain séparant les humains des Consus fut aussitôt strié de roquettes préparées depuis des heures. Les hoquets concussifs de leurs explosions étaient aussitôt suivis par des hurlements humains et les piaulements métalliques des Consus. Pendant plusieurs secondes, il n'y eut plus que la fumée et le silence. Puis un long cri en dents de scie tandis que les Consus s'élançaient pour attaquer les humains, qui, eux, gardèrent leurs positions et tentèrent d'abattre autant d'adversaires que possible avant le heurt des deux fronts.

— Finissons-en, lança Viveros.

Sur ce, elle leva son MF, visa un Consu éloigné et ouvrit le feu. Nous l'imitâmes aussitôt.

Comment se préparer au combat.

D'abord, les systèmes vérifient votre fusil d'infanterie MF-35. Les MF-35 s'autocontrôlent, s'autoréparent et peuvent, à la rigueur, utiliser un bloc de munitions comme matériau brut pour réparer un dysfonctionnement. L'unique façon de détruire définitivement un MF est de le placer sur la trajectoire d'un propulseur de feu manœuvrable. Dans la mesure où on est probablement collé à son arme à ce moment-là, si c'est le cas, on a d'autres chats à fouetter.

Ensuite, enfiler sa tenue de combat : l'unitard standard hermétique d'une pièce qui couvre tout le corps sauf le visage. L'unitard est conçu pour faire oublier les désagréments physiques le temps du combat. Le « tissu » de nanorobots organisés laisse filtrer la lumière pour la photosynthèse et régule la chaleur. Qu'on se trouve sur une banquise arctique ou une dune de sable du Sahara, la seule différence que l'on remarquera sera le paysage. S'il arrive qu'on transpire, l'unitard absorbera la sueur, la filtrera et stockera l'eau jusqu'à ce qu'on puisse la transférer dans un bidon. On peut faire de même avec l'urine. Déféquer dans son unitard n'est pas recommandé.

On reçoit un projectile dans les tripes (ou n'importe quoi d'autre) et l'unitard se raidit au point d'impact, diffuse l'énergie sur toute la surface de la combinaison au lieu de permettre au projectile de pénétrer. C'est très douloureux mais ça vaut mieux que de laisser un pruneau ricocher comme un petit fou dans les intestins. Hélas, ça ne marche que jusqu'à un certain point. Donc éviter le feu ennemi reste à l'ordre du jour.

Ajouter le ceinturon, qui comprend le couteau de combat, l'outil multifonctionnel – le rêve incarné de tout couteau suisse de l'armée –, une impressionnante tente pliable, le bidon, des gaufrettes énergétiques pour une semaine et trois encoches pour les blocs de munitions. Se barbouiller la figure de crème truffée de nanorobots, qui sera interfacée avec l'unitard pour partager les informations sur l'environnement. Basculer en camouflage. Essayer de se retrouver dans le miroir.

Tertio, ouvrir un canal Amicerveau avec le restant de l'escadron et le laisser ouvert jusqu'au retour sur le vaisseau, ou mourir. Je me trouvais très futé d'avoir pensé à ça au camp d'entraînement, mais il s'avéra que c'était la règle non officielle la plus sacrée dans le feu du combat. La communication par Amicerveau implique de ne pas lancer d'ordres ni de signaux, et de ne pas parler pour éviter de trahir sa position. Si on entend un soldat des FDC dans le feu du combat, soit il est idiot, soit il hurle parce qu'il a été blessé.

L'unique inconvénient de la communication Amicerveau est qu'elle risque aussi de transmettre des informations émotionnelles si l'on n'y prête pas attention. Il peut être perturbant d'avoir soudain l'impression que l'on va se pisser dessus de terreur pour s'apercevoir aussitôt qu'il ne s'agit pas d'un sentiment personnel mais de celui d'un camarade. C'est également un détail qu'aucun de vos camarades ne vous laissera oublier.

Se connecter *uniquement* aux compagnons d'escadron. On garde une liaison ouverte à toute sa compagnie et, soudain, soixante personnes seront en train de jurer, de se battre et de mourir dans votre tête. On n'a pas besoin de ça.

Enfin, tout oublier, sauf d'exécuter les ordres, de tuer tout ce qui n'est pas humain et de rester en vie. Pour ce faire, les FDC ont adopté une solution simple : pendant les deux premières années de service, tous les soldats sont des fantassins, qu'ils aient été chirurgiens ou concierges, sénateurs ou clochards. Si on franchit le cap des deux ans, alors on a la possibilité de se spécialiser, de gagner un ticket permanent de colonial au lieu d'être transbahuté d'une bataille à l'autre, de faire son trou et d'assumer tous les rôles qu'offre chaque corps militaire. Mais, pendant deux ans, tout ce qu'on aura à faire sera d'aller là où on nous dira d'aller, de rester planqué derrière le fusil et de tuer sans se faire tuer. C'est simple, mais simple n'est pas synonyme de facile.

Il fallait deux coups pour abattre un soldat consu. C'était nouveau : rien dans les renseignements à leur sujet ne mentionnait une protection personnelle. Mais quelque chose leur permettait d'encaisser le premier tir. Il les faisait tomber sur ce qu'on peut appeler leur cul, mais ils se relevaient en quelques secondes. Donc, deux coups. Un pour les faire tomber et l'autre pour les empêcher de se relever.

Deux tirs consécutifs sur la même cible qui bouge n'est pas aisé lorsqu'on fait feu à travers un champ de bataille de quelques centaines de mètres pour le moins effervescent. Après avoir découvert cela, j'avais demandé à Amicerveau de créer une routine de tir spécialisée qui envoyait deux projectiles chaque fois que je pressais la détente, le premier à pointe creuse et le second avec une charge d'explosif. Les données furent relayées à mon MF entre deux tirs. Une seconde avant, je lâchais un seul pruneau standard de fusil et, la seconde d'après, je tirais mon spécial tueur de Consu.

Ah ! ce que j'aimais mon fusil.

Je transmis les données de tir à Watson et Viveros. Viveros les répercuta le long de la chaîne de commandement. Une minute plus tard, le champ de bataille était parsemé du bruit de sèches doubles détonations, suivi de douzaines de Consus qui éclataient alors que les charges d'explosif projetaient leurs organes internes contre les flancs de leur carapace. On eût dit du pop-corn sautant dans une poêle. Je jetai un coup d'œil à Viveros. Elle visait et tirait sans aucune émotion. Watson tirait et souriait jusqu'aux oreilles comme un gamin qui vient de gagner un animal en peluche au stand de tir d'une foire.

Oh, oh... (Viveros.) *On est repérés.*

— Quoi ? fit Watson en pointant la tête.

Je l'aplatis au sol tandis que des roquettes s'enfonçaient dans les rochers qui nous servaient d'abri. Nous fûmes recouverts par les gravillons qui venaient de se former. Je jetai un coup d'œil juste à temps pour voir une pierre de la taille d'une boule de bowling tourbillonner follement en direction de mon crâne. Sans réfléchir, je la frappai pour l'écarter ; ma combinaison se durcit le long de mon bras et la pierre s'éloigna comme une balle perdue paresseuse. Mon bras me faisait mal. Dans ma première vie, j'avais été le fier propriétaire de trois os flambant neufs du bras, courts et affreusement mal alignés. Pas question de me fracturer de nouveau le bras.

— Sapristi, c'était pas loin, dit Watson.

— La ferme, lui fis-je tout en envoyant à Viveros : *Et maintenant ?*

Tenir bon. (Sa réponse.)

Elle sortit son outil multifonctionnel de son ceinturon et, d'un ordre, le transforma en miroir puis s'en servit pour lorgner par-dessus son rocher.

Six, non sept droit sur nous.

Un *crac* soudain retentit à proximité.

Ça fait cinq, rectifia-t-elle en refermant son outil. *Passez sur grenades, puis on attaque et on se casse.*

J'acquiesçai, Watson sourit aux anges et, lorsque Viveros envoya *Feu*, nous lançâmes tous les trois nos grenades par-dessus les rochers. Trois chacun, comptai-je. Au bout de neuf explosions, je lâchai un grand soupir, fis une prière et me relevai. J'avisai les restes d'un Consu, un autre, hébété, qui s'éloignait de notre position en se traînant, et deux qui cherchaient vaille que vaille à se mettre à l'abri. Viveros abattit le blessé. Watson et moi, chacun un des deux autres.

— Bienvenue à la fête, têtes de nœud ! s'esclaffa Watson.

Il sauta sur son rocher en exultant, juste à temps pour se retrouver nez à nez avec le cinquième Consu, qui avait franchi le tir des grenades et était resté planqué pendant que nous liquidions ses amis. Le Consu abaissa un canon droit sur le nez de Watson et fit feu. Un cratère s'ouvrit dans le visage de Watson, puis un geyser de Sangmalin et de tissu à l'emplacement de sa tête éclaboussa le Consu. L'unitard, conçu pour se raidir sous l'impact des projectiles, ne réagit que lorsque le coup atteignit l'arrière du casque, relançant le projectile, le Sangmalin, des morceaux de crâne et de cerveau ainsi qu'Amicerveau par la seule ouverture disponible.

Watson ne sut pas ce qui l'avait frappé. La dernière chose qu'il transmit par le canal de son Amicerveau était une vague d'émotions qu'on pouvait au mieux décrire comme une perplexité désorientée, la légère surprise de celui qui a vu quelque chose à quoi il ne s'attendait pas mais sans comprendre ce que c'était. Puis la connexion fut coupée, comme une ligne de com qui s'interrompt de façon inattendue.

Le Consu qui tira sur Watson chanta à l'instant où son visage fut arraché. J'avais laissé branché mon circuit de traduction et, ainsi, je vis le sous-titre donné à la mort de Watson, le mot RACHETÉ qui se répétait sans cesse tandis que des morceaux de sa tête formaient des gouttelettes dégoulinant sur le thorax du Consu. Je hurlai et ouvris le feu. Le Consu fut projeté en arrière puis pulvérisé tandis que les balles s'enfonçaient l'une après l'autre sous sa plaque thoracique et détonaient. J'ai dû gaspiller trente projectiles sur un cadavre avant d'arrêter.

— Perry, dit Viveros en repassant en vocal pour m'arracher à ma frénésie de tir. Y en a d'autres qui arrivent. Il est temps de dégager. Allons-y.

— Et Watson ?

— Laisse-le. Il est mort, pas toi, et il n'y a personne pour le pleurer sur ce monde, de toute façon. Nous viendrons chercher le corps plus tard. Partons. Restons en vie.

Nous remportâmes la victoire. La technique du double tir réduisit le troupeau consu d'une manière substantielle avant qu'ils ne fassent preuve de sagesse et reculent pour changer de tactique. Ils se rabattirent sur les attaques au lance-roquettes plutôt que de tenter un nouvel assaut frontal. Au bout de plusieurs heures, les Consus battirent complètement en retraite, rétablirent leur bouclier, laissant en arrière un escadron pour effectuer le suicide rituel qui signalait l'acceptation de leur défaite. Après qu'ils eurent plongé leur couteau de cérémonie dans leur cavité cérébrale, tout ce qui restait à faire était de collecter nos morts et les blessés restés sur le champ de bataille.

Pour cette journée, la 2e compagnie s'en était très bien tirée : deux morts, en comptant Watson, et quatre blessés dont une grave, seulement. Cette femme passerait le mois suivant à attendre que ses intestins inférieurs repoussent, tandis que les trois autres seraient rétablis et reprendraient leur devoir dans quelques jours. Tout bien considéré, les choses auraient pu être pires. Un aéroglisseur blindé consu s'était forcé un chemin jusqu'à la position de la section C de la 4e compagnie et avait détoné, emportant seize des nôtres avec lui, y compris le chef de compagnie et deux chefs de section, et blessant une grande partie du restant de la compagnie. Si le lieutenant de la 4e n'était pas encore mort, à mon avis, il devait le regretter après un fiasco pareil.

Après avoir reçu du lieutenant Keyes le signal de fin d'alerte, je retournai chercher Watson. Un groupe de charognards à huit pattes s'acharnait déjà sur lui. J'en tuai un, ce qui incita les autres à s'éclipser. En peu de temps, ils avaient été très rapides en besogne. Je fus désagréablement surpris par le peu de poids d'un homme à qui on a retiré la tête et une grande partie de ses organes. Je posai ce qui restait de Watson sur une civière de pompier et attaquai les deux bornes qui me séparaient de la morgue temporaire. Je dus m'arrêter une seule fois pour vomir.

Alan me surveillait du coin de l'œil.

— Besoin d'aide ? demanda-t-il en me rejoignant.

— Ça va. Il n'est plus très lourd.

— Qui c'est ?

— Watson.

— Oh, *lui*, grimaça Alan. Ma foi, je suis sûr qu'il manquera à quelqu'un quelque part.

— Évite de pleurnicher sur mon épaule, veux-tu ? Comment ça a marché pour toi, aujourd'hui ?

— Pas mal. J'ai gardé presque tout le temps la tête baissée, levé de temps à autre mon fusil et tiré quelques projectiles dans la direction générale de l'ennemi. J'ai dû en atteindre. Je n'en sais rien.

— Tu as entendu le chant de mort avant la bataille ?

— Bien sûr. On aurait dit l'accouplement de deux trains de marchandises. Tu es *obligé* de l'entendre.

— Je voulais savoir si tu as reçu la traduction. As-tu écouté ce que ce chant disait ?

— Ouais. Je ne suis pas certain d'apprécier leur projet de nous convertir à leur religion, vu qu'il implique notre mort, tu vois, euh…

— Les FDC pensent qu'il ne s'agit que d'un rituel. Comme une prière qu'ils récitent parce qu'ils l'ont toujours fait.

— Qu'en penses-tu, toi ? demanda Alan.

Je désignai du menton Watson.

— Le Consu qui l'a tué hurlait « racheté, racheté » à pleins poumons, et je suis sûr qu'il aurait fait pareil en m'étripant. Je pense que les FDC sous-estiment ce qui se passe ici. À mon avis, la raison pour laquelle les Consus ne reviennent pas après une bataille est qu'ils ne considèrent pas qu'ils l'ont perdue. Je ne pense pas que la victoire ou la défaite détermine l'issue du combat. De leur point de vue, cette planète est maintenant consacrée par le sang. Ils pensent en être les maîtres.

— Dans ce cas, pourquoi ne l'occupent-ils pas ?

— Ce n'est peut-être pas le moment. Peut-être doivent-ils attendre une sorte d'Armageddon. Mais, selon moi, les FDC ignorent si les Consus la tiennent pour leur propriété ou non. Je crois qu'un jour ou l'autre elles auront une très grosse surprise.

— D'accord. Toutes les armées dont j'ai entendu parler ont péché par suffisance. Mais qu'est-ce que tu proposes de faire ?

— La barbe, Alan. Je n'en ai pas la moindre idée. À part être mort depuis longtemps quand ça se produira.

— Pour passer à un sujet totalement différent et moins déprimant, tu as fait du bon boulot en imaginant la solution de tir pour ce combat. Pas mal des nôtres étaient vraiment furieux de tirer sur ces salauds et de les voir se relever et continuer d'avancer. On va te payer à boire pendant deux semaines.

— Mais on ne paye pas nos boissons. C'est un voyage aux enfers tous frais inclus, si tu te souviens bien.

— Enfin, si les coups à boire n'étaient pas gratuits, on te les paierait !

— Je suis convaincu qu'il n'y a pas de quoi en faire tout un plat.

Je remarquai alors qu'Alan s'était mis au garde-à-vous. Levant les yeux, j'avisai Viveros, le lieutenant Keyes et un officier que je ne connaissais pas. Ils s'avançaient vers moi à grands pas. Je m'arrêtai et les attendis.

— Perry, dit le lieutenant Keyes.

— Mon lieutenant... S'il vous plaît, excusez-moi de ne pas vous saluer. Je transporte un mort à la morgue.

— C'est là où nous allons. (Keyes désigna le cadavre.) Qui est-ce ?

— Watson, mon lieutenant.

— Oh, *lui*. Il n'a pas tenu longtemps.

— Il était excitable, mon lieutenant.

— Certainement, dit Keyes. Bien... Perry, voici le lieute-nant-colonel Rybicki, le commandant du 233ᵉ.

— Navré de ne pas vous avoir salué, mon colonel.

— Oui, mort, je sais, dit Rybicki. Mon gars, je tenais à vous féliciter pour votre solution de tir d'aujourd'hui. Vous avez épargné beaucoup de temps et de vies. Ces salauds de Consus continuaient de nous harceler. Leurs boucliers per-sonnels étaient une nouvelle astuce et ils nous ont donné du fil à retordre. Je vais vous recommander, soldat. Que pensez-vous de cela ?

— Merci, mon colonel. Mais je suis sûr que quelqu'un d'autre aurait fini par la trouver.

— Probablement, mais c'est vous qui l'avez trouvée le premier, et ça compte.

— Oui, mon colonel.

— Quand vous serez retourné sur le *Modesto*, j'espère que vous permettrez à un vieux fantassin de vous offrir un verre, mon gars.

— Cela me fera plaisir, mon colonel.

J'avisai le sourire narquois d'Alan qui se tenait en retrait.

— Eh bien… encore une fois, félicitations. (Rybicki désigna Watson.) Et navré pour votre ami.

— Merci, mon colonel.

Alan salua pour nous deux. Rybicki lui rendit son salut, pivota, suivi de Keyes. Viveros se retourna vers Alan et moi.

— Tu as l'air amusé, me dit-elle.

— Je pensais que ça fait bien cinquante années qu'on ne m'a pas appelé « mon gars ».

Viveros sourit et désigna Watson.

— Tu sais où tu le transportes ?

— La morgue se trouve juste derrière cette arête rocheuse. Je vais déposer Watson, puis j'aimerais prendre le premier transport qui me ramènera sur le *Modesto*, si c'est possible.

— Merde, Perry, dit Viveros, tu es le héros du jour. Tu es libre de faire ce que tu veux.

Elle pivota sur ses talons.

— Hé, Viveros. C'est toujours comme ça ?

Elle se retourna.

— Qu'est-ce qui est toujours comme ça ?

— Tout… La guerre. Les batailles. Le combat.

— Quoi ? s'exclama-t-elle en reniflant. Bon Dieu, non, Perry. Aujourd'hui, c'était du gâteau. Simple comme bonjour.

Sur ce, elle s'éloigna au pas de gymnastique, hilare.

C'est ainsi que se déroula mon premier combat. Ma période de guerre avait commencé.

QUATRE

Maggie fut la première des Vieux Cons à décéder.

Elle mourut dans la haute atmosphère d'une colonie nommée Tempérance, un nom bien ironique car, à l'instar de la plupart des colonies dotées d'une importante industrie minière, les bars et les bordels y poussaient comme des champignons. La croûte chargée de métal de Tempérance rendait difficile l'implantation de la colonie et les humains avaient du mal à la garder. La présence permanente des FDC était trois fois supérieure à la normale, et elles envoyaient sans arrêt des renforts pour les soutenir. Le vaisseau de Maggie, le *Dayton*, fut assigné à cette planète au moment où les forces ohues déboulaient dans l'espace de Tempérance et lâchaient en pluie sur la planète une armée de drones guerriers.

La compagnie de Maggie devait participer à la reprise d'une mine d'aluminium située à cent kilomètres de Murphy, le principal port de Tempérance. Elle n'atteignit pas le sol. Lors de sa descente, son transport de troupes fut touché par un missile ohu qui déchira la coque et aspira plusieurs soldats dans l'espace, dont Maggie. La plupart de ces soldats moururent sur-le-champ sous l'impact et les éclats de la coque plantés en eux.

Maggie ne fut pas de ceux-là. Toujours consciente, elle fut aspirée dans l'espace au-dessus de Tempérance, et son unitard de combat se referma automatiquement autour de son visage pour empêcher ses poumons de recracher l'air. Maggie envoya aussitôt un message à ses chefs de section et de compagnie. Ce qui restait de son chef de section claquait dans son harnais de parachute. Son chef de compagnie ne fut pas d'un meilleur secours, mais on ne pouvait l'en blâmer. Le vaisseau de troupes n'était pas équipé pour les sauvetages dans l'espace. De surcroît, le bâtiment était gravement endommagé et cahotait sous le feu ennemi en direction du vaisseau des FDC le plus proche pour transférer ses survivants.

Un message au *Dayton* lui-même fut tout aussi infructueux. Le *Dayton* échangeait des tirs avec plusieurs bâtiments ohus et n'était pas en mesure d'envoyer des secours. Ni aucun autre vaisseau. Même sans le contexte de la bataille, Maggie aurait fait une cible trop petite, trop éloignée à l'intérieur du puits de gravité et trop proche de l'atmosphère de Tempérance pour qu'on la récupère, à moins de faire preuve d'un suprême héroïsme. En situation de bataille rangée, elle était déjà morte.

Et que fit Maggie ? Elle dont le Sangmalin atteignait sa limite de transport d'oxygène et dont le corps commençait certainement à réclamer à cor et à cri ce produit vital, elle prit son MF, visa l'appareil ohu le plus proche, calcula une trajectoire et tira roquette sur roquette. Chaque explosion de roquette déclenchait une décharge égale et opposée de poussée vers Maggie, la projetant vers le ciel nocturne de Tempérance.

Les données de la bataille allaient révéler plus tard que ses roquettes, dont le propergol était depuis longtemps épuisé, avaient bel et bien touché le vaisseau ohu, lui causant des dommages mineurs.

Puis Maggie se tourna face à la planète qui allait la tuer et, en bon professeur de religions orientales qu'elle avait été, composa un *jisei,* poème de la mort, sous la forme d'un haïku.

Ne me pleurez point amis
Je tombe telle l'étoile filante
Dans la vie suivante.

Elle nous le transmit, ainsi que les derniers moments de sa vie, puis elle mourut, filant à toute allure dans le ciel nocturne de Tempérance.

Elle était mon amie. Elle avait été un bref moment ma maîtresse. Elle avait été plus courageuse que je ne le serai jamais au moment de la mort. Et je parie qu'elle fut une formidable étoile filante.

— Le problème avec les Forces de défense coloniale n'est pas qu'elles ne sont pas une excellente force de combat. C'est qu'elles sont trop faciles à utiliser.

Ainsi parlait Thaddeus Bender, à deux reprises sénateur démocrate du Massachusetts, ancien ambassadeur (à diverses périodes) en France, au Japon et aux Nations unies, secrétaire d'État de la désastreuse administration Crowe, auteur, conférencier et, enfin, dernier élément affecté à la section D. Puisque sa toute dernière fonction était la plus significative pour nous, nous décidâmes tous que le soldat-sénateur-ambassadeur-secrétaire Bender était vraiment un sale con.

Il est surprenant de constater à quelle vitesse on passe du statut de bleu à celui de vieux briscard. À notre arrivée sur le *Modesto,* Alan et moi avions reçu notre ticket, accueillis cordialement mais avec indifférence par le lieutenant Keyes (qui s'était contenté de lever un sourcil quand nous lui avions transmis les compliments de l'adjudant Ruiz) et traités avec indifférence par le reste de la compagnie. Nos chefs d'escadron ne nous adressaient la parole que lorsque c'était nécessaire, et nos compagnons nous transmettaient les informations que nous devions connaître. Sinon, nous étions hors du coup.

Cela n'avait rien de personnel. Les autres nouveaux, Watson, Gaiman et McKean, recevaient le même traitement, pour deux raisons. La première, quand des bleus arrivaient, c'était parce qu'un ancien était parti. « Parti » signifiant toujours « mort ». Au niveau institutionnel, les soldats se remplacent comme des dents de crémaillère. Mais au regard de la compagnie et de l'escadron, on remplace un ami, un compagnon, quelqu'un qui s'est battu, qui a gagné et qui est mort. Qui que vous soyez, l'idée que vous remplacez l'ami décédé, que vous vous substituez à ce compagnon d'armes offense légèrement ceux qui l'ont connu.

La seconde, bien sûr, on ne s'est pas encore battu. Tant qu'on ne l'aura pas fait, on ne sera pas l'un d'eux. Impossible. Ce n'est pas sa faute, et, de toute façon, cette faiblesse sera vite corrigée. Seulement, tant qu'on n'ira pas sur le terrain, on restera le gars qui prend la place occupée par un homme ou une femme considéré comme meilleur.

La différence me sauta aux yeux après notre combat contre les Consus. J'étais salué par mon prénom, invité aux tables du mess, à jouer au billard et à participer aux conversations. Viveros, mon chef d'escadron, commença de me demander mon opinion au lieu de me décrire les futures manœuvres. Le lieutenant Keyes me narra une histoire au sujet de l'adjudant Ruiz, concernant un aéroglisseur et la fille d'un colonial, histoire que je ne crus pas. Bref, j'étais devenu l'un d'eux. L'un de nous. La solution de tir et l'éloge qu'elle me valut facilitèrent mon intégration, mais Alan, Gaiman et McKean furent également accueillis dans les rangs. Or ils n'avaient fait que se battre et ne pas se faire tuer. Cela suffisait.

En trois mois, nous avions reçu de nouvelles fournées de viande fraîche, qui avaient remplacé des soldats avec qui nous étions liés d'amitié. Nous savions ce que la compagnie ressentait lorsqu'un inconnu arrivait pour prendre la place d'un ancien. Nous avions la même réaction : tant que les bleus n'ont pas eu le baptême du feu, ils occupent l'espace. La majorité des bleus se mettaient au parfum, comprenaient la situation et tenaient le coup pendant les premiers jours avant que l'action ne commence.

Le soldat-sénateur-ambassadeur-secrétaire Bender, toutefois, ne manifestait rien de tout cela. Sitôt arrivé, il voulut s'insinuer dans les bonnes grâces de la compagnie, rendant visite à chacun de ses membres dans l'espoir d'établir une relation personnelle et profonde. C'était agaçant.

— On dirait qu'il mène campagne pour quelque chose, se plaignait Alan.

Il n'était pas loin de la vérité. Passer toute une vie à courir derrière un poste vous donne cette habitude. On ne sait plus quand la fermer.

Le soldat-sénateur-ambassadeur-secrétaire Bender avait aussi passé toute sa vie à supposer que les gens s'intéressaient passionnément à ce qu'il avait à dire. Raison pour laquelle il était incapable de la boucler, même quand personne ne l'écoutait. Ainsi, lorsqu'il pérorait à n'en plus finir sur les problèmes des FDC au mess, il se parlait surtout à lui-même. Quoi qu'il en soit, son opinion fut une fois assez provocante pour déclencher une riposte de Viveros avec qui je déjeunais.

— Pardon ? dit-elle. Voudrais-tu répéter cette dernière déclaration ?

— J'ai dit qu'à mon avis le problème des FDC n'est pas qu'elles ne sont pas une bonne force de combat, mais qu'elles sont trop faciles à utiliser.

— Vraiment... celle-là, il fallait que je l'entende.

— Franchement, c'est simple, dit Bender.

Il prit une posture que je reconnus aussitôt pour l'avoir vue sur ses clichés sur Terre : mains tendues et légèrement incurvées vers l'intérieur, comme pour retenir le concept qu'il éclairait au lieu de le donner à autrui. Maintenant que je me trouvais à l'extrémité réceptrice du geste, je compris à quel point il était condescendant.

— Il ne fait aucun doute, poursuivit Bender, que les Forces de défense coloniale sont une force de combat extrêmement capable. Mais, sur un plan très concret, là n'est pas le débat. Le débat est : que faisons-nous pour *éviter* de les utiliser ? Les FDC n'ont-elles pas maintes fois été déployées quand des efforts diplomatiques intensifs auraient obtenu de meilleurs résultats ?

— Tu n'as pas dû entendre le discours auquel j'ai eu droit, dis-je. Tu sais, celui sur l'imperfection de l'univers et la compétition effrénée et féroce qui s'y déroule pour les terrains immobiliers.

— Oh, mais si, je l'ai entendu. Seulement, je ne sais pas s'il m'a convaincu. Combien y a-t-il d'étoiles dans cette galaxie ? Cent milliards environ ? La plupart ont un système de planètes d'une sorte ou d'une autre. Les terrains immobiliers sont infinis du point de vue fonctionnel. Non, je crois que le véritable débat est que la raison pour laquelle nous employons la force quand nous avons affaire à d'autres espèces intelligentes est la facilité. C'est rapide, direct et simple, comparé aux complexités de la diplomatie. Soit vous possédez un bout de terrain, soit vous ne le possédez pas. Contrairement à la diplomatie qui, sur le plan intellectuel, est une entreprise beaucoup plus difficile.

Viveros me jeta un coup d'œil puis fixa Bender.

— Tu considères que ce que nous faisons est... simple ?

— Non, non, dit Bender, tout sourire, en levant une main apaisante. Je dis simple *par rapport* à la diplomatie. Si je vous donne une arme et vous demande de prendre une colline à ses habitants, la situation est relativement simple. Mais si je vous dis d'aller voir ses habitants pour négocier un accord qui vous permettra d'acquérir la colline, il y aura beaucoup de questions à régler : que ferez-vous des habitants, comment les dédommager, quels droits continueront-ils d'exercer sur la colline, et ainsi de suite.

— En supposant, dis-je, que les habitants de la colline ne se contentent pas de tirer sur toi quand tu rappliqueras, ta valise diplomatique à la main.

Bender me sourit et pointa avec vigueur le doigt sur moi.

— Tu vois, c'est exactement ça. Nous supposons que nos antagonistes ont la même perspective guerrière que nous. Mais si – *si* – la porte est ouverte à la diplomatie, ne serait-ce qu'entrebâillée ? Est-ce qu'une espèce consciente, sensible et intelligente ne choisirait pas de franchir cette porte ? Prenons, par exemple, le peuple whaid. Nous sommes à deux doigts de lui faire la guerre, n'est-ce pas ?

C'était exact. Les Whaidiens et les hommes se tournaient autour depuis plus d'une décennie, se battant pour le système d'Earnhardt qui possédait trois planètes habitables pour nos deux peuples. Les systèmes avec plusieurs planètes habitables sont relativement rares. Les Whaidiens se montraient tenaces mais assez faibles ; leur réseau de planètes était restreint et la plupart de leurs industries restaient encore concentrées sur leur monde mère. Puisque les Whaidiens faisaient la sourde oreille et n'abandonnaient pas le système d'Earnhardt, le plan était de faire une incursion jusque dans l'espace whaidien, de démolir leur spatioport et les zones industrielles majeures, et de rétrograder leurs capacités expansionnistes de quelques décennies en arrière. Le 233e devait faire partie de la force spéciale chargée d'atterrir dans leur capitale et d'y causer quelques dégâts. Nous devions épargner les civils dans la mesure du possible mais, sinon, trouer leurs maisons parlementaires et les centres d'association religieuse, ce genre de cibles. Agir ainsi n'apportait aucun avantage industriel, mais cela véhiculait le message comme quoi nous pouvions les exterminer quand bon nous semblait. Cela les ébranlerait.

— Et eux ? demanda Viveros.

— Eh bien, j'ai fait quelques recherches sur ce peuple, dit Bender. Ils ont une culture remarquable, vous savez. Leur forme d'art la plus élevée est un chant collectif qui évoque le chant grégorien. Ils réunissent l'équivalent de toute une ville de Whaidiens et se mettent à chanter. On dit qu'on les entend à des douzaines de bornes à la ronde, et les chants peuvent se prolonger des heures.

— Et alors ?

— Et alors, c'est une culture que nous devrions célébrer et explorer au lieu de les refouler sur cette planète sous prétexte qu'ils se dressent sur notre chemin. Les coloniaux ont-ils seulement essayé de faire la paix avec ces gens ? Je n'ai lu aucun rapport à ce sujet. Je pense que nous devrions faire un essai. C'est même *nous* qui pourrions faire cet essai.

Viveros renifla avec mépris.

— Bender, négocier un traité outrepasse légèrement nos ordres.

— Lors de mon premier poste de sénateur, je suis allé en Irlande du Nord au sein d'un voyage d'agrément et j'ai fini par arracher un traité de paix aux catholiques et aux protestants. Je n'avais pas l'autorité pour signer un accord, et cela a déclenché de vives controverses aux États-Unis. Mais lorsqu'une occasion de paix se présente, il faut la saisir, conclut Bender.

— Je m'en souviens, dis-je. C'était juste avant la saison des marches les plus sanglantes en deux siècles. Un accord de paix plutôt foireux.

— Ce n'était pas la faute de l'accord, rétorqua Bender, quelque peu sur la défensive. Un gosse bourré de drogues a jeté une grenade sur la marche des Orangistes ; après cela, tout était terminé.

— Faut être sacrément fortiche pour s'opposer à tes idéaux pacifistes, dis-je.

— J'ai déjà dit que la diplomatie n'était pas facile, répondit Bender. Mais je pense qu'au final nous avons plus à gagner en essayant de collaborer avec ces gens qu'en nous escrimant à les exterminer. C'est une option qu'on devrait au moins poser sur la table.

— Bender, merci pour le séminaire, dit Viveros. Maintenant, si tu veux bien laisser la parole, j'ai deux points à souligner. Primo, tant que tu ne te seras pas battu, ce que tu sais ou que tu crois savoir vaut des clous pour moi comme pour tous les autres. On n'est pas en Irlande du Nord, on n'est pas à Washington DC et on n'est pas sur la planète Terre non plus. Quand tu t'es engagé, tu t'es engagé en tant que soldat, et tu as intérêt à t'en souvenir. Secundo, peu importe ce que tu penses, *soldat*, ta responsabilité à l'heure actuelle n'est pas envers l'univers ni l'humanité en général. Elle est envers moi, tes camarades de section, ta compagnie et les FDC. Quand tu recevras un ordre, tu l'exécuteras. Si tu dépasses le cadre de tes ordres, tu devras en répondre devant moi. Pigé ?

Bender considéra Viveros quelque peu froidement.

— Beaucoup de mal a été fait sous prétexte de « suivre aveuglément les ordres ». J'espère que nous n'aurons jamais à recourir à ce prétexte-là.

Viveros réduisit ses yeux à une fente.

— Ça m'a coupé l'appétit, dit-elle en se levant et en repartant avec son plateau.

Bender haussa les sourcils.

— Je ne voulais pas l'offenser, me dit-il.

Je scrutai Bender.

— Le nom de « Viveros » ne te dit rien ?

Il fronça un peu les sourcils.

— Il ne m'est pas familier.

— Reviens dans le passé. Nous devions avoir cinq ou six ans.

Une ampoule s'alluma au-dessus de sa tête.

— Il y a eu un président péruvien qui s'appelait Viveros. Il a été assassiné, je crois.

— Pedro Viveros, c'est exact. Et pas seulement lui : sa femme, son frère, sa belle-sœur et presque tous ceux de leurs familles ont été tués pendant le coup d'État militaire. Seule une des filles de Viveros a survécu. Sa nounou l'a jetée dans un vide-linge tandis que les soldats ratissaient le palais présidentiel à la recherche des membres de la famille. La nounou a été violée avant d'avoir la gorge tranchée, soit dit en passant.

Le teint de Bender vira au gris verdâtre.

— Elle ne peut pas être sa fille, souffla-t-il.

— Mais si. Et tu sais quoi ? Quand le coup d'État a échoué et que les soldats qui avaient tué sa famille ont été traduits en justice, ils ont donné pour excuse qu'ils n'avaient fait que suivre les ordres. Donc, que tu aies bien argumenté ou non ton point de vue, tu l'as donné à la dernière personne de l'univers avec qui tu devais discourir sur la banalité du mal. Elle sait tout sur le sujet. Sa famille y a laissé la vie pendant qu'elle se trouvait dans un chariot à linge dans la cave, perdant son sang et s'efforçant de ne pas crier.

— Seigneur, je suis désolé, naturellement. Je n'aurais rien dû dire. Seulement, je ne le savais pas.

— Bien sûr, tu ne le savais pas, Bender. C'était l'argument de Viveros. Ici, loin de la Terre, tu ne sais rien. Rien du tout.

— Écoutez, déclara Viveros au cours de la descente à la surface, notre boulot se limite strictement à démolir puis à déguerpir à toute blinde. Nous atterrissons près du centre de leurs opérations gouvernementales. Pulvérisez les bâtiments et les structures mais évitez de tirer sur des cibles vivantes, sauf si les soldats des FDC sont les premiers visés. On leur a déjà éclaté les couilles, maintenant on se contente de leur pisser dessus pendant qu'ils sont au plus bas. Soyez rapides, faites des dégâts et revenez. C'est clair ?

L'opération s'était déroulée jusqu'à présent comme sur des roulettes. L'arrivée soudaine et instantanée de deux dizaines de vaisseaux de guerre FDC dans l'espace natal des Whaidiens les avait totalement pris au dépourvu. Les FDC avaient lancé une opération de diversion dans le système d'Earnhardt quelques jours auparavant pour y attirer la flotte whaidienne afin de faciliter l'intervention. Il n'y avait donc presque personne pour défendre la forteresse natale, et les vaisseaux qui s'y trouvaient encore avaient été rayés du ciel en un rien de temps.

Nos contre-torpilleurs avaient aussi détruits en un temps record le principal spatioport des Whaidiens, brisant la structure longue de plusieurs kilomètres à ses points critiques, ce qui permit aux forces centripètes du port de le réduire en morceaux (inutile de gaspiller plus de munitions que nécessaire). On n'avait détecté aucun décollage de capsule de saut pour alerter les forces whaidiennes de notre offensive dans le système d'Earnhardt. Ils n'apprendraient donc qu'ils avaient été dupés que trop tard. Si l'un des vaisseaux whaidiens avait survécu à l'offensive qui se déroulait là-bas, il reviendrait au pays sans trouver où accoster ni procéder aux réparations. Nos forces seraient parties depuis longtemps à leur arrivée.

L'espace local étant libre de toute menace, les FDC visèrent sans hâte les centres industriels, les bases militaires, les raffineries, les usines de désalinisation, les barrages, les installations solaires, les ports, les centres de lancement spatial, les principales autoroutes et toute autre cible que les Whaidiens seraient obligés de rebâtir avant la reconstruction de leurs équipements interstellaires. Au bout de six heures de pilonnage incessant, ils étaient retournés effectivement à l'ère des moteurs à combustion interne et allaient y végéter pendant un certain temps.

Les FDC évitèrent les bombardements au hasard à large échelle des principales cités, puisque la mort gratuite des civils n'était pas le but. Le service de renseignement des FDC soupçonnait des pertes importantes en aval des barrages démolis, mais à cela on ne pouvait remédier. Les Whaidiens n'auraient jamais été en mesure d'empêcher les FDC de raser leurs villes principales, mais l'idée était qu'ils auraient assez de problèmes avec les maladies, la famine, l'agitation politique et sociale qui surviendraient inévitablement suite à la destruction de leur base industrielle et technologique. Par conséquent, s'acharner sur la population civile était considéré comme un acte inhumain et (détail tout aussi important pour les pontes des FDC) un usage inefficace des ressources. À part la capitale, visée strictement comme un exercice dans la guerre psychologique, aucune offensive au sol ne fut envisagée.

Non pas que les Whaidiens de la capitale parurent apprécier cette considération. Projectiles et rayons ricochèrent sur nos transports de troupes alors même que nous atterrissions. On aurait dit des grêlons et des œufs en train de frire sur la coque.

— Deux par deux, ordonna Viveros en appariant sa section. Personne n'agit tout seul. Consultez vos cartes et ne vous faites pas prendre. Perry, tu devras surveiller Bender. Tâche de l'empêcher de signer des traités de paix, s'il te plaît. Et, en prime, vous êtes tous les deux les premiers à franchir la porte. Du nerf et débarrassez-vous des francs-tireurs.

— Bender, dis-je en lui faisant signe de me rejoindre, règle ton MF sur roquette et suis-moi. Camouflage activé. Com Amicerveau uniquement.

La rampe du transporteur se déroula. Bender et moi sautâmes par le sas. Droit devant moi, à quarante mètres, s'élevait une sorte de sculpture abstraite. Je l'arrosai pendant que Bender et moi courions. L'art abstrait n'avait jamais été ma tasse de thé.

Je pris la direction d'un vaste bâtiment au nord-ouest de notre point d'atterrissage. Derrière la paroi en verre, dans le vestibule, j'avisai plusieurs Whaidiens tenant de longs objets dans leurs pattes. Je lançai deux missiles dans leur direction. Les missiles feraient éclater le verre. Ils ne tueraient probablement pas les Whaidiens, mais les distrairaient le temps que nous disparaissions. Je demandai à Bender par Amicerveau de réduire en miettes une fenêtre du premier étage. Il s'exécuta et nous nous élançâmes par cette fenêtre, atterrissant dans une sorte d'enfilade de minuscules bureaux. Hé, même les aliens doivent travailler. Mais aucun Whaidien vivant en vue, cela dit. J'imagine que la plupart avaient préféré rester à la maison ce jour-là. Ma foi, qui les en blâmerait ?

Bender et moi découvrîmes une rampe en colimaçon menant aux étages. Aucun Whaidien se trouvant dans le vestibule ne nous suivait. Je subodorais qu'ils étaient si occupés avec les autres soldats des FDC qu'ils nous avaient complètement oubliés. La rampe se terminait sur le toit. Je fis stopper Bender juste avant qu'on devienne visibles et rampai lentement pour découvrir trois Whaidiens sur le flanc du bâtiment, qui tiraient. J'en descendis deux et Bender le troisième.

Et maintenant ? (Bender.)

Viens avec moi. (Ma réponse.)

Le Whaidien type ressemble à un croisement entre un ours noir et un grand écureuil volant en colère. Ceux que nous avions abattus ressemblaient à de grands écureuils-ours volants en colère armés de fusils et l'arrière de leurs têtes arraché. Nous progressâmes en crabe le plus vite possible jusqu'au bord du toit. D'un geste, j'ordonnai à Bender de rejoindre l'un des tireurs morts. Je pris celui qui gisait à côté.

Glisse-toi dessous. (Mon ordre.)

Quoi ? (Bender.)

Je désignai les autres toits.

Autres Whaidiens sur ces toits. Camouflage le temps que je les élimine.

Je fais quoi ? (Bender.)

Surveille l'accès au toit et empêche-les de nous faire ce qu'on leur a fait. (Ma réponse.)

Bender grimaça puis se faufila sous le Whaidien mort. Je fis de même sous l'autre et le regrettai aussitôt. Je ne connaissais pas l'odeur d'un Whaidien vivant mais, mort, il pue atrocement. Bender changea de position et visa la porte. J'envoyai un message à Viveros, lui transmis une vue en plongée par Amicerveau puis entrepris de régler le compte des autres snipers sur les toits.

J'en liquidai six sur quatre toits différents avant qu'ils ne commencent à comprendre ce qui se passait. Finalement, j'en vis un braquer son arme vers mon toit. Je lui tirai le premier un pruneau dans le cerveau et demandai à Bender d'abandonner son cadavre et de dégager du toit. Cela nous prit quelques secondes avant que les roquettes ne fassent mouche.

En redescendant, nous tombâmes sur les Whaidiens que j'avais cru croiser en montant. Lesquels furent les plus surpris, nous ou eux ? La réponse à cette question fut donnée quand Bender et moi ouvrîmes le feu et fonçâmes trouver refuge au niveau le plus proche. Je lançai plusieurs grenades dans la rampe pour donner aux Whaidiens matière à réflexion pendant que nous détalions.

— Qu'est-ce qu'on fout maintenant ? hurla Bender.

Amicerveau, gros con ! (Moi, en contournant un angle.) *Tu vas nous trahir.*

Je m'approchai d'une baie vitrée pour regarder dehors. Nous étions au moins à trente mètres de haut. Impossible de sauter, même avec nos corps améliorés.

Les voilà. (Bender.)

Derrière nous retentissait un tintamarre que je soupçonnais émaner de Whaidiens fous de rage.

On se planque. (Moi.)

Je pointai mon MF sur le mur vitré le plus proche et fis feu. Le verre s'étoila mais ne se cassa pas. Je saisis ce qui était sans doute un fauteuil whaidien et le jetai sur la baie vitrée. Puis je disparus dans le bureau rejoindre Bender.

Nom de nom ! (Bender.) *Maintenant ils vont se ruer droit sur nous.*

Attends (Moi.) *Ne bouge pas. Sois prêt à tirer quand je te le dirai. Automatique.*

Quatre Whaidiens surgirent de l'angle et s'avancèrent prudemment vers le panneau de verre brisé. Je les entendis gargouiller entre eux. J'ouvris le circuit de traduction.

— ... Sortis par le trou dans le mur, disait l'un alors qu'ils approchaient.

— Impossible, répondit l'autre. C'est trop haut. C'est la mort assurée.

— Je les ai vus sauter sur de grandes distances. Peut-être ont-ils survécu.

— Même ces [intraduisible] ne peuvent tomber de 130 *deg* [unité de mesure] et vivre, dit le troisième en rejoignant ses compagnons. Ces [intraduisible] mangeurs de [intraduisible] sont encore ici je ne sais où.

— Tu as vu [intraduisible ; sans doute un nom personnel] sur la rampe ? Ces [intraduisible] [l']ont pulvérisé avec leurs grenades, dit le quatrième.

— Nous sommes montés par la même rampe que toi, reprit le troisième. Bien sûr que nous [l']avons vu. Maintenant silence et on fouille le secteur. S'ils sont ici, nous nous vengerons sans merci de ces [intraduisible] et le célébrerons pendant le service.

Le quatrième rejoignit le troisième et tendit vers lui une grande patte comme en signe de commisération. Les quatre se tenaient opportunément devant le trou béant dans le mur. *Maintenant.* (Moi, en ouvrant le feu.)

Les Whaidiens tressautèrent comme des marionnettes pendant quelques secondes, puis basculèrent dans le vide à l'instant où la force de l'impact des projectiles les propulsait contre le mur qui n'existait plus. Bender et moi attendîmes quelques secondes puis nous repliâmes discrètement sur la rampe. Elle était déserte, excepté les restes de [intraduisible ; sans doute un nom personnel] qui dégageaient une puanteur pire que ses compatriotes snipers morts sur le toit. Jusqu'à présent, l'expérience du monde natal des Whaidiens s'était réduite à un réel feu d'artifice nasal. Nous redescendîmes au premier étage et repartîmes par où nous étions venus, passant à côté des quatre Whaidiens que nous avions jetés par la fenêtre.

— Ce n'est vraiment pas ce que j'attendais, dit Bender en lorgnant d'un air stupide les restes de nos victimes.

— Tu attendais quoi ?

— Je ne sais pas exactement.

— Ben alors, comment peux-tu dire que ce n'est pas ce que tu attendais ?

J'ouvris mon Amicerveau pour m'adresser à Viveros. *Nous avons fini.*

Viens ici. (Viveros, qui nous transmit sa position.) *Et amène Bender. Tu ne vas pas en croire tes oreilles.*

Au même moment, j'entendis par-dessus les tirs erratiques et les explosions de grenades un chant sourd et guttural faisant écho à travers les bâtiments du centre gouvernemental.

— Je te l'avais bien dit, déclara Bender presque joyeusement alors que nous tournions au dernier carrefour et commencions de descendre dans l'amphithéâtre naturel.

Des centaines de Whaidiens y étaient assemblés, et ils chantaient en oscillant et agitant des massues. Tout autour, des dizaines de soldats FDC avaient pris position. S'ils ouvraient le feu, ce serait une victoire éclatante. Je passai de nouveau sur mon circuit de traduction mais n'obtins rien. Soit les chants n'avaient aucun sens, soit ils utilisaient un dialecte de la langue whaidienne que les linguistes coloniaux n'avaient pas décrypté.

Je repérai Viveros et la rejoignis.

— Que se passe-t-il ? m'égosillai-je par-dessus le tinta-marre.

— Explique-le-moi, Perry, cria-t-elle. Je ne suis ici qu'une spectatrice. (Elle indiqua sa gauche d'un signe de tête, où le lieutenant Keyes conférait avec les autres officiers.) Ils essayent de déterminer ce que nous devrions faire.

— Pourquoi personne n'a tiré ? demanda Bender.

— Parce qu'eux-mêmes n'ont pas tiré sur nous, répondit Viveros. Nos ordres sont de ne tuer les civils que si nécessaire. Ils m'ont tout l'air de civils. Ils portent tous des massues mais ils ne nous en ont pas menacés. Ils se contentent de les agiter en chantant. Par conséquent, il n'est pas nécessaire de les tuer. J'aurais cru que ça te rendrait heureux, Bender.

— J'en suis en effet très heureux, déclara-t-il en pointant le doigt, manifestement en transe. Regardez celui qui dirige la congrégation. C'est le Feuy, un chef religieux. C'est un Whaidien de grande envergure. C'est lui qui a probablement écrit ce chant. Est-ce que l'un de vous en reçoit une traduction ?

— Non, dit Viveros. Ils parlent dans une langue que nous ne connaissons pas. Nous n'avons pas la moindre idée de ce qu'ils disent.

Bender s'avança.

— C'est une prière pour la paix, affirma-t-il. À coup sûr. Ils doivent savoir ce que nous avons fait à leur planète. Ils ont vu ce que nous avons infligé à leur capitale. N'importe quel peuple qui en est victime implore forcément que cela cesse.

— Tu es vraiment trop con, trancha Viveros. Tu n'as pas le premier indice de ce qu'ils chantent, bon Dieu. Ils peuvent fort bien chanter les mille et une façons de nous arracher la tête et de nous pisser dessus. Ils peuvent chanter leurs morts. Ils peuvent aussi chanter leur liste d'achats à l'épicerie, nom de nom. Nous n'en savons rien. Tu n'en sais rien.

— Vous vous trompez, riposta Bender. Pendant cinq décennies, je me suis trouvé en première ligne des combats pour la paix sur Terre. Je *sais* quand un peuple est mûr pour la paix. Je sais quand il tend la main. (Il désigna l'assemblée de Whaidiens.) Ces gens-là sont mûrs, Viveros. Je le *sens*. Et je vais vous le prouver.

Bender posa son MF et s'éloigna vers l'amphithéâtre.

— Grands dieux, Bender ! hurla Viveros. Reviens tout de suite ! C'est un ordre !

— Je ne me contente plus de suivre les ordres, caporal ! répondit Bender en hurlant de même et prenant le pas de gymnastique.

— Merde ! glapit Viveros.

Elle fonça à ses trousses. Je voulus la retenir mais la manquai.

Le lieutenant Keyes et les autres officiers levèrent les yeux et avisèrent Bender qui courait vers les Whaidiens, poursuivi par Viveros. Keyes hurla quelque chose et Viveros fit halte.

Keyes avait dû envoyer aussi son ordre par Amicerveau. S'il avait intimé l'ordre à Bender de s'arrêter, celui-ci l'ignora et continua de courir vers les Whaidiens.

Il s'arrêta finalement à la frange de l'amphithéâtre et attendit en silence. Le Feuy, celui qui dirigeait le chant, finit par remarquer l'unique humain qui se tenait au bord de sa congrégation et cessa de chanter. La congrégation, désorientée, perdit le fil du chant et échangea des murmures pendant une minute avant de remarquer à son tour Bender et de se tourner face à lui.

C'était le moment qu'il attendait. Le temps que les Whaidiens remarquent sa présence, il avait dû préparer son discours et le traduire en whaidien parce que, lorsqu'il prit la parole, il le fit dans cette langue et s'en tira honorablement.

— Mes amis, mes camarades adeptes de la paix, commença-t-il en tendant des mains implorantes.

Les multiples enregistrements de l'événement allaient en fin de compte révéler que pas moins de quarante mille projectiles fins comme des aiguilles, que les Whaidiens appelaient *avdgur*, frappèrent Bender en l'espace d'une seconde. Ils avaient été tirés des massues, qui n'étaient pas du tout des massues mais des armes à projectiles traditionnelles présentant la forme d'une branche d'arbre sacré pour les Whaidiens. Bender se mit littéralement à fondre à mesure que chaque *avdgur* en argent pénétrait son unitard et s'attaquait à son organisme. Chacun s'accorda par la suite pour dire que c'était l'une des morts les plus intéressantes à laquelle il avait assisté de sa vie.

Bender se désintégra en une gerbe brumeuse et les soldats des FDC ouvrirent le feu dans l'amphithéâtre. Ce fut en effet une victoire éclatante. Pas un seul Whaidien ne sortit vivant de l'amphithéâtre, ni ne réussit à tuer ou blesser un soldat des

FDC, à part Bender. Tout fut terminé en moins d'une minute.

Viveros attendit l'ordre du cessez-le-feu, gagna la flaque qui était tout ce qui restait de Bender et se mit à la piétiner furieusement.

— Comment elle te plaît, ta paix, maintenant, ordure ? cria-t-elle tandis que les organes liquéfiés de Bender maculaient ses mollets.

— Bender avait raison, tu sais, me dit Viveros lors du retour sur le *Modesto*.

— À propos de quoi ?

— À propos des FDC utilisées trop vite et trop souvent. Et qu'il est plus facile de se battre que de négocier. (Elle agita la main en direction de la planète mère whaidienne qui reculait derrière nous.) Nous n'étions pas obligés de faire ça, tu sais. Éliminer ces pauvres fils de pute de l'espace et les réduire à passer les deux prochaines décennies à souffrir de famine, mourir et s'entretuer. Nous n'avons pas assassiné de civils aujourd'hui... euh... à part ceux qui ont tué Bender. Mais ils vont rester un sacré temps à mourir de maladie et à s'entretuer parce qu'ils n'auront pas grand-chose d'autre à faire. C'est un génocide, pas moins. Nous nous sentons propres à ce sujet simplement parce que nous n'existerons plus quand il se produira.

— Vous n'étiez jamais d'accord avec Bender avant.

— Ce n'est pas vrai. J'ai dit qu'il n'y connaissait que dalle et que son devoir était envers nous. Mais je n'ai pas dit qu'il avait tort. Il aurait dû m'écouter. S'il avait suivi les ordres, il serait encore en vie, bon sang. À la place, il a fallu que je racle ses restes de la semelle de mes bottes.

— Il dirait probablement qu'il est mort pour ce en quoi il croyait.

Viveros renifla.

— Je t'en prie. Bender est mort pour Bender. Point, barre. S'approcher d'une assemblée de gens dont nous venons de détruire la planète et se conduire comme s'il était leur ami. Faut vraiment être con. Si j'avais été whaidienne, je lui aurais tiré dessus, moi aussi.

— Faut vraiment être fortiche pour s'opposer aux idéaux pacifistes de Bender.

Viveros sourit.

— Si la paix et non pas son ego avait été le principal souci de Bender, il aurait fait ce que je fais et ce que tu devrais faire toi aussi, Perry. Exécuter les ordres. Rester en vie. Franchir son temps de service dans l'infanterie. S'inscrire à la formation des officiers et monter en grade. Intégrer ceux qui donnent les ordres, et non plus ceux qui se contentent de les suivre. C'est de cette façon que nous ferons la paix quand nous le pourrons. Voilà pourquoi j'arrive à vivre « en suivant uniquement les ordres ». Parce que je sais qu'un jour, ces ordres-là, je vais les modifier.

Elle se cala contre son dossier, ferma les yeux et dormit le restant de la traversée jusqu'à notre vaisseau.

Luisa Viveros mourut deux mois plus tard dans un dangereux amas de boue nommé Eau-Profonde. Notre escadron tomba dans un piège dressé dans des catacombes naturelles situées sous la colonie hann'ie que nous avions reçu l'ordre de nettoyer. Au cours du combat, nous nous sommes retrouvés entassés dans une grotte où quatre autres tunnels débouchaient, tous encerclés par l'infanterie hann'ie. Viveros nous ordonna de nous replier dans notre tunnel et commença de tirer vers l'entrée. Le tunnel s'effondra, nous coupant de la grotte. Les données d'Amicerveau révélèrent qu'elle s'était ensuite avancée et avait entrepris de liquider les Hann'is. Elle n'avait pas tenu longtemps. Le restant de l'escadron rebroussa chemin vers la surface. Une opération périlleuse, vu la façon dont nous avions été entassés, mais cela valait mieux que de périr dans une embuscade.

Viveros reçut une médaille posthume pour bravoure. Je fus promu caporal et reçus son escadron. On donna le lit de camp et l'armoire de Viveros à un nouveau gars nommé Whitford, qui était assez correct, comme l'avenir le montra.

L'institution avait remplacé une dent de la crémaillère. Viveros me manquait.

CINQ

Thomas mourut à cause d'un produit qu'il absorba.

Ce qu'il ingéra était si nouveau que les FDC ne lui avaient toujours pas trouvé de nom, et cela sur une colonie si nouvelle qu'elle n'avait pas non plus de nom mais une simple désignation officielle : colonie 622, 47 de la Grande Ourse. (Les FDC continuaient d'employer les appellations stellaires de la Terre, pour la même raison qu'elles continuaient de diviser la journée en vingt-quatre heures et l'année en 365 jours : il était plus facile de procéder ainsi.) Conformément à la procédure standard en vigueur, les nouvelles colonies sont tenues d'envoyer une compilation quotidienne de toutes leurs données dans un drone de saut, qui retourne sur Phénix afin que le Gouvernement puisse tenir à jour ses fiches sur les affaires coloniales.

La colonie 622 envoyait des drones depuis sa fondation, six mois auparavant. Excepté les disputes, la pagaille et les échauffourées habituelles qui sont le lot de toute colonie à ses origines, rien de spécial n'avait été rapporté à part le fait qu'une vase locale encrassait presque tout. Elle s'infiltrait dans les machines, les ordinateurs, les enclos des animaux et même les quartiers d'habitation. Une analyse génétique de ce matériau avait été envoyée à Phénix, accompagnée de la demande que soit mis au point un fongicide qui débarrasse les cheveux des colons de cette vase. Immédiatement après, des drones de saut vides étaient revenus sans aucune information téléchargée par la colonie.

Thomas et Susan servaient sur le *Tucson*, mandaté pour mener une enquête. Le *Tucson* se mit en orbite et s'efforça de contacter la colonie. En vain. L'observation visuelle ne révéla aucun mouvement entre les bâtiments : aucun humain, aucun animal, rien. Toutefois, les bâtiments eux-mêmes n'avaient pas l'air endommagés. La compagnie de Thomas reçut l'ordre de mener une opération de reconnaissance.

La colonie était recouverte de glu, un manteau de vase qui atteignait plusieurs centimètres d'épaisseur à certains endroits. Elle dégoulinait des lignes électriques et enveloppait tout l'équipement de communication, ce qui apparut d'abord comme une bonne nouvelle : il était possible que la vase eût simplement engorgé les capacités de transmission de l'équipement. Cet élan d'optimisme tourna court quand l'escadron de Thomas gagna les enclos des animaux et découvrit que tout le bétail était mort et en état de décomposition avancée, suite à la besogne industrieuse de la vase. Il découvrit peu après les colons, peu ou prou dans le même état. Presque tous (ou ce qu'il en restait) se trouvaient dans leur lit ou tout près. Sauf les familles où les parents étaient dans la chambre des enfants, ou dans le couloir y menant, et les colons se relayant par équipes au cimetière, qu'on retrouva à leur poste ou à proximité.

Thomas proposa d'emmener l'un des cadavres dans le centre médical de la colonie pour procéder à une autopsie sommaire susceptible de révéler un indice sur la cause de la mort des colons. Son chef de section donna son assentiment. Thomas et l'un de ses compagnons se penchèrent sur l'un des corps les plus intacts. Thomas le saisit par les aisselles et son compagnon par les pieds. Puis Thomas lui dit de le soulever à trois. Quand il fut parvenu à deux, la vase se leva du cadavre et le gifla au visage. Il poussa un hoquet de surprise. La vase se faufila dans sa bouche et coula jusque dans sa gorge.

Les soldats de sa section demandèrent aussitôt à leurs combinaisons de les protéger d'un casque. Juste à temps car, en quelques secondes, la vase jaillissait des crevasses et des fentes pour attaquer. Dans toute la colonie, des agressions similaires eurent lieu presque en même temps.

Thomas eut beau s'escrimer à chasser la vase de sa bouche, elle s'enfonça plus profondément dans sa gorge, bloquant ses bronches, obstruant ses poumons et s'infiltrant de l'œsophage jusque dans l'estomac. Il demanda par son Amicerveau à ses compagnons de le transporter au centre médical afin qu'on tente d'aspirer assez de vase de son organisme pour lui permettre de respirer à nouveau. Sangmalin informa qu'ils disposaient de quinze minutes avant que Thomas ne souffre de lésions cérébrales irréversibles. C'était une excellente idée qui aurait sans doute été efficace si la vase n'avait pas commencé de sécréter des acides digestifs concentrés dans les poumons de Thomas, les dévorant de l'intérieur alors qu'il était encore en vie. Les poumons de Thomas se sont dissous aussitôt. Et le malheureux mourut du choc et d'asphyxie quelques minutes plus tard. Les six autres soldats connurent le même destin, celui, comme chacun s'accorda par la suite pour le reconnaître, qui avait éliminé les colons.

Le chef de la compagnie de Thomas donna l'ordre de l'abandonner sur place, ainsi que les autres victimes. La compagnie se replia sur la navette et regagna le *Tucson*. La navette ne reçut pas l'autorisation d'arrimage. Les soldats furent amenés un par un dans le vide afin de tuer la vase susceptible d'imprégner encore leurs combinaisons, puis soumis à une décontamination intensive, à la fois externe et interne. Les cris de douleur ne furent en rien une comédie.

Les sondes sans équipage qu'on largua ensuite révélèrent qu'il n'y avait aucun survivant de la colonie 622 et que la vase, outre une intelligence suffisante pour coordonner deux assauts en même temps, était pratiquement insensible aux armes traditionnelles. Projectiles, grenades et roquettes ne détruisaient que de petites portions, laissant tout le reste intact. Les lance-flammes ne grillaient que la couche superficielle, laissant les couches inférieures intactes ; les armes à rayons transperçaient la vase sans guère l'endommager. Les recherches sur le fongicide que les colons avaient requises avaient commencé mais furent arrêtées dès qu'on détermina que la vase envahissait presque toute la planète. La somme d'efforts pour localiser une autre planète habitable fut jugée moins onéreuse que l'éradication de la vase à l'échelle globale.

La mort de Thomas nous rappelait que non seulement nous ignorions contre quoi nous luttions dans l'univers, mais qu'il nous était parfois carrément impossible d'imaginer la nature de notre ennemi. Thomas avait commis l'erreur de supposer que l'adversaire ressemblerait davantage à l'humain qu'il n'en différerait. Il s'était trompé. Et il en était mort.

Conquérir l'univers commençait à me mettre hors de moi.

Mon inquiétude avait pris naissance à Gindal, où nous avions tendu une embuscade aux soldats gindaliens tandis qu'ils regagnaient leurs aires. Rayons et roquettes déchiquetèrent leurs ailes immenses, les projetant sur des à-pics de deux mille mètres au pied desquels ils dévalaient. Mon moral avait commencé à flancher au-dessus d'Udaspri. Nous avions endossé des sacs à amortisseur d'inertie pour sauter d'un rocher à l'autre sur l'anneau d'Udaspri, avec un meilleur contrôle, alors que nous jouions à cache-cache avec les Vindis. Ces créatures semblables à des araignées avaient entrepris de bombarder la planète en contrebas avec des morceaux de l'anneau, en s'aidant d'orbites qui dirigeaient leurs débris directement sur la colonie humaine de Halford. Lorsque nous arrivâmes sur Cova Banda, je tombais de sommeil.

Mon état d'esprit était peut-être dû aux Covandus eux-mêmes, qui, à maints égards, étaient des clones de l'espèce humaine : bipèdes, mammifères, brillants artistes, poètes et dramaturges remarquables, reproducteurs rapides et exceptionnellement agressifs dès qu'il s'agissait de l'univers et de la place qu'ils y tenaient. Humains et Covandus se battaient fréquemment pour les mêmes mondes encore vierges. Cova Banda avait été en fait une colonie humaine avant de passer aux mains des Covandus, abandonnée lorsqu'un virus local avait fait pousser d'affreux membres supplémentaires aux colons et développé chez eux une personnalité homicide. Ce virus n'avait même pas donné la migraine aux Covandus. Ils s'étaient implantés tout de go sur ce monde. Soixante ans plus tard, les coloniaux avaient finalement produit un vaccin et voulu récupérer la planète. Malheureusement, les Covandus, ressemblant à cet égard aussi aux humains, n'étaient guère partageurs. Et c'est ainsi que la guerre contre cette espèce commença.

Le plus grand des Covandus mesure moins de cinq centimètres.

Bien entendu, ils ne sont pas idiots au point de lancer leurs armées lilliputiennes contre des humains soixante ou soixante-dix fois plus grands qu'eux. Ils nous attaquèrent d'abord avec leur aviation, des mortiers à longue portée, des blindés et autre matériel militaire à même de causer des dégâts, et qui en causèrent. Il n'est pas facile d'abattre un avion de vingt centimètres de long qui vole à plusieurs centaines de kilomètres à l'heure. Mais on fait ce qu'il faut pour empêcher le recours à ces engins de guerre. Et, dans ce but, nous atterrîmes dans le parc de la principale cité de Cova Banda, si bien que toute leur artillerie qui nous louperait abattrait les leurs. Les nôtres s'acharnèrent avec davantage de soin que d'ordinaire à détruire les Covandus, non seulement parce qu'ils sont plus petits et exigent davantage d'attention pour les viser, mais aussi parce que nous mettions un point d'honneur à ne pas nous faire descendre par un adversaire de cinq centimètres.

Au final, on abat toute l'aviation, on démolit les chars et puis on affronte les Covandus eux-mêmes. Schéma de l'affrontement : on marche dessus. Il suffit de baisser le pied, d'appuyer, et c'est fait. Pendant cette manœuvre, le Covandu tire sur vous et hurle, un piaillement qu'on n'entend pratiquement pas en raison de la petitesse de ses poumons. Mais la défense du Covandu est inutile. Votre combinaison, conçue pour freiner un projectile de haute puissance à l'échelle humaine, enregistre à peine les minuscules morceaux de matière lancés sur vos pieds. On perçoit vaguement le crissement de la petite créature qu'on a piétinée. On en repère une autre, et rebelote.

Nous les piétinâmes pendant des heures tandis que nous arpentions la ville principale de Cova Banda, nous arrêtant de temps à autre pour pointer une roquette vers un gratte-ciel de cinq ou six mètres de haut et le démolir d'un seul tir. Certains préféraient tirer une rafale dans le bâtiment, laissant chaque projectile assez gros pour décapiter un Covandu zig-zaguer avec fracas entre les murs comme une bille de pachinko prise de folie. Mais, la plupart du temps, on piéti-nait. Godzilla, le célèbre monstre japonais, qui entamait sa énième réapparition lorsque j'avais quitté la Terre, se serait senti comme chez lui.

Je ne me souviens pas exactement quand je commençai de crier en démolissant des gratte-ciel, mais je le fis assez long-temps et avec assez de frénésie pour qu'Amicerveau m'in-forme, au moment où Alan recevait l'ordre de me récupérer, que j'avais réussi à me casser trois orteils. Alan me raccom-pagna dans le parc de la cité où nous avions atterri et me fit asseoir. Au même instant, un Covandu sortit de derrière un rocher et me visa à la figure. J'eus l'impression que de minus-cules grains de sable s'enfonçaient dans mes joues.

— Bon Dieu! m'exclamai-je en saisissant le Covandu comme un roulement à billes pour l'envoyer dinguer avec fureur sur un gratte-ciel proche.

Il fila en trombe, décrivit un arc en tournoyant follement, décéléra en faisant retentir un petit *cling* lorsqu'il heurta le bâtiment et fit une chute de deux mètres au sol. Apparem-ment, tous les autres Covandus dans les parages décidèrent de ne pas risquer de nouvelles tentatives d'assassinat.

Je me tournai vers Alan.

— Tu n'es pas chargé de tenir ton escadron à l'œil?

Alan avait reçu une promotion après que son chef d'esca-dron s'était fait déchiqueter le visage par un Gindalien en colère.

— Je pourrais te poser la même question. (Il haussa les épaules.) Mes hommes se débrouillent bien. Ils ont des ordres et il n'y a plus de véritable opposition. Tout est net-toyé, et Tipton peut diriger l'escadron pour ça. Keyes m'a demandé de venir te repêcher afin de trouver ce qui cloche chez toi. Alors, qu'est-ce qui cloche chez toi ?

— Seigneur, Alan. Je viens de passer trois heures à écraser des êtres intelligents comme si c'étaient des insectes de merde, voilà ce qui cloche chez moi. Putain, je tue des gens en les écrasant sous mes pieds. Tout ça… (je fis un geste circulaire du bras) c'est totalement ridicule, Alan. Ces gens ne mesurent que cinq centimètres. C'est comme Gulliver s'acharnant contre les Lilliputiens.

— Nous n'avons pas à choisir nos combats, John, rappela Alan.

— Et toi, ce combat, comment tu le sens ?

— Il me dérange un peu. Ce n'est pas du tout un combat en règle. Nous nous contentons d'envoyer ces gens en enfer. D'un autre côté, la plus grave blessure que j'ai enregistrée dans mon escadron est un tympan éclaté. C'est un miracle que tu t'en sois sorti. Alors, dans l'ensemble, je ne suis pas mécontent. Les Covandus ne sont pas entièrement démunis. Le score final entre eux et nous est très serré.

Aussi surprenant que ce fût, c'était exact. La taille des Covandus jouait en leur faveur dans les batailles spatiales. Il nous était difficile de pister leurs vaisseaux et leurs minuscules engins de combat causaient peu de dommages individuellement, mais beaucoup collectivement. Ce n'était qu'au sol que nous retrouvions un avantage écrasant. D'un autre côté, Cova Banda disposait d'une flotte spatiale assez réduite, l'une des raisons pour lesquelles les FDC avaient décidé de reprendre cette planète.

— Alan, je ne parle pas de qui arrive en tête dans le décompte général. Je parle du fait que nos adversaires mesurent cinq centimètres, nom d'un chien. Avant ça, nous avons combattu des araignées. Encore avant, nous avons combattu d'énormes ptérodactyles. Tout ça brouille mon sens de l'échelle. J'en perds mon identité. Je n'ai plus l'impression d'être un humain, Alan.

— Théoriquement, tu n'es plus un humain, c'est exact.

Alan tâchait de me faire sourire. Cela ne marcha pas.

— Bon, alors je ne me sens plus connecté avec ce qu'était un humain. Notre boulot se réduit à aller à la rencontre d'étranges nouveaux peuples, de nouvelles cultures, et de tuer ces fils de pute aussi vite que possible. Nous ne connaissons d'eux que ce qui est nécessaire pour les combattre. Pour nous, ce ne sont que des ennemis. À part le fait qu'ils sont assez intelligents pour riposter, on pourrait tout aussi bien guerroyer contre des animaux.

— Ça facilite la tâche à la plupart d'entre nous, fit remarquer Alan. Si tu ne t'identifies pas à une araignée, tu as moins de remords d'en tuer une, même grande et intelligente. Surtout grande et intelligente.

— Peut-être que c'est justement ça qui me tracasse. On n'a aucun sens des conséquences. Je me contente de ramasser un être vivant et pensant et de le faire dinguer contre un bâtiment. Faire ça ne me tracasse pas du tout. C'est le fait que ça ne me tracasse *pas* qui me tracasse. Nos actes devraient avoir des conséquences. Il faut au moins prendre conscience des atrocités que nous commettons, déterminer si nous les commettons pour de bonnes raisons ou pas. Je n'éprouve aucune horreur de mes actes. Et ça me terrorise. Ce que ça signifie me terrorise. J'écrase tous les habitants de cette ville sous mes pieds comme un monstre. Et je commence de penser que c'est précisément ce que je suis. Ce que je suis devenu. Je suis un monstre. Tu es un monstre. Nous sommes tous des putain de monstres inhumains, et nous ne voyons aucun mal à ça.

Alan n'avait rien à répondre. Aussi observâmes-nous nos soldats qui piétinaient les Covandus jusqu'à ce qu'il n'en reste plus un seul à piétiner.

— Alors, qu'est-ce qui ne va pas chez lui ? demanda le lieutenant Keyes à Alan en parlant de moi, à la fin du débriefing avec les autres chefs de section.

— Il pense que nous sommes tous des monstres inhumains.

— Oh, ça, fit le lieutenant Keyes en se tournant vers moi. Perry, depuis combien de temps tu es dans les FDC ?

— Presque un an, répondis-je.

Le lieutenant Keyes acquiesça du chef.

— En ce cas, Perry, tu es pile dans les temps. Il faut presque un an pour que la plupart de nos soldats pensent qu'ils sont devenus des machines à tuer sans âme, dépourvues de conscience et de moralité. Tôt ou tard. Jensen (il désigna l'un des autres chefs de section) a atteint le quinzième mois avant de craquer. Jensen, raconte-lui ce que tu as fait.

— J'ai tiré sur Keyes, dit Ron Jensen. Je le voyais comme la personnification du système diabolique qui m'avait transformé en machine à tuer.

— Il a failli aussi m'arracher la tête, ajouta Keyes.

— Ce fut un coup de bol, s'enhardit Jensen.

— Ouais, un coup de bol que tu m'aies loupé. Sinon je serais mort et toi réduit à un cerveau flottant dans un réservoir, devenant fou faute de stimuli extérieurs. Écoute, Perry, ça arrive à tout le monde. Tu surmonteras ça lorsque tu prendras conscience que tu n'es pas un monstre inhumain, que tu essayes simplement d'adapter ton cerveau à une situation totalement pourrie. Pendant soixante-quinze ans, tu as mené une existence où la chose la plus excitante qui t'arrivait était de tirer un coup de temps à autre, et tu te retrouves brusquement en train d'éliminer des pieuvres dans l'espace avec un MF avant qu'elles ne te tuent. Seigneur ! Ce sont ceux qui ne disjonctent jamais en qui j'ai le moins confiance.

— Alan n'a pas disjoncté, lui, fis-je remarquer. Et il est engagé depuis aussi longtemps que moi.

— Exact, dit Keyes. Rosenthal, qu'as-tu à répondre à ça ?

— Au fond de moi, je ne suis qu'un chaudron bouillant de rage déconnectée, mon lieutenant.

— Ah, refoulement, observa Keyes. Excellent. Tâche d'éviter de tirer sur moi après coup, quand tu finiras par exploser, s'il te plaît.

— Je ne peux rien promettre, mon lieutenant, dit Alan.

— Vous savez ce qui a marché pour moi ? intervint Aimée Weber, un autre chef de section. J'ai dressé la liste de toutes les choses qui me manquaient de la Terre. C'était plutôt déprimant, mais, d'un autre côté, ça m'a rappelé que je n'étais pas complètement décalée. Si des choses vous manquent, c'est qu'on est encore connecté.

— Alors qu'est-ce qui te manquait ? demandai-je.

— D'abord, Shakespeare dans le parc. Lors de ma dernière nuit sur Terre, j'ai vu une représentation de *Macbeth* qui atteignait la perfection. Seigneur, c'était génial. Et ici, rien n'annonce que nous aurons droit à une bonne pièce de théâtre.

— Ce qui me manque, dit Jensen, ce sont les gaufrettes au chocolat de ma fille.

— Mais tu peux te faire servir des gaufrettes au chocolat sur le *Modesto*, rappela Keyes. Et rudement bonnes, avec ça.

— Pas aussi bonnes que celles de ma fille. Le secret, c'est la mélasse.

— C'est écœurant, dit Keyes. Je déteste la mélasse.

— Heureusement que je l'ignorais quand j'ai tiré sur vous. Je ne vous aurais pas loupé.

— Ce qui me manque, c'est de nager, dit Greg Ridley. J'avais l'habitude de nager dans la rivière proche de ma propriété dans le Tennessee. Glaciale presque tout le temps, mais ça me plaisait.

— Le surf, précisa Keyes. Sur les grandes vagues qui donnent l'impression que les intestins vont vous descendre dans les pieds.

— Les livres, dit Alan. Un bon gros pavé le dimanche matin.

— Eh bien, Perry ? demanda Aimée. Il n'y a rien qui te manque en ce moment ?

Je haussai les épaules.

— Une seule chose.

— Ça ne peut pas être plus niais que de regretter le surf, dit Keyes. Crache le morceau. C'est un ordre.

— L'unique chose qui me manque vraiment, c'est d'être marié. Être assis avec ma femme, juste pour parler ou lire ensemble ou autre chose.

Un silence profond accueillit cet aveu.

— C'est une première pour moi, observa Ridley.

— Ben, merde, ça ne me manque pas, dit Jensen. Les vingt dernières années de mon mariage valent des clous.

Je promenai mon regard à la ronde.

— Aucun de vous n'a une épouse qui s'est engagée ? Vous ne restez pas en contact avec elle ?

— Mon mari s'est engagé avant moi, dit Aimée. Il était déjà mort quand j'ai reçu ma première affectation.

— Ma femme sert sur le *Boise*, dit Keyes. Elle m'envoie un message de temps à autre. Je n'ai pas le sentiment qu'elle me regrette énormément. Je suppose qu'elle en avait sa claque de me supporter depuis trente-huit ans.

— Les gens quittent tout pour venir ici et ils ne tiennent pas vraiment à garder le fil avec leur ancienne vie, dit Jensen. Bien sûr, de petites choses nous manquent. Comme Aimée l'expliquait, c'est l'un des moyens pour nous empêcher de devenir cinglés. Mais c'est comme de revenir en arrière, juste avant d'avoir fait tous les choix qui nous ont conduits à la vie que nous menons aujourd'hui. Si nous revenions en arrière, ferions-nous les mêmes choix ? Avec tout ce que nous savons maintenant ? Malgré mon dernier commentaire, je ne regrette pas les choix que j'ai faits. Mais je ne piaffe pas de refaire ces mêmes choix. Ma femme est quelque part dans l'espace, c'est sûr. Mais elle est heureuse de vivre sa nouvelle vie sans moi. Et je dois avouer que je ne suis pas pressé de me rengager non plus.

— Tout ça ne me rend pas ma bonne humeur, les amis, déclarai-je.

— Et qu'est-ce qui te manque du mariage ? s'enquit Alan.

— Eh bien, ma femme me manque, tu sais. Mais le sentiment de… je ne sais pas… de confort me manque aussi. Le sentiment que tu es à ta place, avec quelqu'un qui fait partie de ta vie. Une chose est foutrement sûre, c'est que je n'ai pas ce sentiment ici, perdu dans l'espace. On débarque sur des mondes pour lesquels nous devons nous battre, avec des gens qui risquent d'être morts le lendemain ou le surlendemain. Soit dit sans vous vexer.

— Y a pas de mal, dit Keyes.

— Rien n'est stable, ici. Il n'y a rien que je sente réellement sûr. Mon mariage avait ses hauts et ses bas comme tous les mariages, mais dans l'ensemble je savais qu'il était solide. Cette sorte de sécurité me manque, et cette sorte de connexion avec quelqu'un aussi. Une partie de ce qui nous rend humains vient de ce que nous signifions pour les autres et de ce que les autres signifient pour nous. Être important pour quelqu'un, avoir en moi cette part d'humanité, ça me manque. Et c'est ce qui me manque du mariage.

Encore un silence.

— Ben mince, alors, déclara finalement Ridley. Quand tu l'expliques de cette façon, le mariage me manque aussi.

Jensen renifla.

— Pas moi. Toi, Perry, continue de regretter le mariage. Moi, je continuerai de regretter les biscuits de ma fille.

— La mélasse, fit Keyes. Écœurant.

— Ne recommencez pas, mon lieutenant, trancha Jensen. Je risque d'être obligé de prendre mon MF.

La mort de Susan fut comme le revers de celle de Thomas. Une grève de foreurs sur Élysée avait considérablement réduit la quantité de pétrole à raffiner. Le *Tucson* avait reçu la mission de transporter des briseurs de grève et de les protéger le temps qu'ils remettent en marche plusieurs plateformes de forage fermées. Susan se trouvait sur l'une de ces plateformes lorsque les grévistes attaquèrent avec une artillerie improvisée. L'explosion la fit culbuter de la plate-forme avec deux autres et ils effectuèrent un plongeon de plusieurs dizaines de mètres dans la mer. Les deux autres soldats étaient déjà morts en percutant la surface mais Susan, gravement brûlée et à peine consciente, était encore en vie.

Elle fut repêchée par les foreurs grévistes qui avaient lancé l'attaque. Ils résolurent d'en faire un exemple. Les mers d'Élysée abritent un grand nécrophage nommé « happeur », dont les mâchoires articulées sont capables de ne faire qu'une bouchée d'un homme. Les happeurs fréquentent les plateformes de forage parce qu'ils se nourrissent des détritus jetés dans la mer. Les foreurs redressèrent Susan, la ranimèrent en la giflant, débitèrent en hâte un manifeste en sa présence, se fiant à la connexion de son Amicerveau pour faire passer leurs revendications aux FDC. Les grévistes jugèrent Susan coupable de collaboration avec l'ennemi, la condamnèrent à mort et la rejetèrent dans la mer là où le vide-ordures de la plateforme se déversait.

Un happeur ne fut pas long à venir. Une bouchée, et Susan fut engloutie. Encore vivante, elle lutta pour sortir du happeur par l'orifice par lequel elle était entrée. Toutefois, avant qu'elle n'y arrive, l'un des grévistes tira sur l'animal juste en dessous de la nageoire dorsale, là où loge le cerveau. Le happeur fut tué sur-le-champ et coula, emportant Susan avec lui. Elle mourut non pas dévorée ni même noyée, mais à cause de la pression de l'eau, tandis qu'elle et le poisson qui l'avait avalée s'enfonçaient dans les abysses.

La célébration par les grévistes de ce coup porté à l'oppresseur fut de courte durée. Des forces de relève du *Tucson* envahirent les camps des foreurs, coffrèrent plusieurs dizaines de meneurs, les fusillèrent et les jetèrent en pâture aux happeurs. Excepté ceux qui avaient tué Susan. Ceux-là nourrirent les prédateurs marins sans l'étape intermédiaire de la mort par balle. La grève prit fin peu après.

La mort de Susan fut pour moi un trait de lumière, le rappel que les humains peuvent se montrer aussi inhumains que n'importe quelle espèce alien. Je me vois fort bien, si je m'étais trouvé sur le *Tucson*, donner l'un de ces salopards qui avaient tué Susan à manger aux prédateurs sans une ombre de remords. Je ne sais pas si cela me rend meilleur ou pire que ce que je redoutais de devenir lorsque nous combattions les Covandus. En tout cas, je ne m'inquiétais plus d'être moins humain que par le passé.

SIX

Ceux parmi nous qui participèrent à la bataille de Corail se souviennent où ils étaient quand nous avons appris que la planète avait été prise. J'écoutais Alan m'expliquer comment l'univers que je pensais connaître avait disparu depuis belle lurette.

— Nous l'avons quitté dès la première fois que nous avons sauté, disait-il. On monte dans l'espace, on sort dans l'univers qui se trouve derrière la porte à côté, c'est tout. Voilà comment fonctionne le saut.

Cette nouvelle fut accueillie par un long silence perplexe de ma part et de celle d'Ed McGuire, assis avec Alan dans le salon « Au repos » du bataillon.

Finalement, Ed, qui avait reçu l'escadron d'Aimée Weber, prit la parole.

— Je ne te suis pas, Alan. La propulsion de saut nous fait dépasser la vitesse de la lumière. Voilà comment ça fonctionne.

— Pas du tout, objecta-t-il. Einstein a toujours raison : la vitesse de la lumière reste la limite que nous pouvons atteindre. En outre, tu n'aurais aucune envie de voler dans l'univers à une vitesse proche de celle de la lumière. Si tu heurtes un petit grain de poussière pendant que tu fonces à deux cent mille kilomètres à la seconde, tu auras un sacré gros trou dans ton vaisseau spatial. C'est le plus sûr moyen de se faire tuer.

Ed cligna des paupières et se passa la main sur le crâne.

— Aïe, aïe, dit-il. Tu me paumes.

— Bon, écoute. Tu m'as demandé comment la propulsion par saut fonctionne. Comme je l'ai dit, c'est très simple : elle prend un objet d'un univers, comme le *Modesto*, et le fait surgir dans un autre univers. Le problème est que nous nous référons à ce phénomène comme à une « propulsion ». En réalité, il ne s'agit pas du tout de propulsion, car l'accélération n'est pas un facteur. L'unique facteur est la position dans le multivers.

— Alan, dis-je, tu vas encore trop vite.

— Désolé, fit-il en prenant un air pensif. Quel est votre niveau en maths, les gars ?

— Je garde de vagues notions de calcul, dis-je.

Ed McGuire renchérit d'un signe de tête.

— Flûte. Bien… Je vais utiliser un vocabulaire trivial. S'il vous plaît, n'en soyez pas offensés.

— On essaiera, dit Ed.

— OK. Tout d'abord, l'univers dans lequel vous êtes – l'univers dans lequel nous sommes en ce moment – n'est que l'un des infiniment nombreux univers possibles, dont l'existence est prévue dans le cadre de la physique quantique. Par exemple, chaque fois que nous repérons un électron dans une position donnée, notre univers est fonctionnellement défini par la position de cet électron, tandis que, dans un univers alternatif, cette position de l'électron sera différente. Vous me suivez ?

— Pas du tout, dit Ed.

— Oh, les nuls en science. Alors faites-moi confiance sur ce point. Le principal, c'est les univers multiples. Le multivers. Ce que fait la propulsion par saut, c'est ouvrir la porte donnant sur l'un de ces autres univers.

— Et comment elle fait ça ? demandai-je.

— Tu n'as pas le niveau en maths suffisant pour que je te l'explique, répondit Alan.

— Alors c'est magique, dis-je.

— De ton point de vue, oui. Mais, en physique, c'est parfaitement démontré.

— Je ne pige pas, dit Ed. Nous sommes donc allés dans de multiples univers. Pourtant, tous étaient parfaitement identiques au nôtre. Or chaque « univers alternatif » décrit en science-fiction présente des différences majeures. C'est de cette manière que tu sais que tu es dans un univers alternatif.

— Il y a en fait une réponse intéressante à cette question, dit Alan. Prenons pour acquis que déplacer un objet d'un univers à un autre est un événement fondamentalement improbable.

— Ça, je peux l'admettre, dis-je.

— Dans le cadre de la physique, c'est admissible puisque, à son niveau le plus élémentaire, il s'agit d'un univers à physique quantique et que quasiment n'importe quoi peut s'y produire, même si, sur un plan pratique, ce n'est pas le cas. Toutefois, tous les autres éléments étant identiques, chaque univers préfère limiter les événements improbables au strict minimum, surtout au-dessus du niveau subatomique.

— Comment un univers peut-il préférer quelque chose ? demanda Ed.

— Tu n'as pas les maths pour comprendre, répondit Alan.

— Bien sûr que non, rétorqua Ed en levant les yeux au ciel.

— Mais l'univers préfère certaines choses à d'autres. Par exemple, il préfère évoluer vers un état d'entropie. Il préfère garder la vitesse de la lumière comme constante. Tu peux modifier ou chambouler ces paramètres-là dans une certaine mesure, mais ça demande des efforts. Idem ici. En ce cas, déplacer un objet d'un univers à un autre est si improbable que, généralement, l'univers dans lequel on déplace l'objet est exactement comme celui qu'on a quitté. Une conservation de l'improbabilité, pourrait-on dire.

— Mais comment expliques-tu notre déplacement d'un endroit à un autre ? demandai-je. Comment circulons-nous d'un point dans l'espace d'un univers à un point totalement différent dans l'espace d'un autre ?

— Eh bien, réfléchis. Déplacer un vaisseau entier dans un autre univers, voilà ce qui est improbable. Du point de vue de l'univers, là où le vaisseau apparaît dans ce nouvel univers n'a aucune espèce d'importance. C'est pourquoi je disais que le mot « propulsion » est inapproprié. En réalité, nous n'allons nulle part. Nous *arrivons*.

— Et que se passe-t-il dans l'univers qu'on vient de quitter ? demanda Ed.

— Une autre version du *Modesto* de l'autre univers y surgit avec des versions alternatives de nous-mêmes, expliqua Alan. Probablement. Il y a une chance infinitésimale que cela ne se produise pas, mais, en règle générale, c'est ce qui se passe.

— Et nous pourrions revenir ? demandai-je.

— Revenir où ?

— Dans les univers d'où nous sommes partis.

— Non. Ma foi, encore une fois, il est théoriquement possible que tu le puisses, mais c'est extrêmement improbable. Les univers se créent en permanence à partir de branchements possibles, et les univers dans lesquels nous allons naissent presque toujours juste un instant avant que nous ne sautions dedans : l'une des raisons pour lesquelles nous pouvons sauter dedans est que leur composition reste très proche de celle du nôtre. Plus longtemps vous demeurez séparés d'un univers particulier, plus il diverge, et moins il sera probable d'y retourner. Même retourner dans un univers que vous avez quitté il y a à peine une seconde est fondamentalement improbable. Retourner dans celui que nous avons quitté il y a un an, quand nous avons effectué le premier saut de la Terre à Phénix, est absolument hors de question.

— Ça me déprime, se plaignit Ed. Mon univers, je l'aimais bien.

— Eh bien, Ed, mets-toi une chose dans la tête, dit Alan. Tu ne viens même pas du même univers original que John et moi parce que, ce premier saut, tu ne l'as pas fait en même temps que nous. De plus, même ceux qui ont fait le premier saut avec nous ne sont pas davantage dans le même univers que nous, puisque depuis ils ont sauté dans des univers différents, affectés à des vaisseaux différents. Toutes les versions de nos anciens amis que nous rencontrerons seront des versions alternatives. Bien sûr, ils auront la même tête et se conduiront de la même manière parce que, excepté quelques déplacements occasionnels d'électrons, ils sont identiques. Mais nos univers d'origine sont complètement différents.

— Donc toi et moi sommes tout ce qui reste de notre univers, fis-je remarquer.

— On peut parier à coup sûr que cet univers continue d'exister. Mais nous sommes presque certainement les deux seules personnes de cet univers dans celui-ci.

— Je ne sais pas quoi penser de tout ça, observai-je.

— Évite de te faire trop de mouron, conseilla Alan. Au quotidien, tous ces sauts d'un univers à l'autre ne comptent pas. Sur le plan pratique, tout est à peu près identique quel que soit l'univers dans lequel tu te trouves.

— En ce cas, pourquoi avons-nous besoin de vaisseaux spatiaux ? demanda Ed.

— Pour nous rendre à notre destination une fois que nous sommes dans notre nouvel univers, bien évidemment.

— Non, non, objecta Ed. Je veux dire, si on peut sauter d'un univers à un autre, pourquoi ne pas se contenter de le faire d'une planète à une autre au lieu d'utiliser des vaisseaux spatiaux ? Simplement éjecter les gens directement à la surface d'une planète. Cela nous éviterait d'être projetés dans l'espace, ça, c'est sûr.

— L'univers préfère que les sauts se déroulent loin des grands puits de gravité comme les planètes et les étoiles, dit Alan. En particulier quand il s'agit de sauter dans un autre univers. Tu peux certes sauter à proximité d'un puits de gravité, c'est pourquoi nous entrons dans les nouveaux univers non loin de nos destinations, mais l'opération est d'autant plus facile qu'on est loin d'un puits de gravité. C'est pourquoi nous voyageons toujours un peu avant le saut. Il y a en fait une relation exponentielle que je pourrais te démontrer, mais…

— Ouais, ouais, je sais, fit Ed. Je n'ai pas le niveau en maths.

Alan allait donner une réponse conciliante quand tous nos Amicerveaux s'allumèrent. Le *Modesto* venait de recevoir la nouvelle du massacre de Corail. Et, quel que fût l'univers dans lequel on se trouvait, c'était une horreur.

Corail est la cinquième planète où les humains se sont implantés et la première indiscutablement mieux adaptée à cette espèce que la Terre elle-même. Géologiquement stable, elle jouit d'un système climatique qui fait régner une zone tempérée sur la plupart de ses terres généreuses et accueille une flore et une faune riches, génétiquement assez semblables à celles de la Terre pour satisfaire les besoins nutritionnels et esthétiques humains. Au tout début, on envisagea de nommer la colonie Éden, mais il fut avancé que pareil nom était l'équivalent karmique de la recherche de problèmes.

À la place, on choisit Corail, pour les créatures semblables à des coraux qui participaient à la création de magnifiques archipels et récifs sous-marins autour de la zone équatoriale et tropicale de la planète. Contrairement à la règle, l'expansion humaine était réduite au minimum, et les colons préféraient dans une large part mener une existence bucolique, presque préindustrielle. C'était l'un des rares mondes dans l'univers où les humains tâchaient de s'adapter à l'écosystème existant plutôt que de le bouleverser et d'y introduire, disons, du blé et du bétail. Et cela marchait. La colonie, peu nombreuse et accommodante, vivait en harmonie dans la biosphère de Corail et prospérait d'une façon à la fois modeste et contrôlée.

Elle n'était donc pas préparée à l'arrivée de la force d'invasion des Rraeys, dont l'effectif égalait celui des colons. La garnison des FDC qui stationnait en orbite et sur Corail opposa une brève mais vaillante riposte avant d'être écrasée. Les colons eux-mêmes firent payer aux Rraeys leur agression. En peu de temps, néanmoins, la colonie fut dévastée et ses survivants littéralement dépecés, les Rraeys ayant acquis depuis longtemps un goût prononcé pour la viande humaine.

L'une des brèves diffusées jusqu'à nous via Amicerveau était un extrait d'un programme alimentaire dans lequel un de leurs maîtres queux les plus célèbres discutait de la meilleure façon de découper un humain en vue de multiples usages alimentaires, les os du cou étant particulièrement prisés pour les soupes et les consommés. Si cette vidéo nous soulevait le cœur, la présence de ces grandes toques sur Corail apportait une preuve supplémentaire que le massacre avait été organisé avec soin. À l'évidence, les Rraeys avaient l'intention de s'implanter.

Ils appliquèrent sans perdre de temps l'objectif principal de leur invasion. Sitôt tous les colons tués, ils firent descendre à la surface des plateformes pour commencer l'exploitation à ciel ouvert des îles de Corail. Ces aliens avaient auparavant tenté de négocier avec le gouvernement colonial l'extraction du corail. Les récifs coralliens du monde natal de cette espèce avaient été abondants jusqu'à ce que la pollution industrielle, combinée à leur exploitation commerciale, les eût détruits. Le Gouvernement avait refusé pour deux raisons : les colons de Corail souhaitaient garder intacte leur planète et les tendances anthropophages des Rraeys étaient bien connues. Personne ne voulait les voir survoler les colonies en quête d'humains sans méfiance pour les transformer en viande boucanée.

L'erreur du Gouvernement avait été de ne pas reconnaître la priorité accordée par les Rraeys à cette exploitation du corail – outre son commerce, elle comportait un aspect religieux que les diplomates coloniaux avaient grossièrement sous-estimé – ni jusqu'où ils étaient prêts à aller pour parvenir à leurs fins. Les Rraeys et le gouvernement colonial s'étaient heurtés à plusieurs reprises. Les relations n'avaient jamais été bonnes : comment se sentir à l'aise avec une espèce qui vous considère comme un élément nutritif d'un petit-déjeuner complet ? Toutefois, dans l'ensemble, ils s'occupaient de leurs oignons et nous des nôtres. Ce ne fut que récemment, lorsque le dernier des récifs coralliens de leur planète fut en voie d'extinction, que leur ardent désir de s'emparer des ressources de Corail nous frappa à la figure.

— C'est drôlement moche, disait le lieutenant Keyes à ses chefs d'escadron, et ça le sera davantage à notre arrivée.

Nous étions dans la salle de briefing de la compagnie et nos tasses de café refroidissaient tandis que nous consultions nombre de pages de rapports d'atrocités et de renseignements de surveillance du système de Corail. Nos drones de saut qui n'avaient pas été rayés du ciel par les Rraeys signalaient l'arrivée d'un flot ininterrompu de vaisseaux, à la fois en vue de la bataille et du halage du corail. Moins de deux jours après le massacre de Corail, presque un millier de vaisseaux rraeys planaient dans l'espace au-dessus de la planète, attendant de lancer leur grande opération de prédation.

— Voici ce que nous savons, poursuivit Keyes en affichant un graphique du système de Corail dans nos Amicerveaux. Nous estimons que l'activité de leurs vaisseaux dans le système est essentiellement commerciale et industrielle. D'après ce que nous savons du design de leurs bâtiments, environ un quart, soit trois cents et quelque, possèdent des capacités offensives et défensives de niveau militaire, et bon nombre de ceux-là sont des transports de troupes avec une protection et une puissance de feu minimales. Mais ceux de la classe des croiseurs de combat sont à la fois plus grands et plus résistants que les nôtres. Nous estimons également à cent mille individus leurs forces au sol, et elles ont entrepris leur déploiement en vue de l'invasion.

» Ils s'attendent à ce que nous luttions pour défendre Corail mais, selon nos meilleures sources, ils pensent que nous lancerons une attaque dans quatre à six jours : le temps qu'il nous faudra pour amener un nombre suffisant de nos grands vaisseaux en position de saut. Ils savent que les FDC préfèrent effectuer des déploiements de force massifs et que ça nous prendra un certain temps.

— Alors quand allons-nous attaquer ? s'enquit Alan.

— D'ici onze heures.

Nous nous trémoussâmes, tous mal à l'aise sur nos sièges.

— Comment pourrions-nous réussir ? demanda Ron Jensen. Les seuls vaisseaux que nous aurons de disponibles sont ceux qui se trouvent déjà à distance de saut et ceux qui le seront dans quelques heures. Combien en aurons-nous ?

— Soixante-deux en comptant le *Modesto*, répondit Keyes.

Nos Amicerveaux téléchargèrent la liste des vaisseaux disponibles. Je notai en passant la présence du *Routes d'Hampton* dans la liste ; le bâtiment sur lequel Jesse et Harry avaient été affectés.

— Six autres vaisseaux, enchaîna Keyes, prennent de la vitesse pour atteindre la distance de saut, mais nous ne pouvons pas compter sur leur présence quand nous frapperons.

— Seigneur, Keyes, intervint Ed McGuire, ça fait cinq vaisseaux contre un, et deux contre un pour les forces au sol en supposant que nous arrivions à toutes les faire atterrir. Je crois que je préfère notre tradition de la force massive.

— Lorsque nous aurons assez de grands vaisseaux alignés pour passer à l'attaque, ils nous attendront de pied ferme, dit Keyes. Mieux vaut envoyer une force moins nombreuse tant qu'ils ne sont pas préparés et causer tout de suite autant de dégâts que possible. Dans quatre jours, nous aurons une force plus nombreuse : deux cents vaisseaux gonflés à bloc. Si nous faisons notre boulot correctement, ils pourront aisément liquider ce qui restera des forces ennemies.

Ed ricana.

— Nous ne serons plus là pour l'apprécier.

Keyes eut un sourire pincé.

— Quel manque de confiance ! Écoutez, les gars, je sais qu'il ne s'agit pas d'une agréable randonnée sur la Lune. Mais nous n'agirons pas bêtement. Nous ne lutterons pas pied à pied. Nous allons arriver avec des cibles précises. Nous détruirons leurs transports de troupes encore en route pour les empêcher de descendre des renforts en surface. Nous larguerons des troupes chargées de stopper les opérations minières avant qu'elles ne progressent et de rendre difficile aux Rraeys de nous atteindre sans frapper leurs propres troupes et leur équipement. Nous descendrons leurs appareils commerciaux et industriels chaque fois que l'occasion se présentera et nous essaierons d'attirer leurs grands canons hors de l'orbite de Corail, si bien qu'à l'arrivée de nos renforts nous serons devant et derrière eux.

— J'aimerais rediscuter de la question des troupes au sol, dit Alan. Nous larguons des troupes et ensuite nos vaisseaux s'efforceront d'éloigner les bâtiments rraeys ? Est-ce que ça signifie pour les troupes au sol ce que je pense ?

Keyes acquiesça.

— Nous serons livrés à nous-mêmes pendant au moins trois ou quatre jours.

— Génial ! s'exclama Jensen.

— C'est la guerre, bande de péteux, rétorqua Keyes d'un ton cassant. Je suis désolé si ça ne vous convient pas ou si ça vous fiche le bourdon.

— Que se passera-t-il si ce plan échoue et que nos vaisseaux sont rayés du ciel ? demandai-je.

— Eh bien, en ce cas, je pense que nous serons foutus, Perry. Mais ne partons pas de cette hypothèse. Nous sommes des professionnels, nous avons un boulot à faire. C'est pour cela que vous avez été formés. Ce plan comporte des risques, mais ce ne sont pas des risques inconsidérés et, s'il réussit, nous récupérerons la planète après avoir causé de graves dommages aux Rraeys. Partons de l'hypothèse que nous allons faire avancer les choses, qu'en dites-vous ? C'est une idée assez dingue mais qui peut fonctionner. Et si vous la soutenez, les chances de réussite n'en seront que plus grandes. D'accord ?

Nouveaux trémoussements sur les sièges. Nous n'étions pas complètement convaincus, mais il n'y avait plus qu'à s'incliner. Que cela nous plaise ou pas, nous allions partir au casse-pipe.

— Ces six vaisseaux qui feront peut-être partie de la fête, dit Jensen, qui sont-ils ?

Keyes prit une seconde pour accéder à l'information.

— Le *Little Rock*, le *Mobile*, le *Waco*, le *Burlington* et l'*Épervier*.

— L'*Épervier* ? m'étonnai-je.

Ce nom était inhabituel. Les vaisseaux spatiaux ayant la capacité de transporter un bataillon portaient, selon la tradition, le nom de villes moyennes.

— Les Brigades fantômes, Perry, dit Jensen. Les Forces spéciales des FDC. Des salopards de puissance industrielle.

— Je n'ai jamais entendu parler d'eux.

En réalité, il me semblait que si, mais quand et où, ça m'échappait.

— Les FDC les réservent pour les occasions spéciales, expliqua Jensen. Ils ne jouent pas franco avec les autres. N'empêche que ça sera bien de les avoir auprès de nous quand nous descendrons sur la planète. Ils nous éviteront la mort.

— Ça serait bien, en effet, dit Keyes, mais c'est improbable. C'est notre show, les gars et les filles. Pour le meilleur ou pour le pire.

Dix heures plus tard, le *Modesto* sautait dans l'espace orbital de Corail et, dès les premières secondes de son entrée, était frappé par six missiles tirés à courte portée par un croiseur de combat rraey. La rangée de moteurs de tribord arrière réduite en miettes fit culbuter brutalement le vaisseau cul par-dessus tête. Mon escadron et celui d'Alan étaient entassés dans une navette de transport lorsque les missiles frappèrent. La brutalité du changement soudain d'inertie envoya dinguer plusieurs de nos soldats contre les parois du transporteur. Dans la soute à navettes, tout le matériel et l'équipement non fixé fit un vol plané, heurtant un transporteur mais ratant le nôtre. Dieu merci, les navettes, vissées par électroaimants, ne bougèrent pas de leur place.

J'activai Fumier pour vérifier le statut du vaisseau. Le *Modesto* était gravement endommagé et un scan actif du bâtiment rraey indiquait qu'il s'alignait en vue de tirer une seconde volée de missiles.

— Il est temps de foutre le camp, hurlai-je à Fiona Eaton, notre pilote.

— Je n'ai pas l'autorisation du commandement, répondit-elle.

— Dans une dizaine de secondes, une autre salve de missiles va nous toucher. Voilà ton autorisation de merde.

Fiona bougonna. Alan, qui était aussi connecté à l'ordinateur central du *Modesto*, hurla :

— Missiles en approche. Impact dans vingt-six secondes.

— On a le temps de décaniller ? demandai-je à Fiona.

— Nous verrons, répondit-elle en ouvrant une liaison avec les autres navettes. Ici Fiona Eaton, pilote du transporteur numéro 6. Soyez avisés que dans trois secondes je lance la procédure d'urgence d'ouverture des portes de la soute. Bonne chance. (Elle se tourna vers moi.) Sangle-toi.

Au même instant, elle enfonça un bouton rouge. Un ruban de lumière aveuglante entoura brusquement les portes de la soute. Le craquement des portes arrachées et aspirées dans l'espace fut étouffé par le rugissement de l'air qui s'échappait. Tout ce qui n'était pas attaché bascula dans le vide. Au-delà des débris, le ciel étoilé tournoyait à vous donner la nausée tandis que le *Modesto* pirouettait sur lui-même. Fiona enclencha les moteurs et attendit que les débris libèrent notre porte avant de couper les attaches électromagnétiques pour lancer la navette par l'ouverture. Elle effectua une correction à cause de la rotation du vaisseau comme la navette émergeait, mais tout juste. Nous éraflâmes le toit en sortant.

J'accédai au circuit vidéo de la soute de lancement. D'autres navettes fusaient par deux et par trois des portes de la soute. Cinq sortirent avant que la seconde volée de missiles ne s'écrase contre le vaisseau, modifiant abruptement la trajectoire de sa rotation et broyant plusieurs navettes qui planaient déjà au-dessus du plancher de la soute. Au moins une explosa. Les débris heurtèrent la caméra et la démolirent.

— Éteins le circuit de ton Amicerveau au *Modesto*, ordonna Fiona. Ils peuvent s'en servir pour nous pister. Préviens ton escadron. Verbalement.

J'obtempérai. Alan me rejoignit.

— Nous avons deux blessés légers au fond de l'appareil, annonça-t-il en désignant nos soldats, mais rien de bien grave. Quel est le plan ?

— J'ai positionné la navette dans la direction de Corail et j'ai coupé les moteurs, dit Fiona. Ils vont sans doute rechercher des signatures de poussée et des transmissions d'Amicerveaux pour aligner leurs missiles. Donc, tant que nous aurons l'air morts, ils nous ficheront peut-être la paix le temps qu'on entre dans l'atmosphère.

— Peut-être ? fit Alan.

— Si tu as un meilleur plan, je suis tout ouïe.

— J'ignore complètement ce qui se passe, répondit Alan, et je me contenterai de suivre ton plan.

— Mais que diable s'est-il produit là-bas ? s'interrogea Fiona. Ils nous ont frappés sitôt que nous sommes sortis du saut. Ils n'avaient aucun moyen de savoir où nous apparaîtrions.

— Peut-être avons-nous sauté au mauvais endroit au mauvais moment, avança Alan.

— Je ne pense pas, dis-je en désignant le hublot. Regarde.

Un croiseur de combat rraey à bâbord scintillait de mille feux tout en lâchant ses missiles. À l'extrême tribord, un croiseur FDC se matérialisa soudain.

Quelques secondes plus tard, les missiles touchèrent le flanc du croiseur.

— Je rêve, bordel ! s'exclama Fiona.

— Ils savent exactement où nos vaisseaux sortent, dit Alan. C'est une embuscade.

— Mais comment diable le savent-ils ? demanda Fiona d'un ton emporté. Que se passe-t-il, bon Dieu ?

— Alan ? dis-je. Le physicien, c'est toi.

Alan contempla le croiseur FDC endommagé, qui donnait de la bande et encaissait une nouvelle volée de missiles.

— Aucune idée, John. C'est tout à fait nouveau pour moi.

— Nous sommes dans la merde, dit Fiona.

— Pas de panique, fis-je. Nous sommes dans le pétrin et perdre les pédales ne nous aidera pas.

— Si tu as un meilleur plan, je suis tout ouïe, répéta Fiona.

— Je peux accéder à mon Amicerveau si je n'essaye pas de contacter le *Modesto* ? demandai-je.

— Bien sûr. Tant qu'aucune transmission ne quitte la navette, nous serons en sécurité.

J'accédai à Amicerveau et affichai une carte géographique de Corail.

— Voilà, dis-je. Je pense que nous pouvons dire sans nous tromper que l'attaque des installations minières du corail est annulée pour aujourd'hui. Trop peu de soldats ont quitté le *Modesto* pour mener une opération efficace et, à mon avis, les nôtres n'arriveront pas tous à la surface de la planète en un seul morceau. Tous les pilotes ne sauront pas réagir aussi rapidement que toi, Fiona.

Elle acquiesça et je constatai qu'elle se détendait un peu. Les éloges sont toujours efficaces, surtout dans une situation de crise.

— Bien, voici donc le nouveau plan, repris-je en transmettant la carte à Fiona et Alan. Les forces rraeys sont concentrées sur les récifs coralliens et dans les cités coloniales, ici sur la côte. Donc nous irons là (je désignai l'imposante masse centrale du plus grand continent de Corail), cachés dans cette chaîne montagneuse pour y attendre la deuxième vague.

— Si elle arrive, dit Alan. Un drone de saut retourne obligatoirement sur Phénix. Ils apprendront que les Rraeys savent que nous arrivons. Et, s'ils l'apprennent, ils risquent de ne jamais venir.

— Oh, ils viendront, objectai-je. Le problème, c'est qu'ils risquent de ne pas arriver quand nous le voudrons. Nous devons nous préparer à les attendre. La bonne nouvelle, c'est que Corail est généreuse pour l'homme. Nous pouvons nous nourrir de ses produits aussi longtemps que nécessaire.

— Je ne suis pas d'humeur à coloniser, dit Alan.

— Ça ne sera pas permanent. Et c'est mieux que l'alternative.

— Un bon point, concéda Alan.

Je me tournai vers Fiona.

— Qu'est-ce qu'il faut que tu fasses pour nous amener en un seul morceau là où nous allons ?

— Une prière, répondit-elle. Nous sommes encore indemnes parce que nous ressemblons à une épave qui flotte, mais tout ce qui entrera dans l'atmosphère de plus grand qu'un corps humain sera pisté par les forces rraeys. Sitôt que nous commencerons de manœuvrer, ils vont nous remarquer.

— Combien de temps peut-on rester ici dans l'espace ?

— Pas très longtemps. Pas de vivres, pas d'eau et, même avec nos corps améliorés, nous sommes deux dizaines et nous allons manquer très vite d'air frais.

— Combien de temps après l'entrée dans l'atmosphère faut-il mettre la propulsion en marche ?

— Vite. Si nous commençons à tomber, je ne reprendrai plus jamais le contrôle. Nous tomberons jusqu'à ce que mort s'ensuive.

— Fais ce que tu peux, dis-je. (Elle acquiesça.) Alan, il est temps d'alerter les troupes du changement de plan.

— C'est parti, annonça Fiona en enclenchant les propulseurs.

La force de l'accélération me cloua dans le siège du copilote. Nous ne tombions plus vers la surface de Corail, mais nous nous y dirigions de nous-mêmes directement.

— Attention, ça va secouer, avertit Fiona comme nous plongions dans l'atmosphère.

La navette trépida comme une maraca.

Le tableau de bord fit retentir un *ping*.

— Scan actif, lançai-je. On est suivis.

— Entendu, dit Fiona en virant. De hauts nuages vont descendre dans quelques secondes. Ils nous aideront peut-être à les désorienter.

— Et cette ruse marche, en général ? demandai-je.

— Non, répondit-elle en fonçant tout de même au sein de la couche nuageuse.

Nous émergeâmes à quelques kilomètres à l'est et un *ping* retentit de nouveau.

— Ils nous pistent, annonçai-je. Appareils à trois cent cinquante kilomètres en approche.

— Je vais descendre aussi près de la surface que possible avant qu'ils nous tombent dessus, déclara Fiona. On ne peut pas les semer ni les abattre. Notre meilleur espoir est d'approcher du sol et de prier le ciel pour que leurs missiles touchent la cime des arbres au lieu de la navette.

— Ce n'est pas très encourageant.

— Mon boulot aujourd'hui n'est pas d'encourager... Tiens bon.

L'appareil piqua vertigineusement.

L'ennemi était à présent sur nos traces.

— Missiles, dis-je.

Fiona décrivit une embardée et fonça vers le sol. Un missile passa au-dessus de nous et alla se perdre au loin. Les autres se fichèrent au sommet de la colline que nous rasions.

— Super, dis-je.

L'instant d'après, je faillis me mordre la langue comme un troisième missile détonait juste derrière nous et que la navette devenait incontrôlable. Un quatrième explosa et des éclats déchiquetèrent le flanc de l'appareil. Malgré le rugissement de l'air, j'entendis les hurlements de mes hommes.

— On descend, annonça Fiona.

Elle s'efforça de redresser la navette et se dirigea vers un petit lac à une vitesse prodigieuse.

— Nous allons percuter l'eau et nous écraser. Désolée.

— Tu t'en sors bien, dis-je.

Le nez de la navette heurta la surface. Bruits de déchirure et de métal déchiqueté tandis qu'il dérape sur l'eau, arrachant le compartiment de pilotage. Une brève image de mon escadron et de celui d'Alan alors que leur compartiment valdingue en tournoyant : un plan fixe de bouches ouvertes, de cris que le tintamarre étouffe, le rugissement quand le compartiment vole par-dessus le nez de la navette en train de se désagréger en tourbillonnant au-dessus du lac. Le tournoiement insensé du nez qui projette des débris de métal et d'instruments. La douleur aiguë d'un objet qui me frappe la mâchoire et l'arrache. Un gargouillis en guise de hurlement, alors que du Sangmalin gris fuse de ma blessure sous l'effet de la force centrifuge. Un coup d'œil involontaire à Fiona dont la tête et le bras droit ont valsé quelque part derrière nous.

Une saveur piquante de métal à l'instant où mon siège se sépare du compartiment de pilotage. Je file sur le dos vers une saillie rocheuse, tournant lentement dans le sens inverse des aiguilles d'une montre tandis que le dossier bondit, bondit et bondit encore vers le rocher. Un brutal et vertigineux changement de vitesse quand ma jambe droite heurte le rocher, suivi d'un éclat jaune-blanc de douleur atroce à l'instant où le fémur se rompt comme un bretzel. Mon pied fuse droit où se trouvait ma mâchoire et je suis peut-être le premier homme dans l'histoire à flanquer un coup de savate à sa propre luette. Je décris un arc au-dessus de la terre sèche et atterris là où des branches sont encore en train de tomber parce que le compartiment passager de la navette vient de s'y écraser. L'une des branches tombe de tout son poids sur ma poitrine et me fracture au moins trois côtes. Après m'être flanqué un coup de pied dans la luette, c'est une fin étrangement peu glorieuse.

Je lève les yeux (je n'ai pas le choix) et découvre Alan au-dessus de moi, suspendu par les pieds, la pointe fendue d'une branche d'arbre fichée comme un harpon dans son foie. Du Sangmalin s'égoutte de son front sur ma nuque. Je remarque qu'il tourne les yeux : il m'a repéré. Puis je reçois un message sur mon Amicerveau.

Tu as l'air abominable.

Je suis incapable de répondre. Je ne peux que le regarder.

J'espère que je verrai les constellations là où je vais. (Lui.)

Il renvoie le même message. Il l'envoie encore. Après cela, il n'envoie plus rien.

Des pépiements. Des coussinets rugueux qui me saisissent par le bras. Fumier reconnaît ces pépiements et me transmet une traduction.

— *Celui-là est encore en vie.*

— *Laisse-le. Il va bientôt mourir. Et les verts ne sont pas bons à manger. Ils ne sont pas mûrs.*

Des reniflements que Fumier traduit comme [rires].

— Bon Dieu, regarde-moi ça, dit quelqu'un. Ce fils de pute est vivant.

— Laisse-moi voir, fait une autre voix, familière.

Silence. La voix familière de nouveau :

— Retire-lui cette branche. On va le ramener.

— Bon Dieu, chef, dit la première voix, regardez-le. Vous devriez lui tirer une balle dans la tête. C'est le meilleur service qu'on peut lui rendre.

— On nous a dit de ramener les survivants, rappelle la voix familière. Figure-toi qu'il a survécu. C'est le *seul* qui ait survécu.

— Si vous pensez que son état le qualifie de survivant.

— Prêt ?

— Oui, m'dame.

— Bien… Maintenant, retire cette branche. Les Rraeys vont nous tomber dessus à bras raccourcis.

Ouvrir mes yeux équivaut à soulever des portes en métal. Ce qui me permet de le faire, c'est la douleur cuisante que je ressens quand on me retire la branche du torse. Mes yeux s'ouvrent brusquement et j'aspire l'équivalent dénué de mâchoires d'un cri.

— Bon Dieu ! s'exclame la première voix.

J'avise un homme blond qui jette au loin la grosse branche.

— Il est réveillé.

Une main chaude sur le côté indemne de mon visage.

— Hé, fait la voix familière. Hé, tu vas bien maintenant. Tout va bien. Tu es en sécurité. Nous te ramenons. Tout va bien. Tu vas bien.

Son visage apparaît dans mon champ de vision. Ce visage, je le connais. Je l'ai épousé.

Kathy est venue à mon secours.

Je pleure. Je sais que je suis mort. Ça m'est égal.

Je commence à sombrer dans le coma et j'entends le blond demander :

— Tu as déjà vu ce gars ?

— Ne sois pas idiot. (Kathy.) Bien sûr que non.

Je disparais.

Dans un autre univers.

TROISIÈME PARTIE

UN

— Oh, vous êtes réveillé, me dit quelqu'un lorsque j'ouvris les yeux. Écoutez, n'essayez pas de parler. Vous êtes immergé dans une solution. Vous avez un tube transpiratoire planté dans le cou. Et vous n'avez plus de mâchoire.

Je promenai un regard à la ronde. Je flottais dans un bain de liquide épais, chaud et translucide. J'aperçus des objets au-delà de la cuve mais ne pus accommoder sur aucun. Comme annoncé, un tube respiratoire serpentait du panneau placé sur le côté de la cuve vers mon cou. Je tâchai de le suivre des yeux jusqu'à moi, mais mon champ de vision était bloqué par un appareil qui entourait la moitié inférieure de ma tête. J'essayai en vain de le toucher. Impossible de remuer le bras. Cela me préoccupa.

— Ne vous inquiétez pas pour ça, dit la voix. Nous avons mis en suspens votre mobilité. Une fois que vous serez sorti de la cuve, nous vous la rendrons. Plus que deux jours. À propos, vous avez toujours accès à votre Amicerveau. Si vous souhaitez communiquer, utilisez-le. C'est de cette façon que nous vous parlons.

Où diable suis-je ? demandai-je par Amicerveau. *Et que m'est-il arrivé ?*

— Vous êtes au centre médical Brenneman, au-dessus de Phénix, répondit la voix. Le meilleur de tous. Vous êtes en soins intensifs. Je suis le docteur Fiorina et je m'occupe de vous depuis votre arrivée. Quant à ce qui s'est passé, eh bien… Tout d'abord, je tiens à vous annoncer que vous êtes maintenant en bonne forme. Cela dit, vous avez perdu votre mâchoire, votre langue, presque toute la joue et l'oreille droites. Votre jambe droite a été fracturée à la moitié du fémur ; la gauche a subi de multiples fractures et il manque trois orteils et le talon à votre pied gauche. Nous pensons qu'ils ont été rongés. La bonne nouvelle est que votre moelle épinière a été sectionnée en dessous de la cage thoracique, ce qui vous a évité de trop souffrir. À propos des côtes, six sont cassées, dont une qui a transpercé la vésicule biliaire, et vous avez eu une hémorragie interne générale. Sans mentionner la septicémie et une multitude d'autres infections à la fois générales et spécifiques qui se sont propagées par les plaies restées ouvertes pendant des jours.

Je me suis cru mort. (Ma réponse.) *Mourant, du moins.*

— Puisque vous n'êtes plus en danger de mort, je crois avoir le droit de vous dire qu'en effet vous devriez être décédé, répondit le Dr Fiorina. Si vous étiez un homme non modifié, vous seriez bel et bien mort. Remerciez votre Sangmalin de vous avoir sauvé la vie. Il a coagulé avant que vous vous soyez vidé et a empêché les infections de se propager. Toutefois, vous avez frôlé la mort. Si on ne vous avait pas retrouvé alors que vous alliez y passer, vous seriez décédé peu après. Les choses étant ce qu'elles sont, lorsqu'ils vous ont ramené sur l'*Épervier*, ils vous ont stocké dans une cuve de stase pour vous transporter ici. Ils ne pouvaient pas faire grand-chose d'autre sur le vaisseau. Vous aviez besoin de soins spécialisés.

J'ai vu ma femme, transmis-je. *C'est elle qui m'a sauvé.*

— Votre femme est-elle soldat ?

Elle est morte depuis des années.

— Oh, fit le médecin. (Il ajouta après un silence :) Eh bien, vous étiez déjà parti très loin. Les hallucinations n'ont rien d'inhabituel à ce stade. Le tunnel étincelant, les parents du mort et tout le tremblement. Écoutez, caporal, votre organisme nécessite encore beaucoup de soins. Vous ne pouvez rien faire d'autre là-dedans que flotter. Je vais vous remettre en mode sommeil pendant quelque temps. La prochaine fois que vous vous éveillerez, vous serez sorti de la cuve. Et une assez grande partie de votre mâchoire aura repoussé pour que vous puissiez tenir une conversation. D'accord ?

Qu'est-il arrivé à mon escadron ? On s'est écrasés...

— Dormez maintenant, fit le médecin. Nous parlerons davantage quand vous serez sorti.

J'allais donner une réponse exaspérée mais une vague de fatigue m'emporta. Je m'endormis sans même avoir le temps de m'étonner de la rapidité avec laquelle je sombrais.

— Hé, regarde qui est revenu, dit une nouvelle voix. L'homme trop bête pour mourir.

Cette fois, je ne flottais plus dans une cuve de glu. Je levai les yeux et découvris d'où venait la voix.

— Harry, fis-je du mieux que je pus avec ma mâchoire immobile.

— Lui-même, dit-il en faisant une petite courbette.

— Désolé de ne pouvoir me lever, bredouillai-je. Je suis un peu déglingué.

— Un peu déglingué ! s'écria-t-il en roulant des yeux. Seigneur ! Tu n'avais quasiment plus de carcasse, John. Je le sais, je les ai vus te remonter sur le vaisseau. Quand ils ont dit que tu étais encore en vie, ma mâchoire est tombée par terre.

— Très drôle.

— Excuse-moi. Je n'avais pas l'intention de blaguer. Mais, John, tu étais méconnaissable. Un tas disloqué. Ne le prends pas mal, mais j'ai prié pour que tu décèdes. Jamais je n'aurais imaginé qu'ils puissent te rafistoler aussi bien.

— Heureux de te décevoir.

— Heureux d'être déçu.

Quelqu'un d'autre entra.

— Jesse ! m'écriai-je.

Jesse s'approcha de mon chevet et me donna un bisou sur la joue.

— Bon retour dans le monde des vivants, John. (Elle recula d'un pas et ajouta :) Nous voilà de nouveau réunis. Les trois mousquetaires.

— Enfin, deux mousquetaires et demi.

— Ne sois pas morbide, gronda Jesse. Le docteur Fiorina affirme que tu te remettras complètement. Dès demain, ta mâchoire aura repoussé et la jambe dans deux jours. Tu vas recommencer de gambader en un rien de temps.

Je me penchai afin de palper ma jambe droite. Elle était là, entière ou, du moins, j'en avais l'impression. Je repoussai les couvertures. Oui, elle était là, ma jambe. Enfin, presque. Juste en dessous du genou, il y avait un bourrelet verdoyant. Au-dessus de cette marque, ça ressemblait à ma jambe. En dessous, ça ressemblait à une prothèse.

Je savais ce qui se passait. Un des soldats de mon escadron avait eu une jambe arrachée au combat, qui s'était reconstituée de la même manière. On fixait un faux membre riche en substances nutritives à hauteur de l'amputation puis on injectait un flot de nanorobots dans la zone de fusion. En utilisant l'ADN du blessé comme guide, les nanorobots convertissaient ces substances et les matériaux bruts du faux membre

en chair et en os, en les connectant aux nerfs, muscles, vaisseaux sanguins encore intacts. L'anneau de nanorobots des-
cendait lentement le long du faux membre jusqu'à l'avoir
converti en tissu osseux et musculaire. Cela fait, ils migraient
par le sang dans les intestins et on les éjectait.

Une solution guère délicate mais efficace : pas d'intervention chirurgicale, pas besoin d'attendre des membres clonés,
pas d'éléments artificiels incommodes fixés sur votre corps.
Et il ne fallait que deux semaines, selon la taille de l'amputation, pour récupérer le membre. Ce fut de cette façon qu'ils
m'avaient rendu ma mâchoire et, sans doute, le talon et les
trois orteils de mon pied gauche.

— Depuis combien de temps je suis ici ?

— Dans cette chambre, une journée environ, répondit
Jesse. Tu as baigné une semaine dans la cuve.

— Il nous a fallu quatre jours pour arriver ici. Tu es resté
en stase pendant ce temps-là. Tu le savais ? demanda Harry.
(Je fis oui de la tête.) Et il a fallu deux jours pour te retrouver
sur Corail. Donc tu es resté *out* environ deux semaines.

Je les regardais tous les deux.

— Je suis heureux de vous voir, vous savez. Ne me comprenez pas mal. Mais pourquoi vous êtes ici ? Pourquoi vous
n'êtes pas sur le *Routes d'Hampton* ?

— John, le *Routes d'Hampton* a été détruit, expliqua Jesse.
Ils nous ont touchés dès notre arrivée après le saut. À peine
notre navette sortie de la soute, les moteurs ont été bousillés.
Nous étions les seuls. Nous avons dérivé pendant une journée et demie avant que l'*Épervier* nous trouve. On était au
bord de l'asphyxie.

Je me rappelai avoir observé un vaisseau rraey qui attaquait un croiseur à son entrée dans l'espace de Corail. Je
m'étais demandé justement si c'était le *Routes d'Hampton*.

— Et au *Modesto*, qu'est-il arrivé ? Vous le savez ?

Jesse et Harry s'entreregardèrent.

— Le *Modesto* a été abattu lui aussi, répondit finalement Harry. John, ils ont *tous* été abattus. Ça a été un massacre.

— Tous, c'est impossible, objectai-je. Vous m'avez dit que l'*Épervier* vous avait récupérés. Et c'est lui aussi qui m'a ramené.

— L'*Épervier* est arrivé plus tard, après la première vague, précisa Harry. Il a fait son saut loin de la planète. Le procédé utilisé par les Rraeys pour détecter nos vaisseaux l'a loupé. Pourtant ils l'ont repéré une fois stationné au-dessus de la position où tu étais descendu. C'était à un poil près.

— Combien de survivants ? demandai-je.

— Tu es le seul du *Modesto*, dit Jesse.

— D'autres navettes ont été lancées, rappelai-je.

— Elles ont été abattues. Les Rraeys ont détruit tout ce qui dépassait la taille d'une boîte de biscuits. Si notre navette a survécu, c'est parce que ses moteurs étaient déjà morts. Ils n'ont sans doute pas voulu gâcher un missile.

— Combien de survivants en tout ? Il est tout de même impossible qu'il n'y ait que moi et votre navette.

Jesse et Harry restèrent silencieux.

— Impossible, bon Dieu !

— John, ils nous ont tendu une embuscade, répondit Harry. Tous les vaisseaux qui ont sauté ont été frappés pratiquement dès leur arrivée dans l'espace de Corail. On ignore comment ils ont fait ça, mais ils l'ont fait, et ensuite ils ont abattu toutes les navettes qu'ils ont pu repérer. Voilà pourquoi l'*Épervier* a risqué nos vies à tous pour te retrouver... Parce que, en dehors de nous, tu es l'*unique* survivant. Ta navette est la seule à avoir atterri à la surface. Ils t'ont retrouvé en s'aidant de sa balise. Ton pilote l'avait allumée avant le crash.

Je repensai à Fiona. Et à Alan.

— Combien de pertes ? demandai-je.

— Soixante-deux croiseurs transportant un bataillon, avec un équipage au complet, annonça Jesse. Quatre-vingt-quinze mille personnes. Plus ou moins.

— Ça me rend malade.

— C'est ce qu'on appellerait un bon vieux fiasco, dit Harry. Pas de doute. Et c'est pourquoi nous sommes encore ici. Nous n'avons nulle part ailleurs où aller.

— Ça, et nos interrogatoires qui se poursuivent, ajouta Jesse. Comme si nous savions quelque chose. Nous étions déjà dans notre navette quand nous avons été touchés.

— Ils piaffent d'impatience que tu sois assez rétabli pour parler, ajouta Harry. À mon avis, tu vas recevoir d'ici peu une visite des enquêteurs des FDC.

— Comment ils sont ?

— Sans aucun humour, répondit Harry.

— Pardonnez-nous de ne pas être d'humeur à plaisanter, caporal Perry, déclarait le lieutenant-colonel Newman. Quand on perd soixante vaisseaux et cent mille hommes, ça ne vous donne pas envie de rire.

Tout ce que j'avais dit était « en miettes » lorsque Newman m'avait demandé comment je me sentais. J'avais pensé qu'un petit rappel mi-figue mi-raisin de mon état physique n'était pas entièrement déplacé. Je m'étais trompé.

— Excusez-moi, dis-je. Pourtant je ne plaisantais pas vraiment. Comme vous le savez sans doute, j'ai laissé des morceaux conséquents de moi-même sur Corail.

— À propos, comment se fait-il que vous soyez arrivé jusqu'à la surface ? demanda le commandant Javna, mon deuxième enquêteur.

— Il me semble me souvenir avoir pris la navette, mais ensuite je me suis débrouillé seul.

Javna jeta un coup d'œil à Newman, comme pour dire : « Le voilà qui plaisante encore. »

— Caporal, dans votre rapport, vous mentionnez avoir donné au pilote de votre navette l'autorisation de démolir les portes de la soute à navettes du *Modesto*.

— C'est exact.

J'avais enregistré le rapport la nuit précédente, peu après la visite de Jesse et Harry.

— Au nom de quelle autorité avez-vous donné cet ordre ?

— La mienne. Le *Modesto* était bombardé de missiles. J'ai pensé qu'une petite initiative individuelle à ce point critique ne serait pas une si mauvaise chose.

— Savez-vous combien de navettes ont été lancées parmi toute la flotte ?

— Non. Mais fort peu, apparemment.

— Moins d'une centaine, y compris les sept du *Modesto*, précisa Newman.

— Et savez-vous combien ont atteint la surface de Corail ? demanda Javna.

— D'après ce que j'ai entendu, la mienne uniquement.

— C'est exact.

— Et alors ?

— Et alors, reprit Newman, il semble que vous ayez eu une très grande chance d'ordonner la démolition des portes juste à temps pour faire sortir votre navette juste à temps pour atterrir vivant.

Je fixai Newman d'un air déconcerté.

— Me soupçonnez-vous de quelque chose, mon colonel ?

— Reconnaissez qu'il y a là une série intéressante de coïncidences, dit Javna.

— Absolument pas, rétorquai-je. J'ai donné l'ordre après que le *Modesto* eut été frappé. Mon pilote avait la formation et la présence d'esprit suffisantes pour nous amener assez près du sol de Corail afin que je sois en mesure de survivre. Et si vous vous en souvenez, j'y ai réussi de justesse : mon corps a raclé une zone de la taille de Rhode Island. L'unique « chance » que j'ai eue, c'est qu'on m'ait retrouvé avant ma mort. Tout le reste relève de la capacité ou de l'intelligence, que ce soit la mienne ou celle du pilote. Excusez-moi si nous avons été bien formés, *mon colonel.*

Javna et Newman échangèrent un regard.

— Nous nous contentons de suivre toutes les pistes, répondit Newman d'un ton doucereux.

— Seigneur ! Réfléchissez. Si j'avais réellement eu l'intention de trahir les FDC et de survivre, j'aurais probablement tenté de le faire sans devoir y laisser ma mâchoire.

Je pensais que, vu mon état, je pouvais m'en prendre à un officier supérieur sans subir de conséquences. J'avais raison.

— Continuons, dit Newman.

— Certainement.

— Vous avez signalé avoir vu un croiseur de combat rraey tirer sur un FDC alors qu'il sautait dans l'espace de Corail.

— Exact.

— Il est intéressant que vous ayez réussi à le voir, avança Javna.

Je lâchai un soupir.

— Allez-vous recommencer pendant tout l'entretien ? Nous avancerions beaucoup plus vite si vous ne cherchiez pas sans arrêt à me faire admettre que je suis un espion.

— Caporal, revenons à l'attaque de missiles, fit Newman. Est-ce que vous vous rappelez si les missiles ont été lancés avant ou après que le vaisseau FDC a sauté dans l'espace de Corail ?

— À mon avis, juste avant. Du moins, c'est ce qu'il m'a semblé. Ils savaient quand et où le vaisseau allait surgir.

— D'après vous, comment est-ce possible ? s'enquit Javna.

— Je n'en sais rien. J'ignorais même comment la propulsion de saut fonctionne une journée avant l'opération. Sachant ce que je sais, il semble qu'il n'existe aucun moyen de prévoir l'arrivée d'un vaisseau.

— Que voulez-vous dire par « sachant ce que je sais » ? demanda Newman.

— Alan, un autre chef d'escadron (je préférais ne pas leur dire qu'il était un ami parce que je présumais qu'ils trouveraient ça suspect), a expliqué que la propulsion de saut opère en transférant un vaisseau dans un nouvel univers semblable en tout point à celui qu'il vient de quitter, et que son apparition comme sa disparition sont tout à fait imprévisibles. Si c'est le cas, j'en déduis que nul n'est capable de savoir quand et où un vaisseau apparaîtra. Il apparaît, c'est tout.

— Alors que s'est-il passé sur Corail, d'après vous ? demanda Javna.

— Que voulez-vous dire ?

— Vous venez d'affirmer qu'il n'existe aucun moyen de savoir où un vaisseau saute, répondit Javna. L'unique raison qui explique cette embuscade est donc que quelqu'un a renseigné les Rraeys.

— Encore ! Voyons, même si vous présumez l'existence d'un traître, comment a-t-il fait ? Même s'il avait réussi je ne sais comment à prévenir les Rraeys de l'arrivée d'une flotte, il est impossible qu'il ait su où chaque vaisseau allait apparaître dans l'espace de Corail. Les Rraeys nous attendaient, n'oubliez pas. Ils nous ont attaqués pendant que nous émergions du saut.

— Alors, encore une fois, dit Javna, d'après vous, que s'est-il passé ?

Je haussai les épaules.

— Peut-être que le saut n'est pas aussi imprévisible que nous le pensons, avançai-je.

— Ne te mets pas martel en tête à cause des interrogatoires, dit Harry en me tendant un verre de jus de fruit qu'il s'était procuré au réfectoire du centre médical. À nous aussi, ils nous ont seriné que notre survie était suspecte.

— Comment as-tu réagi ?

— Diable, j'étais d'accord avec eux. C'est foutrement suspect. Le plus drôle, c'est qu'à mon avis ils n'ont pas apprécié davantage cette réponse. Mais, en fin de compte, tu ne peux pas les blâmer. Les colonies viennent d'avoir l'herbe coupée sous les pieds. Si nous ne trouvons pas ce qui s'est passé sur Corail, nous sommes dans la panade.

— Ma foi, c'est là un point de vue intéressant. Quel est ton avis sur ce qui s'est passé ?

— Je n'en sais rien, répondit Harry. Peut-être que le saut n'est pas aussi imprévisible que nous le pensons.

Il but une gorgée de jus de fruit.

— C'est drôle, j'ai dit la même chose.

— Oui, mais, moi, je le pense. Je n'ai pas la formation scientifique d'Alan, Dieu ait son âme, mais tout le modèle théorique sur lequel repose notre compréhension du saut doit être faux quelque part. Il est évident que les Rraeys avaient le moyen de prédire avec une très grande précision où nos vaisseaux allaient sauter. Comment ?

— En principe, on n'en est pas capable.

— Tout à fait exact. Mais eux l'ont fait. Donc il est évident que notre modèle de fonctionnement du saut est erroné. Quand l'observation prouve qu'une théorie est fausse, on la jette à la corbeille. La question est maintenant la suivante : que s'est-il réellement passé ?

— Des idées à ce sujet ?

— Deux-trois, mais ce n'est pas vraiment mon domaine, répondit Harry. Je n'ai pas le niveau nécessaire en maths.

J'éclatai de rire.

— Tu sais, Alan m'a dit à peu près la même chose il n'y a pas longtemps.

Harry sourit et leva son verre.

— À Alan, dis-je. Et à tous nos amis absents.

— Amen, conclut Harry.

Nous bûmes nos jus de fruit.

— Harry, tu m'as dit que tu étais là lorsqu'ils m'ont ramené à bord de l'*Épervier*.

— En effet. Tu étais en compote, soit dit sans t'offenser.

— Y a pas de mal... Est-ce que tu te souviens de quelque chose à propos de l'escadron qui m'a ramené ?

— Un peu. Mais pas grand-chose. Ils nous ont tenus isolés du restant du vaisseau pendant presque toute la traversée. Je t'ai vu dans le poste des malades quand ils t'y ont conduit. Ils nous examinaient.

— Il y avait une femme parmi l'équipe de sauvetage ?

— Oui. Grande, brune. C'est tout ce que je me rappelle au pied levé. Pour être franc, je faisais davantage attention à toi qu'à ceux qui te ramenaient. Je ne les connaissais pas. Pourquoi ?

— Harry, l'un de mes sauveteurs était ma femme. Je le jure.

— Je croyais que ta femme était morte.

— Bel et bien morte. Mais c'était elle. Ce n'était pas la Kathy que j'ai connue au moment de notre mariage. C'était un soldat des FDC, avec la peau verte et tout.

Harry eut l'air dubitatif.

— John, tu hallucinais sans doute.

— Oui, mais, si j'hallucinais, pourquoi halluciner Kathy en soldat des FDC ? J'aurais dû plutôt me souvenir d'elle telle qu'elle était.

— Je ne sais pas. Les hallucinations, par définition, ne sont pas cohérentes avec la réalité. Elles ne suivent pas de règles. Rien n'empêche que tu voies ta femme morte en soldat des FDC dans une hallucination.

— Harry, je sais que ça a l'air un peu dingue, mais *j'ai vu ma femme*. J'ai peut-être été réduit en pièces, mais mon cerveau fonctionnait bien. Je sais ce que j'ai vu.

Il garda le silence pendant un moment.

— Mon escadron est resté plusieurs jours à mariner sur l'*Épervier*, tu sais. Nous étions entassés dans une salle de loisirs avec nulle part où aller ni rien à faire. On n'avait même pas le droit d'accéder aux serveurs des divertissements du vaisseau. Nous devions être escortés en permanence. Aussi avons-nous discuté de l'équipage du vaisseau et des soldats des Forces spéciales. Voici une chose intéressante : aucun de nous ne connaissait quelqu'un qui soit entré dans les Forces spéciales en montant en grade. En soi, ça ne veut rien dire. La plupart d'entre nous n'avions pas encore deux ans de service. Mais c'est tout de même instructif.

— Peut-être faut-il avoir davantage d'années de service, avançai-je.

— Peut-être. Mais peut-être s'agit-il d'autre chose. On les surnomme les « Brigades fantômes », après tout. (Harry prit une autre gorgée de son jus de fruit puis reposa le verre sur ma table de chevet.) Je pense que je vais aller fouiner un peu. Si je ne reviens pas, venge ma mort.

— Je ferai de mon mieux vu les circonstances.

— Fais-le, dit Harry en souriant. Et vois ce que tu peux trouver de ton côté. Tu as encore au moins deux séances d'interrogatoire. Essaye de mener une petite enquête de ton cru.

— Quoi, l'*Épervier* ? demanda le commandant Javna à l'entretien suivant.

— J'aimerais lui envoyer un message, dis-je. Je tiens à les remercier de m'avoir sauvé la vie.

— Ce n'est pas nécessaire, laissa tomber le lieutenant-colonel Newman.

— Je sais, mais c'est la moindre des politesses. Si quelqu'un vous empêche de vous faire dévorer un orteil après l'autre par des bêtes sauvages, le moins qu'on puisse faire est de lui adresser un petit mot. En fait, j'aimerais l'envoyer directement à ceux qui m'ont retrouvé. C'est possible ?

— Absolument pas, répondit Javna.

— Pourquoi ? demandai-je innocemment.

— L'*Épervier* est un vaisseau des Forces spéciales, expliqua Newman. Elles agissent dans le silence. Les communications entre les vaisseaux des Forces spéciales et le restant de la flotte sont limitées.

— Ça n'est pas juste, dis-je. Je suis dans le service depuis plus d'un an et je n'ai jamais eu de problème pour envoyer des messages à mes amis sur d'autres vaisseaux. J'imagine que même les soldats des Forces spéciales ont envie de recevoir des nouvelles de leurs amis qui se trouvent dans l'univers extérieur.

Newman et Javna échangèrent un regard.

— Nous sommes coupés du vaisseau, dit Newman.

— Tout ce que je veux, c'est envoyer un mot.

— Nous nous en occuperons, dit Javna d'un ton indiquant qu'ils ne le feraient pas.

Je soupirai puis leur expliquai, sans doute pour la vingtième fois, pourquoi j'avais donné l'autorisation de faire exploser les portes de la soute aux navettes du *Modesto*.

— Et votre mâchoire ? demanda le Dr Fiorina.

— Parfaitement fonctionnelle et prête à croquer quelque chose, dis-je. Non pas que je déteste la soupe bue à la paille, mais au bout d'un moment ça devient monotone.

— Je comprends, dit le médecin. Maintenant, regardons cette jambe. (Je baissai les couvertures et le laissai m'examiner. L'anneau était descendu à mi-mollet.) Parfait. Je veux que vous commenciez de marcher sur elle. La zone qui n'a pas encore été traitée supportera votre poids, et prendre un peu d'exercice vous fera du bien. Je vais vous donner une canne pour quelques jours. J'ai remarqué que des amis étaient venus vous voir. Pourquoi ne pas leur avoir demandé de vous emmener déjeuner ?

— Vous n'aurez pas à me le dire deux fois, fis-je en fléchissant un peu la nouvelle jambe. Aussi bonne qu'une neuve.

— Meilleure, rectifia Fiorina. Nous avons apporté quelques améliorations à la structure corporelle des FDC depuis votre engagement. Elles ont été incorporées à votre jambe, et le restant de votre corps en sentira aussi le bénéfice.

— C'est à se demander pourquoi les FDC ne vont pas jusqu'au bout, observai-je. Remplacer l'organisme par quelque chose d'entièrement conçu pour la guerre.

Fiorina leva les yeux de son bloc de données.

— Vous avez la peau verte, des yeux de chat et un ordinateur dans le crâne. Jusqu'à quel point voulez-vous être *moins* humain ?

— Bonne remarque, dis-je.

— N'est-ce pas ? Je vais demander à un officier de service de vous apporter la canne.

Il tapa sur l'écran de son bloc de données pour envoyer l'ordre.

— Hé, doc ? Avez-vous soigné tous ceux qui sont revenus avec l'*Épervier* ?

— Non. Franchement, caporal, vous étiez un défi redoutable à vous tout seul.

— Donc personne de l'équipage de l'*Épervier* ?

Fiorina sourit d'un air supérieur.

— Oh non. Ils appartiennent aux Forces spéciales.

— Et alors ?

— Disons simplement qu'ils ont des besoins spéciaux.

L'officier de service entra à ce moment avec ma canne.

— Tu sais ce qu'on peut trouver au sujet des Brigades fantômes ? demanda Harry. Officiellement, je veux dire.

— Pas grand-chose, je suppose, répondis-je.

— Pas grand-chose est une surestimation. Tu ne trouves que dalle.

Harry, Jesse et moi déjeunions dans l'un des réfectoires de la station de Phénix. Pour ma première sortie, j'avais proposé d'aller aussi loin que possible de Brenneman. Ce réfectoire se trouvait de l'autre côté de la station. La vue n'avait rien de spécial – il surplombait un petit chantier naval – mais le restaurant était connu dans toute la station pour ses hamburgers et sa réputation était justifiée. Dans sa vie passée, le cuisinier avait lancé une chaîne de restaurants spécialisés dans les hamburgers. Pour un petit boui-boui, il était bondé en permanence. Mais mon hamburger et celui d'Harry refroidissaient tandis que nous parlions des Brigades fantômes.

— J'ai demandé à Javna et Newman d'envoyer un mot à l'*Épervier* et j'ai eu droit à une fin de non-recevoir.

— Rien de surprenant, dit Harry. Officiellement, l'*Épervier* existe, mais c'est tout ce que tu peux trouver. Tu ne peux rien découvrir au sujet de son équipage, de son tonnage, de son armement ni de son port d'attache. Aucune information. Effectue une recherche plus générale sur les Forces spéciales ou les « Brigades fantômes » dans la banque de données des FDC, et tu n'apprendras rien non plus.

— Donc, les gars, vous n'avez rien du tout, dit Jesse.

— Oh, je n'ai pas dit ça, sourit Harry. Si officiellement on ne trouve rien, officieusement on apprend beaucoup.

— Et comment as-tu réussi à te procurer des informations non officielles ? demanda Jesse.

— Ma foi, tu sais, dit Harry, ma personnalité étincelante fait des merveilles.

— Alors tu as trouvé quoi ? demandai-je.

Je pris une bouchée de mon hamburger. Il était fabuleux.

— Sache que ce ne sont que des rumeurs et des on-dit.

— Et donc probablement des faits plus précis que par la voie officielle, fis-je remarquer.

— C'est possible, admit Harry. La grande nouvelle, c'est qu'il existe bel et bien une raison au nom des « Brigades fantômes ». Ce n'est pas une appellation officielle, vous savez.

C'est un surnom. La rumeur, que j'ai entendue à plus d'une reprise, est que les membres des Forces spéciales sont des morts.

— Pardon ? m'exclamai-je.

Jesse leva les yeux de son hamburger.

— Pas de vrais morts. Ce ne sont pas des zombies. Mais beaucoup de gens qui ont signé leur engagement dans les FDC sont morts avant leur soixante-quinzième anniversaire. Lorsque ça se produit, les FDC ne se satisfont pas, semble-t-il, de jeter leur ADN. Elles l'utilisent pour fabriquer des soldats des Forces spéciales.

Quelque chose me revint brusquement en mémoire.

— Jesse, tu te souviens quand Léon Deak est mort ? Ce qu'a dit le technicien médical ? « Un volontaire de dernière minute pour les Brigades fantômes. » J'ai cru que ce n'était qu'une mauvaise blague.

— Mais comment peuvent-ils faire ça ? demanda Jesse. Ce n'est pas du tout moral.

— Certes, fit Harry. Quand tu signes ton intention de t'engager, tu donnes aux FDC le droit d'user de toutes les procédures nécessaires pour améliorer ton aptitude au combat, et tu ne peux être prêt au combat si tu es mort. C'est dans le contrat. À défaut de moral, c'est du moins légal.

— D'accord, mais il y a une différence entre utiliser mon ADN pour me créer un nouvel organisme et se servir de cet organisme sans *moi* à l'intérieur, objecta Jesse.

— Un détail, un détail, fit Harry.

— L'idée que mon corps cavale tout seul dans la nature ne me plaît pas, déclara Jesse. Je ne trouve pas juste que les FDC fassent ça.

— Eh bien, elles ne font pas que ça, ajouta Harry. Vous savez que nos corps ont été profondément modifiés génétiquement. Apparemment, ceux des Forces spéciales sont encore plus modifiés que les nôtres. Leurs soldats servent de cobayes pour les améliorations et aptitudes nouvelles avant qu'on les introduise dans la population générale. Et des rumeurs laissent entendre que bon nombre de ces modifications sont vraiment radicales : des corps modifiés au point de ne plus avoir l'air humains.

— Mon médecin a dit que les soldats des Forces spéciales avaient des besoins spéciaux, précisai-je. Mais, même compte tenu des hallucinations, les gens qui m'ont sauvé ressemblaient passablement à des humains.

— Et nous n'avons vu aucun mutant ni monstre sur l'*Épervier*, dit Jesse.

— Nous n'avions pas non plus l'autorisation d'aller partout sur le vaisseau, rappela Harry. Ils nous ont confinés dans une zone et déconnectés de tout le reste. Nous avons vu le poste des malades et le secteur des divertissements, c'est tout.

— Des soldats voient tout le temps les Forces spéciales au combat ou qui se promènent dans les parages, dit Jesse.

— Bien sûr, fit Harry. Mais ça ne veut pas dire qu'ils les ont *tous* vus.

— Ta paranoïa revient, chéri, dit Jesse en lui tendant une frite.

— Merci, mon trésor, répondit Harry en l'acceptant. Mais, même en rejetant la rumeur sur les Forces spéciales surmodifiées, on possède assez d'éléments expliquant que John ait vu sa femme. Ce n'est pas vraiment Kathy, cependant. Juste quelqu'un dans son corps.

— Qui ? demandai-je.

— Eh bien, c'est là toute la question. Ta femme est morte. Donc ils n'ont pas pu injecter sa personnalité dans le corps.

Soit ils disposent d'une sorte de personnalité préformatée qu'ils intègrent dans les soldats des Forces spéciales...

— Soit, le coupai-je, quelqu'un est passé d'un ancien corps dans son nouveau corps à elle.

Jesse frissonna.

— Je suis désolée, John. Mais c'est abominable.

— John ? Ça va ? demanda Harry.

— Quoi ? Ouais, ça va. C'est beaucoup à assimiler en même temps : l'idée que ma femme pourrait être vivante – mais pas réellement – et que quelqu'un qui n'est pas elle se promène dans sa peau. J'aurais préféré malgré tout l'hypothèse de l'hallucination.

Je regardai Harry et Jesse. Tous deux étaient pétrifiés, le regard fixe.

— Hé, les gars ?

— Quand on parle du loup... dit Harry.

— Quoi ? fis-je.

— John, souffla Jesse. Elle est dans la queue.

Je pivotai d'un bond, renversant mon assiette. Puis j'eus l'impression d'être brusquement plongé dans un baquet de glace.

— Bon Dieu ! m'exclamai-je.

C'était elle. Aucun doute.

DEUX

J'allais me lever mais Harry me retint par la main.

— Où tu vas ? demanda-t-il.

— Je vais lui parler.

— Tu es sûr de vouloir faire ça ?

— Mais de quoi tu parles ? Évidemment que j'en suis sûr.

— Je voulais dire que peut-être tu préférerais que Jesse ou moi lui parlions d'abord. Pour apprendre si elle veut te voir.

— Bon Dieu, Harry, on n'est plus à l'école, bon sang. C'est ma femme.

— Non, ce n'est pas ta femme, John. C'est quelqu'un d'entièrement différent. Et tu ne sais même pas si elle a envie de te parler.

— John, intervint Jesse, même si elle te parle, vous serez deux étrangers l'un pour l'autre. Ce que tu attends de cette rencontre, tu ne l'obtiendras pas.

— Je n'attends rien.

— Nous ne voulons pas que tu souffres.

— Tout ira bien, dis-je en les regardant tous les deux. S'il vous plaît. Laisse-moi y aller, Harry. Ça ira.

Ils se consultèrent du regard. Harry relâcha ma main.

— Merci, fis-je.

— Qu'est-ce que tu vas lui dire ? voulut-il savoir.

— Je vais la remercier de m'avoir sauvé la vie, répondis-je en me levant.

À ce moment-là, ses deux compagnons et elle avaient reçu leur commande et se dirigeaient vers une petite table au fond de la salle. Je me faufilai vers cette table. Ils étaient en train de parler mais se turent à mon arrivée. Elle me tournait le dos et pivota lorsque ses compagnons me regardèrent. Je stoppai net quand je découvris son visage.

Il était différent, naturellement. Outre la peau et les yeux modifiés, elle était beaucoup plus jeune. Un visage semblable à celui de Kathy un demi-siècle plus tôt. Et pourtant différent. Plus mince que Kathy ne l'avait jamais été, conformément à la prédisposition génétiquement incorporée pour la sveltesse. Les cheveux de Kathy avaient toujours tenu de la crinière incontrôlée, même à un âge où les autres femmes adoptaient des coupes plus matrones. La femme qui se tenait devant moi avait des cheveux coupés ras, loin du col.

C'étaient eux qui détonnaient le plus. Il y avait si longtemps que je n'avais pas vu d'humain sans peau verte que je n'enregistrai pas ce détail. Mais ces cheveux ne correspondaient à aucun de mes souvenirs.

— C'est discourtois de dévisager quelqu'un comme ça, fit la femme en parlant de la voix de Kathy. Et avant que vous ne demandiez quoi que ce soit, vous n'êtes pas mon genre.

Mais si, répondit-on dans mon cerveau.

— Excusez-moi, je ne voulais pas vous importuner... Je me demandais seulement si vous alliez me reconnaître.

D'un regard vif, elle m'examina de la tête aux pieds.

— Franchement, non. Et, croyez-moi, on n'a pas fait notre formation de base ensemble.

— Vous m'avez sauvé. Sur Corail.

Une petite lueur passa dans son regard.

— Ah, d'accord. Rien d'étonnant à ce que je ne vous aie pas reconnu. La dernière fois que je vous ai vu, il vous manquait la moitié inférieure de la tête. Soit dit sans vous offenser. Et sans vous offenser non plus, je suis stupéfaite que vous soyez encore en vie. Je n'aurais pas parié sur votre rétablissement.

— J'avais une raison de vivre.

— On dirait.

— Je suis John Perry, annonçai-je en tendant la main. Je crains de ne pas connaître votre nom.

— Jane Sagan.

Elle me serra la main. Je la retins un peu plus longtemps que je ne l'aurais dû. Elle avait une expression un rien intriguée quand je la lâchai.

— Caporal Perry, commença l'un de ses compagnons qui en avait profité pour obtenir cette information par son Amicerveau, nous sommes pressés de manger. Nous devons regagner notre vaisseau dans une demi-heure. Alors, si ça ne vous dérange pas...

— Est-ce que vous m'avez déjà vu ailleurs ? demandai-je à Jane en le coupant.

— Non, répondit-elle, soudain un rien glaciale. Merci d'être venu mais j'aimerais vraiment déjeuner.

— Permettez-moi de vous transmettre quelque chose. Une photo. Par votre Amicerveau.

— Ce n'est vraiment pas nécessaire.

— Une seule photo. Puis je m'en vais. Acceptez !

— D'accord. Faites vite.

Parmi les quelques biens que j'avais emportés avec moi lorsque j'avais quitté la Terre, il y avait un album de photos numériques de ma famille, des amis et des endroits que j'avais aimés. Lorsque mon Amicerveau s'était activé, j'avais téléchargé les photos dans sa mémoire intégrée, une habile précaution rétrospectivement, puisque mon album et tous mes autres effets de la Terre sauf un avaient été perdus avec le *Modesto*. Je sélectionnai une photo particulière de l'album et la lui transmis. Je l'observai tandis qu'elle accédait à son Amicerveau et se tournait de nouveau vers moi pour me regarder.

— Vous me reconnaissez ? demandai-je.

Elle réagit vite, beaucoup plus vite qu'un soldat ordinaire. M'empoignant, elle me projeta contre un mur proche. Je fus certain de sentir une de mes côtes récemment réparées se briser. À l'autre bout du réfectoire, Harry et Jesse se levèrent d'un bond et s'approchèrent. Les compagnons de Jane se dressèrent pour les intercepter. J'essayais de respirer.

— Mais, putain, qui êtes-vous ? demanda Jane d'une voix sifflante. Et qu'est-ce que vous manigancez ?

— Je suis John Perry, fis-je d'une voix asthmatique, et je ne manigance rien du tout.

— Connerie. Où avez-vous trouvé cette photo ? demanda-t-elle à voix basse, tout près de moi. Qui l'a faite pour vous ?

— Personne, répondis-je d'une voix aussi basse. C'est... ma photo de mariage. (Je faillis dire « notre photo de mariage » mais me repris juste à temps.) La femme sur la photo, c'est mon épouse, Kathy. Elle est décédée avant de pouvoir s'engager. On a prélevé son ADN et on s'en est servi pour vous fabriquer. Une partie d'elle est en vous. Une partie de vous est sur cette photo. Une partie de ce que vous êtes m'a donné ça. (Je levai la main gauche pour lui montrer mon alliance.) L'unique bien terrestre qui me reste.

Jane rugit, me souleva et me fit valser à travers la salle. Je glissai sur plusieurs tables, renversant les hamburgers, les sauces et les porte-serviettes avant de toucher terre. Ce faisant, je me cognai la tête contre un angle en métal. Un filet de sang coula un bref instant de ma tempe. Jesse et Harry abandonnèrent leur danse prudente avec les compagnons de Jane et se dirigèrent vers moi. Jane les suivit aussitôt, mais ses amis l'arrêtèrent à mi-chemin.

— Écoute-moi, Perry, dit-elle. Je ne veux plus t'avoir dans les pattes. La prochaine fois que je te vois, tu regretteras que je ne t'aie pas laissé pour mort.

Sur ce, elle s'éloigna à grandes enjambées. L'un de ses compagnons lui emboîta le pas. L'autre, celui qui m'avait adressé la parole, s'approcha de nous. Jesse et Harry se tinrent prêts à l'affronter, mais il leva les mains en signe de trêve.

— Perry, de quoi s'agissait-il ? Qu'est-ce que tu lui as transmis ?

— Demande-le-lui, mon pote.

— C'est le *lieutenant* Tagore qui s'adresse à toi, caporal. (Tagore porta son regard sur Jesse et Harry.) Je vous connais tous les deux. Vous étiez sur le *Routes d'Hampton*.

— Oui, mon lieutenant, répondit Harry.

— Écoutez-moi bien, vous trois. J'ignore de quoi il s'agit, mais je tiens à être très clair sur un point. Peu importe ce dont il est question, vous ne nous avez pas vus. Racontez l'histoire que vous voulez, mais si le mot « Forces spéciales » est prononcé, je me ferai une mission personnelle d'agir en sorte que le restant de vos carrières militaires soit bref et douloureux. Je ne plaisante pas. Je vous niquerai. C'est clair ?

— Très clair, mon lieutenant, dit Jesse.

Harry acquiesça. Je lâchai un souffle rauque.

— Occupez-vous de votre ami, dit Tagore à Jesse. Il a l'air dans un sale état.

Le lieutenant s'éloigna.

— Seigneur, John, dit Jesse en prenant une serviette pour nettoyer ma plaie à la tête, qu'est-ce que tu as fait ?

— Je lui ai transmis une photo de mariage.

— C'est malin, dit Harry en jetant un regard alentour. Où est ta canne ?

— Près du mur contre lequel elle m'a jeté, je crois.

Il partit la chercher.

— Ça va ? me demanda Jesse.

— Je crois que j'ai une côte de cassée.

— Ce n'est pas ce que je voulais dire.

— Je sais bien ce que tu voulais dire. Et, au point où en sont les choses, je crois qu'un autre truc est également cassé.

Elle me prit le visage dans la coupe de sa main. Harry revint avec ma canne. Nous regagnâmes en claudiquant l'hôpital. Le Dr Fiorina fut extrêmement mécontent de moi.

Quelqu'un me réveilla en me secouant doucement. Lorsque je vis qui c'était, j'essayai de parler. Elle plaqua une main sur ma bouche.

— Silence, dit Jane. En principe, je ne devrais pas être ici.

J'acquiesçai. Elle écarta la main.

— Parle à voix basse.

— On pourrait passer par les Amicerveaux, proposai-je.

— Non. Je veux entendre ta voix. Parle tout bas.

— D'accord.

— Je suis désolée pour ce matin. C'était tellement inattendu. Je ne savais pas comment réagir à une chose pareille.

— Ce n'est rien. Je n'aurais pas dû te l'apprendre de cette façon.

— Tu es blessé ?

— Déjà guéri.

Elle scruta mon visage de ses yeux mobiles.

— Écoute, je ne suis pas ta femme, déclara-t-elle abruptement. J'ignore pour qui tu me prends ou ce que je suis, mais je n'ai jamais été ta femme. Je ne connaissais pas son existence jusqu'à ce que tu m'aies montré sa photo aujourd'hui.

— Tu dois quand même savoir d'où tu viens.

— Pourquoi ? s'emporta-t-elle. Nous savons que nous sommes constitués à partir des gènes d'autres personnes, mais on ne nous dit pas qui. À quoi bon ? Cette personne n'est pas nous. Nous ne sommes même pas des clones. J'ai dans mon ADN des trucs qui ne viennent même pas de la Terre. Nous sommes les cobayes des FDC. Tu ne l'as pas entendu dire ?

— Si.

— Donc je ne suis pas ta femme. Je suis venue te voir pour te le dire. Je suis navrée, mais je ne suis pas ta femme.

— D'accord.

— OK. Bien. Je m'en vais maintenant. Excuse-moi de t'avoir balancé à travers le réfectoire.

— Quel âge tu as ?

— Quoi ? Pourquoi ?

— Par curiosité, c'est tout. Et puis je n'ai pas envie que tu repartes tout de suite.

— Je ne sais pas ce que mon âge vient faire là-dedans.

— Ça fait neuf ans que Kathy est morte. Je voulais savoir combien de temps ils se sont donné la peine d'attendre avant d'extraire ses gènes pour te fabriquer.

— J'ai six ans.

— J'espère que tu ne m'en voudras pas si je te dis que tu ne ressembles pas à la plupart des gamines de six ans que j'ai rencontrées.

— Je suis en avance pour mon âge... C'est une plaisanterie.

— Je sais.

— Parfois, les gens ne le comprennent pas. C'est parce que la plupart de ceux que je connais ont à peu près mon âge.

— Comment ça marche ? Je veux dire, c'est comment ? D'avoir six ans. De ne pas avoir de passé.

Jane haussa les épaules.

— Je me suis éveillée un beau jour et je ne savais ni où j'étais ni ce qui allait se passer. Mais je me trouvais déjà dans ce corps et je savais déjà deux ou trois trucs. Parler. Marcher. Penser et me battre. On m'a appris que j'étais dans les Forces spéciales, qu'il était temps que je commence mon entraînement et que mon nom était Jane Sagan.

— Joli nom.

— Il a été choisi au hasard. Nos prénoms sont communs, notre nom de famille correspond presque toujours à celui de savants et de philosophes. Il y a un Ted Einstein et une Julie Pasteur dans mon escadron. Au début, tu ne le sais pas, bien sûr. Au sujet des noms. Plus tard, tu apprends un peu comment tu as été fabriqué, une fois qu'ils t'ont laissé développer le sens de ton identité. Aucun de ceux que tu connais n'a beaucoup de souvenirs. Ce n'est qu'en rencontrant des vrais-nés que tu découvres que tout en toi est différent. Et tu ne les rencontres pas souvent. On ne se mélange pas.

— Les vrais-nés ?

— C'est comme ça qu'on vous appelle.

— Si vous ne vous mélangez pas, que faisais-tu au réfectoire ?

— Je voulais un hamburger. Ce n'est pas interdit, mais personne ne le fait jamais.

— Il t'est arrivé de te demander à partir de qui tu avais été fabriquée ?

— Parfois. Mais impossible de le savoir. On ne nous dit rien au sujet de nos progés, ceux dont nous sommes faits. Certains d'entre nous sont issus de plusieurs personnes, tu sais. Mais, de toute façon, ce sont tous des morts. Obligé, sinon ils ne s'en serviraient pas pour nous fabriquer. Et nous ignorons qui les connaissait ; si ceux qui les connaissaient sont dans l'armée, il n'y a guère de chance qu'ils nous retrouvent. Et vous, les vrais-nés, mourez sacrément vite ici. Je ne connais personne qui ait rencontré le parent d'un progé. Ou son conjoint.

— Tu as montré la photo au lieutenant ? demandai-je.

— Non. Il me l'a demandé. J'ai dit que tu m'avais envoyé ta photo et que je l'avais jetée. Ce qui est vrai. Donc ce sera enregistré s'il vérifie. Je n'ai raconté à personne ce qu'on s'est dit. Je peux la ravoir ? La photo ?

— Bien sûr. J'en ai d'autres si tu les veux aussi. Si tu veux connaître Kathy, je peux t'en parler.

Jane me dévisagea. Dans la pénombre, elle ressemblait à Kathy plus que jamais. Cela me fit juste un peu mal de la regarder.

— Je ne sais pas, déclara-t-elle finalement. Je ne sais pas ce que je veux savoir. Laisse-moi réfléchir. Donne-moi cette photo-là pour le moment. S'il te plaît.

— Je te l'envoie.

— Il faut que je parte... Écoute, je ne suis pas venue. Et si tu me croises ailleurs, ne laisse pas entendre qu'on se connaît.

— Pourquoi ?

— C'est important pour le moment.

— D'accord.

— Montre-moi ton alliance.

— Bien sûr.

Je la retirai du doigt pour la lui tendre. Elle la tint à hauteur de ses yeux avec précaution et lorgna à travers.

— Il est inscrit quelque chose.

— « Mon amour est éternel – Kathy », dis-je. Elle l'a fait graver avant de me la donner.

— Tu as été marié pendant combien de temps ?

— Quarante-deux ans.

— Tu l'aimais beaucoup ? Ta femme. Kathy. Quand on est mariés depuis longtemps, on reste parfois ensemble par habitude.

— Parfois. Mais je l'aimais énormément. Pendant tout notre mariage. Je l'aime encore.

Jane se leva, me regarda encore une fois, me rendit mon alliance et partit sans dire au revoir.

— Des tachyons, annonça Harry alors qu'il gagnait la table du petit-déjeuner à laquelle j'étais assis avec Jesse.

— À tes souhaits, dit Jesse.

— Très drôle, répondit-il en s'asseyant. Les tachyons expliquent peut-être pourquoi les Rraeys connaissaient notre arrivée.

— Formidable, fis-je. Maintenant, si Jesse et moi savions ce que sont tes fameux tachyons, nous serions bien plus emballés à leur sujet.

— Ce sont des particules subatomiques exotiques. Les tachyons voyagent plus vite que la lumière et remontent le temps. Ils ne relèvent jusqu'à présent que de la théorie parce qu'il est difficile de repérer quelque chose qui, à la fois, est plus rapide que la lumière et remonte le temps. Mais la physique de la théorie de la propulsion de saut admet la présence de tachyons à chaque saut... Tout comme notre matière et notre énergie se transfèrent dans un univers différent, les tachyons de l'univers de destination retournent dans celui qu'ils ont quitté. Il existe une structure spécifique de tachyons produite par la propulsion de saut au moment du transfert. Si tu peux détecter des tachyons formant cette structure, tu sais qu'un vaisseau équipé d'une propulsion de saut arrive, et quand il arrive.

— Où as-tu entendu ce truc ? demandai-je.

— Contrairement à vous deux, je ne passe pas mes journées à glander. Je me suis fait des amis bien placés.

— Si tu connaissais cette structure des tachyons ou que sais-je encore, pourquoi n'avons-nous rien fait à ce sujet ? demanda Jesse. Ce que je viens d'entendre, c'est que nous sommes en permanence vulnérables et que, jusqu'à présent, nous avons simplement eu de la veine.

— Eh bien, n'oublie pas que l'existence des tachyons est purement théorique. Et je reste au-dessous de la vérité. Ils sont moins que réels. Au mieux, ce sont des abstractions mathématiques. Ils n'ont pas de relation avec l'univers réel dans lequel nous existons et nous déplaçons. Aucune espèce intelligente à notre connaissance ne les a jamais utilisés pour aucune application pratique. Ils n'en ont pas.

— Ou, du moins, c'est ce que nous pensons, dis-je.

Harry acquiesça d'un geste de la main.

— Si cette hypothèse est exacte, cela implique que les Rraeys ont une technologie bien plus avancée que celle que nous sommes capables de créer. Dans la course à la technologie, nous arrivons derrière eux.

— Alors comment les rattraper ? demanda Jesse.

Harry sourit.

— Mais qui parle de les rattraper ? Souvenez-vous, quand on s'est rencontrés pour la première fois sur la tige de haricot, nous avons parlé de la supériorité technologique des colonies. Vous vous rappelez comment j'ai suggéré qu'elles l'acquéraient ?

— Grâce aux rencontres avec des aliens, répondit Jesse.

— Précisément. Soit nous l'achetons, soit nous nous en emparons par la force. Maintenant, s'il existe vraiment un moyen de pister des tachyons d'un univers à un autre, nous pourrions probablement développer la technologie pour le faire. Mais cela prendrait du temps et des ressources dont nous ne disposons pas. Il est bien plus pratique de la subtiliser aux Rraeys.

— Tu es en train de dire que les FDC prévoient de retourner sur Corail ? dis-je.

— Si fait. Mais désormais l'objectif n'est pas de reprendre la planète. Ce ne sera même pas le but premier. Non, le but premier sera de nous emparer de la technologie de détection des tachyons et de trouver le moyen de la mettre hors circuit ou de l'utiliser contre eux.

— La dernière fois qu'on est allés sur Corail, on a essuyé une raclée magistrale, dit Jesse.

— Nous n'aurons pas le choix, Jesse, repartit Harry doucement. Nous devons nous procurer cette technologie. Si jamais elle se répand, toutes les espèces de l'univers seront capables de repérer les mouvements de nos troupes. Au sens strict du terme, elles sauront que nous arrivons avant notre arrivée.

— Ce sera un nouveau massacre, dit Jesse.

— Je présume que nous enverrons cette fois beaucoup plus de Forces spéciales.

— À propos des Forces spéciales…

Je narrai à Harry ma rencontre de la nuit précédente avec Jane ; j'étais en train de la raconter à Jesse quand il nous avait rejoints.

— On dirait qu'après tout elle n'a pas l'intention de te tuer, observa Harry après que j'eus terminé.

— Comme ça devait être étrange de lui parler ! fit Jesse. Même sachant qu'elle n'était pas vraiment ta femme.

— Sans ajouter qu'elle n'a que six ans. Mon vieux, ça fait bizarre, dit Harry.

— Ça se voit. Qu'elle n'a que six ans. Elle n'a guère de maturité émotionnelle. Elle n'a pas l'air de savoir gérer ses émotions quand elle en ressent. Elle m'a jeté à travers le réfectoire parce qu'elle ne savait pas comment réagir autrement.

— Bof, tout ce qu'elle sait faire, c'est se battre et tuer, dit Harry. Nous, nous avons toute une vie de souvenirs et d'expériences pour nous stabiliser. Même les jeunes soldats dans les armées traditionnelles ont vingt ans d'expérience. Au sens strict du terme, ces troupes des Forces spéciales sont des enfants guerriers. C'est à la limite de l'éthique.

— Je ne veux pas rouvrir d'anciennes blessures, intervint Jesse, mais as-tu reconnu Kathy en elle ?

Je réfléchis avant de répondre :

— Elle ressemble à Kathy, c'est évident. Et je crois avoir reconnu en elle un peu du sens de l'humour de ma femme et un peu de son tempérament. Kathy pouvait se montrer impulsive.

— Ça lui est arrivé de te jeter à travers une pièce ? demanda Harry avec un sourire malicieux.

Je répondis à son sourire.

— Si elle en avait été capable, elle ne s'en serait pas privée.

— Bon score pour la génétique.

Fumier se mit soudain en marche.

Caporal Perry, annonçait le message, votre présence est requise au briefing avec le général Keegan à 1000 heures au QG opérationnel du module Eisenhower de la station Phénix. Soyez à l'heure.

J'accusai réception du message et prévins Jesse et Harry.

— Et moi qui pensais avoir des amis bien placés, dit-il. John, tu nous as caché des choses.

— Je n'ai pas la moindre idée de ce dont il s'agit. Je n'ai jamais rencontré Keegan.

— Ce n'est que le commandant de la deuxième armée des FDC. Je suis sûr que c'est sans importance.

— Très drôle.

— Il est 0915, John, précisa Jesse. Tu ferais bien d'y aller. Tu veux qu'on t'accompagne ?

— Non, finissez votre petit-déjeuner, s'il vous plaît. Marcher me fera du bien. Le module Eisenhower n'est qu'à deux bornes. J'arriverai à l'heure.

Je me levai, pris un donut pour la route et partis.

En réalité, le module Eisenhower se trouvait à plus de deux bornes, mais ma jambe avait fini par repousser et j'avais envie d'exercice. Le Dr Fiorina avait raison : la nouvelle jambe était supérieure et, dans l'ensemble, j'avais l'impression d'avoir davantage d'énergie. Bien sûr, je venais de guérir de blessures si graves que c'était miracle d'être en vie. Qui, après cela, ne se serait pas senti débordant d'énergie ?

— Ne te retourne pas, me glissa Jane à l'oreille, juste derrière moi.

Je faillis avaler de travers un morceau de donut.

— J'aimerais que tu ne me files pas, dis-je sans me retourner.

— Navrée. Je n'avais pas l'intention de t'importuner. Mais je ne suis pas censée te parler. Écoute, ce briefing où tu te rends...

— Comment le sais-tu, ça ?

— Peu importe. Ce qui importe, c'est d'accepter ce qu'ils te demanderont. C'est l'unique façon de rester sain et sauf dans ce qui va se produire ensuite. Aussi sauf que possible.

— Qu'est-ce qui va se produire ?

— Tu le découvriras bien assez tôt.

— Et mes amis, Jesse et Harry ? Ils ont des ennuis ?

— Nous avons tous des ennuis. Je ne peux rien faire pour eux. Je me suis arrangée pour te vendre. Fais ça. C'est important.

Elle effleura mon bras. Puis je sentis qu'elle était partie encore une fois.

— Caporal Perry, dit le général Keegan en me rendant mon salut. Repos !

J'avais été escorté dans une salle de conférence par une quantité impressionnante d'huiles. J'étais de loin le moins gradé de l'assemblée. Le rang inférieur suivant était, d'après ce que je pouvais apercevoir, le lieutenant-colonel Newman, mon estimé enquêteur. Je me sentais un rien mal à l'aise.

— Vous m'avez l'air un peu perdu, mon gars, ajouta le général Keegan.

On lui aurait donné, comme à tous ceux présents dans la salle et à tous les soldats des FDC, moins de trente ans.

— Je me sens en effet un peu perdu, mon général.

— Ma foi, c'est compréhensible. S'il vous plaît, asseyez-vous. (Il désigna un siège inoccupé à la table. Je m'y installai.) J'ai beaucoup entendu parler de vous, Perry.

— Ah bon, mon général, dis-je en m'efforçant de ne pas jeter un coup d'œil à Newman.

— Cela n'a pas l'air de vous enthousiasmer, caporal.

— Je m'efforce de ne pas me faire remarquer, mon général. Simplement de tenir mon rôle.

— Quoi qu'il en soit, vous avez été remarqué. Une centaine de navettes ont réussi à se lancer au-dessus de Corail, mais la vôtre a été la seule à atterrir à la surface, en grande partie grâce à votre ordre de faire sauter les portes de la soute et de décamper. (Le général pointa le pouce vers Newman.) Le colonel m'a tout raconté. Il estime que nous devrions vous donner une médaille pour cela.

Keegan aurait aussi bien pu dire « Newman estime que tu devrais être le danseur étoile de la représentation annuelle de l'armée du *Lac des cygnes* », et je n'aurais pas été plus surpris. Keegan remarqua mon expression et sourit.

— Oui, je sais ce que vous pensez. Newman est celui qui garde le mieux son sérieux. Voilà pourquoi il fait ce boulot. Alors, caporal, qu'en dites-vous ? Cette médaille, vous pensez la mériter ?

— Avec tout mon respect, non, mon général. Nous nous sommes écrasés et il n'y a eu aucun survivant à part moi. Ce n'est guère un service méritoire. De surcroît, tout éloge pour avoir atteint la surface doit revenir à mon pilote, Fiona Eaton.

— Le pilote Eaton a déjà été décorée à titre posthume, caporal, annonça le général Keegan. Une piètre consolation pour elle puisqu'elle était bien morte, mais il est important pour les FDC que sa conduite soit relevée, et, en dépit de votre modestie, caporal, vous serez vous aussi décoré. D'autres ont survécu à la bataille de Corail, mais c'était par pure chance. Vous avez pris des initiatives et avez fait preuve du sens du commandement dans une situation adverse. Et vous aviez déjà montré votre capacité à réfléchir par vous-même. La solution de tir contre les Consus. Le commandement de votre compagnie de formation. L'adjudant Ruiz a signalé votre utilisation ingénieuse de l'Amicerveau au cours de l'ultime jeu de guerre d'entraînement. J'ai servi avec ce fils de pute, caporal. Ruiz ne complimenterait jamais sa mère pour lui avoir donné la vie, si vous voyez ce que je veux dire.

— Oui, je crois, mon général.

— C'est bien ce que je pensais. Donc une Étoile de bronze pour vous, mon gars. Félicitations.

— Oui, mon général. Merci, mon général.

— Mais je ne vous ai pas fait venir ici dans ce but, reprit Keegan. (Il désigna la table.) Je ne pense pas que vous ayez déjà rencontré le général Szilard qui dirige nos Forces spéciales. Repos, inutile de saluer.

— Mon général, dis-je en lui adressant du moins un signe de tête.

— Caporal, entama Szilard, dites-moi, qu'avez-vous entendu au sujet de la situation de Corail?

— Pas grand-chose, mon général. Juste des conversations entre amis.

— Vraiment, fit-il d'un ton sec. J'aurais cru que votre ami, le soldat Wilson, vous avait donné un briefing exhaustif.

Je commençais de prendre conscience que mon impassibilité, jamais très réussie, l'était encore moins ces jours-ci.

— Bien sûr que nous connaissons le soldat Wilson, enchaîna Szilard. Vous voudrez peut-être lui dire que sa façon de fouiner n'est pas aussi subtile qu'il le croit.

— Harry sera surpris de l'apprendre.

— Sans aucun doute. Je n'ai pas le moindre doute non plus qu'il vous ait mis au courant de la nature des soldats des

Forces spéciales. Ce n'est pas un secret d'État, entre nous soit dit, même si nous ne portons pas les informations sur les Forces spéciales dans la base de données générale. Nous consacrons l'essentiel de notre temps à des missions qui imposent le secret et la confidentialité la plus stricte. Nous n'avons guère l'opportunité de passer beaucoup de temps avec le restant d'entre vous. Ni guère d'inclination non plus, d'ailleurs.

— Le général Szilard et les Forces spéciales prennent le commandement de notre contre-attaque des Rraeys sur Corail, annonça le général Keegan. Si nous escomptons reprendre la planète, notre objectif immédiat est d'isoler leur appareil à détection des tachyons, de le mettre hors d'état de fonctionner sans le détruire si possible, mais de le détruire s'il le faut. Le colonel Golden (Keegan désigna un homme à l'air sombre assis à côté de Newman) pense que nous savons où il se trouve... Colonel.

— En deux mots, caporal, dit Golden, notre surveillance avant le premier assaut sur Corail a révélé que les Rraeys ont déployé un ensemble de petits satellites en orbite autour de la planète. Au début, nous avons cru qu'il s'agissait de satellites espions destinés à suivre les mouvements de troupes et des coloniaux au sol, mais à présent nous pensons qu'il s'agit d'une batterie permettant de repérer les structures tachyons. Nous croyons que la station de repérage qui compile les données transmises par les satellites se trouve sur la planète elle-même et qu'elle a été acheminée au sol pendant la première vague de l'attaque.

— Nous pensons qu'elle est sur la planète parce que l'ennemi estime qu'elle s'y trouve plus en sécurité, ajouta le général Szilard. Restée sur un vaisseau, un bâtiment FDC offensif risquerait de l'atteindre, même par pur hasard. Et, comme vous le savez, aucun vaisseau, sauf votre navette, ne s'est approché de la surface de Corail. On peut donc parier qu'elle s'y trouve.

Je me tournai vers Keegan.

— Puis-je poser une question, mon général ?

— Allez-y.

— Pourquoi me dites-vous tout cela ? Je ne suis qu'un caporal sans escadron, ni compagnie ni bataillon. Je ne vois pas pourquoi me mettre au courant.

— Parce que vous êtes l'un des rares survivants de la bataille de Corail et le seul qui n'a pas survécu par pure chance, expliqua Keegan. Le général Szilard et ses hommes pensent, et je suis d'accord avec eux, que sa contre-attaque aura une meilleure chance de succès si un soldat qui a participé au premier assaut conseille et observe le second. Autrement dit, vous.

— Avec tout le respect que je vous dois, mon général, ma participation a été minime et désastreuse.

— Moins désastreuse que la plupart des autres, repartit Keegan. Caporal, je ne vous mentirai pas : je préférerais quelqu'un d'autre dans ce rôle. Toutefois, vu la situation, nous n'avons personne. Même si la somme des conseils et des avis que vous pourrez donner est minime, ce sera mieux que rien du tout. De surcroît, vous avez montré une capacité à improviser et à réagir au quart de tour dans une situation de combat. Vous serez utile.

— Et que vais-je faire ?

Keegan jeta un coup d'œil à Szilard.

— Vous serez affecté à l'*Épervier*, dit Szilard. Ce sont les Forces spéciales ayant le plus d'expérience dans cette situation particulière. Votre boulot consistera à conseiller l'état-major de l'*Épervier* en relation avec votre expérience de

Corail, à observer et à agir comme liaison entre les forces régulières des FDC et les Forces spéciales si nécessaire.

— Je vais aller au combat ?

— Vous êtes surnuméraire, répondit Szilard. Il est bien plus probable qu'il ne vous sera pas demandé de participer aux affrontements.

— Vous devez comprendre que cette assignation est des plus inhabituelle, précisa Keegan. Dans la pratique, en raison des différences de mission et de personnel, les forces régulières et les Forces spéciales ne sont presque jamais mélangées. Même au cours des combats où les deux corps sont engagés ensemble contre un ennemi commun, elles ont tendance à assumer des rôles distincts et mutuellement incompatibles.

— Je comprends, dis-je.

Je comprenais bien plus qu'ils ne le savaient. Jane servait sur l'*Épervier*.

Comme s'il avait suivi le cours de ma pensée, Szilard prit la parole.

— Caporal, j'ai appris que vous aviez eu un incident avec l'un de mes soldats. Une femme de l'*Épervier*. Il faut me garantir qu'il n'y aura plus d'incident de ce genre.

— Oui, mon général. L'incident est lié à un malentendu. Une erreur d'identité. Il ne se reproduira pas.

Szilard lança un signe de tête vers Keegan.

— Très bien, fit ce dernier. Caporal, vu votre nouvelle fonction, je pense que votre rang ne correspond pas à la tâche. Vous êtes par la présente promu lieutenant, promotion qui prend effet immédiatement, et vous vous présenterez au commandant Crick, l'officier commandant l'*Épervier*, à 1500. Cela devrait vous laisser le temps pour vous préparer au départ et faire vos adieux. Des questions ?

— Non, mon général. Mais j'ai une requête.

— Cela sort de l'ordinaire, dit Keegan sitôt que je l'eus exposée. Et en d'autres circonstances – pour les deux cas –, je dirais non.

— Je comprends, mon général.

— Toutefois, les dispositions seront prises. Et espérons qu'il en sortira quelque chose de positif... Très bien, lieutenant, vous pouvez disposer.

Harry et Jesse vinrent me retrouver dès que possible après le message que je leur adressai. Je leur annonçai mon assignation et ma promotion.

— Tu penses que c'est Jane qui a arrangé ça ? demanda Harry.

— Je le sais. Elle m'a dit qu'elle l'avait fait. Il se peut que je me révèle utile d'une certaine manière. Mais je suis certain qu'elle a planté un micro espion dans l'oreille de quelqu'un. Je pars dans quelques heures.

— Nous allons encore être séparés, regretta Jesse. Et ceux qui restent de la compagnie de Harry et de la mienne le seront aussi. Nos camarades sont assignés sur d'autres vaisseaux. Nous attendons de connaître les nôtres.

— Qui sait, John ? dit Harry. Nous serons probablement renvoyés sur Corail avec toi.

— Non. J'ai demandé au général Keegan d'accélérer votre sortie de l'infanterie et il a accepté. Vous avez achevé le premier terme du service. Vous serez tous les deux réaffectés.

— Mais de quoi tu parles ? s'exclama Harry.

— Tu es réaffecté dans le bras de la recherche militaire des FDC. Harry, ils étaient au courant que tu fouinais. Je les ai convaincus que, de cette manière, tu ferais moins de mal à toi-même et aux autres. Tu vas travailler sur ce que nous rapporterons de Corail.

— Je ne peux pas faire ça. Je n'ai pas le niveau en maths.

— Je suis sûr que ce n'est pas ça qui t'arrêtera. Jesse, tu entres aussi dans la RM, aux services généraux. C'est tout ce que j'ai pu t'obtenir en un délai si court. Ça ne sera pas très intéressant, mais tu auras la possibilité de te former pendant ce temps pour d'autres fonctions. Et vous serez à l'écart des zones de combat.

— Ce n'est pas juste, John, dit Jesse. Nous n'avons pas terminé notre temps de service. Nos camarades de compagnie vont retourner au combat pendant que nous resterons peinards ici pour quelque chose que nous n'avons pas fait. Toi, tu retournes là-bas. Je refuse. Je ferai mon temps de service.

Harry approuva du chef.

— Jesse, Harry, s'il vous plaît, écoutez! Alan est mort. Susan et Thomas sont morts. Maggie est morte. Il ne reste personne de mon escadron et de ma compagnie. Tous ceux à qui je tenais ici sont partis sauf vous deux. J'avais une chance de vous garder en vie et je l'ai saisie. Je ne pouvais rien faire pour les autres. Mais, pour vous, je peux faire quelque chose. J'ai besoin de vous vivants. Vous êtes tout ce qui me reste ici, loin de tout.

— Tu as Jane, avança Jesse.

— Je ne sais toujours pas ce que Jane représente pour moi. Mais, vous, je le sais. Vous êtes ma famille maintenant. Jesse, Harry. Vous êtes ma famille. Ne soyez pas fâchés contre moi parce que je veux que vous restiez en sécurité. Simplement en *sécurité*. Pour moi. S'il vous plaît.

TROIS

L'*Épervier* était un bâtiment paisible. Le vaisseau de troupes moyen résonne du tintamarre des conversations, des rires, des cris et de toutes les manifestations verbales qui accompagnent la vie. Les soldats des Forces spéciales ne se livrent à aucune de ces conneries.

D'ailleurs, le commandant du vaisseau me l'avait expliqué alors que je montais à bord.

— N'attendez pas qu'on vous parle, m'avait averti Crick quand je me fus présenté.

— Mon commandant ?

— Les soldats des Forces spéciales. N'y voyez rien de personnel. Mais nous ne sommes pas loquaces. Entre nous, nous communiquons presque exclusivement par Amicerveau. C'est plus rapide et nous n'avons pas de parti pris pour la parole, comme vous. Nous sommes nés avec des Amicerveaux. La première fois que quelqu'un nous parle, c'est par leur intermédiaire. Donc c'est ainsi que nous nous entretenons la plupart du temps. Ne soyez pas offensé. De toute façon, j'ai donné l'ordre aux troupes de vous adresser la parole si elles ont besoin de vous transmettre quelque chose.

— Ce n'est pas nécessaire, mon commandant. Je peux utiliser mon Amicerveau.

— Vous ne serez pas à la hauteur. Votre cerveau est réglé pour communiquer sur une vitesse et les nôtres sur une autre. Parler aux vrais-nés, c'est comme parler au ralenti. Si vous avez discuté un moment avec l'un de nous, vous avez peut-être remarqué que nous paraissons abrupts et secs. C'est l'effet secondaire d'avoir l'impression de parler à un enfant lent, soit dit sans vous offenser.

— Il n'y a pas de mal, mon commandant. Vous semblez très bien communiquer.

— En tant qu'officier commandant, je passe beaucoup de temps avec les forces conventionnelles. Et je suis aussi plus âgé que la plupart de mes hommes de troupe. J'ai acquis des manières sociales.

— Quel âge avez-vous, mon commandant ?

— J'aurai quatorze ans la semaine prochaine... Demain à 0600, il y aura une réunion de mon état-major. D'ici là, installez-vous et mettez-vous à l'aise, mangez et prenez un peu de repos. Nous parlerons davantage demain matin.

Il me salua. Il m'avait congédié.

Jane m'attendait dans mes quartiers.

— Encore toi, dis-je en souriant.

— Encore moi, répondit-elle simplement. Je voulais savoir comment tu t'en sors.

— Bien, compte tenu du fait que je ne suis sur le vaisseau que depuis quinze minutes.

— On ne parle que de toi.

— Je le sais à cause des bavardages interminables. (Jane ouvrit la bouche pour parler, mais je levai la main.) C'était une plaisanterie. Le commandant Crick m'a mis au courant pour l'Amicerveau.

— C'est pourquoi j'aime te parler de cette façon, dit Jane. Différemment qu'avec tous les autres.

— Si j'ai bonne mémoire, tu parlais au moment où tu m'as sauvé.

— Nous redoutions d'être pistés. Parler était plus sûr. Nous parlons aussi quand nous sommes en public. Nous n'aimons pas attirer l'attention sur nous.

— Pourquoi as-tu arrangé ça ? M'obtenir une affectation sur l'*Épervier*.

— Tu nous es utile. Tu as une expérience qui peut être précieuse à la fois sur Corail et pour un autre aspect de nos préparatifs.

— Qu'est-ce que ça veut dire ?

— Le commandant Crick en parlera demain au briefing. J'y assisterai. Je dirige une compagnie et travaille dans les renseignements.

— C'est l'unique raison ? Mon utilité ?

— Non, mais c'est la raison de ton affectation sur ce vaisseau. Écoute, je ne vais pas rester beaucoup de temps avec toi. J'ai trop à faire pour préparer la mission. Mais je veux la connaître. Kathy. Comment était-elle ? Ce qu'elle aimait. Je veux que tu me le dises.

— Je te le dirai, mais à une condition.

— Laquelle ?

— Que tu me parles de toi.

— Pourquoi ?

— Parce que, pendant neuf ans, j'ai vécu avec l'idée que ma femme était morte, et toi, tu surgis du néant et ça me chamboule complètement. Plus je te connaîtrai, plus je pourrai m'habituer à l'idée que tu n'es pas elle.

— Je ne suis pas assez intéressante, répliqua Jesse. Et je n'ai que six ans. Je n'ai guère eu le temps de faire grand-chose.

— J'ai fait davantage de choses au cours de cette dernière année que pendant toutes celles qui m'y ont conduites. Crois-moi. Six ans, c'est beaucoup.

— Lieutenant, vous voulez d'la compagnie ? demanda le jeune (quatre ans sans doute) et sympathique soldat des Forces spéciales en tenant son plateau-repas avec quatre de ses potes au garde-à-vous.

— La table est libre, répondis-je.

— Certaines personnes préfèrent être seules.

— Je n'en fais pas partie. Je vous en prie, asseyez-vous tous.

— Merci, mon lieutenant, dit le soldat en posant son plateau sur la table. Je suis le caporal Sam Mendel. Et eux, les soldats George Linné, Will Hegel, Jim Bohr et Jan Fermi.

— Lieutenant John Perry.

— Alors que pensez-vous de l'*Épervier*, lieutenant ? demanda Mendel.

— Il est agréable et tranquille.

— Pour ça, oui, mon lieutenant. Je viens juste de faire remarquer à Linné que je ne pense pas avoir prononcé plus de dix mots en un mois.

— Vous venez de battre votre record, alors.

— Est-ce que vous accepteriez qu'on parie à votre sujet, mon lieutenant ? demanda Mendel.

— Il faudra que je fasse quelque chose d'épuisant ?

— Non, mon lieutenant. Nous voulons seulement connaître votre âge. Voyez-vous, Hegel parie que vous êtes deux fois plus âgé que l'ensemble de notre escadron.

— Et quel âge avez-vous tous ?

— L'escadron a dix soldats, y compris moi-même, répondit Mendel. Je suis le plus vieux. J'ai cinq ans et demi. Les autres ont entre deux et cinq ans. L'âge total est de trente-sept ans et deux mois environ.

— J'ai soixante-seize ans. Donc il a raison. Même si aucune recrue des FDC ne lui aurait laissé gagner son pari.

Nous ne nous engageons pas avant soixante-quinze ans. Et permettez-moi de vous dire qu'il est profondément perturbant d'être deux fois plus âgé que votre escadron entier.

— Certes, mon lieutenant, admit Mendel. Mais, d'un autre côté, nous sommes dans *cette* vie au moins depuis deux fois plus longtemps que vous. Donc ça revient au même.

— Sans doute.

— Ce doit être intéressant, mon lieutenant, intervint Bohr, assis un peu plus loin à la table. Vous avez eu toute une existence avant celle-ci. C'était comment ?

— Qu'est-ce qui était comment ? Ma vie ou d'avoir une vie avant celle-ci ?

— Les deux.

Je réalisai soudain qu'aucun de mes cinq compagnons de tablée n'avait saisi sa fourchette. La salle, animée du cliquetis d'ustensiles sur les plateaux évoquant celui des télégraphes, était soudain devenue silencieuse. Je me souvins que Jane m'avait dit que tout le monde s'intéressait à moi. Elle avait raison.

— Ce que j'aimais, c'était la vie. Un point c'est tout. J'ignore si elle paraît excitante ou même intéressante à ceux qui ne l'ont pas vécue. Mais, pour moi, c'était une chouette vie. Quant à l'idée d'avoir connu une existence avant celle-ci, je n'y ai pas vraiment réfléchi à ce moment-là. Je n'ai jamais pensé à quoi ressemblerait cette vie avant de m'y retrouver.

— Alors pourquoi l'avoir choisie ? demanda Bohr. Vous deviez tout de même avoir une petite idée de ce qu'elle serait.

— Non. Et aucun de nous, à mon avis. La majorité d'entre nous n'ont jamais été à la guerre ni dans l'armée. Aucun ne savait qu'on prendrait ce que nous étions pour le coller dans un nouveau corps qui n'est plus qu'en partie ce que nous étions avant.

— C'est plutôt stupide, mon lieutenant, déclara Bohr. (Il me rappela que le très jeune âge n'incitait pas au tact.) Je ne comprends pas pourquoi quelqu'un déciderait de s'engager quand il ignore dans quoi il va mettre les pieds.

— Eh bien, vous n'avez jamais eu mon âge. Une personne non modifiée de soixante-quinze ans se sent beaucoup plus disposée à faire le saut de la foi que vous.

— Mais quelle est la différence ? demanda Bohr.

— C'est parler comme un gamin de deux ans qui ne vieillira jamais.

— J'ai trois ans, repartit Bohr, quelque peu sur la défensive.

Je levai la main.

— Écoutez. Inversons nos points de vue. J'ai soixante-seize ans et j'ai fait un acte de foi lorsque je me suis engagé dans les FDC. D'un autre côté, c'est moi-même qui l'avais choisi. Je n'étais pas obligé d'y aller. Si vous avez du mal à imaginer ce que ça représentait pour moi, efforcez-vous de vous mettre à ma place. (Je pointai le doigt sur Mendel.) À cinq ans, je savais à peine lacer mes souliers. Si vous n'arrivez pas à imaginer ce que c'est d'avoir mon âge et de s'engager, comprenez-vous comme il est difficile pour moi de m'imaginer adulte à cinq ans et sans rien connaître d'autre que la guerre ? Au moins, je sais à quoi ressemble la vie en dehors des FDC. Et, pour vous, elle est comment, cette vie ?

Mendel regarda ses compagnons, qui le regardèrent en retour.

— C'est une chose à laquelle nous n'avons pas l'habitude de penser, mon lieutenant, répondit Mendel. Tout d'abord, nous ignorons notre singularité. Tous ceux que nous fréquentons sont « nés » de la même façon. De notre point de vue, c'est vous qui êtes singulier. Avoir connu une enfance et mené toute une autre vie avant d'entrer dans celle-ci. Ça paraît une façon inefficace de procéder.

— Vous ne vous êtes jamais demandé ce que serait la vie en dehors des Forces spéciales ?

— Je ne peux pas l'imaginer, répondit Bohr. (Les autres approuvèrent du chef.) Nous sommes tous des soldats solidaires. C'est notre métier. C'est ce que nous sommes.

— Voilà pourquoi on vous trouve si intéressant, dit Mendel. L'idée que cette vie serait un choix. L'idée qu'il y a une autre façon de vivre. C'est complètement bizarre.

— Que faisiez-vous, mon lieutenant ? demanda Bohr. Dans votre autre vie.

— J'étais écrivain. (Ils ont tous échangé un regard.) Eh bien ?

— Étrange façon de vivre, mon lieutenant, observa Mendel. Être payé pour aligner des mots.

— Il y a pire comme boulot.

— Nous ne voulions pas vous offenser, mon lieutenant, dit Bohr.

— Je ne le suis pas. Vous exprimez simplement un point de vue différent. Mais, du coup, je me demande pourquoi vous la faites.

— Faire quoi ?

— La guerre. Vous savez, la plupart des gens dans les FDC sont comme moi. Et la plupart dans les colonies sont encore plus différents de vous que de moi. Pourquoi vous battre pour eux ? Et avec nous ?

— Nous sommes *humains*, mon lieutenant, dit Mendel. Pas moins que vous.

— Vu l'état actuel de mon ADN, ça ne veut pas dire grand-chose.

— Vous savez que vous êtes humain, mon lieutenant, dit Mendel. Et nous aussi. Vous et nous sommes plus proches que vous ne le pensez. Nous savons comment les FDC sélectionnent leurs recrues. Vous vous battez pour des colons que vous n'avez jamais rencontrés. Des colons qui ont été les ennemis de votre pays à un moment donné. Pourquoi vous battez-vous pour eux ?

— Parce qu'ils sont humains et que je me suis engagé à le faire. Du moins, c'était ainsi au début. Maintenant je ne me bats plus pour les colons. Je veux dire si, mais, concrètement, je me bats – ou me battais – pour ma compagnie et mon escadron. Je veillais sur eux et eux veillaient sur moi. C'était aller au combat ou les laisser mourir.

Mendel acquiesça.

— C'est pour cette raison que nous nous battons aussi, mon lieutenant. Donc c'est quelque chose qui nous rend tous humains et solidaires. C'est bien de le savoir.

— En effet, fis-je en souriant.

Mendel répondit par un sourire plus large et saisit sa fourchette. Au même instant, les cliquetis d'ustensiles recommencèrent. Je levai les yeux à ce bruit et, dans un coin du fond de la salle, j'avisai Jane qui me regardait.

Au briefing du matin, le commandant Crick entra droit dans le vif du sujet.

— Les services de renseignement des FDC sont convaincus que les Rraeys sont des fraudeurs. La première partie de notre mission consiste à découvrir s'ils ont raison. Nous allons rendre une petite visite aux Consus.

Cette nouvelle m'a réveillé tout à fait. Apparemment, je n'étais pas le seul.

— Mais, bon sang, qu'est-ce que les Consus ont à voir là-dedans ? demanda le lieutenant Tagore, à ma gauche.

Crick lança un signe de tête vers Jane, qui était assise à son côté.

— À la demande du commandant Crick et d'autres officiers, j'ai effectué des recherches concernant un certain nombre des affrontements des FDC avec les Rraeys, afin de savoir s'il y avait un signe d'évolution technologique, expliqua Jane. Au cours du dernier siècle, nous avons eu douze affrontements militaires significatifs et plusieurs dizaines de petites escarmouches, dont une bataille majeure et six petites escarmouches au cours des cinq dernières années. Pendant toute cette période, la courbe technologique des Rraeys est restée loin derrière la nôtre. Un certain nombre de facteurs en sont la cause, dont leur préjugé culturel contre le progrès technologique systématique et leur absence de relations positives avec les espèces plus avancées technologiquement.

— En d'autres termes, ils sont arriérés et bigots, résuma le commandant Crick.

— Et particulièrement dans le domaine de la propulsion de saut, ajouta Jane. Jusqu'à la bataille de Corail, la technologie rraey du saut était loin derrière la nôtre. En réalité, leur connaissance actuelle de la physique du saut repose directement sur les informations fournies par les FDC il y a un peu plus d'un siècle, lors d'une mission commerciale avortée.

— Pourquoi cette mission a-t-elle avorté ? demanda le capitaine Jung à l'autre bout de la table.

— Les Rraeys ont dévoré un tiers des délégués commerciaux, répondit Jane.

— La vache ! fit le capitaine Jung.

— Notre problème est le suivant : vu qui sont les Rraeys et leur niveau technologique, il est impossible qu'ils aient pu en un seul bond passer d'une telle infériorité à leur supériorité actuelle, dit le commandant Crick. La meilleure hypothèse est qu'ils ne l'ont pas fait : ils ont acquis la technique de prédiction du saut auprès d'une autre culture. Nous connaissons tous ceux que les Rraeys connaissent et il n'y a qu'une seule civilisation que nous estimons capable d'avoir développé la maîtrise technologique d'un procédé aussi complexe.

— Les Consus, dit Tagore.

— Les Consus, en effet, acquiesça Crick. Ces salauds ont su domestiquer une naine blanche. Il n'est pas insensé de présumer qu'ils ont surmonté le problème de la prédiction du saut.

— Mais pourquoi entretiendraient-ils un lien avec les Rraeys ? demanda le lieutenant Dalton, assis presque au bout de la table. La dernière fois qu'ils se sont frottés à nous, c'est quand ils ont eu envie d'un peu d'exercice, et nous sommes bien plus avancés technologiquement que les Rraeys.

— Nous partons du principe que les Consus ne sont pas motivés comme nous par la technologie, dit Jane. La nôtre est à leurs yeux sans valeur, comme les secrets de la machine à vapeur le seraient pour nous. Nous pensons que d'autres facteurs les motivent.

— La religion, déclarai-je. (Tous les regards se portèrent sur moi et je me sentis tout à coup comme un enfant de chœur qui vient de péter pendant la messe.) À vrai dire, lorsque ma compagnie a affronté les Consus, ils ont commencé par une prière consacrant la bataille. J'ai dit alors à un ami qu'à mon avis les Consus pensaient baptiser la planète par leur combat. (Davantage de regards.) Bien sûr, j'ai pu me tromper.

— Vous ne vous êtes pas trompé, dit Crick. Nous avons eu des débats dans les FDC sur la raison pour laquelle ils se

livraient au combat, puisqu'il est clair qu'avec leur technologie ils sont capables sans réfléchir à deux fois de rayer de la
région n'importe quelle autre culture voyageant dans l'espace. L'idée prévalante est qu'ils le font pour se distraire,
comme nous jouons au base-ball ou au foot.

— Nous, on ne joue jamais au foot ni au base-ball, rappela
Tagore.

— Les autres humains, si, espèce de benêt, répondit Crick
avec un sourire. (Il reprit son sérieux.) Toutefois, une minorité non négligeable de services du renseignement des FDC
affirment que leurs combats ont une signification rituelle,
comme le lieutenant Perry vient de le suggérer. Les Rraeys
ne sont peut-être pas en mesure de négocier de la tech avec
les Consus sur un pied d'égalité, mais ils ont peut-être autre
chose que les Consus convoitent. Ils peuvent leur vendre
leurs âmes.

— Mais les Rraeys sont eux-mêmes des fanatiques, répliqua Dalton. C'est d'abord pour cette raison qu'ils ont attaqué Corail.

— Ils possèdent plusieurs colonies, certaines moins dési-
rables que d'autres, dit Jane. Fanatiques ou pas, ils considèrent peut-être qu'échanger une de leurs colonies les moins
avantageuses pour Corail est une bonne affaire.

— Pas si bonne que ça pour les Rraeys qui demeurent sur
la colonie échangée, souligna Dalton.

— Franchement, demandez-moi si je me soucie de leur
sort, dit Crick.

— Les Consus ont donné aux Rraeys la technologie qui
les place très en avance sur les autres civilisations dans ce
secteur de l'espace, intervint Jung. Même pour les Consus
tout-puissants, faire basculer l'équilibre des forces dans cette
région aura obligatoirement des répercussions.

— À moins que les Consus n'aient possédé les Rraeys, fis-je remarquer.

— Que voulez-vous dire ? demanda Jung.

— Nous supposons qu'ils ont donné aux Rraeys l'expertise technologique pour créer un système de détection du saut. Mais il est possible qu'ils n'aient fourni qu'une seule machine avec un manuel d'utilisation ou quelque chose dans le genre pour leur permettre de la faire fonctionner. Ainsi, les Rraeys ont obtenu ce qu'ils voulaient, le moyen de défendre Corail contre nous, tandis que les Consus évitent de rompre substantiellement l'équilibre des forces dans la région.

— Jusqu'au jour où les Rraeys découvriront comment ce maudit truc fonctionne, fit remarquer Jung.

— Vu leur niveau technique initial, ça risque de prendre des années, dis-je. Assez longtemps pour leur filer une raclée et leur reprendre cette technologie. Si les Consus la leur ont bel et bien donnée. S'ils ne leur ont fourni qu'une seule machine. S'ils s'intéressent à l'équilibre des forces dans la région. Beaucoup de « si ».

— Et c'est pour trouver la réponse à tous ces « si » que nous allons atterrir au beau milieu des Consus, dit Crick. Nous avons déjà envoyé un drone de saut pour les prévenir de notre arrivée. Nous verrons ce qu'on pourra obtenir d'eux.

— Quelle colonie allons-nous leur offrir ? s'enquit Dalton. Il était difficile de savoir s'il plaisantait.

— Aucune colonie, répondit Crick. Mais nous avons une chose susceptible de les inciter à nous accorder une audience.

— Quoi donc ? demanda Dalton.

— Lui, fit Crick en me désignant du doigt.

— Lui ? dit Dalton.

— Moi ? dis-je.

— Vous, dit Jane.

— Vous me voyez soudain confus et terrifié.

— Votre solution de tir à deux coups a permis aux FDC d'abattre rapidement des milliers de Consus, intervint Jane. Dans le passé, ils se sont montrés accueillants envers les ambassades de colonies lorsqu'elles incluaient un soldat FDC ayant tué beaucoup de Consus au combat. Puisque c'est votre solution de tir qui a permis d'éliminer à cadence accélérée leurs combattants, leurs morts vous reviennent.

— Vous avez le sang de huit mille quatre cent trente-trois Consus sur les mains, ajouta Crick.

— Formidable !

— C'est bel et bien formidable, dit Crick. Votre présence va nous permettre de franchir la porte.

— Et que va-t-il se passer après que nous aurons franchi la porte ? Imaginez ce que nous infligerions à un Consu qui a tué huit mille d'entre nous.

— Ils ont un autre point de vue là-dessus, dit Jane. Vous devriez être en sécurité.

— Je *devrais*.

— L'alternative est d'être rayés du ciel dès notre apparition dans l'espace consu, remarqua Crick.

— Je comprends. Je regrette seulement de ne pas disposer de plus de temps pour m'habituer à cette idée.

— Il s'agit d'une situation à évolution rapide, dit Jane d'un ton nonchalant.

Soudain je reçus un message Amicerveau. *Fais-moi confiance*, disait-il. Je me tournai vers Jane qui me regardait tranquillement. Je fis signe que oui, prévenant que j'avais reçu son message tout en ayant l'air d'approuver sa remarque.

— Que ferons-nous lorsqu'ils auront terminé d'admirer le lieutenant Perry ? demanda Tagore.

— Si tout se déroule comme au cours des rencontres précédentes, nous aurons le droit de leur poser cinq questions, expliqua Jane. Le nombre réel de questions sera déterminé par un tournoi consistant en un combat entre cinq d'entre nous et cinq des leurs. Le Consu se bat à mains nues mais nos combattants seront autorisés à se servir de couteaux pour compenser notre absence de bras-faux. La seule chose qu'il faut bien garder à l'esprit, c'est que, dans les cas précédents où nous avons effectué ce rituel, les Consus que nous affrontions étaient des soldats disgraciés ou des criminels susceptibles de recouvrer leur honneur par ce combat. Inutile d'ajouter qu'ils sont très déterminés. Nous aurons droit à autant de questions que de rencontres gagnées.

— Comment gagne-t-on une rencontre ? demanda Tagore.

— Vous tuez le Consu ou bien il vous tue, répondit Jane.

— Fascinant !

— Autre détail : les Consus sélectionnent nos combattants parmi ceux que nous amenons avec nous. Donc le protocole exige au moins trois fois le nombre de ceux qui seront retenus. Seul le leader de la délégation en est exempté, c'est-à-dire le seul humain considéré comme trop digne pour se battre avec des criminels et des ratés consus.

— Perry, vous serez le leader de la délégation, annonça Crick. Puisque c'est vous qui avez tué huit mille salopards, à leurs yeux, vous êtes le meneur naturel. Vous êtes également l'unique soldat des Forces non conventionnelles et vous ne disposez pas de certaines de nos améliorations en matière de vitesse et de vigueur. Si vous étiez à tout hasard sélectionné, vous risqueriez d'être tué.

— Votre attention me touche, dis-je.

— Rien à voir, rectifia Crick. Si notre principale attraction se faisait démolir par un criminel minable, cela risquerait de compromettre nos chances d'obtenir la coopération des Consus.

— OK. Pendant une seconde, j'ai cru que vous vous adoucissiez.

— Ça ne risque pas, répondit Crick. Bien... Nous avons quarante-trois heures avant d'atteindre la distance de saut. La délégation comprendra quarante membres, y compris les chefs de compagnie et de section. Je choisirai les autres parmi les troupes. Cela signifie que chacun de vous exercera ses soldats au combat corps à corps d'ici notre arrivée. Perry, je vous ai téléchargé les protocoles de la délégation. Étudiez-les sérieusement. Juste après le saut, je vous reverrai afin de vous fournir les questions que nous voulons poser dans l'ordre que nous souhaitons. Si nous sommes bons, nous aurons cinq questions, mais nous devons être prêts s'il faut en poser moins. Messieurs-dames, au travail. Rompez!

Pendant ces quarante-trois heures, Jane apprit qui était Kathy. Elle surgissait à l'improviste, posait des questions, écoutait et disparaissait pour reprendre son travail. C'était une étrange façon de partager une vie.

— Parle-moi d'elle, me demanda-t-elle alors que j'étudiais les protocoles dans un salon à la proue.

— Je l'ai connue quand elle était au CP, dis-je.

Il fallut que je lui explique ce qu'était le CP. Puis je lui narrai mon premier souvenir de Kathy : le partage d'une pâte pour une construction en papier pendant le cours d'arts plastiques que les CP et CE1 avaient en commun. Elle m'avait surpris en train de manger un peu de pâte et m'avait traité de mal élevé. Je lui ai fichu un gnon en retour et elle m'a collé un œil au beurre noir. Elle a été suspendue de cours pendant une journée. Nous ne nous sommes plus reparlé jusqu'au collège.

— Quel âge a-t-on en CP? demanda Jane.

— Six ans. Le même âge que toi maintenant.

— Parle-moi d'elle, redemanda-t-elle quelques heures plus tard dans un autre endroit.

— Kathy a failli demander le divorce. Nous étions mariés depuis dix ans et j'avais une aventure avec une autre femme. Lorsque Kathy l'a découvert, elle a été furieuse.

— Pourquoi se serait-elle inquiétée que tu aies des rapports sexuels avec une autre femme?

— Ce n'était pas vraiment à cause du sexe mais parce que je lui avais menti. Selon ses principes, les rapports sexuels avec une autre ne traduisaient qu'une faiblesse hormonale. Elle considérait le mensonge comme un manque de respect, et elle ne voulait pas être mariée à un homme qui ne la respectait pas.

— Pourquoi tu n'as pas divorcé?

— Malgré mon aventure, je l'aimais et elle m'aimait. Nous avons évacué le problème parce que nous désirions rester ensemble. D'ailleurs, elle a eu aussi une aventure quelques années plus tard. Donc, à mon avis, on pourrait dire que nous sommes quittes. En fait, on s'est mieux entendus par la suite.

— Parle-moi d'elle, me demanda Jane plus tard.

— Kathy faisait des tartes délicieuses. Elle avait une recette de tarte à la rhubarbe et aux fraises qui t'aurait fait tomber à la renverse. Une année, elle a présenté sa tarte à un concours d'une foire d'État. Le gouverneur de l'Ohio était le juge, le premier prix un nouveau four Sears.

— Elle l'a gagné ?

— Non, elle a obtenu le deuxième prix, un bon de cent dollars dans un magasin de literie et de salles de bains. Mais, une semaine plus tard, elle a reçu un coup de fil du bureau du gouverneur. Son assistant lui a expliqué que, pour des raisons politiques, il avait attribué le premier prix à la femme du meilleur ami d'un important donateur mais que, depuis que le gouverneur avait mangé une part de sa tarte, il n'arrêtait plus d'en faire l'éloge. Il lui a demandé la faveur de lui en faire une autre afin qu'il la ferme une bonne fois pour toutes au sujet de cette maudite tarte.

— Parle-moi d'elle, demanda Jane.

— Lorsque j'ai compris que j'étais amoureux d'elle, c'était en avant-dernière année de lycée. Le lycée allait jouer *Roméo et Juliette*, et elle avait été choisie pour le rôle de Juliette. J'étais l'assistant du metteur en scène, boulot qui consistait surtout à monter les décors et à apporter du café à madame Amos, la prof qui dirigeait le spectacle. Mais, quand Kathy a commencé de buter sur son texte, madame Amos m'a chargé de le lui faire réviser. Donc, pendant deux semaines, après les répétitions, j'allais chez elle pour la faire travailler, même si nous passions presque tout notre temps à discuter à bâtons rompus comme des ados. Tout ça restait très innocent à ce moment-là. Puis la dernière répétition en costumes est arrivée et j'ai entendu Kathy réciter tout son texte à Jeff Greene qui tenait le rôle de Roméo. Et j'ai été jaloux. C'est à moi qu'elle était censée dire toutes ces paroles.

— Et qu'est-ce que tu as fait ?

— J'ai broyé du noir tout le temps du spectacle, des quatre représentations entre le vendredi soir et le dimanche après-midi, et j'ai évité Kathy autant que possible. Puis, à la soirée offerte aux comédiens le dimanche soir, Judy Jones, qui avait tenu le rôle de la nourrice de Juliette, est venue me voir et m'a prévenu que Kathy était assise à la cafétéria du quai de chargement et qu'elle versait toutes les larmes de son corps. Elle pensait que je la détestais parce que je l'ignorais depuis quatre jours et qu'elle ne savait pas pourquoi. Judy a ajouté que, si je n'allais pas la retrouver pour lui dire que je l'aimais, elle dénicherait une pelle et me frapperait avec jusqu'à ce que mort s'ensuive.

— Comment savait-elle que tu étais amoureux ? demanda Jane.

— Quand tu es ado et amoureux, tout le monde s'en aperçoit sauf toi et celui ou celle que tu aimes. Ne me demande pas pourquoi. C'est comme ça que ça marche. Alors je suis allé sur le quai de chargement et j'ai vu Kathy assise au bord du quai, toute seule, les pieds dans le vide. C'était la pleine lune et la lumière tombait sur son visage. Je ne crois pas l'avoir jamais trouvée aussi belle que ce soir-là. Mon cœur explosait parce que j'ai su, j'ai *vraiment* su, que je l'aimais tellement que jamais je ne pourrais lui dire à quel point je la désirais.

— Qu'est-ce que tu as fait ?

— J'ai triché. Tout en m'avançant vers elle, je lui ai récité la plus grande partie de la scène II de l'acte II de *Roméo et Juliette*. « Mais doucement ! Quelle lumière jaillit par cette fenêtre ? Voilà l'Orient et Juliette est le soleil ! Lève-toi, belle aurore… » et cætera. J'avais appris le texte avec elle. Seulement, cette fois-ci, je l'ai déclamé sincèrement. Et, après ma tirade, je me suis approché d'elle et l'ai embrassée pour la première fois. Elle avait quinze ans et moi seize, et j'ai su que j'allais l'épouser et passer ma vie avec elle.

— Raconte-moi comment elle est morte, demanda Jane juste avant le saut dans l'espace consu.

— Elle préparait des gaufres un dimanche matin et elle a eu une attaque au moment où elle cherchait la vanille. J'étais dans le salon à ce moment-là. Je me rappelle qu'elle a demandé où elle avait rangé la vanille, et, une seconde plus tard, j'ai entendu un choc et un bruit de chute. J'ai accouru dans la cuisine. Elle était allongée par terre, tremblante et saignant de la tête là où elle s'était cognée contre le rebord du plan de travail. J'ai appelé les urgences tout en la tenant. J'ai essayé d'arrêter l'hémorragie et je lui ai dit que je l'aimais, et j'ai continué de le lui dire jusqu'à l'arrivée des infirmiers. Ils m'ont écarté d'elle mais autorisé à lui tenir la main lors du transport en ambulance jusqu'à l'hôpital. Je lui tenais la main quand elle est morte, dans l'ambulance. J'ai vu la lumière s'éteindre dans ses yeux, mais je n'ai pas cessé de lui répéter combien je l'aimais jusqu'à ce qu'ils me séparent d'elle à l'hôpital.

— Pourquoi tu as fait ça ?

— J'avais besoin de garder la certitude que la dernière chose qu'elle entendrait, ce serait moi en train de lui affirmer mon amour.

— C'est comment de perdre quelqu'un qu'on aime ?

— Tu meurs toi aussi. Et tu attends que ton corps en fasse autant.

— C'est ce que tu fais maintenant ? Je veux dire, tu attends que ton corps en fasse autant ?

— Non, c'est terminé. Tu finis par revivre. Mais une vie différente, c'est tout.

— Donc tu en es à ta troisième vie, avança Jane.

— Je crois, oui.

— Et cette vie, elle te plaît ?

— Elle me plaît. J'aime bien les gens avec qui je la partage.

Par la fenêtre, les étoiles adoptèrent une nouvelle configuration. Nous étions entrés dans l'espace consu. Nous sommes restés tranquillement assis, fondus dans le silence du vaisseau.

QUATRE

— Vous pouvez me désigner par le titre d'ambassadeur, aussi indigne que je sois de le porter, déclara le Consu. Je suis un criminel qui s'est déshonoré lors de la bataille sur Pahnshu et, en conséquence, je suis obligé de m'adresser à vous dans votre langue. Par suite de cette infamie, je désire avec ardeur la mort et un juste châtiment avant ma renaissance. Mon espoir est qu'en raison de ces procédures je serai considéré comme un tant soit peu moins indigne et ainsi libéré par la mort. C'est pourquoi je consens à me souiller en m'adressant à vous.

— Nous sommes tout aussi ravis de vous rencontrer, dis-je.

Nous nous tenions au centre du dôme de la taille d'un terrain de foot que les Consus avaient bâti moins d'une heure auparavant. Bien sûr, nous autres humains n'étions pas autorisés à poser le pied sur un sol consu ni nulle part où les Consus risquaient de poser le leur. À notre arrivée, des machines automatiques avaient érigé le dôme dans une région de l'espace consu placée depuis longtemps en quarantaine et destinée à recevoir les visiteurs malvenus comme nous. Sitôt les négociations terminées, le dôme imploserait et serait expédié vers le trou noir le plus proche afin qu'aucun de ses atomes ne vienne contaminer de nouveau cet univers. J'estimais que cette dernière précaution était exagérée.

— Nous avons appris que vous désiriez poser certaines questions concernant les Rraeys, déclara l'ambassadeur, et que vous souhaitiez invoquer nos rites afin d'obtenir l'honneur de nous formuler ces questions.

— Tout à fait, dis-je.

À quinze pas derrière moi, trente-neuf soldats des Forces spéciales se tenaient au garde-à-vous, tous en tenue de combat. Nos renseignements nous avaient indiqué que les Consus ne considéreraient pas cette rencontre comme une réunion entre égaux. Inutile donc de se confondre en salamalecs diplomatiques. Dans la mesure où n'importe lequel des nôtres risquait d'être sélectionné pour se battre, il valait mieux qu'ils soient tous parés au combat. J'avais soigné un peu ma tenue par obligation. Si je voulais faire semblant d'être le chef de cette petite délégation, alors, par Dieu, je devais au moins avoir la tête de l'emploi.

À égale distance derrière l'ambassadeur, il y avait cinq autres Consus, tous armés de deux longs couteaux à l'air redoutable. Inutile de s'interroger sur la raison de leur présence.

— Mon grand peuple reconnaît que vous avez requis correctement nos rites et que vous vous êtes présentés selon nos exigences, dit-il. Pourtant, nous aurions rejeté votre requête comme indigne si vous n'aviez pas également amené celui qui a si honorablement envoyé nos guerriers dans le cycle de la renaissance. Est-ce vous ?

— Lui-même, dis-je.

Il marqua une pause et parut me considérer.

— Étrange qu'un grand guerrier se montre ainsi.

— C'est aussi mon impression, dis-je.

Nos renseignements nous avaient appris qu'une fois la requête acceptée les Consus l'honoreraient quel que soit notre comportement au cours des négociations, du moment que nous nous battions selon les règles consacrées. Aussi appréciai-je de pouvoir me montrer un peu désinvolte. En fait, nous pensions que les Consus nous préféraient ainsi. Cela leur permettait de consolider leur sentiment de supériorité. Tout était bon.

— Cinq criminels ont été sélectionnés pour affronter vos soldats, poursuivit l'ambassadeur. Comme certains attributs physiques des Consus font défaut aux humains, nous fournirons à vos combattants des couteaux qu'ils utiliseront à leur convenance. Nos participants les ont avec eux et, en les donnant à l'un de vos soldats, ils choisiront celui avec qui ils se battront.

— Entendu, dis-je.

— Si votre soldat survit, il pourra garder les couteaux comme trophée de sa victoire, ajouta l'ambassadeur.

— Merci.

— Nous ne souhaitons pas les récupérer. Ils seraient souillés.

— Pigé.

— Nous répondrons après le tournoi aux questions que vous aurez gagnées. Nous allons maintenant sélectionner les adversaires.

L'ambassadeur lâcha un cri à même de desceller les pavés d'une rue et les cinq Consus placés derrière lui s'avancèrent, le dépassèrent et s'approchèrent de nos soldats, couteaux tirés. Aucun ne sourcilla. Telle est la discipline.

Les Consus ne mirent pas longtemps à faire leur choix. Ils s'étaient avancés en ligne droite et tendirent le couteau à ceux qui se trouvaient juste devant eux. À leurs yeux, on se valait tous. Deux couteaux furent offerts au caporal Mendel avec qui j'avais déjeuné, aux soldats Joe Goodall et Jennifer Aquinas, au sergent Fred Hawking et enfin au lieutenant Jane Sagan. Sans prononcer un mot, chacun accepta ses couteaux. Le dernier Consu regagna sa place derrière l'ambassadeur tandis que le reste de nos soldats s'éloignait de quelques pas de ceux qui avaient été sélectionnés.

— Vous lancerez le signal de chaque rencontre, dit l'ambassadeur.

Il recula derrière ses congénères. Maintenant il ne restait plus que deux lignes de combattants de part et d'autre de moi, à quinze mètres, attendant patiemment de s'entretuer. Je m'écartai sur le côté, toujours entre les deux rangées, et désignai le soldat et le Consu les plus proches.

— Commencez, dis-je.

Le Consu déplia ses bras-faux, révélant les lames aplaties et tranchantes comme un rasoir de sa carapace modifiée, et libérant de nouveau ses bras et ses mains secondaires, plus petits et presque humains. Son hurlement transperça le dôme et il s'avança. Le caporal Mendel abandonna un de ses couteaux, tint l'autre dans sa main gauche et s'avança droit sur le Consu. Quand ils furent à trois mètres l'un de l'autre, tout devint flou. Dix secondes après le début du tournoi, le caporal Mendel avait déjà une entaille sur toute la longueur de la cage thoracique jusqu'à l'os, et le Consu un couteau planté profondément dans la partie tendre où sa tête s'unissait à la carapace. Mendel avait été blessé en restant coincé dans les bras du Consu. Il avait reçu cette entaille en échange d'un coup lancé dans le point faible le plus apparent de son adversaire. Celui-ci se trémoussait tandis que Mendel faisait tourner sa lame, sectionnant le cordon médullaire d'un mouvement brusque, coupant le paquet de nerfs secondaires de la tête du cerveau primaire situé dans le thorax. Le Consu s'effondra. Mendel arracha son couteau et regagna le groupe des Forces spéciales, son bras droit plaqué contre son flanc pour le maintenir en place.

Je lançai un signe à Goodall et son Consu. Goodall sourit jusqu'aux oreilles et s'avança en dansant, tenant ses deux couteaux à bout de bras, lames pointées en arrière. Son Consu beugla et chargea tête la première, les bras-faux grands ouverts. Goodall chargea à son tour mais, à la dernière seconde, se baissa comme un coureur à une partie de base-ball lors d'un jeu serré. Le Consu donna un coup de faux à l'instant où Goodall glissait dessous, rasant la joue et l'oreille gauche. Goodall lui trancha une patte chitineuse d'un rapide mouvement vertical. La patte craqua comme une pince de homard et fusa perpendiculairement à la direction du coup de Goodall. Le Consu tangua et s'écroula.

L'homme pivota sur les fesses, lança ses lames, exécuta un saut périlleux en arrière et atterrit sur ses pieds juste à temps pour rattraper ses couteaux. Le côté gauche de sa tête était couvert d'un caillot gris, mais il souriait encore en s'élançant sur son Consu qui s'efforçait de se relever. Il battit des bras dans l'espoir de frapper Goodall, mais trop lentement, tandis que celui-ci pirouettait, levait en arrière son bras armé et plantait son premier couteau comme une pique dans la carapace dorsale. Il répéta le même mouvement et entama la carapace thoracique. Puis il pivota de cent quatre-vingts degrés pour faire face au Consu, tint avec force les deux manches des couteaux et les planta avec violence en tournant. Le Consu tressauta quand les parties tranchées de son corps tombèrent devant et derrière lui. Puis il chut comme une masse et ne se releva plus. Goodall regagna sa place souriant, en dansant la gigue. Il s'était à l'évidence bien amusé.

Le soldat Aquinas ne dansa pas et elle n'avait pas du tout l'air de s'amuser. Elle et son adversaire tournèrent l'un autour de l'autre avec prudence pendant vingt secondes avant que le Consu ne se décide à charger, levant son bras-faux comme pour harponner Aquinas par les tripes. Projetée en arrière, Aquinas perdit l'équilibre et tomba à la renverse. Le Consu sauta sur elle, épingla son bras gauche en le transperçant à hauteur de la chair tendre entre le radius et le cubitus avec son bras-faux gauche. Il approcha en même temps son autre bras-faux du cou, planta ses pattes postérieures de manière à se donner un appui pour la décapiter, puis déplaça un peu son bras-faux droit vers la gauche pour prendre de l'élan.

À l'instant où il la frappait pour lui trancher la tête, Aquinas poussa un grognement puissant et exerça une traction sur son bras gauche épinglé. Sa main et son bras se déchiquetèrent, tissus et tendons cédant sous la force de la pression. Puis le Consu roula comme elle ajoutait son élan au sien. Coincée dans ses bras, Aquinas réussit à pivoter et se mit à poignarder frénétiquement la carapace, le couteau dans la main droite. Le Consu s'efforça de l'écarter. Elle serra les jambes à mi-corps de la créature et s'y accrocha. Le Consu réussit à lui entailler le dos à plusieurs reprises, mais ses bras-faux manquaient d'efficacité au corps à corps. Aquinas s'arracha et franchit la moitié de la distance vers les autres soldats avant de choir comme une masse. Il fallut la transporter.

Je comprenais à présent pourquoi j'avais été exempté de combat. Ce n'était pas seulement une question de vitesse et de force, même si les soldats des Forces spéciales m'étaient très supérieurs. Ils employaient des tactiques nées d'une appréciation différente de la perte acceptable. Un soldat normal n'aurait pas sacrifié un membre comme Aquinas venait de le faire. Sept décennies vécues avec la connaissance que les membres sont irremplaçables et que la perte de l'un d'eux risque de conduire à la mort s'y opposaient. Or ce n'était pas un problème pour les soldats des Forces spéciales, dont les membres pouvaient toujours repousser et qui se savaient une tolérance aux blessures bien plus élevée qu'un soldat normal ne pouvait l'estimer. Non pas que les soldats des Forces spéciales ne connaissaient pas la peur. Elle surgissait bien plus tard.

Je fis signe au sergent Hawking et à son Consu de commencer. Pour une fois, le Consu n'ouvrit pas ses bras-faux. Il se contenta d'avancer au centre du dôme et attendit son adversaire. Pendant ce temps, Hawking, ramassé sur lui-même, progressait prudemment, pas à pas, cherchant le moment de frapper : un pas, stop, un pas de côté, stop, un pas, stop et encore un pas. Ce fut au cours de ces petits mouvements étudiés et prudents que le Consu ouvrit les bras comme un insecte qui explose et empala Hawking de ses deux bras-faux, le projetant en l'air. Alors qu'il retombait, l'autre lui lança un coup de faux vicieux qui lui sectionna la tête et la taille. Le torse et les jambes valdinguèrent dans des directions opposées. La tête retomba juste devant le Consu. Celui-ci la considéra pendant un moment, puis l'embrocha du bout de son bras-faux et la jeta de toutes ses forces en direction des humains. Elle rebondit dans un bruit humide puis tourbillonna par-dessus leurs têtes, les arrosant de débris de cerveau et de Sangmalin.

Pendant les quatre précédents combats, Jane avait attendu dans la ligne avec impatience, faisant sauter ses couteaux dans ses mains en une sorte de tic nerveux. Maintenant, elle s'avançait, prête à se battre, de même que son adversaire, le dernier Consu. Je leur signifiai de commencer. Le Consu fit un pas en avant agressif, étendit brusquement ses bras-faux et poussa un cri de guerre assez sonore pour briser le dôme et nous aspirer tous dans l'espace, en ouvrant très grand ses mandibules. À trente mètres de distance, Jane cligna des yeux puis lança un couteau dans la mâchoire béante. Elle avait injecté une telle vigueur dans son coup que la lame transperça le fond de la tête du Consu et s'enfonça jusqu'à la garde dans la carapace du crâne. Le cri de guerre à briser le dôme fut tout à coup et de façon inattendue remplacé par le bruit d'un énorme insecte étranglé par le métal et le sang. Il voulut déloger le couteau mais mourut avant d'achever son geste, tombant comme une masse en avant et expirant dans un ultime bruit de déglutition.

Je rejoignis Jane.

— Je ne pense pas que tu étais censée te servir des couteaux de cette manière, dis-je.

Elle haussa les épaules et fit sauter le second dans ses mains.

— Personne ne m'a jamais dit que c'était interdit.

L'ambassadeur se faufila vers moi, contournant le Consu tombé.

— Vous avez gagné le droit à quatre questions, déclara-t-il. Vous pouvez les poser maintenant.

Quatre questions, c'était davantage que ce que nous avions escompté. Nous en avions espéré deux et préparé trois. Nous avions cru que les Consus représenteraient un plus grand défi. Non pas qu'un soldat mort et des membres ainsi que des organes sectionnés traduisaient une victoire totale, tant s'en faut. Mais on se contente de ce qu'on a.

Quatre questions, ce serait parfait.

— Les Consus ont-ils procuré aux Rraeys la technologie de détection de la propulsion par saut ? demandai-je.

— Oui, répondit l'ambassadeur succinctement.

Réponse qui nous convenait. Nous n'escomptions pas que les Consus nous informent davantage qu'ils ne s'étaient engagés à le faire. Mais la réponse de l'ambassadeur nous fournissait celles à un certain nombre d'autres questions. Puisque les Rraeys avaient reçu cette technologie des Consus, il était hautement probable qu'ils ne connaissaient pas son fonctionnement à un niveau fondamental. Nous n'avions plus à nous inquiéter qu'ils étendent son usage ou la vendent à d'autres espèces.

— Combien de dispositifs de détection les Rraeys possèdent-ils ?

Nous avions d'abord pensé demander combien les Consus leur en avaient fourni, mais si, à tout hasard, les Rraeys en avaient fabriqué d'autres, nous avions conclu qu'il valait mieux rester dans les généralités.

— Un, répondit l'ambassadeur.

— Combien d'autres espèces connues des humains ont-elles la capacité de détecter les sauts ?

Notre troisième principale question. Nous supposions que les Rraeys connaissaient davantage d'espèces que nous. Demander combien possédaient cette technologie ne nous avancerait pas. C'était trop général. De même que leur demander à qui d'autre ils l'avaient fournie, puisqu'une autre espèce avait fort bien pu développer elle-même cette technologie. Toutes les découvertes dans l'univers ne viennent pas de cultures plus avancées. Parfois, des inventeurs doués les mettent au point par eux-mêmes.

— Aucune, dit l'ambassadeur.

Encore un heureux répit pour nous. À défaut, il nous donnait un peu de temps pour trouver une solution.

— Tu as encore une question, rappela Jane.

Elle me désigna l'ambassadeur, qui attendait mon ultime requête. Pourquoi ne pas risquer le tout pour le tout ?

— Les Consus sont en mesure de rayer la plupart des espèces de cette région de l'espace, dis-je. Pourquoi ne le faites-vous pas ?

— Parce que nous vous aimons, répondit l'ambassadeur.

— Pardon ?

Techniquement, on aurait pu qualifier cette exclamation de cinquième question, à laquelle le Consu n'était pas tenu de répondre. Mais il le fit quand même.

— Nous chérissons toute vie qui a le potentiel de *Ungkat* – ce dernier mot prononcé comme une barrière raclant un mur de briques – c'est-à-dire de participer au grand cycle de la renaissance. Nous veillons sur vous, sur toutes les espèces inférieures, en consacrant vos planètes afin que tous leurs habitants puissent renaître dans le cycle. Nous estimons de notre devoir de concourir à votre évolution. Les Rraeys croient que nous leur avons donné la technologie dont vous vous êtes enquis parce qu'ils nous ont offert une de leurs planètes, mais c'est faux. Nous avons vu l'occasion de faire avancer vos deux espèces vers la perfection, et c'est avec joie que nous sommes intervenus.

L'ambassadeur ouvrit ses bras-faux et nous découvrîmes ses bras et ses mains secondaires ouvertes, comme implorantes.

— Le moment où votre peuple sera qualifié pour nous rejoindre est maintenant beaucoup plus proche. Aujourd'hui, vous êtes souillés et devez être injuriés quand bien même vous êtes aimés. Mais contentez-vous de savoir que la délivrance viendra un jour. Moi-même je me rends à la mort, déshonoré d'avoir parlé dans votre langue, mais assuré d'une place dans le cycle parce que j'ai fait avancer votre peuple vers sa position dans la grande roue. Je vous méprise et je vous aime, vous qui êtes à la fois ma damnation et mon salut. Retirez-vous maintenant, que nous puissions détruire ce site et célébrer votre progrès. Partez.

— Je n'aime pas ça, déclara le lieutenant Tagore lors de notre débriefing, une fois que nous lui eûmes narré nos expériences. Je n'aime pas ça du tout. Les Consus ont donné aux Rraeys cette technologie pour qu'ils puissent nous baiser. Ce maudit insecte l'a dit lui-même. Ils nous ont fait danser comme des marionnettes au bout de leurs fils. Ils ont peut-être déjà prévenu les Rraeys de notre arrivée.

— Ce serait redondant, avança le capitaine Jung, compte tenu de leur dispositif de détection des sauts.

— Vous m'avez compris, rétorqua Tagore. Les Consus ne nous feront aucune faveur, puisqu'il est clair qu'ils veulent que nous nous battions avec les Rraeys afin de « progresser » à un autre niveau cosmique, selon leur charabia.

— De toute façon, les Consus n'allaient nous accorder aucune faveur, déclara le commandant Crick. Suffit avec eux. Nous agissons en accord avec leurs plans, mais n'oubliez pas que leurs plans coïncident avec les nôtres jusqu'à un certain point. Et, à mon avis, les Consus se foutent éperdument que ce soit nous ou les Rraeys qui remportent la palme. Donc concentrons-nous sur ce que nous allons faire au lieu de ce que vont faire les Consus.

Mon Amicerveau cliqua. Crick transmit une carte de Corail et d'une autre planète, le monde natal des Rraeys.

— Étant donné que les Rraeys utilisent une technologie empruntée, nous avons une chance d'agir, de les frapper vite et durement, à la fois sur Corail et sur leur monde natal, expliqua Crick. Pendant que nous baratinions les Consus, les FDC ont avancé des vaisseaux à distance de saut. Nous avons six cents bâtiments – pratiquement un tiers de nos forces – en position et prêts à sauter. À notre signal, les FDC lanceront le compte à rebours pour mener des attaques simultanées sur Corail et sur le monde natal des Rraeys. L'objectif est à la fois de reprendre Corail et de paralyser les renforts potentiels. La frappe de leur monde natal mettra les vaisseaux qui y stationnent hors d'état d'intervenir et obligera les Rraeys opérant dans d'autres régions de l'espace à choisir d'assister en priorité soit Corail, soit leur monde natal.

» Les deux assauts dépendent d'une seule condition : que nous détruisions leur capacité à prédire notre arrivée. Autrement dit, il faut nous emparer de leur station de repérage et la mettre hors d'usage… mais *sans* la démolir. Les FDC sauront faire leurs choux gras de la technologie présente dans cette station. Peut-être les Rraeys ne sont-ils pas fichus de la comprendre, mais nous sommes loin devant eux sur la courbe technologique. Nous ne ferons sauter la station qu'en cas de nécessité absolue. Nous allons nous emparer d'elle et la tenir jusqu'à l'arrivée de renforts à la surface.

— Combien de temps ça va prendre ? s'enquit Jung.

— Les assauts simultanés seront coordonnés pour commencer quatre heures après notre entrée dans l'espace de Corail, répondit Crick. Selon l'intensité des affrontements vaisseau contre vaisseau, on peut escompter que des troupes supplémentaires nous apportent leurs renforts après les quatre premières heures de combat.

— Quatre heures après notre *entrée* dans l'espace de Corail ? demanda Jung. Pas après que nous aurons investi la station de repérage ?

— Exact, confirma Crick. Donc nous avons sacrément intérêt à prendre la station, messieurs-dames.

— Excusez-moi, fis-je. Il y a un petit détail qui me tracasse.

— Oui, lieutenant Perry.

— Le succès de l'offensive repose sur la prise de la station de repérage qui tient à jour l'arrivée de nos vaisseaux.

— Exact.

— C'est la même station de repérage qui va nous pister quand nous-mêmes sauterons dans l'espace de Corail.

— Exact.

— J'étais sur un vaisseau repéré à son arrivée, si vous vous en souvenez. Il a été désintégré et tous ceux qui étaient à bord avec moi sont morts. Ne craignez-vous pas un peu qu'il nous arrive la même mésaventure ?

— Nous nous sommes déjà faufilés dans l'espace de Corail sans être détectés, rappela Tagore.

— Je le sais puisque c'est l'*Épervier* qui m'a sauvé. Et, croyez-moi, j'en suis reconnaissant. J'ai cependant la forte impression que ce genre de tour d'adresse ne réussit qu'une fois. Et même si nous sautons dans le système de Corail assez loin de la planète pour éviter d'être détectés, il nous faudra plusieurs heures pour atteindre cette planète. Le timing ne sera pas respecté. Si on veut que ça marche, l'*Épervier* doit sauter à proximité. Alors je veux savoir comment nous allons procéder en espérant encore que le vaisseau restera en un seul morceau.

— La réponse est extrêmement simple, dit Crick. Nous n'espérons *pas* que le vaisseau restera en un seul morceau.

Nous escomptons qu'il soit rayé du ciel. Mieux, nous comptons là-dessus.

— Pardonnez-moi?

Je balayai la table du regard, m'attendant à découvrir des mines aussi confuses que la mienne. Tout au contraire, chacun avait l'air un rien pensif. Je trouvai tout cela très désorientant.

— Insertion en orbite haute, alors, c'est ça? demanda le lieutenant Dalton.

— Oui, répondit Crick. Modifiée, évidemment.

Je tombai bouche bée.

— Vous avez déjà fait ça? demandai-je.

— Pas ça précisément, lieutenant Perry, intervint Jane, attirant mon attention sur elle. Mais oui, à l'occasion, nous avons introduit des Forces spéciales directement de l'espace. En général lorsque l'emploi de navettes n'était pas une option, comme dans la mission qui nous attend. Nous avons des tenues de parachutage qui nous isolent de la chaleur à l'entrée dans l'atmosphère. À part ça, il s'agit d'un saut en parachute normal.

— Sauf que, dans ce cas, on va tirer sur votre vaisseau par en dessous.

— C'est là où le bât blesse, concéda Jane.

— Vous êtes complètement fous, dis-je.

— C'est une excellente tactique, souligna le commandant Crick. Si le vaisseau vole en éclats, les troupes feront partie des débris. Les FDC viennent de nous envoyer un drone de saut avec des informations récentes sur l'emplacement de la station de repérage. Nous pouvons ainsi sauter au-dessus de la planète d'une position permettant à nos gens de descendre droit dessus. Les Rraeys croiront qu'ils ont annihilé notre assaut avant qu'il ait commencé. Ils ne sauront que nous sommes là qu'au moment de l'attaque. Et alors ce sera trop tard.

— À supposer que l'un de vous survive à la frappe initiale, fis-je remarquer.

Crick jeta un regard à Jane et acquiesça.

— Les FDC nous ont octroyé une marge de manœuvre, déclara Jane au groupe. Elles ont commencé de placer des propulsions de saut sur des grappes de missiles protégés par bouclier et de les lancer dans l'espace de Corail. Sitôt leurs boucliers frappés, ils déclencheront les missiles, qui sont pour les Rraeys très difficiles à atteindre. Nous avons descendu plusieurs de leurs vaisseaux de cette manière ces deux derniers jours. Désormais, ils attendront quelques secondes avant de faire feu, afin de repérer avec précision ce qui a été lancé contre eux. Nous devrions disposer de dix à trente secondes avant que l'*Épervier* ne soit frappé. Ça ne laisse pas le temps de réagir à un bâtiment qui ne s'attend pas à être attaqué, mais ça nous suffit à faire sauter tous nos gens du vaisseau.

» Ça suffira peut-être aussi à l'équipage de la passerelle pour lancer une offensive de diversion.

— L'équipage de la passerelle va rester sur le vaisseau pour ça ? demandai-je.

— Nous endosserons la tenue de parachutage comme les autres et manœuvrerons le vaisseau via Amicerveau, expliqua le commandant Crick. Mais nous resterons à bord au moins jusqu'à ce que notre première salve de missiles soit lancée. Lorsque nous aurons quitté le bâtiment, nous n'activerons les Amicerveaux qu'une fois descendus profondément dans l'atmosphère de Corail. Sinon cela trahirait que nous sommes en vie à tout Rraey susceptible de surveiller. Cela comporte des risques, mais c'est le lot de tous ceux à bord de ce vaisseau. Ce qui nous amène, soit dit en passant, à vous, lieutenant Perry.

— À moi ?

— Naturellement, vous ne souhaitez pas vous trouver sur le vaisseau lorsqu'il sera frappé, dit Crick. De surcroît, vous n'avez pas la formation pour cette mission, et nous avons également promis que vous seriez ici en qualité de conseiller. En bonne conscience, nous ne pouvons pas vous demander de participer. Après ce briefing, on vous fournira une navette et un drone de saut sera renvoyé à Phénix avec les coordonnées de votre navette et une requête de récupération. Phénix maintient en permanence des vaisseaux de récupération stationnant à la distance de saut. Vous serez recueilli dans la journée. Toutefois, nous vous laisserons des vivres pour un mois. Et la navette est équipée de drones de saut d'urgence si les choses en arrivaient là.

— Donc vous vous débarrassez de moi.

— Ça n'a rien de personnel. Le général Keegan va vouloir un briefing sur la situation et les négociations avec les Consus, et, en tant qu'officier de liaison avec les FDC conventionnelles, vous êtes le plus apte à vous en charger.

— Mon commandant, avec votre autorisation, j'aimerais rester.

— Lieutenant, nous n'avons pas de place pour vous. Vous servirez mieux cette mission en retournant sur Phénix.

— Mon commandant, avec le respect que je vous dois, il y a au moins un absent dans vos rangs. Le sergent Hawking est décédé durant nos négociations avec les Consus. Il manque la moitié d'un bras au soldat Aquinas. Vous n'aurez pas la possibilité de renforcer vos troupes avant la mission. Certes, je n'appartiens pas aux Forces spéciales, mais je suis un vétéran. Je vaux, tout au moins, mieux que rien.

— Il me semble me souvenir que vous nous avez tous traités de fous, intervint le capitaine Jung.

— Mais vous êtes tous complètement fous. Donc, si vous exécutez vos plans, vous aurez besoin de toute l'aide qui se présentera à vous. Et puis, mon commandant, enchaînai-je en me tournant vers lui, n'oubliez pas que j'ai perdu tous mes hommes sur Corail. Je n'ai pas le droit, à mon sens, de me tenir à l'écart du combat.

Crick regarda Dalton.

— Où en sommes-nous avec Aquinas ? demanda-t-il.

Dalton haussa les épaules.

— Nous l'avons placée en régime de soins accélérés. Faire repousser un bras aussi vite fait un mal de chien, mais elle sera rétablie au moment du saut. Je n'ai pas besoin de lui.

Crick se tourna vers Jane, qui m'observait.

— À votre tour, Jane, dit-il. Hawking était votre sous-off. Si vous voulez Perry, vous pouvez l'avoir.

— Non, je n'en veux pas, répondit Jane en me regardant droit dans les yeux. Mais il a raison. Il me manque un homme.

— Parfait, conclut Crick. Décrassez-le en vitesse. (Il se tourna vers moi.) Si le lieutenant Sagan estime que vous ne ferez pas l'affaire, on vous fourre dans une navette. Vous m'avez compris ?

— Je vous ai compris, mon commandant, dis-je en regardant Jane.

— Bien... Bienvenue dans les Forces spéciales, Perry. Vous êtes le premier vrai-né à intégrer nos rangs, autant que je sache. Tâchez de ne pas merder, parce qu'en ce cas je vous promets que les Rraeys seront le cadet de vos soucis.

Jane entra dans ma cabine sans mon autorisation. Elle pouvait le faire, maintenant qu'elle était mon officier supérieur.

— Mais, bon Dieu, qu'est-ce qui t'a pris ? cracha-t-elle.

— Il vous manque un homme, répondis-je. J'en suis un. Fais le calcul.

— Je t'ai obtenu ce poste sur le vaisseau parce que je savais qu'on te renverrait par navette, dit Jane. Si tu avais été réaffecté dans l'infanterie, tu serais sur l'un des vaisseaux participant à l'assaut. Si nous ne prenons pas la station de repérage, tu sais ce qui va arriver à ces vaisseaux et à tous ceux qui sont dedans. C'était l'unique moyen à ma connaissance de te garder sauf, et tu viens de le jeter à la corbeille.

— Tu aurais pu dire à Crick que tu ne voulais pas de moi. Tu l'as entendu. Il aurait été enchanté de me renvoyer sur une navette et de me laisser flotter dans l'espace consu jusqu'à ce que quelqu'un arrive pour me recueillir. Tu ne l'as pas fait parce que tu sais que ce petit plan est complètement barjot. Tu sais que tu vas avoir besoin de toute l'aide possible. J'ignorais que je serais sous tes ordres, tu sais, Jane. Si Aquinas n'allait pas se rétablir, j'aurais pu tout aussi bien servir sous Dalton. Je ne savais même pas que Hawking était ton sous-off avant que Crick ne le mentionne. Mais si on veut réussir, vous avez besoin de tous les hommes disponibles, voilà tout ce que je savais.

— Et pourquoi y accordes-tu de l'importance ? Ce n'est pas ta mission. Tu n'es pas des nôtres.

— Maintenant si. Je suis sur ce vaisseau. Et j'y suis grâce à toi. Et je n'ai nulle part ailleurs où aller. Toute ma compagnie a été liquidée et la plupart de mes autres amis sont morts. De toute façon, comme l'un de vous l'a souligné, nous sommes tous humains. Merde, j'ai même été fabriqué dans un labo, tout comme toi. Ce corps, du moins. Je pourrais être l'un de vous. Et désormais je le suis.

— Tu n'as pas la première idée de ce que ça veut dire, s'emporta Jane. Tu voulais me connaître, paraît-il. Qu'est-ce que tu veux savoir ? Tu veux savoir ce que c'est que de s'éveiller un beau jour avec la tête pleine d'une bibliothèque complète – de comment égorger un cochon à comment piloter un vaisseau spatial –, mais sans connaître ton nom ? Ni même savoir si tu en as un ? Tu veux apprendre ce que c'est que de n'avoir jamais été un enfant, ni même d'en avoir vu un, jusqu'au jour où tu poses le pied dans une colonie carbonisée et que tu en découvres un cadavre devant toi ? Peut-être te plaira-t-il de savoir que la première fois que nous parlons à un vrai-né, nous devons nous retenir de lui cogner dessus parce qu'il parle si lentement, qu'il bouge si lentement et pense si lentement qu'on ne comprend pas pourquoi on se donne la peine de vous engager.

» Ou peut-être te plaira-t-il d'apprendre que tous les soldats des Forces spéciales s'inventent en rêve un passé. Nous sommes des monstres de Frankenstein, nous le savons. Nous savons que nous sommes faits de morceaux de morts. Nous nous regardons dans un miroir et nous savons que nous voyons quelqu'un d'autre ; nous devons notre existence au fait qu'eux l'ignorent et que nous ne les retrouverons jamais. Alors nous imaginons tous celui ou celle qu'ils ont été. Nous imaginons leur vie, leurs enfants, leur mari, leur femme, et nous savons que rien de cela ne fera partie de nous.

Jane se planta devant moi.

— Tu veux savoir ce que c'est que de rencontrer le mari de la femme que tu as été jadis ? De lire sur son visage qu'il te reconnaît mais sans rien ressentir toi-même, en dépit de la force de ton désir ? De savoir qu'il meurt d'envie de t'appeler par un nom qui n'est pas le tien ? De savoir que, lorsqu'il te regarde, il contemple des décennies de vie… et que, toi, tu en ignores tout. De savoir qu'il a été avec toi, *dans* toi, qu'il était là à te tenir la main quand tu mourais, à te dire son amour. De savoir qu'il ne peut faire de toi une vrai-née, mais te donner une continuation, une histoire, une idée de ce que tu as été afin de t'aider à comprendre qui tu es. Peux-tu imaginer ce que c'est que de vouloir ça pour toi ? De le garder précieusement coûte que coûte.

Elle s'approcha. Ses lèvres effleuraient presque les miennes mais ne s'offraient pas.

— Tu as vécu avec moi dix fois plus longtemps que je n'ai vécu avec moi-même. Tu es le gardien de mon identité. Tu ne peux pas imaginer ce que ça représente pour moi. Parce que tu n'es *pas* des nôtres.

Elle recula et je l'observai.

— Tu n'es pas elle, dis-je. Tu me l'as toi-même dit.

— Oh, bon Dieu ! s'exclama Jane d'un ton tranchant. J'ai menti. Je *suis* elle, et tu le sais. Si elle avait vécu, elle aurait rejoint les FDC et ils auraient utilisé le même foutu ADN pour fabriquer son nouveau corps comme ils l'ont fait pour moi. J'ai été gonflée avec de la merde alien dans mes gènes mais tu n'es plus entièrement humain et elle ne le serait plus, non plus. La part humaine en moi, c'est la même qui serait en elle. Tout ce qui me manque, c'est la mémoire. Tout ce qui me manque, c'est toute ma vie antérieure.

Jane revint près de moi, prit mon visage dans ses mains.

— Je suis Jane Sagan. Ça, je le sais. Ces dernières six années sont les miennes, et elles sont réelles. C'est *ma* vie. Mais je suis aussi Katherine Perry. Je veux retrouver cette vie. Le seul moyen d'y parvenir, c'est à travers toi. Tu dois rester en vie, John. Sans toi, je me perds encore une fois.

Je levai la main vers la sienne.

— Aide-moi à rester en vie, déclarai-je. Explique-moi tout ce que je dois savoir pour accomplir cette mission. Montre-moi tout ce dont j'ai besoin pour aider ta compagnie à faire son boulot. Tu as raison, je ne sais pas ce que c'est qu'être toi, être l'un des vôtres. Mais une chose est sûre, je ne veux pas flotter dans une maudite navette pendant qu'on tirera sur toi. J'ai besoin, moi aussi, que tu restes en vie. D'accord ?

— D'accord, dit-elle.

Je lui pris la main et l'embrassai.

CINQ

C'est l'étape facile. (Message de Jane.) *Ne résiste pas.*

Les portes de la soute détonèrent brusquement, une décompression explosive qui ressemblait à mon arrivée précédente dans l'espace de Corail. Il allait falloir que j'y vienne un jour sans être éjecté d'une soute de cargaison. Néanmoins, cette fois-ci, la soute de l'*Épervier* n'était pas encombrée d'objets dangereux et mal attachés. Il n'y avait que l'équipage et les soldats, parés de leur combinaison de saut volumineuse et étanche. Nos pieds étaient pour ainsi dire cloués au sol par des attaches électromagnétiques, mais, dès que les portes de la soute de cargaison auraient explosé et les débris acquis une distance suffisante pour ne pas nous tuer, les attaches seraient tranchées et on serait expédiés dehors, entraînés par l'air qui s'échappait. La soute avait été surpressurisée afin de garantir une poussée suffisante.

C'était le cas. Les aimants de nos orteils coupés, on eût dit qu'un géant nous catapultait à travers un trou de souris particulièrement large. Selon le conseil de Jane, je n'offris aucune résistance et me retrouvai brusquement en train de tomber dans le vide. C'était parfait puisque notre but était de donner l'illusion d'une soudaine et inattendue exposition au néant de l'espace, au cas où les Rraeys surveilleraient cette région. Je fus sans cérémonie projeté par la porte avec le restant des

Forces spéciales, j'eus un moment affolant de vertige quand l'« extérieur » devint le *bas*, et que le bas se trouva à deux cents kilomètres de la masse obscurcie de Corail, le terminus du jour brûlant à l'est où nous allions aboutir.

Ma rotation personnelle me fit pivoter juste à temps pour voir l'*Épervier* exploser sous quatre impacts. Les boules de feu qui surgirent du flanc opposé du vaisseau par rapport à ma position découpèrent sa silhouette dans les flammes. Pas de bruit, pas de chaleur en raison du vide qui m'en séparait, mais les affreuses boules de feu orange et jaune compensaient largement l'absence d'autres manifestations. Par miracle, quand je pivotai, je vis l'*Épervier* tirer des missiles qui filèrent vers un ennemi dont je ne pouvais déterminer la position. Quelqu'un était donc encore à bord lorsqu'il avait été touché. Je tournai, encore une fois à temps pour le voir se scinder en deux quand une autre volée de missiles l'atteignit. Celui qui se trouvait dans le vaisseau allait y mourir. J'espérai que nos missiles feraient mouche.

Je tombais seul vers Corail. D'autres soldats se trouvaient peut-être tout près de moi, mais il était impossible de le savoir. Nos combinaisons étaient opaques et nous avions reçu l'ordre de maintenir le silence Amicerveau jusqu'à l'entrée dans la haute atmosphère. Sauf si j'entrevoyais une masse sombre occulter une étoile, je ne saurais pas si d'autres m'accompagnaient. Rester invisible est efficace quand l'objectif est l'assaut d'une planète, surtout lorsque l'ennemi risque de vous attendre d'en haut. Je continuais de tomber et observais la planète Corail qui avalait inexorablement les étoiles à sa périphérie croissante.

Mon Amicerveau retentit. Il était temps de mettre en place le bouclier. Je signalai mon assentiment, et d'un sac dans mon dos s'écoula un flot de nanorobots. Un cyberfilet électromagnétique se tissa autour de moi, m'enfermant dans un globe d'un noir mat et me coupant de toute lumière. Cette fois, je tombais réellement dans les ténèbres. Je remerciai Dieu de ne pas être claustrophobe. Sans quoi, je serais devenu marteau.

Le bouclier était la clé de l'insertion en orbite haute. Il protégeait le soldat de deux façons contre la chaleur à vous carboniser générée par l'entrée dans l'atmosphère. Primo, la sphère du bouclier était créée pendant que le soldat tombait encore dans le vide, ce qui atténuait le transfert de chaleur, sauf si le soldat touchait le revêtement du bouclier qui était en contact avec l'atmosphère. Secundo, pour éviter cet inconvénient, le même échafaudage électromagnétique sur lequel les robots construisaient le bouclier coinçait le soldat au centre de la sphère, l'immobilisant totalement. Ce n'était guère confortable, mais la brûlure par des molécules d'air qui s'enfoncent dans votre chair à grande vitesse ne l'est pas non plus.

Les robots absorbaient l'énergie de frottement, en convertissant une partie pour renforcer le filet électromagnétique qui isolait le soldat, puis amortissaient autant que possible le restant de la chaleur. Ils finissaient par brûler et, à ce moment-là, un autre robot traversait le filet pour prendre la place du précédent. Dans l'idéal, on ne devait plus avoir besoin du bouclier avant son épuisement. Le nombre de robots était calibré pour l'atmosphère de Corail, avec un petit surplus. Mais comment s'empêcher d'être nerveux ?

Je sentis des vibrations quand mon bouclier commença de s'insérer laborieusement dans la haute atmosphère de la planète. Amicerveau signala inutilement l'entrée dans une zone de turbulences. Je fus secoué dans ma petite sphère. Malgré le champ isolant qui me retenait, j'oscillais davantage que je ne l'aurais voulu. Lorsque le bord d'une sphère peut transmettre plusieurs milliers de degrés de chaleur directement sur votre chair, le moindre mouvement vers elle, aussi faible soit-il, est angoissant.

À la surface de Corail, quiconque aurait levé les yeux aurait vu des centaines de météores zébrer soudain la nuit. Que les Rraeys pensent qu'il s'agissait certainement des débris du vaisseau humain qu'ils venaient de rayer du ciel étoufferait tout soupçon quant à ces météores. À des centaines de milliers de pieds d'altitude, un soldat qui tombe et un bout de coque qui tombe se ressemblent.

La résistance de l'atmosphère de plus en plus dense ralentit ma sphère. Quelques secondes après que la chaleur eut cessé de m'illuminer, elle s'effondra et j'en jaillis comme un poussin projeté au lance-pierre hors de sa coquille. La vue n'était plus un mur noir uniforme de robots mais un monde plongé dans les ténèbres, éclairé de loin en loin par des algues bioluminescentes qui découpaient les courbes langoureuses des récifs coralliens, ainsi que par les lumières plus crues des campements rraeys et des anciens établissements humains. Nous nous dirigions vers ce deuxième ensemble de lumières.

Discipline Amicerveau en route. (Message du commandant Crick. Je fus surpris. J'avais cru qu'il avait sombré avec l'*Épervier.*) *Chefs de compagnie, identification. Soldats, alignement sur vos chefs de compagnie.*

À quelques kilomètres à l'ouest de ma position et plusieurs centaines de mètres au-dessus, Jane s'illumina soudain. Elle ne s'était pas peinte en fluo. C'eût été la meilleure façon de se faire abattre par les forces au sol. Mais Amicerveau me communiquait ainsi sa position. Autour de moi, à proximité ou au loin, d'autres soldats se mirent à briller. Les collègues de ma nouvelle compagnie se signalaient aussi. En nous tortillant, nous commençâmes de dériver ensemble. Ce faisant, une grille topologique se superposa à la surface de Corail, sur laquelle brillaient plusieurs points formant un amas serré : la station de repérage et ses environs immédiats.

Jane se mit à bombarder ses soldats d'informations. Dès que j'avais rejoint sa compagnie, les soldats des Forces spéciales avaient renoncé à la courtoisie de me parler, reprenant leur méthode habituelle d'échange par Amicerveau. Si j'allais me battre avec eux, ils estimaient que je devais le faire selon leurs règles. Les communications des trois derniers jours s'étaient réduites pour moi à un brouhaha confus. Lorsque Jane m'avait dit que les vrais-nés communiquaient plus lentement, c'était un euphémisme. Les Forces spéciales échangeaient des messages plus vite que je ne clignais des paupières. Conversations et débats se déroulaient à un train m'empêchant de saisir les dix premiers mots. Plus déboussolant encore, les Forces spéciales ne limitaient pas leurs transmissions à des messages textes ou verbaux. Elles utilisaient la capacité d'Amicerveau à transmettre les informations affectives pour envoyer des bouffées d'émotion et s'en servir comme un écrivain de la ponctuation. Si l'un émettait une blague, tous ceux qui l'entendaient transmettaient leur rire par Amicerveau. On aurait cru que de petits plombs de pistolet de foire s'enfonçaient dans votre crâne. Ça me donnait mal à la tête.

Toutefois, c'était vraiment une façon efficace de « parler ». Jane exposa la mission, les objectifs et la tactique de notre compagnie en dix fois moins de temps qu'un commandant des FDC conventionnelles à un briefing. C'est un grand avantage si ce briefing se déroule quand tous les intéressés tombent vers la surface à une vitesse à se rompre le cou.

Aussi stupéfiant que ce fût, je réussis à suivre le briefing presque aussi vite que Jane le débitait. Le secret, découvris-je, est de cesser de lutter ou de vouloir organiser les informations comme j'en avais l'habitude, par tranches de paroles. Il suffit d'accepter de boire à un tuyau d'incendie, la bouche grande ouverte. Mes réponses limitées facilitaient les choses.

La station de repérage était située sur une colline près de l'un des plus petits établissements humains que les Rraeys avaient investis, dans un vallon fermé du côté de la station. Ce terrain était à l'origine occupé par le centre de commandement de la colonie et ses bâtiments annexes. Les Rraeys s'y étaient implantés pour bénéficier des lignes électriques et s'approprier les ressources informatiques, de transmission et autres du centre de commandement. Ils avaient érigé des positions défensives dans et autour du centre, mais les images en temps réel du site (fournies par un membre de l'état-major de Crick, qui avait sanglé carrément un satellite espion sur sa poitrine) révélaient que ces positions n'étaient que modérément armées et pourvues en personnel. Les Rraeys étaient trop sûrs que leur technologie et leurs vaisseaux spatiaux neutraliseraient toute menace.

D'autres compagnies investiraient le centre de commandement, localiseraient et sécuriseraient les machines intégrant les informations de repérage émises par les satellites et préparant leur chargement sur les vaisseaux rraeys postés en orbite. Le boulot de la nôtre consistait à prendre le contrôle de la tour de transmission d'où les signaux au sol partaient sur les vaisseaux. Si le matériel de transmission était un équipement consu avancé, nous devions déconnecter la tour et la défendre contre l'inévitable contre-attaque de l'ennemi. Si ce n'était que du bricolage rraey, nous nous contenterions de la faire sauter.

Dans l'un et l'autre cas, la station de repérage serait fermée et les vaisseaux rraeys contraints de se diriger en aveugles, incapables de détecter quand et où les nôtres apparaîtraient. La tour se trouvait à l'écart du centre de commandement et elle était fortement gardée en comparaison du restant du secteur, mais nous avions des plans pour décimer une partie du bétail avant de toucher terre.

Sélection des cibles. (Message de Jane.)

Une surimpression de notre zone de cibles apparut en gros plan dans nos Amicerveaux. Les soldats rraeys et leurs machines brillaient en infrarouge. Sans menace apparente, ils ne protégeaient pas leurs traces de chaleur. Par escadrons, équipes, puis individuellement, les cibles furent sélectionnées et préparées. Chaque fois que possible, nous décidions de frapper les Rraeys et non leur équipement, que nous pourrions utiliser dès que leur sort serait réglé. Les armes ne tuent pas, mais les aliens derrière la détente, si. Sitôt nos cibles établies, nous nous éloignâmes tous un peu les uns des autres. Tout ce qui restait à faire était d'attendre la distance d'un kilomètre.

À un kilomètre, nos derniers robots déployèrent une paravoile manœuvrable, réduisant la vélocité de notre descente avec une brutalité à vous retourner l'estomac, mais nous permettant d'osciller et de filer sans nous percuter. Nos voiles comme notre tenue de combat étaient camouflées contre le noir et la chaleur. À moins de savoir qui chercher, on ne nous verrait pas arriver.

Frappe des cibles. (Envoi du commandant Crick.)

Le silence de notre descente prit fin avec le crépitement déchirant des MF déchargeant une averse de métal. Au sol, soldats rraeys et personnel eurent la tête et les membres arrachés. Leurs compagnons n'eurent qu'une fraction de seconde pour comprendre ce qui se passait avant de connaître le même destin. Quant à moi, je visai trois Rraeys en faction près de la tour de transmission. Les deux premiers tombèrent sans un cri. Le troisième pointa son arme dans le noir, prêt à tirer. Je l'atteignis avant qu'il eût le temps de corriger sa visée. En cinq secondes environ, tous les Rraeys qui étaient dehors et visibles furent abattus. Nous étions encore à plusieurs centaines de mètres d'altitude à ce moment-là.

Des projecteurs s'allumèrent. On les fit exploser aussitôt. Nous tirâmes des roquettes dans les tranchées et les trous de snipers, arrosant ceux qui y étaient installés. Les soldats rraeys, sortant en nombre du centre de commandement et des campements, remontèrent la trajectoire des roquettes et firent feu. Nos soldats s'étaient depuis longtemps écartés et descendaient l'ennemi qui tirait à découvert.

Je sélectionnai un point d'atterrissage près de la tour de transmission et demandai à Fumier de calculer une trajectoire de manœuvre d'évitement pour l'atteindre. À mon arrivée, deux Rraeys jaillirent de la porte d'un baraquement près de la tour et tirèrent vers moi tout en fonçant vers le centre de commandement. Le premier, je l'atteignis à la jambe. Il tomba en hurlant. Le second cessa de tirer et s'enfuit en s'aidant de ses pattes musculeuses, semblables à celles d'un oiseau, pour prendre de la distance. Je demandai à Amicerveau de libérer la paravoile. Elle se désintégra tandis que ses filaments électrostatiques s'effondraient et que les robots se transformaient en poussière inerte. Je franchis les derniers mètres me séparant du sol, effectuai un roulé-boulé, me relevai et visai le Rraey qui s'éloignait à fond de train. Il préférait s'enfuir en ligne droite plutôt que de courir en zigzag pour faire une cible moins facile. Un seul tir et il s'écroula. Derrière moi, l'autre poussait encore des cris perçants, puis, tout à coup, un hoquet abrupt y mit fin. Me retournant, j'avisai Jane, son MF pointé vers le cadavre du Rraey.

Tu me suis. (Envoi de Jane, qui d'un geste me désigna le baraquement.)

Comme nous approchions, deux autres Rraeys bondirent de la porte, tandis qu'un troisième ouvrait le feu de l'intérieur. Jane s'aplatit et riposta pendant que je poursuivais les Rraeys en fuite. Ceux-là détalaient en zigzaguant. Je tuai le premier, mais l'autre m'échappa en glissant sur les fesses du haut d'un talus. Pendant ce temps, Jane en eut marre d'échanger des salves avec le Rraey planqué dans la remise et lança une grenade. Il y eut un piaillement étouffé, puis un violent bruit de chute, suivi de gros morceaux du Rraey s'envolant par la porte.

Nous entrâmes dans le baraquement; le sol était couvert des restes du Rraey et le local bourré d'électronique. Un scan Amicerveau confirma qu'il s'agissait de matériel rraey. C'était le centre opérationnel de la tour. Jane et moi ressortîmes et bombardâmes la bâtisse de grenades et de roquettes. Elle explosa dans un feu d'artifice. La tour était maintenant déconnectée, même s'il restait encore à s'occuper de l'équipement de transmission proprement dit installé à son sommet.

Jane reçut les rapports de statut de ses chefs d'escadron. La tour et ses environs étaient sous contrôle. Après notre tir initial, les Rraeys n'avaient pu s'organiser à aucun moment. Nous avions quelques blessés légers, aucun mort à signaler. Les autres phases de l'attaque se déroulaient aussi bien. Le combat le plus intense avait lieu dans le centre de commandement, où les soldats progressaient de pièce en pièce en liquidant les Rraeys. Jane envoya deux escadrons en renfort, un troisième pour surveiller les cadavres ennemis et l'équipement dans la tour, enfin deux autres pour établir un périmètre de sécurité.

Et toi, dit-elle par Amicerveau en se tournant vers moi et en désignant la tour, *monte là-haut et dis-moi ce qu'on a.*

Je levai les yeux : c'était une tour radio traditionnelle. Environ cent cinquante mètres de haut, des parois lisses mais un échafaudage en métal qui fixait ce qui se trouvait au sommet. Jusqu'à présent, c'était la création la plus impressionnante des Rraeys. La tour n'existait pas lorsqu'ils étaient arrivés. Donc ils avaient dû l'installer presque aussitôt. Ce n'était certes qu'une tour radio, mais, d'un autre côté, essayez de construire une tour radio en une journée et dites-m'en des nouvelles. Elle était munie de pointes formant une échelle qui menait jusqu'au sommet. La physiologie et la taille des Rraeys étaient assez proches de celles des humains pour que je puisse m'en servir. Je grimpai.

Au sommet soufflait un vent dangereux et il y avait un paquet de la taille d'une voiture d'antennes et d'instruments. Je le scannai par Amicerveau, qui compara l'image visuelle avec sa bibliothèque de la technologie rraey. Du rraey à cent pour cent. Les informations transmises par satellite étaient traitées dans le centre de commandement. J'espérais que les nôtres réussiraient à s'en emparer sans détruire accidentellement le matériel.

J'envoyai l'information à Jane. Elle me prévint que plus vite je redescendrais, plus j'aurais de chances de ne pas être écrasé par les débris. Inutile qu'elle insiste. Comme je descendais, des roquettes furent lancées droit au-dessus de ma tête, directement contre le tas d'instruments au sommet. La force des détonations cassa les câbles stabilisateurs. Leur odeur métallique piquante promettait une électrocution à quiconque se trouvait sur leur chemin. Toute la tour oscillait.

Jane lança l'ordre de tirer sur sa base. Les roquettes transpercèrent les poutres métalliques. La tour se tordit et s'effondra dans un grondement.

Le bruit des combats s'était tu dans le secteur du centre de commandement et des acclamations sporadiques retentissaient. Il ne restait plus un seul Rraey. J'avais demandé à Fumier d'enclencher mon chronomètre interne. Cela ne faisait pas tout à fait quatre-vingt-dix minutes que nous avions sauté de l'*Épervier*.

— Ils ignoraient notre arrivée, dis-je à Jane, soudain surpris par le son de ma propre voix.

Elle me regarda, acquiesça puis contempla la tour.

— En effet. C'était la bonne nouvelle. La mauvaise est que, maintenant, ils savent que nous sommes ici. On a franchi le plus facile. Le plus dur est à venir.

Elle pivota et se mit à lancer à toute allure des ordres à sa compagnie. Nous attendions une contre-attaque. Massive, avec ça.

— As-tu envie de redevenir humain ? me demanda Jane.

C'était la veille au soir de notre atterrissage. Nous grignotions dans le mess.

— Encore ? dis-je en souriant.

— Tu sais bien ce que je veux dire. Retourner dans un vrai corps humain. Sans additifs artificiels.

— Bien sûr. Il me reste huit ans et quelque. Si je suis encore en vie, je me retirerai et partirai coloniser.

— Ça implique de redevenir faible et lent, fit-elle remarquer avec le tact habituel des Forces spéciales.

— Ce n'est pas si grave. Et il y a des compensations. Les enfants, par exemple. Ou la possibilité de rencontrer des gens sans devoir les tuer parce que ce sont les ennemis aliens des colonies.

— Tu redeviendras vieux et tu mourras.

— Certes. C'est le sort des humains. Ça (je levai un bras vert), ce n'est pas habituel, tu sais. Et tant que la teinture tient, j'ai bien plus de chances de mourir durant chaque année au sein des FDC que si j'étais colon. À comparer les taux de mortalité, le statut de colon non modifié reste un meilleur moyen de survivre.

— Tu n'es pas encore mort.

— Les autres ont tendance à veiller sur moi, dis-je. Et toi ? Des plans de retraite et de colonisation ?

— Les Forces spéciales ne quittent pas l'armée, dit Jane.

— Tu veux dire que vous n'en avez pas le droit ?

— Si, on en a le droit. La durée de notre service est de dix ans, comme le vôtre, mais sans possibilité de réduction. Nous ne nous retirons pas, c'est tout.

— Pourquoi ?

— Nous n'avons aucune autre expérience que la guerre. On naît, on se bat, voilà ce qu'on fait. On est doués pour ça.

— Vous n'avez jamais envie d'arrêter d'aller au combat ?

— Pourquoi ?

— Eh bien, d'abord, ça réduit considérablement les risques de mort violente. Ensuite, ça donne une chance de vivre cette vie dont les Forces spéciales rêvent. Tu sais, le passé que vous vous inventez. Nous autres, les FDC ordinaires, nous avons connu cette existence avant d'entrer dans l'armée. Vous pourriez la connaître après.

— Je ne saurais pas quoi faire de ma peau.

— Bienvenue dans l'espèce humaine, fis-je. Alors, dis-tu, aucun soldat des Forces spéciales ne quitte le service ? Jamais ?

— J'en ai connu, admit Jane. Mais deux seulement.

— Que leur est-il arrivé ? Où sont-ils allés ?

— Je ne sais pas trop, répondit-elle vaguement. Demain, je veux que tu restes avec moi, ajouta-t-elle en changeant de sujet.

— Je comprends.

— Tu es encore trop lent. Je ne veux pas que tu te mêles à mes gens.

— Merci.

— Désolée. Je me rends compte que ce n'était pas délicat. Mais tu as conduit des soldats. Tu sais ce qui me préoccupe. Je suis prête à assumer les risques de ta présence à mes côtés. Je ne veux pas les imposer aux autres.

— Je sais. Je ne suis pas offensé. Et ne t'inquiète pas. Je serai à la hauteur. J'ai l'intention de me retirer, tu sais. Pour ça, je dois rester en vie encore un peu plus longtemps.

— C'est un bon point que tu gardes des motivations, observa Jane.

— Je suis d'accord. Tu devrais songer, toi aussi, à te retirer. Comme tu viens de le dire, c'est un bon point d'avoir une motivation pour rester en vie.

— Je ne veux pas mourir. C'est une motivation suffisante.

— Eh bien, si tu changes d'avis, je t'enverrai une carte postale de là où je me serai retiré. Viens m'y rejoindre. Nous pourrons vivre des produits d'une ferme. Élever des poules. Faire pousser du blé.

Jane renifla.

— Tu n'es pas sérieux.

— Mais si, dis-je en prenant conscience que c'était vrai.

Jane garda le silence puis déclara :

— Je n'aime pas le travail de la terre.

— Comment tu le sais ? Tu ne l'as jamais fait.

— Kathy aimait ça ?

— Pas du tout. Elle acceptait tout juste d'entretenir le jardin.

— Alors tu vois. Les précédents me donnent raison.

— Réfléchis-y tout de même un peu.

— Peut-être, dit Jane.

Où diable ai-je rangé cette cartouche de munitions ? (Message de Jane.)

Les roquettes nous assaillirent aussitôt. Je me jetai à terre au moment où des éclats de l'affleurement rocheux sur lequel elle avait pris position tombaient en pluie autour de moi. Levant les yeux, je vis la main de Jane qui se tordait. J'allais la rejoindre quand de nouvelles salves m'en empêchèrent. Je pivotai d'un bloc et regagnai le rocher derrière lequel je m'étais posté.

J'observai l'escouade de Rraeys qui nous avait visés dans notre angle mort. Deux d'entre eux escaladaient lentement la colline vers nous, tandis qu'un troisième aidait le dernier à charger une roquette. Je n'avais aucun doute contre quoi elle serait tirée. Je lançai une grenade vers les deux Rraeys qui approchaient et les entendis se mettre à couvert à toute vitesse. Je les ignorai et tirai sur celui à la roquette. Il tomba dans un bruit sourd et lança sa roquette dans un dernier sursaut. L'explosion brûla le visage de son compagnon, qui hurla en battant des bras et serrant son bandeau oculaire. Je visai la tête. La roquette s'éloigna en décrivant un arc. Je ne me donnai pas la peine d'apprendre où elle atterrirait.

Les deux Rraeys qui s'étaient avancés vers moi reprirent leur escalade. Je leur lançai une autre grenade pour les occuper et me dirigeai vers Jane. La grenade atterrit droit devant les pieds de l'un et finit par les arracher. Le second plongea. Je lançai une troisième grenade. Il ne fut pas assez rapide pour l'éviter.

Je m'agenouillai au-dessus de Jane qui continuait de se contorsionner et avisai l'éclat de roche qui avait pénétré le côté de sa tête. Le Sangmalin coagulait rapidement, mais de petites giclées s'échappaient des bords de la plaie. Je lui parlai. Elle ne répondit pas. J'accédai à son Amicerveau, recevant des échos émotionnels et irréguliers de choc et de douleur. Ses yeux bougeaient sans voir. Elle allait mourir. Je lui serrai la main avec force et m'efforçai de maîtriser la montée affolante de vertige et de déjà-vu.

La contre-attaque s'était déclenchée à l'aube, peu après que nous nous fûmes emparés de la station de repérage, et elle avait été plus que massive. Comprenant que leur système de protection avait été anéanti, les Rraeys avaient riposté avec violence pour récupérer la station. Leur assaut se déroulait au petit bonheur la chance, trahissant leur manque de temps et de préparatifs, mais il reprenait vague par vague. Des transports de troupes se succédaient au-dessus de l'horizon, amenant de nouvelles forces rraeys.

Les soldats des Forces spéciales firent appel à leur mélange particulier de sens tactique et de témérité insensée pour accueillir les premiers de ces vaisseaux de troupes. Des escouades fonçaient au-devant d'eux lors de l'atterrissage, bombardant roquettes et grenades dans les soutes au moment où les portes s'ouvraient. Les Rraeys finirent par s'adjoindre un soutien aérien et les troupes commencèrent de débarquer sans être liquidées à l'instant où elles atterrissaient. Pendant que le gros de nos forces défendait le centre de commandement et le trésor technologique consu qu'il recelait, notre compagnie patrouillait à la périphérie, harcelant les Rraeys et rendant ainsi leur progression beaucoup plus difficile. C'est pourquoi Jane et moi nous trouvions sur l'affleurement rocheux, à plusieurs centaines de mètres du centre.

Juste en contrebas de notre position, un autre groupe de Rraeys commençait de s'avancer vers nous. Il était temps de déguerpir. Je balançai deux roquettes pour les retarder, puis me penchai et installai Jane sur un brancard. Elle gémit, mais impossible de m'en préoccuper. J'avisai un gros rocher que nous avions utilisé à l'aller et m'y élançai. Derrière moi, les Rraeys visèrent. Des projectiles fusèrent; des débris de rocher m'entaillèrent la figure. Je me glissai derrière le rocher, posai Jane, jetai une grenade vers l'ennemi. Je fonçai alors à découvert, surgis devant les Rraeys, couvrant presque toute la distance en deux longues foulées. Ils se mirent à piailler. Ils ne savaient que faire du bonhomme qui déboulait devant eux. Je basculai mon MF sur tir automatique et les dégommai à bout portant avant qu'ils ne s'organisent. Je retournai auprès de Jane en courant et accédai à son Ami-cerveau. Toujours là. Toujours vivante.

La tranche suivante de notre parcours allait être ardue. Une centaine de mètres de terrain ouvert s'étendait entre nous et le petit hangar de maintenance où je voulais me réfugier. Les lignes de l'infanterie rraey entouraient ce périmètre. Un avion se dirigeait dans la direction que je voulais prendre, en quête d'humains à liquider. J'accédai à Amicerveau pour localiser la position des soldats de Jane et en trouvai trois non loin de moi : deux au bord du champ à trente mètres et un autre à l'autre bout. Je leur intimai l'ordre de me couvrir, repris le brancard et courus vers la remise.

Un déluge de feu s'abattit sur le terrain. Des mottes de terre sautaient sur moi quand les balles s'enfonçaient là où mes pieds s'étaient posés ou allaient se poser. Je fus touché à la hanche gauche par un tir oblique. Mes jambes se tordirent tandis qu'une douleur cuisante me traversait. J'allais m'offrir au moins un hématome. Je réussis à garder l'équilibre et à continuer de courir. Derrière moi, je percevais le choc des roquettes percutant les positions rraeys. La cavalerie était arrivée.

L'aéronef rraey pivota pour me tirer dessus puis fit un écart afin d'éviter la roquette lancée par l'un de nos soldats. Il réussit cette manœuvre mais sa chance tourna : les deux autres roquettes lancées d'une autre direction le touchèrent. La première s'écrasa sur le moteur, la seconde dans le pare-brise. L'engin piqua, prit de la gîte, mais demeura dans les airs assez longtemps pour être frappé par une dernière roquette, qui se logea dans le pare-brise en miettes et explosa dans le cockpit. L'appareil s'écrasa dans un grondement saccadé tandis que j'atteignais le hangar. Dans mon dos, les Rraeys qui me visaient reportèrent leur attention sur les soldats de Jane, bien plus dangereux que moi. J'ouvris la porte à la volée et me glissai dans le coin réservé aux réparations.

Dans le calme relatif, je vérifiai encore une fois les organes vitaux de Jane. La blessure à la tête était entièrement plâtrée de Sangmalin. Il était impossible de déterminer la gravité des blessures ni la profondeur où les fragments rocheux s'étaient introduits dans le cerveau. Son pouls restait fort mais sa respiration était creuse et irrégulière. C'était là où la surcapacité de transport d'oxygène du Sangmalin allait s'avérer précieuse. Je n'étais plus certain qu'elle allait mourir mais je ne savais pas quoi faire pour la maintenir en vie.

J'accédai à Amicerveau pour connaître les options. Il m'en fournit une : le centre de commandement abritait une petite infirmerie. Le nombre de lits était réduit mais elle possédait une chambre de stase portable. Cela stabiliserait l'état de Jane jusqu'à ce qu'elle puisse regagner un vaisseau et retourner à Phénix pour recevoir des soins médicaux. Du coup, je me souvins qu'elle-même et l'équipage de l'*Épervier* m'avaient enfermé dans une chambre identique après mon premier atterrissage sur Corail. Il était temps de rendre ce service.

Une salve de projectiles siffla à travers une fenêtre en hauteur. Quelqu'un s'était souvenu de ma présence. Il était de nouveau temps de filer. J'établis mon nouveau point de chute : une tranchée de cinquante mètres construite par les Rraeys devant moi, à présent occupée par les nôtres. Je les prévins de mon arrivée. Pendant que je courais vers eux, ils eurent l'obligeance d'arrêter le tir. Je me trouvais de nouveau derrière nos lignes. Le restant du parcours jusqu'au centre de commandement se déroula sans incident majeur.

J'arrivai juste quand les Rraeys se mirent à balancer des obus contre le centre de commandement. Reprendre leur station de repérage ne les intéressait plus : ils avaient à présent l'intention de la détruire. Je levai les yeux vers le ciel. Même à travers la lumière étincelante du matin, des éclairs scintillants brillaient dans l'azur. La flotte coloniale était arrivée.

Les Rraeys n'allaient pas mettre longtemps à démolir le centre et la technologie consue avec lui. Je devais agir vite. Je plongeai dans le bâtiment et fonçai à l'infirmerie tandis que tous les autres en sortaient.

Il y avait quelque chose de massif et de compliqué dans l'infirmerie du centre : le système de repérage consu. Dieu seul sait pourquoi les Rraeys avaient décidé de le placer ici. En tout cas, ils l'avaient fait. En conséquence de quoi, l'infirmerie restait l'unique pièce du centre qui n'avait pas été mitraillée. Les Forces spéciales avaient reçu l'ordre de rapporter le dispositif en un seul morceau. Nos gars et nos filles avaient attaqué les Rraeys dans cette infirmerie à la grenade aveuglante et au couteau. Leurs victimes étaient toujours là, étendues, couvertes d'entailles.

Le système de repérage bourdonnait comme avec plaisir, plat et lisse, contre le mur de l'infirmerie. L'unique indice de connexion était un petit moniteur et une broche d'accès à un module de mémoire rraey posée avec négligence sur une table de chevet de malade à côté. L'appareil consu ignorait que, dans quelques minutes, il ne serait plus qu'un tas de ferraille détruit par le prochain obus des Rraeys. Tout notre boulot pour sécuriser ce maudit gadget allait être réduit à néant.

Le centre de commandement trembla. J'évacuai le système de repérage de mes pensées et posai doucement Jane sur un lit puis j'allai chercher la chambre de stase. Je la trouvai dans une pièce adjacente. Elle ressemblait à un fauteuil roulant encastré dans un demi-cylindre en plastique. Je découvris deux sources d'alimentation portables sur l'étagère à côté. J'en branchai une dans la chambre et lus le panneau de diagnostic. Deux heures d'énergie. Je pris l'autre aussi. Deux précautions valent mieux qu'une.

Je poussais la chambre de stase vers Jane quand un autre obus frappa, ébranlant tout le centre et coupant l'électricité. Je fus bousculé par l'impact, glissai sur un cadavre rraey et me cognai la tête contre le mur en tombant. Un éclair palpita derrière mes yeux, suivi d'une douleur intense. Je poussai un juron en me redressant et sentis un petit filet de Sangmalin couler d'une éraflure au front.

Les lumières clignotèrent pendant quelques secondes et, dans les brefs intervalles, Jane me transmit une bouffée d'information émotionnelle si intense que je dus me retenir au mur pour ne pas retomber. Jane était consciente. Consciente, et, pendant ces quelques secondes, je vis ce qu'elle croyait voir. Quelqu'un d'autre se trouvait avec elle, son portrait tout craché. Cette femme lui caressait les joues tout en lui souriant. Un clignotement, un autre, elle ressemblait à mon souvenir la dernière fois que je l'avais vue. La lumière clignota de nouveau, se rétablit, et les hallucinations disparurent.

Jane s'agita. Je me penchai vers elle. Ses yeux étaient ouverts et regardaient droit dans les miens. J'accédai à son Amicerveau. Elle était encore consciente mais tout juste.

— Hé, murmurai-je en lui prenant la main. Jane, tu as été blessée. Tout va bien maintenant. Mais je dois te placer dans la chambre de stase jusqu'à ce qu'on te trouve de l'aide. Tu m'as sauvé la vie une fois, tu te souviens ? Ça nous laissera quittes. Tiens bon. D'accord ?

Elle me serra la main faiblement, comme pour attirer mon attention.

— Je l'ai vue, dit-elle dans un souffle. J'ai vu Kathy. Elle m'a parlé.

— Qu'est-ce qu'elle a dit ?

— Elle a dit... (Jane sombra un peu avant de se recentrer sur moi.) Elle a dit que je ferais mieux de partir cultiver la terre avec toi.

— Et qu'est-ce que tu as répondu ?

— J'ai répondu d'accord.

— D'accord.

— D'accord, répéta-t-elle en perdant de nouveau conscience.

Le circuit de son Amicerveau montrait une activité cérébrale irrégulière. Je la soulevai et l'installai le plus doucement possible dans la chambre de stase. Je l'embrassai puis allumai la chambre. Elle se scella et bourdonna. Les témoins marquèrent un ralentissement maximum de l'activité neurale et physiologique. Jane était prête pour le transport. Surveillant les roues pour naviguer autour du Rraey mort sur lequel j'avais trébuché un peu plus tôt, je remarquai le module de mémoire qui pointait de sa poche abdominale.

Le centre de commandement trembla de nouveau. Tout en sachant que c'était sans doute une erreur, je pris le module de mémoire, la broche d'accès et l'y insérai. Le moniteur s'alluma et afficha une liste de fichiers en écriture rraey. J'ouvris l'un des fichiers et un schéma apparut. Je le refermai pour en ouvrir un autre. Encore des schémas. Je retournai à la liste originale et cherchai dans l'interface graphique s'il n'y avait pas un menu général. Si. J'y accédai et demandai à Fumier de traduire ce qui apparaissait à l'écran.

Un manuel d'utilisation du système de repérage consu. Schémas, instructions de fonctionnement, montages techniques, procédures de dépannage. Tout y était. Ce manuel était le butin le plus précieux après le système lui-même.

L'obus suivant ébranla violemment le centre de commandement, me fit tomber sur les fesses et projeta des éclats dans toute l'infirmerie. Un bout de métal troua l'écran que je regardais ; un autre creusa un trou dans le système de repérage lui-même. L'appareil cessa de bourdonner et produisit des crachotements. Je récupérai le module de mémoire, débranchai la broche, saisis les poignées de la chambre de stase et filai en courant. J'avais à peine franchi une distance acceptable quand un dernier obus tomba dans le centre, qui s'effondra.

Devant nous, les Rraeys battaient en retraite. La station de repérage devenait le cadet de leurs soucis. Dans le ciel, des dizaines de points obscurs annonçaient l'arrivée de navettes pleines de soldats des FDC brûlant d'envie de reprendre la planète. J'étais heureux de leur laisser cette tâche. Je voulais quitter ce rocher le plus vite possible.

Non loin de là, le commandant Crick conférait avec plusieurs membres de son état-major. Il me fit signe d'approcher. Je poussai Jane vers lui. Il baissa les yeux sur elle puis les leva sur moi.

— On m'a dit que vous aviez franchi un kilomètre en courant avec Sagan sur votre dos, puis que vous êtes entré dans le centre de commandement quand les Rraeys se sont mis à le bombarder d'obus. Il me semble me souvenir que c'est vous qui nous avez traités de fous.

— Je ne suis pas fou, mon commandant. J'ai un sens finement calibré du risque acceptable.

— Comment va-t-elle ? demanda Crick en désignant Jane d'un signe de tête.

— Stable. Mais elle a une très grave blessure à la tête. On doit l'emmener dans un poste médical dès que possible.

Il désigna une navette en train d'atterrir.

— C'est le premier transport. Montez-y tous les deux.

— Merci, mon commandant.

— Merci à vous, Perry. Sagan est l'un de mes meilleurs officiers. Je vous suis reconnaissant de l'avoir sauvée. Mais si vous aviez réussi à sauver aussi le système de repérage, ce serait la meilleure nouvelle de la journée. Tout ce boulot pour défendre cette maudite station n'aura servi à rien.

— À ce propos, mon commandant, dis-je en brandissant le module de mémoire, je crois avoir là quelque chose qui vous intéressera.

Crick observa le module puis me regarda en se rembrunissant.

— Personne n'apprécie ceux qui en font trop, capitaine, dit-il.

— En effet, mon commandant, même si c'est « lieutenant ».

— Nous arrangerons ça.

Jane prit la première navette. Je fus retardé un certain temps.

SIX

On m'a promu capitaine. Je n'ai jamais revu Jane.

La plus éprouvante fut la première de ces deux occurrences. Porter Jane sur mon dos à travers un champ de bataille de plusieurs centaines de mètres pour la mettre en sécurité, puis l'installer dans une chambre de stase sous les bombardements aurait suffi à m'obtenir un éloge dans le rapport officiel de l'affrontement. Rapporter en prime les schémas techniques du système de repérage consu était, comme le commandant Crick l'avait laissé entendre, faire preuve d'un léger excès de zèle. Mais qu'y faire? Je reçus deux nouvelles médailles pour la seconde bataille de Corail et par-dessus le marché une promotion. Si quelqu'un a remarqué que j'étais passé de caporal à capitaine en moins d'un mois, il n'en a rien dit. Ma foi, moi non plus. En tout cas, on me paya des verres pendant plusieurs mois. Bien sûr, lorsque vous êtes dans les FDC, toutes les boissons sont gratuites. Mais c'est l'intention qui compte.

Le manuel technique consu fut transporté directement à la Recherche militaire. Harry m'apprit plus tard que le feuilleter donnait l'impression de lire le cahier de brouillon de Dieu. Les Rraeys savaient utiliser l'appareil mais n'avaient aucune idée de son fonctionnement; même avec les explications complètes, il était peu probable qu'ils soient capables d'en assembler un autre. Ils ne possédaient pas la capacité industrielle pour le faire. Nous le savions parce que nous non plus ne l'avions pas. La théorie sur laquelle reposait le dispositif ouvrait de nouvelles branches de la physique et obligeait les colonies à reconsidérer leur technologie de propulsion de saut.

Harry fut intégré dans l'équipe chargée de développer les applications pratiques de cette technologie. Il en était ravi. Jesse se plaignait que cela le rendait invivable. Son refrain quant à son niveau insuffisant en maths devint caduc, vu que personne d'autre ne l'avait pour ce boulot. Donnée qui renforça l'idée que les Consus étaient une espèce avec laquelle il ne fallait pas déconner.

Quelques mois après la seconde bataille de Corail, la rumeur circula que les Rraeys étaient revenus dans l'espace consu, les implorant de leur fournir davantage de technologie. Les Consus répondirent en faisant imploser le vaisseau rraey avant de le catapulter dans le trou noir le plus proche. Réaction qui me paraît encore maintenant excessive. Mais ce n'est qu'une rumeur.

Après Corail, les FDC m'attribuèrent une succession d'affectations peinardes. À commencer par la visite quotidienne des colonies au titre de dernier héros des FDC, afin de montrer aux colons comment les Forces de défense coloniales se battent pour VOUS ! Je dus assister à quantité de parades et participer au jury de maints concours de cuisine. Au bout de quelques mois d'exhibition, j'étais prêt à changer de mission, même s'il était agréable de visiter des planètes sans être obligé de tuer leurs habitants.

Après mon poste de relations publiques, les FDC me firent cornaquer les troupeaux sur un nouveau vaisseau de transport de recrues. J'étais devenu le type chargé de s'adresser à un millier de vieillards dans leurs corps tout neufs pour leur ordonner de s'amuser, puis, une semaine plus tard, de leur annoncer que dans dix ans les trois quarts d'entre eux seraient morts. La douceur amère de cette tâche était presque insupportable. Lorsque j'entrais dans le mess du vaisseau, je voyais des groupes d'amis se former et s'unir comme je l'avais fait avec Harry et Jesse, Alan et Maggie, Tom et Susan. Je me demandais combien d'entre eux tiendraient le coup. Tous, j'espérais. Je savais que la majorité échoueraient. Au bout de quelques mois, je demandai une autre assignation. Nul ne trouva rien à redire. Ce n'était pas le genre de poste qu'un militaire a envie d'occuper très longtemps.

En définitive, je demandai à retourner au combat. Ce n'est pas que j'aime me battre, quoique je sois étrangement doué pour cela. Mais il se trouve que, dans cette vie, je suis un soldat. J'en ai accepté le statut. J'avais l'intention de me retirer un jour de l'armée, mais, en attendant, je désirais être au front. On m'attribua une compagnie et on me muta sur le *Taos*. C'est là où je suis maintenant. C'est un bon vaisseau. Je commande de bons soldats. Dans cette vie, on ne peut guère demander davantage.

N'avoir jamais revu Jane n'est pas si éprouvant. Après tout, ce n'est pas si terrible de ne pas voir quelqu'un. Jane avait pris la première navette pour l'*Amarillo*. Constatant qu'elle appartenait aux Forces spéciales, le médecin du vaisseau l'avait rangée dans un coin du poste médical afin qu'elle demeure en stase jusqu'au retour sur Phénix et qu'elle soit remise entre les mains des techniciens médicaux dont elle relevait. Je regagnai finalement Phénix sur le *Bakersfield*. À ce moment-là, Jane était dans les entrailles de l'aile médicale des Forces spéciales et inaccessible à un simple mortel comme moi, tout héros flambant neuf qu'il fût.

Peu après, je fus décoré, promu et affecté à ma tournée promotionnelle des colonies. Finalement, je reçus un message du commandant Crick m'annonçant que Jane s'était rétablie et qu'on l'avait affectée, avec la plupart de l'équipage survivant de l'*Épervier*, sur un nouveau vaisseau nommé *Cerf-Volant*. Il ne servait à rien d'essayer de lui envoyer un message. Les Forces spéciales, c'étaient les Brigades fantômes. On n'est pas censé savoir où elles vont, ce qu'elles font ni même qu'elles sont là, devant vous.

Toutefois, je sais qu'elles sont là. Chaque fois que des soldats des Forces spéciales m'aperçoivent, ils m'adressent un *ping* par Amicerveau : de brèves petites bouffées d'information émotionnelle exprimant le respect. Je suis l'unique vrai-né à avoir servi parmi eux, si brièvement soit-il. J'ai sauvé l'une des leurs et j'ai transformé de justesse une mission vouée à l'échec en succès. Je leur renvoie la pareille, un accusé de réception, mais je n'ajoute rien ouvertement pour ne pas les trahir. Les Forces spéciales préfèrent qu'il en soit ainsi. Je n'ai jamais revu Jane sur Phénix ni ailleurs.

Mais j'ai entendu parler d'elle. Peu après mon affectation sur le *Taos*, Fumier m'informa que j'avais un message en attente d'un expéditeur anonyme. C'était nouveau. Je n'avais jamais reçu de message anonyme via Amicerveau. Je l'ouvris et découvris l'image d'un champ de blé, d'une ferme dans le lointain et d'un lever de soleil. Peut-être d'un coucher de soleil, mais il me semblait que non. Il me fallut une seconde pour comprendre que cette image faisait office de carte postale. Puis j'entendis sa voix, la voix que j'avais connue toute ma vie de deux femmes différentes.

Tu m'as demandé un jour où les soldats des Forces spéciales allaient quand ils prenaient leur retraite et je t'ai répondu que je n'en savais rien. Aujourd'hui, je le sais. Nous avons un refuge où nous pouvons aller si nous en avons envie et où nous apprenons pour la première fois comment être humain. Le moment venu, je pense que je m'y rendrai. Je pense aussi que j'aimerais que tu m'y rejoignes. Tu n'es pas obligé de venir. Mais, si tu le veux, viens. Tu es des nôtres, tu sais.

J'arrêtai le message un instant pour réfléchir et le remis en marche.

Une partie de moi a jadis été quelqu'un que tu as aimé – disait-elle. *Je crois que cette partie-là désire à nouveau être aimée de toi et désire t'aimer aussi. Je ne suis pas cette femme-là. Je ne peux qu'être moi-même. Mais je crois que tu pourrais m'aimer si tu le voulais. Je le veux aussi. Viens me rejoindre dès que tu pourras. Je serai là.*

Et voilà.

Je repense au jour où je suis allé pour la dernière fois sur la tombe de ma femme et lui ai tourné le dos sans regret parce que je savais que ce qu'elle était ne se trouvait pas là, sous terre. Je suis entré dans une nouvelle vie et l'ai retrouvée dans une femme qui avait sa propre personnalité. Quand cette vie sera terminée, je lui tournerai le dos sans regret non plus, parce que je sais qu'elle m'attend dans une autre vie, une vie différente.

Je ne l'ai jamais revue, mais je sais que je la reverrai. Bientôt. Très bientôt.

Achevé d'imprimer en janvier 2007
par l'imprimerie France Quercy
à Mercuès (Lot)
pour le compte de
la Librairie L'Atalante

Nᵒ d'imprimeur : 62893/
Dépôt légal : janvier 2007

IMPRIMÉ EN FRANCE